U0945538

广西民族大学中国古代文学学科建设经费资助

国家社会科学基金项目结项鉴定等级优秀成果

唐韵的阐扬

——姚贾的理论内涵及传承影响研究

张震英　白爱平 / 著

人民出版社

序

陶文鹏[①]

与震英的相识要追溯到2003年，当时收到河北大学送来的数本博士学位论文进行评议，即被其文章所吸引。觉得这个年轻人有很强的文字表达能力和敏锐细致的审美感悟能力，语言流畅，才气洋溢，既富于逻辑学理，又有文学性，时见诗性灵智之笔。那时便认为他是个研习学问的好材料，若假以时日，定能出类拔萃。后来得知他南下我的故乡广西南宁，进入广西区党委宣传部任职，虽然对其志向表示理解，但对其才华湮没颇觉可惜。又一年来京，告知想在学术上更进一层，欲投在我门下做博士后研究，我自然乐意非常，但考虑那时自己的研究兴趣已经转向宋代诗词，于是推荐他在蒋寅研究员门下继续深造。在社科院期间，震英时常问寒问暖，在学术上遇到问题，也多有请益。那时发现这个年轻人虑事周到，说话得体，而且富于见解与个性，充满济世热情，与其他在站的高校教师大有不同。我本以为他一边忙于机关事务一边应对学术，可能不会有太多空闲，但两年后他却拿出来逾三十万字的出站报告第一个出站，并在《文学遗产》《文学评论》《文艺研究》三个权威期刊上连续发表高水平的学术论文，于是对这个年轻人再次另眼相看。出站后他返回南宁，其后每

① 序者系中国社会科学院文学研究所研究员、博士生导师，原《文学遗产》杂志主编。

逢我回乡省亲或参加学术会议，多能与他相约会面或不期而遇。又数年，我听闻震英在基层工作不太如意，曾一度在从政与学术之间彷徨，那时我劝他扬长避短并鼓励他在学术上有更大收获。震英果不负众望，在三十五岁就取得正高职称，随后调往湖北大学担任博士生导师，成为中国社科院文学所年轻博士后的楷模，经常被师友称道。在我得知因为气候原因，其家人未能一同迁往武汉时，也劝告他要以家庭为重，兼顾学术。后来得知他已于2013年秋调回南宁，在广西民族大学任教，生活也终究归于平静了。

震英自小体弱，为求自治，很早就接触了医家的保健之学与道家的炼养之学，也算是因祸得福，不经意间打下了不错的中国传统文化根基。上大学时又恰逢80年代末90年代初，在那个特殊的时代经受了西方哲学与"朦胧诗"的熏陶，因而颇具理论与诗性的涵养。种种无心之举，对于日后投身古典文学研究却大有裨益。

英国诗人拜伦曾言："凡是历尽人间辛酸的人，都是靠他的经历而不是年龄来领悟人生的真谛。"震英虽然年轻，但阅历却非常丰富，先后在七八个单位任过职，科研院所、党委人大、县区政府、高校学报都曾涉足。他常说，每一次的职位变动，其实都是一种折磨，外人看到的只是热闹，殊不知其中包含有无尽的辛酸。在我看来，年轻人多一些经历磨难，未必不是好事，经历丰富自然见多识广，磨难重重自然意志坚强。这种财富非学历和书本所能替代，一个人学术思想与人生境界的提升，没有这种磨难是难以造就的。

据我所知，震英藏书盈室，又非常好学。他曾言高中阶段因为遭逢兰州的重度空气污染而多病，又听从父母之言选择了自己不甚喜爱的理工科，造成极大的被动。为了弥补失误，其后更加刻苦，先后在兰州大学、西北师范大学、河北大学学习法学、经济管理和文学等专业。加之又嗜好古今政治、中外历史、哲学宗教，对喜好的书籍每每竭力搜求、一览为快。数年下来，知识结构反较其他人宽广很多。博士毕业再度参加工作后，好读书的习惯一直保留下来，又孜孜不倦先后于中国社科院、北京大学和伦敦大学进修学习，不断提升自己的见识和水平。

在学术研究方面，震英在硕士阶段受到西北师范大学胡大浚、尹占华两位唐诗研究专家的规范训练，打下了坚实的学术基础。博士阶段又得到詹福瑞、刘崇德先生的悉心栽培，深悟二位学术大家的治学心得。博士后阶段在中国社科院蒋寅研究员的言传身教下，更是进步飞速。其后在北京大学和伦敦大学的历练，也使其学术视野和思想境界大大提高。经过十多年的不懈努力，终于升堂入室，渐入佳境。震英做学问，多厚积而薄发，重思想、重体验，不类似传统的考据、阐释及赏析之学，往往能够以小见大，平中出奇，在看似寻常的选题下追求学术与社会人生的结合、学术与个人修为的结合。故其学问多融通、透彻，富有深度与启发。

震英内心淳朴，性格温厚，却又充满韧性，既有西北汉子的直爽率意，也浸染了南方人的精明能干。既能耐受清贫，充满济世热情，又能在人生失意时，明辨是非做到急流勇退。难能可贵的是，他虽然经历许多坎坷，却能淡看得失，始终保持积极与乐观。因其学术早慧，加之见识卓越，有成名成家的潜质，所以我经常敦促他继续投稿，期望他在学界更具影响。但他却说凡事适可而止，得意不宜再往，人生当有他求。近年常见其研习道家典籍、闲适小品、茶酒娱乐与修身养性方面的书籍，且并不急于刊发感想，可以称得上随性而为。当前，高校人文学术生态堪忧，无论老幼贤愚，一头扎入各种项目考评之中，为争夺各种资源和完成各种指标殚精竭虑。虽呕心沥血，却难见情趣与境界；虽成果迭出，却罕有精品与佳作。荀子《劝学》篇云："古之学者为己，今之学者为人。君子之学也，以美其身；小人之学也，以为禽犊。"其实不论为名利而学术，还是为学术而学术，都是对学术研究的伤害。震英此时能反其道而行之，摆脱束缚，淡看功利，做一些自己喜欢的研究，更显出其超凡脱俗之资。

《唐韵的阐扬》一书突破了传统意义上诗人个案研究的模式，以时间为经，以问题为纬，多层面多角度对姚贾并称进行解读和剖析，较之以往的单篇个案零散研究有较大的开拓。著者将姚贾研究由晚唐五代推向宋、元、明、清各代，由以往的诗人个案分析层面推向诗人并称与群体研究层面,由诗文诗史的阐释层面推向了理论批评层面。对于古代诗歌研究特别是中晚唐诗歌研究具有一定的推动作用,对学界深入认识姚贾的内涵外延以及在文学史中的地位影响等问题均有借鉴意义。同时,该书更有结构体例与研究方法上的创新。具体而言,该成果的学术价值主要表现在:

第一,围绕姚贾现象的理论内涵与传承影响两大问题,将关于"姚贾现象"的研究推向深入。该著作以"姚贾现象"作为核心与线索,将姚合贾岛个人、姚贾诗人组合、姚贾诗人群体以及姚贾对宋元明清历代的影响等众多问题从宏观角度结合起来,通过现象探究本质,改变了当前学界关于姚合、贾岛个案零散以及多局限于晚唐五代领域的现状,将姚贾及其相关问题的研究推向系统化、理论化,并使之趋于细致深入。

第二,从学理和诗史两个层面对姚贾并称进行了较为深入、系统的研究,在研究方法上具有一定程度的创新,初步建立了对"姚贾现象"研究的框架体系。具体包括姚贾并称的源起与确立、内涵与特质、延伸意义、审美复变、创作环境、姚贾异同及姚贾优劣等核心问题,同时初步梳理了姚贾在晚唐五代、南北宋、金元、明清历代的影响与传承情况。

第三,对于学界以往未曾涉足或研究不够深入的许多关于姚贾现象的问题进行探索尝试,并取得初步成果。如在文学发展史背景下对"姚贾现象"及其成因、内涵、表现等问题作了具有开拓性的研究,首次对姚贾诗歌的特质、姚贾延伸意义的总结、姚贾对山水田园审美主题的继承与新变、姚贾与韩孟元白张王等诗人的关系、姚贾异同、姚贾优劣及其所反映出的文学接受背景的探讨、姚贾对"高密派"诗人和"同光体"诗人的影响等以前学术界基本没有涉及的问题予以总结阐释,因而具有多方面的创新价值。

最后,该著作对一些出土的新材料及其研究成果也多有吸收。如新近出土发布的《唐故朝请大夫秘书监礼部尚书吴兴姚府君墓铭并序》详细记载了姚合的生卒年及其仕历,特别是记载了姚合受韩愈提携出任万年县尉的事实,纠正了宋明以来学界普遍认为"与贾岛同时而稍后,似未登昌黎之门”的错误认识,为确定姚合之生平籍贯、姚贾之交游、姚合与韩愈之师承以及部分诗作的创作年代等提供了新的佐证。

当然,《唐韵的阐扬》也存在一些尚待完善之处。主要表现在:其一,晚唐五律新风的兴起是那个时代众多诗人共同作用的结果,该成果突出了姚合、贾岛二人的作用,对于张籍、王建以及后学的贡献阐释较少,今后需要继续拓展。第二,在对姚贾内涵的探索中,较少涉及宗教特别是盛行于唐代的佛、道二教对姚贾诗歌的影响,对于深受佛、道思想影响的这两位诗人,显然需要更精微的探究。第三,因为时代文化背景与审美好尚发生了较大的变化,后学对姚贾的学习接受情况趋于复杂与多元,传承脉络也趋于复杂,很难梳理出较纯粹清晰的师法轨迹,著作在此方面的研究尚待进一步细化。

从慷慨悲歌的燕赵故地到歌舞升平的繁华帝都,从九省通衢的鱼米之乡到秀甲天下的山水福地,在与震英交往的十三年中,不知为何总是时常挂念这个年轻学友的成长,因其进步而欢欣鼓舞,因其遭遇而担忧叹息,因其困境而荐引揄扬,因其成绩而拊掌喝彩。在他的身上,我似乎看到了自己年轻时的身影,纯真而率性,自信而坚忍,胸怀苍生,心忧天下,喜好诗歌,志存高远。而今年逾七旬,早就到了孔夫子“随心所欲而不逾矩”的年龄,见到后学晚辈的成长,比自己赢得大奖更觉喜悦。多年过去了,如同初识时那样,我依然看好这个总是面带微笑的年轻人,愿震英在人生与学术的道路上乘风破浪,云帆沧海。是为序。

2016 年 10 月

于中国社会科学院文学研究所

目　录

绪　　论

在中国诗歌史上存在这样一种奇特的现象，一些诗人或诗人组合虽非名门大家，但却在当世和身后的诗坛上拥有甚至超过名门大家的广泛而深远的影响力。如在名家辈出的唐代诗坛，姚合、贾岛算不上最优秀的诗人，也不能算诗歌成就最高的诗人组合，然而他们的在诗歌发展史中影响却不在“元白”“韩孟”“张王”“刘柳”“温李”等众多大家之下。“姚贾”诗风不仅独擅晚唐五代，宋代“九僧”“四灵”“江湖诗派”，明代以钟、谭为代表的“竟陵派”，直至清代的“高密派”和“同光体”诗人都在一定程度上师法“姚贾”。“姚贾”在身后的一千多年里，具有经久不衰的生命力。迄今为止，“姚贾现象”这一特殊文学现象并没有引起学术界的足够重视，也缺乏有分量的研究成果，全面系统地对这一文学现象进行研究尚属首次。

对“姚贾”现象及其形成根源的研究具有特殊的价值和意义。以“姚贾现象”研究作为线索和纲要，可以将对“姚贾”并称与“姚贾”异同、“姚贾”对宋明清的影响等众多问题的研究从宏观的角度结合起来，通过现象探究本质，将对“姚贾”及其接受问题的研究推向系统化、理论化，使研究趋于细致深入。

本书以“姚贾现象”研究作为核心与线索，围绕“姚贾现象”的理论内涵与传承影响两大问题，从学理层面和文学史层面对其进行研究，不仅有助于认识姚贾并称的称谓溯源、内涵外延、审美复变、创作环境、异同优劣、后世影响等重要问题，而且有助于了解姚贾在唐诗发展演变中的地位与作用，更加清晰地把握纷繁复杂的晚唐五代诗坛的格局与风貌，也可以了解中晚唐诗歌流派发展演变的轨迹，从后人对唐诗的接受角度，为了解唐宋诗嬗变的历程及明清两代诗歌的发展轨迹提供线索和借鉴，从中也可以了解历代评论者的评判标准以及时代审美趣味的复变趋势。

总体上讲，本书的研究，可以将姚合、贾岛二位诗人的研究推向深入，将姚贾研究由晚唐五代推向宋元明清各代，由以往的诗人个案分析层面推向诗人并称与群体研究层面，由诗文诗史的阐释层面推向理论批评层面，将对姚贾的本体研究与接受研究相结合，研究中坚持历史真实与文学史真实并重，通过对“姚贾现象”的根源、内涵和特点的剖析，更好地认识“姚贾现象”的内涵及外延；同时将“姚贾现象”的讨论置于中国文学史发展演变的大背景下，从传播、接受和心理认同的角度重新认识这一独特的文学现象，尽力避免对文学现象进行简单化和程式化的处理，以便全面深入地挖掘和把握由于时代和审美趣味的变迁而形成的丰富的文学现象背后的内涵。

一、关于“姚贾”并称的研究现状

本书主要探讨姚贾并称及其在历代的接受研究，关于贾岛、姚合的个案研究，不在本书讨论范围之内。关于贾岛研究的现状，可参看拙文《二十年贾岛研究综述》①，关于姚合研究的现状，可参看拙文《二十世纪姚合研究综述》②以及沈文凡、周非非的《唐代诗人姚合研究综述》③。

关于姚贾的研究，目前大致可以分为姚贾并称与姚贾异同、姚贾诗人群体或诗歌流派、历代姚贾接受史等三方面的研究。我们先就笔者之外的研究状况做一个简要的述评。

---

① 张震英：《二十年贾岛研究》，《广西师范学院学报》2005 年第 1 期。

② 张震英：《二十世纪姚合研究述论》，《广西大学学报》2004 年第 1 期。

③ 沈文凡、周非非：《唐代诗人姚合研究综述》，《东北师范大学学报》2007 年第 3 期。

（一）姚贾并称与姚贾异同

与此问题相关的论文主要有许可《贾岛与姚合》（《语文学刊》1988年第4期）、胡遂《贾岛姚合诗风成因初探》（《湘潭大学学报》2000年第3期）、尹占华《论郊岛和姚贾》（《文学遗产》1995年第1期）三篇论文。此外尚有谷玛利《姚贾诗异同论》（《苏州大学学报》1998年第4期）、高菊荣《孟贾、姚贾创作辨析》（《阜阳师范学院学报》2003年第1期）、宋立英《论贾岛、姚合的时代归属》（《学术交流》2006年第4期）等论文。

许文为较早论述贾岛、姚合二位诗人的论文，具有开拓意义，同时也存在众多草创难工之处。论文首先通过诗句分析了贾岛诗歌风格的多样性特征，指出贾岛诗歌不仅是孤峭僻涩的，而且也有雄奇的图画和阔大的气势，“贾岛能以他自己的眼力去发现富有诗意的事物”，论文指出佛教对贾岛的思想和创作始终产生着影响。论文指出贾岛姚合对后世产生了深远的影响，并分析认为二人产生深远影响的原因，“正是因为贾岛与姚合不是第一流的大诗人”“贾岛的成就，好像就是他们经过努力可以接近的了”“姚合好象更宜于作为他们学习的典范”。论文对关于姚合、贾岛研究的很多问题均有涉及，对以后姚贾的研究具有启发意义。但论文所及问题往往点到为止，整体失之也浅。如论文认为姚合贾岛二人诗风有同有异，但仅仅点到为止，未做进一步的分析，论文也存在以有无人民性和是否关心政治作为评判诗歌高下的标准的嫌疑，对于姚贾艺术成就高下的认定也仅以一联诗句作为依据，即简单地认定姚不及贾，对于姚贾对后世产生深远影响的原因的解释也难以让人信服。

胡遂《从姚贾异同谈到晚唐山林隐逸诗风》《贾岛姚合诗风成因初探》两篇论文着重论述了姚贾之异同以及形成的原因，论文指出：“由于姚贾二人出身经历等方面的原因不同，因此其诗在风格上就既具同中之异，也有异中之同。首先，两人的出身虽不相同，但枯寂清净的释子蒲团生涯和清闲寂寞的山县小吏生活使他们的为人情趣都喜‘清’好‘静’，这不仅是两人订交友好的心理基础，也是后人据以仿效的共同治学意趣。

其次，两人虽处境并不完全相同，但无论不得仕宦之门还是官况萧条都使他们把更多的时间与精力花费在苦心吟诗方面，成了中唐‘苦吟’诗派的典型人物。”“由于生活道路、师友传承、情志性格等因素的不同，姚贾诗风的差异还是比较明显的。论意趣，两人都标举‘清高’，贾诗于清中求奇，姚诗则于清中求新。论意境，两人都爱写静境，贾诗境界幽深迥拔而情怀孤寂，姚诗境界幽淡自然而况味萧瑟。同是抒写与世相违的淡泊襟怀，贾诗清苦，爱言穷愁，姚诗清闲，爱言疏懒。同是受佛教禅义的影响，贾之影响在深层……姚之影响在表层。”

尹占华先生在文中首先追溯了姚贾并称的起源，对方回将姚合派为学贾之列，文章认为“姚、贾二人很难说是谁学谁”，姚贾二人虽然都有清新奇僻的共同风格，“但姚合之景不乏清丽”，甚至“明媚动人”；贾岛的一些作品则能“从大处着笔，意境开阔，尚有盛唐气象，为姚合所少见”。“贾岛写景于清幽之中透露着一丝冷气，凄凉且有恐怖之感……姚合则洗濯了这种气氛，由幽凄而转向清丽。”“姚合诗多写本人活动”，“但贾岛诗则基本上不写‘我’”，“姚诗多为‘有我之境’、贾便多为‘无我之境’”。文章同时指出了二人共同的一些缺点，“姚贾皆气魄拘谨，格局不大，在这方面没有多大差别”。在姚贾二人与韩孟、元白两大诗派的关系上，“贾岛多少保留有韩派诗人尚奇的特点”，“孟郊、贾岛与元白无往来，姚合则与白居易有较多往还”，“但就风格而言，孟是典型的韩派诗人，贾诗较孟已不知平易多少，而姚合又向平易大大前进了一步，已与白居易有些同道了”。

谷文对二人诗歌的异同进行了简明扼要的概括，“相同的是诗歌缺乏丰富的内容，擅长五言律。相异的是，姚诗较多地反映现实的生活，贾诗则以言愁苦凄寒及科举失意为主要内容；姚诗的审美趣味倾向于平和闲静，诗风浅近清新，贾诗喜欢描写怪奇衰败的意境，诗风幽奥寒瘦”。

高菊荣《孟贾、姚贾创作辨析》（《阜阳师范学院学报》2003 年第 1 期）一文中在着重探讨了“孟贾”之差异之余简略地提及了“姚贾”诗歌创作的特色，指出：“他们的诗多描写琐细的日常生活，注重对主观感受的抒发，重视字句的锻炼，多用而且善用五言律体。”“总的来讲，姚合诗风较贾岛平易……姚、贾诗风的这种不同，应该与二人的生活经历紧密相关。”

宋立英博士《论贾岛、姚合的时代归属》(《学术交流》2006 年第 4 期)一文以姚合、贾岛二人生活的时代，以及诗风形成的时间为依据，认为“贾岛、姚合虽跨中晚两个时期，但贾岛的苦吟与奇僻诗风却是在中唐时期就形成了的，姚合的‘武功体’也是在中唐时期任武功主簿时形成的。还有就是贾岛、姚合影响下的诗风并非是晚唐诗风的主流，晚唐是以李商隐、温庭筠等为代表的带有感伤色彩的绮艳诗风。而闻一多所说的‘晚唐是贾岛的时代’，指的是晚唐即唐末形成的学贾岛、姚合的诗风，虽然也有一定的影响，但并非晚唐的主流诗风”。并进一步认为“贾岛、姚合理应作为中唐诗人来研究，其对晚唐的影响并不能成为判定其为晚唐诗人的依据”，“理应将二人作为中唐诗人看待”。该论文存在一些值得商榷的问题，其一，对于过渡时期诗人的归属，古今学者向来较为谨慎，作为该论文基本依据的中晚唐划分时间问题，学界就存在诸多分歧，至今尚未达成共识，论文以长庆四年为标准划分中晚唐，本来就存在众多争议。其二，作者认定时代归属的另一项标准——诗人生活的时代方面，也存在简单处置的问题，以此为分水岭以生活的时间长短判断归属，而不以对其人生产生重大影响的时段为依据，显得不够严谨。其三，另外，作者作为划分依据的诗风形成的时间方面，也不尽可靠，姑且不论贾岛五律形成的元和末至长庆年间，以及姚合风格形成的长庆年间的自身的归属问题，以诗风形成的时间而不是以诗风形成、发展、达到高潮及持续时间为依据，本身就存在问题。其四，论文一再强调不能以诗人的影响作为划分时代的依据，仅仅看到了姚合、贾岛开创的五律新风对晚唐后期及五代诗风的巨大影响，而忽略了姚贾二人在晚唐前期对同时代诗人的即时影响。

(二)姚贾诗人群体及姚贾诗派研究

关于将姚贾作为诗人群体与诗歌流派研究的，主要有张宏生《姚贾诗派的界内流向和界外余响》(《文学评论》1995 年第 2 期)、贺中复《五代十国时期的温李、贾姚诗风》(《阴山学刊》1996 年第 1 期)、许总《论贾岛、姚合诗歌的心理文化内涵及文学史意义》(《江西师范大学学报》1997 年第 1 期)、余恕诚《晚唐两大诗人群落及其风貌特征》(《安徽师范大学学报》1996 年第 2 期)、张巍《中晚唐之际的刘白诗派与姚贾诗派》(《重庆社会科学》2007 年第 2 期)、陈斐《〈众妙集〉、〈二妙集〉与姚贾诗派的确认》(《郑州大学学报》2010 年第 1 期)。

张宏生先生的主要创新在于,其一,依据晚唐诗人师承姚贾诸方面的事实,对李怀民《中晚唐诗人主客图》进行了别有创新的理解,较为切实地反映了姚贾二人对晚唐诗人的影响,文章指出"贾岛、张籍二派虽有一定的区别,但相同之处亦复不少","从某种意义上讲,即使认为姚合是此派之主,也不为过。在此基础上,我们就可以进一步认为,凡是李氏所云贾派中有张之风者,即可以视为是对姚合的学习"。其二,在谈及姚贾诗风对南宋诗坛的影响时,文章认为与晚唐五代诗坛不同的是南宋江湖诗人对姚贾的学习是带有普遍自觉的群体意识;其三,文章同时通过对"姚贾"现象的思考,指出"过去人们往往更多强调的是彼此在风格上的独占性,而在一定程度上忽略了互相的融合,其实,不少有成就的诗人都并不排斥异己的风格。不仅不排斥,而且还有意识地进行兼容和吸收"。文章视野开阔,对晚唐五代对姚贾的接受及南宋诗坛上姚贾诗风的论述颇有见地,观点也多富于启发性,拓展了姚贾研究的纵深空间。但文中对作为立论依据的诸如"姚合的生卒年""姚合与贾岛初识的时间与地点""姚合何时任武功县主簿""姚合任万年县尉的时间"等一些问题则有失考索。

贺中复先生在文中指出五代十国期间学姚贾的新变趋势,其一,"避岛诗之短,扬岛诗之长"。具体表现为"发扬贾岛反轻艳精神""矫岛诗僻涩之失""学岛诗之精细,以正当时宗白诗粗疏之风"。其二,"由重学贾岛转向重学姚合,诗风趋于平淡清润。这一显著新变集中体现着五代该派诗由唐向宋的转变"。"五代人学贾、姚已不像晚唐那样着眼于二者的统一性,而是更重视彼此的差异性。”五代诗人“不再上承晚唐偏重取法诗存唐人气象的贾岛,在奇峭上寻求变新,而是转为偏重取法诗近宋人格调的姚合,沿武功平淡一路发展并成为五代该派的主流”。文章澄清了以往文学史中对姚贾在晚唐五代影响的模糊认识,对进一步认识姚、贾诗风的差异以及后世对姚贾及其影响的评价提供了有益的依据。

许总先生着重就姚合贾岛二人创作的心理文化内涵进行了探究,文章认为“贾、姚以诗为主的生命存在方式,造成极端苦吟的创作态度,寒苦萎顿的人生与逃避现实的心态,又使其创作陷于极为狭小的世界,表现于诗歌艺术之中,则是寒狭精密的意象构织。这是一种衰世文人心态的典型标志,因而对后世产生极大影响,唐末以后的末世文人无不借助贾姚诗歌范式而得到心灵的调试与休憩”。文章从宏观的角度以心理分析的方法对姚合贾岛诗歌的背景进行了剖析,并就姚贾对后世产生深远影响的原因进行了合理推论,角度新颖,感受细腻,思维缜密,见解深刻,但在将“姚贾”作为一体论析时似乎某种程度上对姚关照不足,所得的许多结论似乎更适合于贾,而将“姚贾”作为一体研究时也有轻视姚贾后学的倾向,未能进行总体风格上的延伸考索,视野稍显局促。

余恕诚先生《晚唐两大诗人群落及其风貌特征》(《安徽师范大学学报》1996 年第 2 期)一文从中晚唐之变的宏观视角对晚唐诗歌格局进行把握,论文认为“可以说韩、白两派至少从宝历以后就渐渐失去了领导主流的力量,诗歌界也就自然会有新潮和新的诗人群体出现”。并将纷繁复杂的晚唐诗人大体上划分为两大诗人群体,“一是继承贾岛、姚合、张籍、孟郊的穷士诗人群,工于穷苦之言,诗歌风貌的特征是收敛、淡冷、着意;二是以李商隐、温庭筠、杜牧为代表,在心灵世界与绮艳题材的开拓上做出了重大贡献的诗人群,诗歌风貌特征是悲怆、绮丽、委婉”。并认为“晚唐诗人群落的分布,对于社会生活的覆盖不像盛中唐那样全面,使其时诗歌在弹奏时代主旋律及表现整体气象上受到限制”。该论文对于把握晚唐诗坛的整体格局以及认识姚贾诗风在晚唐五代的影响提供了颇有价值的思路。

张巍博士《中晚唐之际的刘白诗派与姚贾诗派》(《重庆社会科学》2007年第2期)从诗派发展流变的角度考查了刘白与姚贾两大诗派,论文认为:“到了中晚唐之交的宝历、大和年间,随着白居易晚年诗风的变化和韩孟的相继离世,元白诗派和韩孟诗派的相关成员也重新分化与组合,又形成了以白居易、刘禹锡为核心的刘白诗派和以姚合、贾岛为核心的姚贾诗派。”“刘白诗派和姚贾诗派的创作在唐宋诗歌的发展历程中具有重要意义。”“这两个诗歌流派可以说是元白诗派和韩孟诗派的后继,具有某种从中唐诗歌向晚唐诗歌过渡的性质。”“从中唐的元白诗派与韩孟诗派,到中晚唐之际的刘白诗派与姚贾诗派,再到宋初的白体与晚唐体,始终表现出两种艺术风格的对立。这可以说是台阁诗人阶层与山林诗人阶层的对立,也可以说是平白畅达的诗风与奇崛或寒苦诗风的对立。”论文指出了刘白、姚贾诗派与元白、韩孟诗派的传承关系,并分析了洛阳、长安不同的地域文化对两大诗派的影响,以及群体创作倾向与诗集编定等对诗歌流派成熟的意义,进一步梳理了唐宋诗歌流派传承的脉络。

陈斐博士《〈众妙集〉、〈二妙集〉与姚贾诗派的确认》(《郑州大学学报》2010年第1期)一文,认为赵师秀《众妙集》与《二妙集》二集的编选具有“肯定姚、贾宗主地位”“选定姚、贾诗派成员”“梳理姚、贾诗派谱系”的作用,认为“这两部选本以直观呈现的方式完成了唐诗史上姚贾诗派的首次确认”。该论文从选本角度概括诗派成员,切入点较有新意,在前人研究基础上更进一步,为全面认识姚贾诗派成员的提供了有益的参考。

在此方面的论文尚有:周衡《姚贾诗派简论》(《徐州师范大学学报》2002年第2期)、覃琳琳《姚贾诗人群体的诗歌艺术探究》(《广西政法管理干部学院学报》2008年第4期)、胡遂和肖圣陶《论姚合文人集团诗歌创作方式》(《求索》2008年第12期)三篇,总体上所讲观点较为平常,新见不多。

(三)姚贾接受史研究

在姚贾接受研究方面,除笔者的先期和中期成果外,目前发表的成果仅有宋立英《论竟陵派与贾岛、姚合之关系》(《兰州学刊》2010 年第 11 期)一篇论文。此外,在姚贾接受研究方面,已经引起一些研究生的关注,目前已经有三篇关于贾岛接受研究的硕士论文对此问题进行了初步探讨,分别为余霞《晚唐五代贾岛接受史研究》(陕西师范大学 2004 年硕士学位论文),吴艳菊《宋代的贾岛接受研究》(河北师范大学 2006 年硕士学位论文),童瑜《宋代贾岛接受史论》(华侨大学 2007 年硕士学位论文)。

宋立英《论竟陵派与贾岛、姚合之关系》(《兰州学刊》2010 年第 11 期)一文对以陈衍为代表的传统观点及以钱锺书、游国恩等为代表的通行的观点提出质疑,认为"竟陵派与贾岛、姚合诗歌有相似之处,但不能因此就说竟陵派效仿贾岛、姚合的诗歌创作。竟陵派的代表人物钟惺、谭元春从未标举过贾、姚,也从未表示学习过贾、姚。两者之间的相似是无心之似,相似的原因在于二者都受到佛教的深刻影响及对冷寂意象的偏爱与幽静诗境的追求"。

总之,作为研究"姚贾现象"的前提和基础,学界目前对姚合与贾岛的研究已取得一些成果,但绝大多数停留在诗人个案研究层面,将姚贾视为一体,以诗人组合、诗人群体及流派进行研究的论著则不多,而且也不够深入。学界对于与"姚贾现象"密切相关的姚贾诗人组合、姚贾诗人群体、姚贾诗派、晚唐体、姚贾对宋明清的影响等方面的探讨大多处于割裂状态,从总体上讲尚未作正本清源的追溯、条理明晰的梳理和全面系统的总结。

如在本书的核心内容之一的姚贾并称与姚贾异同研究方面,除许可《贾岛与姚合》(《语文学刊》1988 年第 4 期)、胡遂《贾岛姚合诗风成因初探》(《湘潭大学学报》2000 年第 3 期)、尹占华先生《论郊岛和姚贾》(《文学遗产》1995 年第 1 期)三篇论文相对深入外,其他研究均停留在浅层次重复层面。而在本书的另一核心内容——姚贾接受研究方面,除笔者的先期和中期成果外,目前发表的成果仅有宋立英《论竟陵派与贾岛、姚合之关系》一篇论文,且结论存在诸多可以商榷的问题。几位硕士研究生虽然对贾岛的接受研究进行了初步探讨,但并不深入,时间跨度仅局限于晚唐五代至宋代，未能进行进一步的延伸研究。而对于姚合的接受研究则没有涉及。

对“姚贾现象”及其形成根源的研究具有特殊的价值和意义。以“姚贾现象”研究作为线索和纲要，可以将对姚贾并称与姚贾异同、姚贾对宋明清的影响等众多问题的研究从宏观的角度结合起来，通过现象探究本质，将对姚贾及其接受问题的研究推向系统化、理论化，使研究趋于细致深入。探讨“姚贾现象”形成的原因不仅有助于认识姚贾诗歌的特质，了解姚贾在唐诗发展演变中的地位与作用，更加清晰地把握纷繁复杂的晚唐五代诗坛的格局与风貌，也可以了解中晚唐诗歌流派发展演变的轨迹，从后人对唐诗的接受角度为了解唐宋诗嬗变的历程及明清两代诗歌的发展轨迹提供线索和借鉴，从中也可以了解历代评论者的评判标准以及时代审美情趣的复变趋势。

总体上讲，通过对“姚贾现象”的研究，可以将姚合、贾岛二位诗人的研究推向深入，将研究由诗人个案分析层面推向理论批评层面，将对姚贾的本体研究与接受研究相结合。该研究坚持历史真实与文学史真实并重，通过对“姚贾现象”的根源、内涵和特点的剖析，更好地认识“姚贾现象”的内涵及外延；同时将“姚贾现象”的讨论置于中国文学史发展演变的大背景下，从传播、接受和心理认同的角度重新认识这一独特的文学现象，尽力避免对文学现象进行简单化和程式化的处理，以便全面深入地挖掘和把握由于时代和审美趣味的变迁而形成的丰富的文学现象背后的内涵。

二、本书的主要观点

“姚贾现象”是诗歌发展史上的一个颇有特色和研究价值的现象，类似姚合、贾岛这样虽非名门大家但却在当世和以后的诗坛上拥有甚至超过名门大家的广泛而深远的影响力的现象，在文学史中非常少见，对这一现象进行审视与思考，有助于认识文学现象背后的审美取向和社会心理变迁，充实和丰富文学发展史的内涵，开阔研究领域，创新研究视角，还原历史真实，从更深层次探寻文学发展的规律与轨迹。

“姚贾”是唐诗史上著名的并称之一，“姚贾”不仅是姚合、贾岛二位诗人称谓的简单组合，“姚贾”在文学史中经历了由对举到并称，由人物到风格，由群体到流派这样一个内涵和外延都不断充实扩大的认同过程。“姚贾”并称有着苦吟诗风、精于五律以及清新奇峭的总体风格等方面的总体特质。随着“姚贾”诗风在晚唐五代的风靡、在宋明清历代的蔓延与传承以及诗论家不断地总结与评论，“姚贾”并称又被赋予了中晚唐之交第三种势力的代表、以“姚贾”为核心的诗人群体、晚唐五律风格的主流、由唐风向宋调转型的推波助澜者等更为丰富的外延。

陶渊明、谢灵运、王维、孟浩然、钱起、郎士元、韦应物、柳宗元等诗人通常被认为是中国古代山水田园诗人的代表，但山水田园审美主题的表现传统却并未就此而停歇。中晚唐之交，姚合、贾岛二人以五律为载体，在继承先贤的基础上对山水田园审美主题进行了富有时代特色的探索与开拓，主要表现在由写景诗向咏物诗靠拢、由田园诗向庭院诗转型、由浑融完整到有句无篇、由开阔自然到局促雕琢等方面。从而使后人将“姚贾”与“陶谢”“王孟”“钱郎”“韦柳”等诗人组合相提并论，成为山水田园诗歌发展历程中承上启下的重要环节。

“姚贾”是中晚唐之交继“韩孟”“元白”之外的又一重要的诗坛势力的代表。“姚贾”对社会政治的态度与“韩孟”“元白”诸人截然不同。“姚贾”与中晚唐之交的“韩孟”“元白”“张王”等几股诗坛的重要势力有着继承、互动与变革的密切关系。

相对于“元白”“张王”，“姚贾”与“韩孟”有着更为深层的渊源。“姚贾”在“穷苦之言”的歌咏内容、以丑为美的审美心理、苦吟锻炼的创作态度、奇峭瘦硬的风格体貌、标新立异的开拓精神等方面均受“韩孟”诸人的浸染。在晚唐诗坛，“姚贾”可以说是较为系统地继承了“韩孟”诗歌的精粹，并使“韩孟”所开创的事业得以延伸。

但“姚贾”之所以为“姚贾”能于晚唐独树一帜，其创新变革之处则更为突出。在创作思想上变元和年间重功利思想为为艺术而艺术的倾向；题材上，由社会人生转为自我关注；交游方式上，变“韩孟”的以文章道德相依托为“姚贾”以诗艺切磋为纽带，关系更加疏散自由；诗歌体裁上，变五古为五律，并蔓延晚唐；风格上，变瘦硬为清幽，变奇险为平淡，“姚贾”诗歌从整体上向平易处发展，与“韩孟”分道扬镳；格局上，由外张变为内敛，气格局促，诗料狭小，变“以才力为诗”为“以意味为诗”。“姚贾”的种种努力和变革使“姚贾”诗风最终形成了独有的质性，上承大历“韩孟”，下启晚唐五季，别具一格，自成一家法度。

“姚贾”与“元白”尽管年龄上相差不多，但在诗歌发展史上，“姚贾”与“元白”却并不属于同一个阶段的诗人，从贞元末到元和末是“元白”诗歌创作的成熟期，而“姚贾”二人诗歌创作的成熟则起始于长庆年间。故而历代学者都将“元白”与“韩孟”一同视为中唐诗坛两种主要潮流的代表，而“姚贾”通常被视为变革中唐诗风的后劲和晚唐诗风的开启者。其中，贾岛曾投诗元稹请求援引，其他往来并不多，而姚合虽然在仕宦经历、审美情趣、吏隐作风和语言风格上均与乐天有近似之处，但二人在家世、性情、品味、修为、才学上的差异依然是主要的，二人在诗歌风格上更多地表现为貌合而神异。

“姚贾”与“张王”是中唐交往最为密切的两对诗人组合。“姚贾”对“张王”颇为推崇。他们在频繁的诗歌交往唱和中相互影响，有许多相互学习、模拟对方风格的作品。“姚贾”与“张王”在诗歌风格上均具有通体“雅正”的特色，其中姚合表现为“闲雅”，而贾岛表现为“古雅”。“张王”与“姚贾”相类似的生活经历和心灵体验，使他们在诗歌的表现内容上也有很多近似之处。此外，在创作态度上，“张王”与“姚贾”一样，具有“苦吟”的倾向。

姚合与贾岛是分属于不同阶层的诗人，“姚贾”并称，但二人无论从身世、经历、禀赋、地位、情趣、爱好等方面均有很大的不同。但二人的种种差异却并不影响二人的交往、友谊和对诗歌的共同爱好，二人在诗风上表现出总体的趋同，后代诗论家家往往“姚贾”并称，共同作为中晚唐五言律诗创作的代表。入宋以后，特别是南宋后期随着晚唐诗风的广泛流布，形成了一股以学习“姚贾”诗风为主体的潮流，姚合、贾岛也逐渐被视为晚唐诗风的代表被一并予以认同。

关于“姚贾”优劣的争论起于宋代，最早明确提出这一问题的是宋末诗选家方回，方回从维护江西诗派的立场出发，为达到间接批判江湖诗人的目的，在《瀛奎律髓》中有意扬贾而抑姚。方回的主要观点为“姚合不及贾岛”“姚合学贾岛为诗”“贾岛别开一派，姚合继之”等，并且提出了学习唐诗的几个阶段，即由姚合入手至于贾岛，再由贾岛而达到杜甫的境界。方回出于门户之见，诋毁“四灵诗派”不遗余力，为了达到从根本上否定“永嘉四灵”与江湖诗人的目的，于是选择作为“永嘉四灵”及江湖诗人主要师法对象的姚合、贾岛入手，采取掘其祖坟的办法，对贾岛和姚合肆意进行攻击。后世诗论家对于“姚贾优劣”虽然看法各异，但是方虚谷从维护江西诗派出发，为了达到诋毁“永嘉四灵”及江湖诗人而别有用心一手炮制出来的所谓“姚贾优劣”的争论，则需要谨慎对待。我们若探究姚合、贾岛二人在当时的真实影响，就不能不对这类由来已久的理论有清醒的认识，不再受这类由偏见生发出来的理论所困扰。

“姚贾”诗风在晚唐五代风行一时，“姚贾”诗风不仅为其入室弟子所传承，而且对“咸通十哲”、晚唐五代诗僧群体等众多后学产生了深远的影响，成为晚唐五代时期五律创作的主流。“姚贾”对宋以后许多诗人或诗歌流派均产生过一定影响。宋代是“姚贾”诗风重新焕发生机的阶段，宋初“晚唐体”及“九僧”承接晚唐五代遗风，续写着“姚贾”的影响。南宋“永嘉四灵”和“江湖诗人”则以学“姚贾”相号召，并蔚然成风，成为与江西诗派风格相抗衡的宋诗类型。明末“竟陵派”诗人，清中期“高密派”和晚清“同光体”诗人等均在一定程度上师法“姚贾”，使晚唐诗风得以一脉相传。“姚贾”在身后一千多年中拥有着经久不衰的影响力，成为中国古代诗歌发展史中最具生命力的诗人并称之一。

第一章　姚贾并称的源起与确立

第一节　唐人并称的类型及其内涵的延伸

并称是唐代文学史中一个普遍而又重要的文学现象。唐诗人并称的类型很多,有文笔相称、一时齐名的,有才力匹敌、专以诗闻名于当世的,也有为后学推崇或后世学者在研习唐诗过程中总结归纳而成的。诗人并称是特定时代的诗歌潮流与风格流派兴衰与变迁的缩影。若探讨“姚贾”并称的源起,就必须从简单的形态开始,对其内涵与外延的发展变化做一追溯。

一、唐人并称概述

诗歌的发展亦如社会的发展,故对于有唐一代,后人通常以社会发展的轨迹来描述诗歌兴衰的历程。初盛中晚,虽然时运使然,总体的衰残非人力所能抗拒,但在属于他们各自的生存空间内,都拥有叱咤风云的领军人物。从初唐的王杨、卢骆,武后时的沈宋、苏张,盛世的李杜、高岑、王孟,大历间的钱郎,贞元、元和间的韩孟、元白、刘柳、张王,活跃于中晚之交的姚贾及其追随者,晚唐之温李、皮陆等,他们或同气相投,或才力匹敌,或彼伏此起,有如唐诗发展历程中绵延不断的灯塔,沿着灯光的指引我们便可以窥探唐诗发展的路径,进而把握唐诗演变的轨迹。

并称是唐诗史中一个较为常见的文学现象，即论诗时常将两个或更多的诗人相提并论。唐代几乎所有类型的诗人群体或流派在起初的一段时间里都是以诗人并称或诗人组合的形式出现的。明诗论家胡应麟云："唐人品第最精，如杨卢、沈宋、王孟、李杜、钱刘、元白，即铢两稍有低昂，大较相若，故不妨并称也。"①并称并不是后人在把握唐诗风格体貌时才形成的，很多诗人在生前即享有盛名，如初唐之"王杨卢骆"，《旧唐书·杨炯传》载"炯与王勃、卢照邻、骆宾王以文词齐名，海内称为'王杨卢骆'，亦号为'四杰'"②。"文章四友""沈宋""苏张""元白"等也均属此类。而更多的诸如李杜、王孟、高岑、张王、姚贾、温李等并称则是在身后才逐渐获得声名和被认可的。中唐诗人元稹在论杜诗时就曾历举前代几对著名的诗人组合：

> 至于子美，盖所谓上薄风骚，下该沈宋，古傍苏李，气夺曹刘，掩颜谢之孤高，杂徐庾之流利，尽得古今之体势，而兼人人之所独专。
>
> ——《唐故检校工部员外郎杜君墓系铭并序》③

其实唐人自身在谈论诗人和诗歌时也有意无意地将风格或经历接近的诗人相提并论，如杜子美论初唐诗坛时曰"王杨卢骆当时体，轻薄为文哂未休"（《戏为六绝句》之二）、"举天悲富骆，近代惜卢王"（《寄彭州高三十五使君适、虢州岑二十七长史参三十韵》）。晚唐诗人、诗论家司空图论唐诗发展风貌时，也多并举齐名之诗人作为唐代初盛中晚不同阶段的标志。

> 沈、宋始兴之后，杰出于江宁，宏肆于李、杜，极矣。右丞、苏州，趣味澄敻，若清沇之贯达。大历数十公，抑又其次。元、白力勍而气

① （明）胡应麟撰：《诗薮》，上海古籍出版社1979年版，第154页。
② （后晋）刘昫等撰：《旧唐书》，中华书局1975年版，第5003页。
③ （唐）元稹著，冀勤点校：《元稹集》，中华书局1982年版，第601页。

孱,乃都市豪估耳。刘公梦得、杨公巨源,亦各有胜会。浪仙、东野、刘得仁辈,时得佳致,亦足涤烦。厥后所闻,徒褊浅矣。

——《司空表圣文集》卷一《与王驾评诗书》①

由于唐代诗歌风格各异,诗人众多,后世诗论家在总结和学习唐诗过程中,对诗人并称的认识更是经历了一个由浅入深、由随意到固定、由个别见解到大众认同的漫长过程,最终才得以在评论唐诗时对常见诗人组合的名称基本达到共识。在唐诗学发展臻于系统化的明代,评论家对唐人并称的认识也逐渐趋同。明代诗选家高棅在《唐诗品汇总叙》中概述有唐一代诗歌发展历程时,也多用诗人并称作为某个阶段风格特色的代表。

略而言之,则有初唐、盛唐、中唐、晚唐之不同。详而分之,贞观、永徽之时,虞、魏诸公,稍离旧习,王杨卢骆,因加美丽,刘希夷有闺帷之作,上官仪有婉媚之体,此初唐之始制也;神龙以还,洎开元初,陈子昂古风雅正,李巨山文章宿老,沈、宋之新声,苏、张之大手笔,此初唐之渐盛也。开元、天宝间,则有李翰林之飘逸,杜工部之沉郁,孟襄阳之清雅,王右丞之精致,储光羲之真率,王昌龄之声俊,高适、岑参之悲壮,李颀、常建之超凡,此盛唐之盛者也;大历、贞元中,则有韦苏州之雅澹,刘随州之闲旷,钱、郎之清赡,皇甫之冲秀,秦公绪之山林,李从一之台阁,此中唐之再盛也。下暨元和之际,则有柳愚溪之超然复古,韩昌黎之博大其词,张、王乐府得其故实,元、白序事,务在分明,与夫李贺、卢仝之鬼怪,孟郊、贾岛之饥寒,此晚唐之变也。

——《唐诗品汇总叙》②

---

① (唐)司空图:《与王驾评诗书》,祖保泉、陶礼天笺校:《司空表圣文集笺校》,安徽大学出版社2002年版,第189—190页。

② (明)高棅著:《唐诗品汇总叙》,《唐诗品汇》,上海古籍出版社1982年影印本,第9页。

在这段著名的评论唐诗分期的诗论中，高棅列举了众多唐诗史中齐名的诗人及约定俗成的并称。其实并非仅是高棅，宋以后，随着宗派意识在文人心目中地位的强化，人们已经逐渐地产生了将在唐代仅仅是松散的诗人组合或诗人集团视为具有现代意义上的诗歌派别的趋向，后学也往往习惯于用并称来代表某个特定时代的诗歌风貌或文坛思潮了。

二、唐人并称的类型

唐人并称有很多种类型，对于唐代诗人的并称情况，明代诗论家胡震亨在著名的诗歌理论专著《唐音癸签》卷二十八“谈丛四”中谈道：“唐人一时齐名者，如富、吴，苏、李，燕、许，萧、李，韩、柳，四杰，四友，三俊，皆以文笔为称。其专以诗称有沈、宋，钱、郎，又有钱、郎、刘、李，鲍、谢，元、白，刘、白，温、李，贾、喻，皮、陆，吴中四士，庐山四友，三舍人，大历十才子，咸通十哲等目。至李、杜，王、孟，高、岑，韦、孟，王、韦，韦、柳诸合称，则出自后人，非当日所定。”①胡震亨在这段诗论中其实已经大体概括出了唐人并称的几种基本类型。

其一为文笔相称、一时齐名的。这类诗人最显著的特点是虽然诗文兼备，但时人更看中他们在文章方面的成就，甚至文名掩盖过诗名。如沈佺期与宋之问，《旧唐书》卷一百九十《沈佺期传》载“佺期善属文，尤长七言之作，与宋之问齐名，时人称为‘沈宋’”②；如富嘉谟与吴少微，《旧唐书》卷一百九十《富嘉谟传》载“嘉谟与少微属词皆以经典为本，时人钦慕之，文体一变，称为‘富吴体’”③；如苏味道与李峤，《新唐书》卷一百一十四《苏味道传》载“苏味道，赵州栾城人。九岁能属辞，与里人李峤俱以文翰显，时号‘苏李’”④；如张说与苏颋，《新唐书》卷一百

① (明)胡震亨著:《唐音癸签》，上海古籍出版社 1981 年版，第 288 页。

② (后晋)刘昫等撰:《旧唐书》，中华书局 1975 年版，第 5017 页。

③ (后晋)刘昫等撰:《旧唐书》，中华书局 1975 年版，第 5013 页。

④ (宋)欧阳修、宋祁撰:《新唐书》，中华书局 1975 年版，第 4202 页。

二十五《苏颋传》载“自景龙后，与张说以文章显，称望略等，故时称‘燕许大手笔’”①；如“文章四友”，《新唐书》卷二百一《杜审言传》载“少与李峤、崔融、苏味道为‘文章四友’，世号‘崔李苏杜’”②；等等。

第二类为专以诗闻名于当世、才力匹敌的。这一类型的并称往往同时齐名于诗坛，并为时人所重，在共同诗歌风尚的笼罩下，一般表现为总体风格相近，或以其在风格或体例上的相似之处为人所接受。清代诗论家贺贻孙在《诗筏》中谈到这种现象时说：“同时齐名者，往往同调。如沈、宋，高、岑，王、孟，钱、刘，元、白，温、李之类，不独习尚切劘使然，而气运所致，亦有不期同而同者。”③清代诗论家王士祯也发现了唐人并称的这一特点，“唐人齐名如沈宋、王孟、钱刘、元白、皮陆，皆约略相似”④。此类并称如“王杨卢骆”，“海内称焉，号为‘四杰’，亦云‘卢骆杨王四才子’”⑤。如“吴中四士”，《新唐书》卷一百四十九《包佶传》载“父融，集贤院学士。与贺知章、张若虚、张旭有名当时，号‘吴中四士’”⑥。又如钱起与郎士元，唐代诗选家高仲武云：“士林语曰：‘前有沈宋，后有钱郎。’”⑦唐代诗选家顾陶称“元白”：“若元相国稹、白尚书居易，擅名一时，天下称为元白，学者翕然，号‘元和诗’。”⑧晚唐史家裴庭裕在《东观奏记》中称温庭筠“辞赋诗篇，冠绝一时，与李商隐齐名，时号‘温李’”⑨。

---

① （宋）欧阳修、宋祁撰：《新唐书》，中华书局 1975 年版，第 4402 页。

② （宋）欧阳修、宋祁撰：《新唐书》，中华书局 1975 年版，第 5736 页。

③ （清）贺贻孙：《诗筏》，郭绍虞编选，富寿荪校点：《清诗话续编》（上册），上海古籍出版社 1983 年版，第 142 页。

④ （清）王士祯：《师友诗传续录》，（清）王夫之等：《清诗话》（上册），上海古籍出版社 1978 年版，第 159 页。

⑤ （唐）郗云卿：《骆宾王文集原序》，（唐）骆宾王著，（清）陈熙晋笺注：《骆临海集笺注》，中华书局 1961 年版，第 377 页。

⑥ （宋）欧阳修、宋祁撰：《新唐书》，中华书局 1975 年版，第 4798—4799 页。

⑦ （唐）高仲武：《中兴间气集》，傅璇琮、陈尚君、徐俊编：《唐人选唐诗新编》（增订本），中华书局 2014 年版，第 459 页。

⑧ （唐）顾陶：《唐诗类选后序》，（清）董诰等编：《全唐文》（卷 765），中华书局影印本 1983 年版，第 7960 页。

⑨ （唐）郑处诲、裴庭裕撰，田廷柱校：《明皇杂录东观奏记》，中华书局 1994 年版，第 133 页。

在这一类型的并称当中,有一部分如王杨卢骆、沈宋、钱郎等仍然为当今学者所接受和认同,而更多的情况是一部分如原本等量齐观的,如元白、刘白、温李等,则发生了不同程度分量的倾斜。随着时代的推移,历史的真实渐行渐远变得模糊起来,夹杂有各自时代气息、由后人总结归纳重新认识的文学史意义中的真实,取代只言片语的历史真实成为必然,但同时往往成为我们认识此类当时齐名的诗人真面目以及还原历史真实的障碍。

第三类为后学推崇或后世学者在研习唐诗时总结归纳而成。一些生前并未齐名或者有明显联系的诗人,后辈学者在研习唐诗时逐渐发现了他们之间的某种关联而将他们相提并论。他们或对后世产生了相同或相近的影响,或诗风有某种程度的相似或相反的现象,后学常将他们相提并论,作为唐诗某一阶段或某一种风格的代表,对他们的作品也往往等量齐观或进行细致的比较辨析,以获得对特定阶段诗歌风尚的把握或理解。对于诗风相近的诗人组合,则常对他们诗歌的细微差别之处进行比较与辨析。这一类型实际代表了后人眼中的唐代诗坛状况,是对唐代诗坛的重新认识和历史总结,带有一定程度的概括性与宏观性,一般来说与唐代诗坛的实际情况存在着某种程度的偏差。对于这一类型的诗人组合,不管目前认为其地位有多么重要、成就有多么高,后学研习唐诗时一定要与当时齐名的诗人组合相区分,以免陷入以想象的完美代替历史的残缺的情感怪圈。这一类型的诗人并称很多,目前文学史中提及的大多数均属此类,除高棅在《唐诗品汇总叙》中所举之李杜、王孟、高岑、储王、张王等以外,杜韩、韦柳、郊岛、姚贾、小李杜、皮陆等也均属此类。

对于唐代的诗人并称,后世学者常在三个方面对他们进行分析与研究。

其一,寻找之所以并称的共同点。如朱庭珍《筱园诗话》卷四言“王孟”:“孟山人、王右丞均工于短章五古,擅美一时。……此外凡作五古,皆宜宗王、孟、韦、柳一派，以为复古而神韵无穷也。”①《沧浪诗话·诗评》言“高岑”：“高岑之诗悲壮，读之使人感慨。”②《雨村诗话》卷下言“张王”：“王建、张籍乐府，何曾一字险怪，而读之入情入理，与汉魏乐府并传。”③

其二，在共性的基础上寻找其个性进行细致的辨析。如《诗薮》内编卷四言李杜之别：“唐人才超一代者，李也；体兼一代者，杜也。李如星悬日揭，照耀太虚；杜若地负海涵，包罗万汇。李惟超出一代，故高华莫并，色相难求；杜唯兼综一代，故利钝杂陈，巨细咸蓄。李才高气逸而调雄，杜体大思精而格浑。超出唐人而不离唐人者，李也。不尽唐调而兼得唐调者，杜也。”④《唐音癸签》卷十言高岑之别：“岑词胜意，句格壮丽，而神韵未扬；高意胜词，情致缠绵，而筋骨不逮。岑之败句，犹不失盛唐；高之合调，时隐逗中唐。”⑤《艺概》卷二《诗概》论高岑之别：“高常侍、岑嘉州两家诗，皆可亚匹杜陵。至岑超高实，则趣尚各有近焉。”⑥

其三，对并称中的诗人进行优劣的对比。诗史上著名的李杜优劣公案即是这种作风的表现。白居易《与元九书》中首兴事端：“又诗之豪者，世称李杜。李之作才矣，奇矣，人不逮矣；索其风雅比兴，十无一焉。杜诗最多，可传者千余首，至于贯穿古今，覼缕格律，尽工尽善，又过于李。”⑦与白居易同气相投的元稹对李白也颇有微词，元在《唐故工部员外郎杜

① （清）朱庭珍：《筱园诗话》，郭绍虞编选，富寿荪校点：《清诗话续编》（下册），上海古籍出版社1983年版，第2402页。

② （宋）严羽著，郭绍虞校释：《沧浪诗话校释》，人民文学出版社1961年版，第181页。

③ （清）李调元著，吴熙贵评注：《李调元诗话评注》，重庆出版社1989年版，第152页。

④ （明）胡应麟撰：《诗薮》，上海古籍出版社1979年版，第70页。

⑤ （明）胡震亨著：《唐音癸签》，上海古籍出版社1981年版，第94页。

⑥ （清）刘熙载撰，袁津琥校注：《艺概注稿》，中华书局2009年版，第298页。

⑦ （唐）白居易著：《与元九书》，见顾学颉校点：《白居易集》，中华书局1979年版，第961页。

君墓係铭并序》中道："时山东人李白，亦以奇文取称，时人称之为李杜。予观其壮浪纵恣，摆去拘束，摹写物象及乐府歌诗，诚亦差肩于子美矣；至若铺陈始终，排比声韵，大或千言，次犹数百，词气豪迈而风调深清，属对律切而脱去凡近，则李尚不能历其藩翰，况奥堂乎？"①又如谈王、孟二家之优劣，"唐诗李杜之外，孟浩然王摩诘足称大家。王诗丰缛而不华靡，孟却专心古澹，而悠远深厚，自无寒俭枯瘠之病。由此言之，则孟为尤胜。"(《麓堂诗话》)②"摩诘才胜孟襄阳，由工入微，不犯痕迹，所以为佳。"③"昔人谓王孟五言难分高下，蒙意王气较和，孟骨差峻，王可兼孟，孟不能兼王。即此微分，故首王而次孟，非同也。"(《唐贤清雅集》卷二)④又如论高、岑之高下："高、岑一时，不易上下。岑气骨不如高达夫，遒上而婉缛过之。《选》体时时入古，岑尤陟健。歌行磊落奇俊，高一起一伏，取是而已，尤为正宗。"⑤

当然，后人在研习唐诗时，在这三个方面自然不是判若泾渭的非此即彼，评析时往往将求同、辨异以及区分高下交互使用。诸如此类的例证不胜枚举，如论王孟："盛唐诗，各体俱妙，而王孟之五言律尤最。二家诗多妙悟，王以高华精警胜，孟以自然奇逸胜。"⑥论高岑："高气骨不逮嘉州，孟材具远输摩诘，然并驱者，高、岑悲壮为宗，王、孟闲澹自得，其格调一也。"⑦论元白："诗至元、白，实又一大变。两人虽并称，亦各有不同：选语之工，白不如元；波澜之阔，元不如白。白苍莽中存古调，元精工处亦杂新声。既由风气转移，亦自才

---

① (唐)元稹著，冀勤点校：《元稹集》，中华书局1982年版，第601页。

② (明)李东阳：《麓堂诗话》，丁福保辑：《历代诗话续编》，中华书局2006年版，第1372页。

③ (明)王世贞：《艺苑卮言》，丁福保辑：《历代诗话续编》，中华书局2006年版，第1006页。

④ (清)张文荪：《唐贤清雅集》(卷二)，清乾隆三十年抄本。

⑤ (明)王世贞：《艺苑卮言》，丁福保辑：《历代诗话续编》，中华书局2006年版，第1006页。

⑥ (清)林昌彝辑：《海天琴思录》(卷一)，清同治三年刻本。

⑦ (明)胡应麟撰：《诗薮》，上海古籍出版社1979年版，第37页。

质有限。"①论姚贾:"与贾岛同时,号'姚贾',自成一法。岛难吟,有清洌之风;合易作,皆平澹之气。兴趣俱到,格调少殊。"②

总之,从初唐时的"王杨卢骆""吴中四士""文章四友""富吴""苏李""燕许大手笔",到盛唐时"李杜""王孟""高岑",再到中晚唐的"钱郎""韩孟""元白""张王""姚贾""温李""皮陆",不论是当世齐名的,还是后人总结的,诗人并称均是唐诗研究中一个普遍而又重要的文学现象。后代学者对诗人并称的认识也经历了一个由浅入深、由随意到固定、由个别见解到大众认同的漫长过程。宋以后,随着文人心目中宗派意识的强化,诗人并称更成为学者认识诗人组合、诗人群体乃至诗歌流派的重要依据,以并称来总括某个特定时代的诗歌风貌或文坛思潮已成为共识,而与并称现象密切相关的探求相似、辨析不同以及区分优劣等研究方法也成为诗学研究中最基本的治学方法与门径之一。

第二节　唐人对"姚贾"之认识及其评论

姚合与贾岛是中晚唐之交的著名诗人,他们年龄相仿,一生交往频繁,并留下了大量的交游唱和诗作,同时也结下了深厚的友谊。晚唐五代许多诗人同时受两家诗风的浸染,入宋以来人们更是将他们视为学习唐人诗歌的门径而加以推崇,故后人在论诗时常喜将二人相提并论,号为"姚贾"。

后人对"姚贾"名称有一个渐进的认识和认同过程。

---

① (清)贺裳:《载酒园诗话》,郭绍虞编选,富寿荪校点:《清诗话续编》(上册),上海古籍出版社1983年版,第360页。

② (元)辛文房撰,傅璇琮主编:《唐才子传校笺》(第三册),中华书局1990年版,第124页。

一、从姚、贾交游唱和看“姚贾”

姚合、贾岛自元和初相识后，①交往频繁，交游诗作在二人诗友中也最多。通过姚合、贾岛的唱和诗作我们可以对二人关系的密切、交往的频繁和时间的久远等问题有一大致了解。

从诗题上看，姚合自元和年间与贾岛订交起，一直到贾岛辞世后，均有诗作往来，姚合写与贾岛的诗作共计 14 首，贾岛写与姚合的诗作 12 首，数量在二人交往诗中均属最多。其中姚合寄诗给贾岛的有七首，分别为：《闻蝉寄贾岛》《寄贾岛》《寄贾岛浪仙》《洛下夜会寄贾岛》《寄贾岛》《寄贾岛时任普州司仓》《寄贾岛》；迎送一类的有五首，分别为：《送贾岛及钟浑》《喜贾岛至》《喜贾岛雨中访宿》《别贾岛》《夜期贾岛不至》；悼念之作有《哭贾岛》二首。贾岛写予姚合的诗有 12 首，分别为：《黎阳寄姚合》《酬姚合校书》《寄武功姚主簿》《酬姚少府》《重酬姚少府》《宿姚少府北斋》《宿姚合宅寄张司业籍》《夜集姚合宅期可公不至》《昇道精舍南台对月寄姚合》《送姚杭州》《喜姚郎中自杭州回》《酬姚合》。

姚贾二人一生可谓真情往来，分别时常怀思念，“忆君难就寝，烛灭复星沉”（姚合：《洛下夜会忆贾岛》）、“地远山重叠，难传相忆词”（姚合：《寄贾岛时任普州司仓》）、“相思聊怅望，润气遍衣初”（贾岛：《升道精舍南台对月寄姚合》）、“居枕江沱北，情悬渭曲西。数宵曾梦见，几处得书披。……会须过县去，况是屡招携”（贾岛：《寄武功姚主簿》）。

别离后，贾岛“因贫行远道，得见旧交游。美酒易倾尽，好诗难卒酬。公堂朝共到，私第夜相留。不觉入关晚，别来林木秋”（《酬姚合校书》）。

---

① 关于姚合、贾岛初识的时间，根据贾岛“魏都城里游从熟，才子斋中止泊多”（《黎阳寄姚合》）“因贫行远道，得见旧交游”（《酬姚合校书》）等诗句，以及姚合家居河朔的时间、姚贾二人在魏都邺城交往的经历，结合贾岛元和年间的行踪，我们可以初步断定，姚贾相识至迟应于元和五年贾岛入洛游赵期间。详见拙作《寒士的低吟——贾岛诗歌艺术新探》，中国社会科学出版社 2006 年版，第 122—130 页。

或“布囊悬蹇驴,千里到贫居”(《喜贾岛至》),造访姚合,朝夕与共,饮酒赋诗,流连忘返。

二人有着太多快乐的相聚时光,贾岛回忆道:“魏都城里曾游熟,才子斋中止泊多。去日绿杨垂紫陌,归时白草夹黄河。新诗不觉千回咏,古镜曾经几度磨。惆怅心思滑台北,满杯浓酒与愁和。”(贾岛:《黎阳寄姚合》)从姚贾“赖君时访宿,不避北斋风”(姚合:《寄贾岛》)的时常来往,到“忍寒停酒待君来,酒作凌澌火作灰。半夜出门重立望,月明先自下高台”(《夜期贾岛不至》)。姚合约而不见的焦急,均能想见二人的友情之深。

姚贾二人感情既厚,更相互视为知己,姚合曰:“秋风千里去,谁与我相亲”(《别贾岛》)、“远思应难尽,谁当与我同”(《闻蝉寄贾岛》);贾岛曰:“俸利沐均分,价称烦嘘噏。百篇见删罢,一命嗟未及。沧浪愚将还,知音激所习”(《重酬姚少府》),正是二人知心的写照。从贾岛的诗句中也可以看出二人真挚的友情,“数宵曾梦见,几处得书披”(《寄武功姚主簿》),“故人相忆僧来说,杨柳无风蝉满枝”(《酬姚合》)。

二人不仅有友情,而且惺惺相惜,贾岛接到姚合书信,便“一披江上作,三起月中吟”(《喜姚郎中自杭州回》),兴奋之情溢于言表。更为重要的是二人有着相似的期待,“海峤誓同归,橡栗充朝给”(《寄贾岛浪仙》),“终须携手去,沧海棹鱼船”(《喜贾岛雨中访宿》),“何事疾病日,重论山水心”(《夜集姚合宅期可公不至》)。

贾岛过世后,姚合有诗哀悼:“名虽千古在,身已一生休。岂料文章远,那知瑞草秋。”“有名传后世,无子过今生。……从今旧诗卷,人觅写应争。”(《哭贾岛二首》)对贾岛的离世表达了沉痛的哀悼,对其诗歌成就给予了高度的评价。①

---

① 据《贾司仓墓志铭》载:“会昌癸亥岁七月二十八日,终于郡守舍,春秋六十有四。”贾岛卒于会昌三年七月。而《唐故朝请大夫守秘书监赠吏部尚书吴兴姚府君墓铭并序》载:“会昌二年壬戌夏五月,辞以目视不明,颐摄私第。冬十二月,寝疾旬余,是月廿有五日乙酉,啓手足于靖恭里第,享年六十有六。”根据二人墓志所言,姚合于会昌二年十二月去世,贾岛于会昌三年七月去世,则姚合不可能有此作。或者两墓志中对于卒年记载有一误,或者该诗真伪存疑,或者该诗为姚合作而诗题有误,或者为姚合生前误闻贾岛死讯所作,这些问题均有待进一步考证。

从姚贾二人的交往诗作中我们可以得知“姚贾”作为唐诗史中著名的并称之一，并不完全是后人总结归纳的结果，他们两人本来就有着密不可分的关联，当然姚贾并称的意义还远不止于此。

二、从姚贾弟子诗友看“姚贾”

姚贾与其追随者之间，或为师生之谊，或为诗友，从姚贾二人，特别是姚合对众多后进的勉力与提携的诗作中，可以得知这一群体关系之密切。

姚合其人，珍视友情时常有扶危济困的举动，为人坦率真诚，常以诗会友并成为这些诗友的核心，为人谦和，上至王侯亲贵下至布衣寒士均乐与之游。因为姚合有过与众人相同的心理体验和辛酸经历，日渐显达时的姚合，对广大下层文士寓以了更多的关切与同情、提携与奖掖，这集中体现在姚合那些涉及应举内容的诗篇之中。

其中有对赴举者的殷切期望，“登科旧乡里，当为改嘉名”（《送李秀才赴举》），“珍重君名字，新登甲乙科”（《寄李频》），“曾见春官语，年来虚甲科”（《寄孙路秀才》），“明年取前字，杯酒赛春辉”（《寄张徯》）；也有对及第者的由衷的祝福与赞誉，如“阙下声名出，乡中意气游”（《送任畹及第归蜀中觐亲》），“关下科名出，乡中赋籍除”（《送喻凫校书归毗陵》），“日饮锦江水，文章盈其怀。……春来登高科，升天得梯阶。”（《送李馀及第归蜀》），“乡书落姓名，太守拜亲荣”（《送朱庆馀越州归觐》）；对于众多的科场失意者，姚合也总是不忘真诚地安慰和孜孜地鼓励。姚合诗中此类题材中最为人赞许、影响深远的是其“下第诗”，因为这些诗更真实地反映出广大下层文士的不幸命运，姚合在此类诗中既有深沉的感慨、发自内心的同情、真切的关怀，也有对失意者的殷勤勉励，同时流露出对众多文士举子命运的悲叹。如“守命贫难掷，忧身梦数惊”（《送卢二弟茂才罢举游洛谒新相》）的艰辛，“曾是求名苦，当知此去难。……诗句无人识，应须把剑看”（《送杜观罢举东游》）的孤寂，“慈恩塔上名，昨日败垂成”(《送狄兼谟下第归故山》)的惋惜,“向晚离人起,筵收樽未空”(《送马戴下第客游》)的惆怅,“楚塞数逢雁,浙江长有波”(《送顾非熊下第游越》)对前途的缥缈无定,“春风下第时称屈”(《送崔约下第归扬州》)的不平,以及“旅梦心多感,孤吟气不平”(《送杜立归蜀》)失意时的悲愤等,真实而生动地反映出众多下层文士多舛的命运、内心的抑郁和种种复杂的情感体验,故能引起广大文士的强烈共鸣,在心理上产生亲近,其诗歌也更易为人所接受,成为文士诗人们模仿效法的对象。

正因为如此,姚合身边聚集起了一大批年轻的诗人,客观上为诗人群体的凝聚、风格的影响和交融以及诗歌流派的形成等奠定了扎实的基础,也使得姚合成为众多后进乐于在诗艺上切磋,情感上交流和精神上共鸣的良师益友。姚合无论走到哪里,也无论官职的卑微与显赫,他常常以诗会友,身边总是聚集着一大批年轻的诗人。“此会偏相忆,曾供雪夜吟”(马戴:《集宿姚侍御宅怀永乐宰殷侍御》),这样的聚会给马戴等年轻诗人留下了美好的回忆。我们若检点一下姚合与这些诗人交往诗作的题目,则会发现他们的聚会是那样地普遍与亲切,如《冬中与诸公会宿姚端公宅怀永乐殷尧藩侍御》《秋暮与诸文士集宿姚端公所居》《与贾岛顾非熊无可上人宿万年姚少府宅》《宿姚少府北宅》《集宿姚殿中宅期僧无可不至》《集宿姚侍御宅怀永乐宰殷侍御》《冬夜姚侍御宅送李廓少府》《雒中寒夜姚侍御宅怀贾岛》《冬夜姚谏议宅送元绪上人归南山》《夏日宿秘书姚监宅》《宿姚合宅寄张司业籍》等。

从魏博到武功、从万年到长安、从雒阳到金州、从杭州到陕虢,无论是幕佐从事,还是主簿县尉,还是御史郎官,还是刺史大夫,还是观察使秘书监,姚合总是那样平易与亲切,无论走到哪里都不忘对诗友的关怀和对年轻后进的鼓励与提携。在众多年轻诗人心目中姚合是当之无愧的良师。方干、刘得仁、周贺的诗则反映了姚合为当世所重以及对后辈诗人提携奖掖不遗余力的状况。

姚合莅杭之时方干有诗曰:“身贵久离行药伴,才高独作后人师。……借问公方与文道,而今中夏更传谁?”(《上杭州姚郎中》)刘得仁

《上姚谏议》云："高文与盛德，皆谓古无伦。圣代生才子，明庭有谏臣。已瞻龙衮近，渐向凤池新。却忆波涛郡，来时岛屿春。名因诗句大，家似布衣贫。曾暗投新轴，频闻奖滞身。照吟清夕月，送药紫霞人。终计依门馆，何疑不化鳞。"周贺《赠姚合郎中》云："望重来为守土臣，清高还似武功贫。道从会解唯求静，诗造玄微不趁新。玉帛已知难挠思，云泉终是得闲身。两衙向后长无事，门馆多逢请益人。"这也成为后人将这些追随姚贾的诗人看作一体的直接原因。

姚贾及其追慕者在当时的诗歌创作情况可以从目前仅存的一些唐诗史料中发现一些线索。如《鉴诫录·贾忤旨》载："（贾）岛后为僧，改名无本，入京投蜀僧悟达国师（知玄）院中。或去法乾寺返初了，潜于钟楼安下，日与师觉辉、无可上人、姚殿中（合）衷私唱和。"①

记载姚贾对后学的提携以及后学的追随与仰慕情况的文献零星地还有一些。《全唐文》卷八百二十孙郃《方元英先生传》载："先生，新安人，字雄飞。……始谒钱塘守姚公合，公视其貌陋，初甚侮之。坐定览卷，骇目变容而叹之。"②《唐摭言》卷十"海叙不遇"条载："周贺，少从浮图，法名清塞，遇姚合而反初。"③又《新唐书》卷二百三《文艺下·李频传》载："李频字德新，睦州寿昌人。……与里人方干善。给事中姚合名为诗，士多归重，频走千里丐其品。合大加奖挹，以女妻之。大中八年，擢进士第。"④

三、从晚唐后学看"姚贾"

姚合过世后，方干在悼亡诗中曰："寒空此夜落文星，星落文留万古

① （五代）何光远：《鉴诫录》，中华书局1985年版，第58页。

② （五代）孙郃：《方元英先生传》，（清）董诰等编：《全唐文》（卷820），中华书局影印本1983年版，第8636页。

③ （五代）王定保撰，姜汉椿校注：《唐摭言校注》，上海社会科学出版社2003年版，第207页。

④ （宋）欧阳修、宋祁撰：《新唐书》，中华书局1975年版，第5794页。

名。入室几人成弟子，为儒是处哭先生。家无谏草逢明代，国有遗篇续正声。晓向平原陈葬礼，悲风吹雨湿铭旌。”（《哭秘书姚少监》）虽然没有李德裕过世后让“八百孤寒齐下泪”①那样的影响，但姚的离世依然使众多追随者与仰慕者痛心疾首，由此可见其生前对于这一诗人群体的影响力和感召力。

贾岛离世后，晚唐诗人由于境遇等原因对于贾岛寄予了普遍的同情，在悼念之余也加深了对其诗歌成就的认同。若检点一下这些后世的怀念者，他们基本上都是姚贾诗风的追随者，从中可以发现浓厚的同气相投意味，后人总结所言的姚贾诗人群体或诗歌流派，这些人也大多名列其中。

李频《哭贾岛》：“秦楼吟苦夜，南望只悲君。一宦终遐徼，千山隔旅坟。恨声流蜀魄，冤气入湘云。无限风骚句，时来日夜闻。”

方干《寄普州贾司仓岛》：“岂料多才者，空垂不世名。”

无可《吊从兄岛》：“尽日叹沉沦，孤高碣石人。诗名从盖代，谪宦竟终身。”

薛能《嘉陵驿见贾岛旧题》：“贾子命堪悲，唐人独解诗。左迁今已矣，清绝更无之。毕竟吾犹许，商量众莫疑。嘉陵四十字，一一是天资。”

李克恭《吊贾岛》：“一一玄微缥缈成，尽吟方便爽神情。宣宗谪去为闲事，韩愈知来已振名。海底也应搜得净，月轮常被玩教倾。如何未隔四十载，不遇论量向此生。”

崔涂《过长江贾岛主簿旧厅》：“雕琢文章字字精，我经此处倍伤情。身从谪宦方沾禄，才被槌埋更有声。过县已无曾识吏，到厅空见旧题名。长江一曲年年水，应为先生万古清。”

杜荀鹤《经贾岛墓》：“山根三尺墓，人口数联诗。仙桂终无分，皇天

---

① 《唐摭言》卷七“好放孤寒”：“元和十一年，岁在丙申，李凉公下三十三人皆取寒素。时有诗曰：‘元和天子丙申年，三十三人同得仙。袍似烂银文似锦，相将白日上青天。’‘李太尉德裕颇为寒畯开路，及谪官南去，或有诗曰：八百孤寒齐下泪，一时南望李崖州。’”见（五代）王定保撰，姜汉椿校注：《唐摭言校注》，上海社会科学出版社 2003 年版，第 139—140 页。

似有私。”

张蠙《伤贾岛》:“生为明代苦吟身,死作长江一逐臣。”

曹松《吊贾岛》:“冥寞如搜句,宜邀贺监论。”

李洞《贾岛墓》:“一第人皆得,先生岂不销!位卑终蜀士,诗绝占唐朝。旅葬新坟小,魂归故国遥。我来因奠洒,立石用为标。”又《题晰上人贾岛诗卷》:“贾生诗卷惠休装,百叶莲花万里香。供得半年吟不足,长须字字顶司仓。”又《过贾浪仙旧地》:“年年谁不登高第,未胜骑驴入画屏。”

可止《哭贾岛》:“诗僻降今古,官卑误子孙。冢栏寒月色,人哭苦吟魂。”

唐人文献中也有零星关于姚贾后学师法姚合、贾岛的记载。《唐摭言》卷十“海叙不遇”条载:“李洞,唐诸王孙也,尝游两川,慕贾阆仙为诗,铸铜像其仪,事之如神。”①又《北梦琐言》卷七:“进士李洞慕贾岛,欲铸而顶戴,尝念‘贾岛佛’,而其诗体又僻于贾。”②《旧五代史》卷一百三十一《周书·孙晟传》载:“少为道士,工诗,于庐山简寂观,画唐诗人贾岛像,悬于屋壁,以礼事之。观主以为妖妄,执杖驱出之,大为时辈所嗤。”③

唐人在评论诗歌时常将风格相同或相近的诗人进行对比或共称,这种将诗人并称的现象实为后世对唐代的诗歌风格和流派认识的基础。这类并称的分析,有助于挖掘和认识当时人眼中风格近似的诗人组合。如诗僧齐己在《还黄平素秀才卷》中道:“冷澹闻姚监,精奇见浪仙。如君好风格,自可继前贤。”将姚贾对举,虽然指出二人总体风格的差异,但却一致推为后学师法的典范,该诗也是唐人首次将二人相提并论的作品。诗僧贯休《读刘得仁贾岛集二首》曰:“二公俱作者,其奈亦迂儒。且有诸峰在,何将一第吁。句还如菡萏,谁复赠襜褕。想得重泉下,依前与众殊。”

---

① (五代)王定保撰,姜汉椿校注:《唐摭言校注》,上海社会科学出版社2003年版,第200页。

② (五代)孙光宪撰:《北梦琐言》,上海古籍出版社编:《唐五代笔记小说大观》,上海古籍出版社2000年版,第1869页。

③ (宋)薛居正等撰:《旧五代史》,中华书局1976年版,第1732页。

“役思曾衙尹，多言阻国亲。桂枝何所直，陋巷不胜贫。马病唯汤雪，门荒劣有人。伊余吟亦苦，为尔一眉嚬。”将刘得仁与贾岛相提并论，指出二人创作风格、经历处境、思想行为等方面的一致之处。又贯休《读贾区贾岛集》将贾区与贾岛相比较：“区终不下岛，岛亦不多区。冷格俱无敌，贫根亦似愚。青雪终叹命，白阁久围炉。今日成名者，还勘为尔吁。”①指出二人才力匹敌、风格俱冷、命运不济的情形。这种不自觉的比较或类比，对于总结和认识同一时代风格相近的诗人群体颇有帮助。诗僧齐己《酬西蜀广济大师见寄》也将无可与其从兄贾岛相提并论：“犹得吾师继颂声，百篇相爱寄南荆。卷开锦水霞光烂，吟入峨嵋雪气清。楚外已甘推绝唱，蜀中谁敢共悬衡。应怜无可同无本，终向风骚作弟兄。”晚唐张为在《诗人主客图》中将姚合与贾岛同列于清奇雅正之主李益的门下，其中将姚合与张籍、杨巨源等十人同列为入室，贾岛与方干、马戴、项斯等七人列为升堂，②这是目前所能见到的最早将二人相关联的诗歌理论著作中的记载，以此可见晚唐时人们已经注意到了二人诗歌总体风格的相近之处。

第三节　南北宋诗论家对“姚贾”的认识

一、宋初“晚唐体”对姚贾的继承与认同

入宋后，人们在研读唐人诗作时自觉不自觉地发现了二者的一些共

① 张固也先生推测贾区就是诗僧无可，“无可称贾岛为从兄，自然亦姓贾，至于他的俗名，古书中没有明确记载，今人多说已不可详考。但从贯休诗可以看出，他曾经读过贾区的诗集，并认为贾区的诗歌成就和风格、社会地位和经历，俱与贾岛不相上下，这与诗僧无可的身份完全符合。特别是‘白阁久围炉’一句，说明贾区长期隐居终南山白阁峰，这是贾区即无可的一个具体证据。”详见张固也：《中晚唐诗人于武陵考》，《吉林大学学报》2009 年第 5 期。

② 详见（唐）张为：《诗人主客图一卷》，丁福保辑：《历代诗话续编》，中华书局 2006 年版，第 85—95 页。

同点，如王楙《野客丛书》卷十九“诗句相近”条云：“唐人诗句不一，固有采取前人之意，亦有偶然暗合者。如……姚合诗：‘文字当酒梧’，贾岛诗：‘灯下南华卷，祛愁当酒梧’”①；同书另一条记载颇为有趣，卷十九“以鸟对僧”云：“贾岛诗曰：‘鸟宿池边树，僧敲月下门’，或者谓句则佳也，以‘鸟’对‘僧’，无乃甚乎？仆观岛诗，又曰：‘声齐虽鸟语，画卷老僧真’，曰：‘寄宿山中鸟，相寻海畔僧’。……姚合诗曰：‘露寒僧出梵，林静鸟巢枝’，曰：‘幽药禅僧护，高窗宿鸟窥’，曰：‘夜钟催鸟绝，积雪阻僧期’……唐人以鸟对僧多如此，岂特岛然。”②当然这仅属于一鳞半爪的认识。现存古籍中北宋时期直接关于姚合、贾岛二人的论述较少，当然，这与姚贾对北宋初期“晚唐体”的影响程度并不相符。

方回《桐江续集》卷三十二《送罗寿可诗序》中论说宋初诗坛格局时云：

> 诗学晚唐不自四灵始。宋剗五代旧习，诗有白体、昆体、晚唐体。……晚唐体则九僧最逼真，寇莱公（准）、鲁三交（交）、林和靖（逋）、魏仲先父子（野、闲）、潘逍遥（阆）、赵清献之父（湘），凡数十家，深涵茂育，气极势盛。③

宋初诗坛很大程度上可以说是晚唐五代诗坛格局的延续，宋初近百年间，学白居易的“香山体”、学姚贾等晚唐诗人的“晚唐体”和学李商隐的“西昆体”相继盛行。其中学习晚唐诗风的诗人除了较为知名的寇准、潘阆、魏野、林逋和“九僧”等人外，尚有数十家之多，可谓颇具声势。

---

① （宋）王楙：《野客丛书》，《笔记小说大观》（第九册），江苏广陵古籍刊印社1983年版，第87页。

② （宋）王楙：《野客丛书》，《笔记小说大观》（第九册），江苏广陵古籍刊印社1983年版，第90页。

③ （元）方回著：《桐江续集》卷三十二，四库全书本。

对于宋初“晚唐体”的诗法渊源，历代诗论家多有论说。如方回认为九僧诗歌取法贾岛与周贺：“文兆，九僧之三。有宋国初，未远唐也。凡此九人诗，皆学贾岛、周贺，清苦工密。所谓景联，人人着意，但不及贾之高，周之富耳。”①朱庭珍《筱园诗话》卷一认为：“九僧、四灵，以长江、武功为法，有句无章，不惟寒俭，亦且琐僻卑狭。”②胡应麟认为九僧诗法贾岛与周贺，“诸人盖与寇平仲、杨大年同时，其诗律精工莹洁，一扫唐末五代鄙倍之态，几于升贾岛之堂，入周贺之室，佳句甚多。”③许印芳评九僧：“其诗专工写景，又专工磨炼中四句，于起结不大留意，纯是晚唐习径，而根柢浅薄，门户狭小，未能追逐温、李、马、杜诸家，只近姚合一派，却无琐碎之习，故不失雅则。”④贺裳《载酒园诗话》“诗魔”条云：“按‘九僧’皆宗贾岛、姚合，贾诗非借景不妍；要不特贾，即谢朓、王维，不免受困。”⑤

胡应麟认为魏野、林逋诗法姚合：“九僧诸作……佳句不可胜数，几欲与贾岛、周贺争衡。魏野、林逋亦姚合之流亚也。”⑥贺裳认为“晚唐体”诗人及潘阆诗法无可：“潘逍遥诗不多见，大都本于无可，间有诙气。”⑦“宋人先学乐天、学无可，继而学义山，故初失之轻浅，继失之绮靡。”⑧指出宋初三派的诗法渊源，其中学乐天者为“白香山体”，学无可

① （元）方回选评，李庆甲集评校点：《瀛奎律髓汇评》，上海古籍出版社 2005 年版，第 1718 页。

② （清）朱庭珍：《筱园诗话》，郭绍虞编选，富寿荪校点：《清诗话续编》（下册），上海古籍出版社 1983 年版，第 2330 页。

③ （明）胡应麟撰：《诗薮》，上海古籍出版社 1979 年版，第 317 页。

④ （元）方回选评，李庆甲集评校点：《瀛奎律髓汇评》，上海古籍出版社 2005 年版，第 1715 页。

⑤ （清）贺裳：《载酒园诗话》，郭绍虞编选，富寿荪校点：《清诗话续编》（上册），上海古籍出版社 1983 年版，第 243 页。

⑥ （明）胡应麟撰：《诗薮》，上海古籍出版社 1979 年版，第 209 页。

⑦ （清）贺裳：《载酒园诗话》，郭绍虞编选，富寿荪校点：《清诗话续编》（上册），上海古籍出版社 1983 年版，第 403 页。

⑧ （清）贺裳：《载酒园诗话》，郭绍虞编选，富寿荪校点：《清诗话续编》（上册），上海古籍出版社 1983 年版，第 418 页。

者为“晚唐体”，学义山者为“西昆体”。潘阆又有《忆贾阆仙》，表示对贾岛的崇敬之情，诗曰：“风雅道何玄，高吟忆阆仙。人虽终百岁，君合寿千年。骨已西埋蜀，魂应北入燕。不知天地内，谁为续遗篇。”

当然，宋初“晚唐体”诗人所习晚唐诗风虽然以姚贾二家诗风为主流，但并不局限于姚贾二人，胡应麟《诗薮》外编卷五曰：“宋初诸人学晚唐者，寇平仲‘江楼千里月，雪屋一龛灯’，许浑语也。林君复‘片月通萝径，幽雪在石床’，姚合语也。潘逍遥‘深洞悬泉脉，悬崖露树根’，贾岛语也。魏仲先‘妻喜栽花活，儿夸斗草赢’，王建语也。”①

由此可知，“晚唐体”虽名曰晚唐，但并非广义意义上的晚唐。其诗法的对象主要集中于姚合、贾岛及其无可、周贺等以姚贾为核心的诗人群体当中，虽然偶有涉及王建、许浑等晚唐诗人，但其取法的仍是这些诗人五律中与姚贾诗风相类似的作品，所以“晚唐体”其实就是诗法以姚贾五律诗风为代表的晚唐诗风。由此可见，宋初诗人学晚唐时，已不自觉地将姚贾及其后学视为风格相近或一致的诗人群体或流派，学习他们的诗歌的风格与创作技法。

二、永嘉四灵、江湖诗派的继承和南宋诗论家的理论阐述

南宋中后期，在永嘉四灵、江湖诗派兴起的过程中，诗人们开始自觉地对以姚贾为代表的晚唐诗风进行模仿，四灵诗派尤其旗帜鲜明，以学“姚贾”相号召。宋代诗论家严羽在《沧浪诗话·诗辩》中称：“近世赵紫芝、翁灵舒辈，独喜贾岛、姚合之诗，稍稍复就清苦之风。江湖诗人多效其体，一时自谓之唐宗。”②

江湖诗人所取法的唐人诗风其实主要就是以姚贾诗派为代表的晚唐诗风，翁方纲于《石洲诗话》卷四认为：“四灵皆晚唐体，大率不出姚合、贾

① （明）胡应麟撰：《诗薮》，上海古籍出版社1979年版，第222页。

② （宋）严羽著，郭绍虞校释：《沧浪诗话校释》，人民文学出版社1961年版，第27页。

岛之绪余。"①"南渡自四灵以下,皆摹拟姚合、贾岛之流。"②

四灵对姚贾推崇备至,赵紫芝甚至在选唐人诗作时别于《众妙集》之外另选姚合、贾岛二人诗为《二妙集》,"赵昌父选贾岛、姚合为《二妙集》,贾八十一首,姚一百二十一首"③。通过永嘉四灵身体力行的学习和积极的倡导,特别是《二妙集》的编纂和传播,姚贾诗风迅速蔓延,学习姚贾成为南宋后期诗坛上的主导潮流。方回评曰:"姚少监合,初为武功尉,有诗声,世称为姚武功。……武功有《官况》三十首,赵紫芝多选取配贾岛,以为《二妙集》,盖四灵之所宗也。"④《二妙集》《众妙集》的刊行,说明江湖诗人在对晚唐诗风的继承和开创过程中,不仅仅只是学姚合贾岛,而且同时也学姚贾的后学,如李频、方干、无可等,已开始将姚贾诗人群体作为一个整体加以学习。

刘克庄称:"旧至四人为律体,今通天下话头行。"(《题蔡炷主簿诗卷》)⑤这种以学姚贾相号召的盛况仅从永嘉一处便可窥见一斑,王绰《薛瓜庐墓志铭》云:"永嘉之作唐诗者,首四灵,继四灵之后则有刘咏道、戴文子、张直翁、潘幼明、赵几道、刘成道、卢次夔、赵叔鲁、赵端行、陈叔方诸作。而鼓舞倡率,从容指论,则又有瓜庐隐君薛景石焉。……继诸家之后,又有许太古、陈居端、胡象德、高竹友之徒,风流相沿,用意益笃。永嘉视昔之江西几似矣,岂不盛哉?"⑥

① (清)翁方纲:《石洲诗话》,郭绍虞编选,富寿荪校点:《清诗话续编》(下),上海古籍出版社 1983 年版,第 1440 页。

② (清)翁方纲:《石洲诗话》,郭绍虞编选,富寿荪校点:《清诗话续编》(下),上海古籍出版社 1983 年版,第 1443 页。

③ (元)方回选评,李庆甲集评校点:《瀛奎律髓汇评》,上海古籍出版社 2005 年版,第 1052 页。

④ (元)方回选评,李庆甲集评校点:《瀛奎律髓汇评》,上海古籍出版社 2005 年版,第 340 页。

⑤ (宋)刘克庄撰:《后村先生大全集》(卷 16),四部丛刊初编本,上海书店 1989 年重印。

⑥ (宋)徐照、徐玑、翁卷、赵师秀著,陈增杰校点:《永嘉四灵诗集》,浙江古籍出版社 1985 年版,第 307—308 页。

此时姚合与贾岛作为晚唐诗风的代表，已经成为南宋后期众多诗人的共识，诗人们在摹习之时也往往对二人并行不废，其中许多诗人颇能得姚贾之神韵。

与诗坛上的学姚合贾岛风尚相一致，诗论家此时论诗时也往往以"姚贾"并称，使"姚贾"这一名称正式确定下来。南宋诗人在评论永嘉四灵的诗歌时，也以姚贾并称说明永嘉诗人的诗法对象，这表明了"姚贾"作为晚唐诗风的代表已经在当时形成共识。

如舒岳祥《刘士元诗序》："初，薛沂叔泳从赵天乐游，得唐人姚、贾法。晚归宁海，为人铺说，闻者心目鲜醒。"①其他如张弋"专意于诗，每以贾岛、姚合为法，所著仅成帙，清深闲雅，宛有唐人风致"(《秋江烟草》题记)②，林尚仁"为诗专以姚合、贾岛为法，而精妥深润则过之"(《端隐吟稿》题记)③。

范晞文《对床夜语》卷二："四灵，倡唐诗者也，就而求其工者，赵紫芝也。然具眼犹以为未尽者，盖其立志未高而止于姚贾也。学者闯其閫奥，辟而广之，犹惧其失。乃尖纤浅易，相煽成风，万喙一声，牢不可破，曰此'四灵体'也。其植根固，其流波漫，日就衰坏，不复振起。吁！宗之者反所以累之也。"④

赵汝回《瓜庐诗序》："唐风不竞，派沿江西，此道蚀灭尽矣。永嘉徐照、翁卷、徐玑、赵师秀乃始以开元、元和作者自期，冶择淬链，字字玉响，杂之姚贾中，人不能辨也。水心先生既啧啧叹赏之，于是四灵天下莫不闻。"⑤

作为江湖诗派理论构造者的刘克庄在论诗时以"姚贾"并称者凡有

---

① (宋)舒岳祥：《阆风集》卷十，四库全书本。

② (宋)陈起：《江湖小集》卷六十八，四库全书本。

③ (宋)陈起：《江湖小集》卷三十三，四库全书本。

④ (宋)范晞文：《对床夜语》，丁福保辑：《历代诗话续编》，中华书局2006年版，第416页。

⑤ (宋)徐照、徐玑、翁卷、赵师秀著，陈增杰校点：《永嘉四灵诗集》，浙江古籍出版社1985年版，第307页。

五回,除一次与任华、卢仝相对应外,其他则与韦柳、徐庾、温李对举,使“姚贾”作为文学史中并称的概念得以最终确立。

如“赵君逢原示余《江村摘藁》,古体深得韦柳遗意,律体不口姚贾一字,扫世间浮浅之习,为事外清远之言。”(《赵庭原诗》)①

“余得君诗七卷,读之,窃知君喜姚合所编《极元集》而自方贾岛。余谓姚贾缚律俱窘边幅,君所作稍抑扬开阖,穷变态、现老怪,绝不似姚、贾,未知与任华、卢仝何如耳。”(《题程垣诗卷》)②

又“魏野诗,除前辈拈出数联之外,如‘棋退难饶客,琴生却问儿’,‘松风轻赐扇,石井胜颁冰’,‘鹤病生闲挠,僧来废静眠’,‘雁急长天外,驴迟落照中’。又《咏菊》云:‘五色中偏贵,千花后独尊’,皆逼姚、贾,而少有诵之者。”(《后村诗话续集》)③

又“亡友赵紫芝选姚合、贾岛诗为《二妙集》,其诗语往往有与姚、岛相犯者。按:贾太雕镌,姚差律熟,去韦、柳街争等级。”(《后村诗话新集》卷四)④

又“温庭筠与李商隐同时齐名,时号温李。二人诗记览精博,才思横溢,其流艳者类徐、庾,其切近者类姚、贾。”(同上)

三、方回对“姚贾”的评论

宋末诗论家方回在《瀛奎律髓》中多次将姚合、贾岛相提并论,尽管方回有明显的扬贾抑姚的倾向,但总体来讲,其仍然把姚贾作为深入唐诗

① (宋)刘克庄撰:《后村先生大全集》(卷 97),四部丛刊初编本,上海书店 1989 年重印。

② (宋)刘克庄撰:《后村先生大全集》(卷 101),四部丛刊初编本,上海书店 1989 年重印。

③ (宋)刘克庄撰:《后村先生大全集》(卷 175),四部丛刊初编本,上海书店 1989 年重印。

④ (宋)刘克庄撰:《后村先生大全集》(卷 184),四部丛刊初编本,上海书店 1989 年重印。

圣殿的门径而加以褒奖。“予谓学姚合诗,如此亦可到也。必进而至于贾岛,斯可矣;又进而至于杜,斯无可无不可矣。”①方回同时也已经注意到了姚贾二人诗风在总体相近的基础上各自的差异所在:“予尝评之;贾浪仙诗幽奥而清新,姚少监诗浅近而清新。”②

同时方回认为四灵、江湖诗人是将姚贾二人视为一体进行学习的,如“乾、淳以来,尤、杨、范、陆为四大诗家,自是始降而为江湖之诗。叶水心适以文为一时宗,自不工诗,而永嘉四灵从其说,改学晚唐,诗宗贾岛、姚合。凡岛、合同时渐染者,皆阴挦取摘用,骤名於时,而学之者不能有所加,日益下矣。”③

最为重要的是,在对姚贾的认识上,作为江西诗派余续的方回反较刘克庄等江湖诗派理论家更进一步,突破了以往诗论家将姚贾作为诗人并称、诗歌风格等的局限,首次将姚贾作为诗歌流派进行论述,后世因之,遂成定格。

方回在《瀛奎律髓》卷十评许浑《春日题韦曲野老村舍》一诗时曰:“晚唐诸人,贾岛开一别派,姚合继之。”④纪昀《瀛奎律髓刊误序》中重申了方回的观点,曰:“虚谷以长江、武功一派标为写景之宗,一虫一鱼,一草一木,规规然摹其性情,写其形状,务求为前人所未道。而按以作诗之意,则不必相涉也。”⑤其后,梁章钜在《退庵随笔》中也对方回的观点予以认可:“虚谷以长江、武功一派标为写景之宗,一虫一鱼、一草一木,规规然摹其性情,写其形状,骚、雅之本意,果若是耶?是皆江西一派先入为

① (元)方回选评,李庆甲集评校点:《瀛奎律髓汇评》,上海古籍出版社2005年版,第960页。

② (元)方回选评,李庆甲集评校点:《瀛奎律髓汇评》,上海古籍出版社2005年版,第953页。

③ (元)方回选评,李庆甲集评校点:《瀛奎律髓汇评》,上海古籍出版社2005年版,第771页。

④ (元)方回选评,李庆甲集评校点:《瀛奎律髓汇评》,上海古籍出版社2005年版,第338页。

⑤ (元)方回选评,李庆甲集评校点:《瀛奎律髓汇评》,上海古籍出版社2005年版,第1826页。

主,而变本加厉,不知所返也。”①

在此基础上,方回又首次提出了著名的晚唐诗歌二派论的理论。方回曰:“张洎序项斯诗,谓‘元和中,张水部律格不涉旧体,惟朱庆馀一人,视授其旨。沿而下,则有任蕃,陈标、章孝标、司空图等及门,项斯于宝历、开成之际,尤为水部所赏。’然则韩门诸人,诗派分异,此张籍之派也。姚合、李洞、方干而下,贾岛之派也。”②

虽然方回是站在江西诗派的立场上,以敌对的姿态对姚贾及其后学乃至宋代的追随者“九僧”“四灵”和江湖诗人进行评论的,③其论说的目的是出于诋毁与攻击江湖诗人,但客观上讲,方回对姚贾诗人群体及其后学诗歌却进行了广泛而深入的探讨,代表着同时代的最高水平,《瀛奎律髓》一书对认识姚贾诗歌创作的负面和不足,有较大的意义和价值。方回在认真系统地研究了包括姚贾在内的晚唐诗歌的基础上,首次提出了姚贾诗歌流派的概念,并在后世产生极大的影响,使姚贾诗歌流派的概念最终得以确立。

总之,从“九僧”到“四灵”,从《二妙集》到江湖诗人,一直到宋代诗歌理论总结者的严羽、刘克庄、方回诸诗论家,对“姚贾”的认识和认同不断加深,随着南宋中后期诗坛上姚贾诗风盛行以及南宋诗歌宗派意识的强化,“姚贾”作为晚唐诗风代表的正统地位被普遍认可,姚贾诗人群体与诗派的概念也成为后世诗人和诗论家的普遍共识。

---

① (清)梁章钜:《退庵随笔》,郭绍虞编选,富寿荪校点:《清诗话续编》(下册),上海古籍出版社 1983 年版,第 1990 页。

② (元)方回选评,李庆甲集评校点:《瀛奎律髓汇评》,上海古籍出版社 2005 年版,第 754 页。

③ 方回为了从根本上否定江湖诗人,肆意编造了一些理论。如认为姚贾二人以杜甫为宗,方回《桐江集》卷四《跋许万松诗》:“晚唐者,盖老杜之一端。老杜之作,包晚唐于中,而贾岛、姚合以下,特老杜之一体。叶水心奖四灵,亦宋初九僧体耳,即晚唐体也。寇莱公亦此体也。近世学者,不探求其源,以四灵为祖,曰‘倡唐风自我始’,岂其然乎。”见(元)方回:《桐江集》,(清)阮元辑:《宛委别藏》,江苏古籍出版社 1988 年版影印本,第 286—287 页。方回又有“姚合学贾岛为诗”,“姚诗不及贾诗”,“江湖诗人诗法九僧”等论调,均用心良苦,但有失公道。

第四节　元明清诗论家对“姚贾”的认识

宋以后，人们对“姚贾”内涵与外延的认识不断地深入和扩大。

元辛文房在《唐才子传》卷六《姚合》中道：“与贾岛同时，号‘姚、贾’，自成一法。岛难吟，有清洌之风；合易作，皆平澹之气。兴趣俱到，格调少殊。所谓方拙之奥，至巧存焉。”①辛的记载显然是宋以来时下风尚的反映，辛文房在“姚贾”并称之外提出了姚合诗自成一法的观点，并对二人的风格进行了辨别，对姚合诗歌的成就给予了充分的肯定。

明诗选家高棅则认为姚贾为元和以来律体变革潮流的产物，对姚贾的诗歌创作多有肯定。“元和以还，律体多变，贾岛、姚合思致清苦……之数子者，意义、格律犹有取焉。”（《唐诗品汇・五言律诗叙目・正变》）②又“贾岛、姚合后出，格力犹有二一可取。”（《七言律诗叙目・接武下》）③

明清两朝，诗论家对姚贾及其后学的研究和认识逐渐深入，对“姚贾”这一概念的理解和认识也更趋于学理意义，使姚贾的内涵与外延不断得以充实和丰富。除了诗歌流派观念的成熟外，宋以后对姚贾的研究主要在以下几个方面取得进展。

第一，在评论诗人的师承和渊源上，认为九僧、四灵、江湖诸诗人以及明代锺谭诸人皆以“姚贾”为法。

如《筱园诗话》卷一：“江湖一派，鄙俚不堪入目。九僧、四灵，以长江、武功为法，有句无章，不惟寒俭，亦且琐僻卑狭。明末锺、谭，即此种之嗣音。”④

① （元）辛文房撰，傅璇琮主编：《唐才子传校笺》（第三册），中华书局1990年版，第124页。

② （明）高棅编选：《唐诗品汇》，上海古籍出版社1982年影印本，第508页。

③ （明）高棅编选：《唐诗品汇》，上海古籍出版社1982年影印本，第707页。

④ （清）朱庭珍：《筱园诗话》，郭绍虞编选，富寿荪校点：《清诗话续编》（下册），上海古籍出版社1983年版，第2330页。

《石洲诗话》卷四："四灵皆晚唐体，大率不出姚合、贾岛之绪余。阮亭谓'如袜材窘于方幅'者也，吴钞乃谓'唐诗由此复行。'"①又"南渡自四灵以下，皆摹拟姚合、贾岛之流，纤薄可厌。"②

《载酒园诗话·末流之变》："如郑谷受知于李频，李频受知于姚合，姚合与贾岛友善，兼效其诗体。"③又《载酒园诗话·诗魔》："按九僧皆宗贾岛、姚合，贾诗非借景不妍，要不特贾，即谢朓、王维，不免受困。"④又《载酒园诗话·王镃》："王镃生宋末，亦法贾、姚，颇得遗意。"⑤又《载酒园诗话又编·姚合》："按秘书与阆仙善，兼效其体。古诗不惟气格近之，尚无其酸言。"⑥

《四库全书简明目录·别集类一·长江集十卷》："岛诗幽僻，遂为四灵先导。然四灵自分派于姚合，其于岛仿其近体，不能仿其古体，仿其近体之偶句，不能仿其近体之全篇也。"⑦又《四库全书总目提要》卷一百八十六《总集类·极玄集二卷》："（姚）合为诗，刻意苦吟，工于点缀小景，搜求新意，而刻画太甚、流于纤仄者，亦复不少。宋末江湖诗派皆从是导源者也。"⑧

第二，认为姚合贾岛为韩门之变，同时又以不同方式与杜甫、韩愈同开宋派的。

---

① （清）翁方纲：《石洲诗话》，郭绍虞编选，富寿荪校点：《清诗话续编》（下册），上海古籍出版社1983年版，第1440页。

② （清）翁方纲：《石洲诗话》，郭绍虞编选，富寿荪校点：《清诗话续编》（下册），上海古籍出版社1983年版，第1443页。

③ （清）贺裳：《载酒园诗话》，郭绍虞编选，富寿荪校点：《清诗话续编》（上册），上海古籍出版社1983年版，第215页。

④ （清）贺裳：《载酒园诗话》，郭绍虞编选，富寿荪校点：《清诗话续编》（上册），上海古籍出版社1983年版，第243页。

⑤ （清）贺裳：《载酒园诗话》，郭绍虞编选，富寿荪校点：《清诗话续编》（上册），上海古籍出版社1983年版，第457页。

⑥ （清）贺裳：《载酒园诗话》，郭绍虞编选，富寿荪校点：《清诗话续编》（上册），上海古籍出版社1983年版，第364页。

⑦ （清）永瑢等著：《四库全书简明目录》（下册），中华书局1964年版，第599页。

⑧ （清）纪昀等撰，四库全书研究所整理：《钦定四库全书总目》，中华书局1997年版，第2604页。

《石园诗话》卷二："韩门诸人诗分两派，朱庆馀、项斯以下为张籍之派，姚合、李洞、方干而下则贾岛之派也。"①

《三唐诗品》卷二附十三家："其源盖出左太冲，而驰骋害体，已开宋派。律体典润，故得名重当时。《武功三十首》，特见清华。然方之孟从事、刘随州，则神情顿减。"②

第三，总结宋人的观点，认为一些宋代诗人是以"姚贾"一派为写景正宗而加以取法的。

纪昀《瀛奎律髓刊误序》："虚谷以长江、武功一派标为写景之宗，一虫一鱼，一草一木，规规然摹其性情，写其形状，务求为前人所未道。而按以作诗之意，则不必相涉也。骚、雅之本意果若是耶？是皆江西一派先入为主，变本加厉，遂偏驳而不知返耶。"③

梁章钜在《退庵随笔》转引重申了纪昀的观点："虚谷以长江、武功一派标为写景之宗，一虫一鱼、一草一木，规规然摹其性情，写其形状，骚、雅之本意，果若是耶？是皆江西一派先入为主，而变本加厉，不知所返也。"④

第四，认为宋代的一些诗人是与以王孟、韦柳、姚贾为代表的唐代山水田园诗人一脉相承的。

《石遗室诗话》卷一："余言今人强分唐诗、宋诗，宋人皆推本唐人诗法，力破余地耳。……简斋、止斋、沧浪、四灵，王、孟、韦、柳、贾岛、姚合之变化也。"⑤

第五，将姚贾视为诗人群体或诗歌流派进行论述的。

---

① (清)余成教：《石园诗话》，郭绍虞编选，富寿荪校点：《清诗话续编》(下册)，上海古籍出版社1983年版，第1773页。

② (清)宋育仁：《三唐诗品》卷二，民国《古今文艺丛书》影印本。

③ (元)方回选评，李庆甲集评校点：《瀛奎律髓汇评》，上海古籍出版社2005年版，第1826页。

④ (清)梁章钜：《退庵随笔》，郭绍虞编选，富寿荪校点：《清诗话续编》(下册)，上海古籍出版社1983年版，第1990页。

⑤ 陈衍著，郑朝宗、石文英校点：《石遗室诗话》，人民文学出版社2004年版，第7页。

将姚贾作为诗人群体或流派的观念在清代得到了进一步的强化，评论家论诗时常常直接以派别相称。贺裳《载酒园诗话·末流之变》："诗家宗派，虽有渊源，然推迁既多，往往耳孙不符鼻祖。如郑谷受知于李频，李频受知于姚合，姚合与贾岛友善，兼效其诗体。今以姚、郑并观，何异阜桥庑下赁舂妇与临邛当垆者同列，始知凡事尽然，子夏之后有庄周，良不足怪。"①即指明姚合、贾岛、李频、郑谷几位诗人的渊源关系。余成教《石园诗话》卷二："韩门诸人诗分两派，朱庆馀、项斯以下为张籍之派，姚合、李洞、方干而下则贾岛之派也。"②纪昀在评论时也常以派别相称，如纪昀《瀛奎律髓刊误序》云："虚谷以长江、武功一派标为写景之宗，一虫一鱼，一草一木，规规然摹其性情，写其形状，务求为前人所未道。而按以作诗之意，则不必相涉也。"③

又《瀛奎律髓汇评》卷二十三贾岛《寄胡遇》纪昀评："武功派从此种出，最为偏僻狭小。误以此为新为高，则去诗远矣。"④《瀛奎律髓汇评》卷四十七姚合《过无可上人院》纪昀评："武功派内之雅音。"⑤《四库全书简明目录·别集类一·姚少监诗集》："合早以《武功县诗三十首》得名，后官至秘书少监，诗家终谓之姚武功，其诗亦即称武功体……永嘉四灵皆沿其末派者也。"⑥《随园诗话》卷十："李怀民与弟宪乔选《唐人主客图》，以张水部、贾长江两派为主，余人为客，遂号所咏为《二客吟》。"⑦

---

① （清）贺裳：《载酒园诗话》，郭绍虞编选，富寿荪校点：《清诗话续编》（上册），上海古籍出版社 1983 年版，第 215 页。

② （清）余成教：《石园诗话》，郭绍虞编选，富寿荪校点：《清诗话续编》（下册），上海古籍出版社 1983 年版，第 1773 页。

③ （元）方回选评，李庆甲集评校点：《瀛奎律髓汇评》，上海古籍出版社 2005 年版，第 1826 页。

④ （元）方回选评，李庆甲集评校点：《瀛奎律髓汇评》，上海古籍出版社 2005 年版，第 949 页。

⑤ （元）方回选评，李庆甲集评校点：《瀛奎律髓汇评》，上海古籍出版社 2005 年版，第 1652 页。

⑥ （清）永瑢等著：《四库全书简明目录》（下册），中华书局 1964 年版，第 602 页。

⑦ （清）袁枚著，顾学颉校点：《随园诗话》，人民文学出版社 1982 年版，第 355 页。

由上可知，明清两代诗论家对“姚贾”的认识已比宋人深入和广泛了许多，虽然仍较显简单与粗疏，但已从大的方面奠定了今日姚贾研究的框架，对于今日的研究依然能提供许多有益的线索与启迪。

第二章　姚贾并称的内涵与特质

中晚唐之交，伴随着中兴好梦的破碎，人们的心理在经历了一番短暂的激昂与兴奋之后，渐渐冷却下来。韩孟、元白及其追随者或作古或移情，相继淡出诗坛的主流，诗歌风尚也与贞元、元和年间产生了极大的背离，新的时尚在审慎地经历了漫长的屈从与选择后，也终于找到了自己的方向。

这时候，人们在饱受煎熬之后都希望得到片刻的休息，于是人们的审美心理趋向于清冷与安闲，因心灵空间趋于狭小，所以所描写的景致风物亦趋于纤微琐屑，理想抱负的难于伸展也使众多的诗人不再有豪情与奇气，表现于诗歌上就是气格的局促与疲弱。人们的视野渐渐从纷乱的社会与奇丽的山水中收回，转而投向了内心世界的忧愁苦闷、庄园水阁的幽静和情思的扑朔迷离中来，这是一个时代的长相，姚贾自然也未能例外。萧占鹏先生谈及这类现象时说："某一诗人或诗歌流派在文学史上被标举为戛戛独造的东西，放到包笼他们的时代艺术文化的大背景下来透视，往往可以发现其与同时代其他艺术门类某些类相的'共构'特征。"①作为中晚唐之交诗歌风尚的代表，姚合、贾岛同时具备那个时代诗歌风貌的所有内涵。

但姚贾之所以为姚贾，以及姚贾缘何能够成为联结韩孟、元白诸人的纽带，又缘何能够成为中晚唐之交新诗歌风尚的代表，进而对晚唐诗坛产生深远的影响，则在于姚贾二人的自身特点。在唐人的三种并称当中，姚贾属于为后人推崇而渐渐形成的一类。姚贾生前过从甚密，唱和之作也较多，但并称的最终确立却是在南宋诗人对晚唐诗风的学习和重新认识之时，姚贾与唐

---

① 肖占鹏：《审美时尚和韩孟诗派的审美取向》，《文学遗产》1992 年第 1 期。

代的齐名的并称如李杜、王孟、高岑、韦柳、温李等类似，不仅有唐人并称的一般意义，而且因其特殊的身份组合、诗歌风尚、时代背景、创作态度、渊源影响等而具备了属于自己的特殊内涵，故而能在诗的国度和时代中独得一隅。

第一节　苦吟雕琢的创作态度

谈及姚贾，人们总是首先联想起二人的苦吟作风，二人通常与中唐诗人孟郊一同被视为苦吟诗人的代表，从二人的诗作、小说笔记的记载和后世诗论家的众多评论中亦可以得到验证。随着律体诗的成熟，唐人对声律对偶也日渐重视，在对这种被唐人称为新体的诗歌样式创作实践的探索中，刻苦锻炼的风气自盛中唐之交以来愈加浓厚。①

老杜曾言："陶冶性灵存底物，新诗该罢自长吟。孰知二谢将能事，颇学阴何苦用心。"（《解闷十二首》之七），并进一步说"为人性癖耽佳句，语不惊人死不休"（《江上值水如海势，聊短述》），标榜一种认真刻苦的创作态度。大历以降，这种精雕细琢的创作作风在五律的创作中表现得更加集中，②皎然在《诗式》中进而提出了通过苦思而达于自然境界的创作理论。③

---

① 盛唐一些著名诗人的五律作品在声韵与字句的运用上都存在着不同程度的缺陷，老杜亦不例外。汪师韩《诗学纂闻》"杜诗句之疵"条就曾罗列杜诗中声律与用字上的不足五十余条，详见王夫之《清诗话》上，《诗学纂闻》第457—459页。

② 关于大历诗人的炼饰情况可参见蒋寅：《大历诗人研究》，中华书局1995年版相关章节。

③ 《诗式》卷一《取境》："或云：诗不假修饰，任其丑朴，但风韵正，天真全，即名上等。予曰：不然，无盐阙容而有德，曷若文王大姒有容有德乎？又云：不要苦思，苦思则丧自然之质。此亦不然。夫不入虎穴，焉得虎子？取境之时须至难、至险，始见奇句。成篇之后，观其气概，有似等闲不思而得，此高手也。"《诗议》曰："诗不要苦思，苦思则丧于天真，此甚不然。故须绎虑于险中，采奇于象外，状飞动之句，写冥奥之思。夫稀世之珍，必出骊龙之颌，况通幽含变之文哉！但贵成章以后，有其易貌，若不思而得也。"（《文镜秘府论》南卷引）《诗式》卷一"诗有六式"条："至险而不僻，至奇而不差，至丽而自然，至苦而无迹，至近而意远，至放而不迂。"见李壮鹰校注：《诗式校注》，齐鲁书社1986年版。

这种严肃的作风至姚贾表现得变本加厉,《诗谱》云:“唐诗须分三节看,盛唐主辞情,中唐主辞意,晚唐主辞律。”(《唐音癸签》卷十一)与诗歌发展的总体风尚相一致,欲精于辞律,必须精雕细琢,是以姚贾二人以极大的心血与精力作诗,尤其是贾岛,几乎成了专职的诗人。在时代风气、个人痴好、进身需求和自身才华等诸多因素的影响下,姚贾庶几成了一个时代“苦吟诗人”的代名词。贾岛之苦吟,更为后人所惊愕,他竟然到了“虽行坐寝食,吟味不辍”①的忘我程度。不仅忘我,而且诗兴起来,也不知更有他人,《新唐书·贾岛传》称岛“当其苦吟,虽逢值公卿贵人,皆不觉也”②以致唐突朝官。贾岛的苦吟是以诗歌创作为其生命追求的一种表现,冯贽《云仙杂记·祭诗以酒脯》言:“贾岛常以岁除取一年所得诗,祭以酒脯,曰:‘劳吾精神,以是补之。’”③姚合也以苦吟之法作诗,以追寻一种奇警的表达效果,“其自作则刻意苦吟,冥搜物象,务求古人体貌所未到”④。

在严肃刻苦的创作态度上,姚贾二人是一致的,但从苦吟的内容、诗歌的境界、内心的感受、外在的情趣等诸多方面,姚贾的苦吟却有着一定的差别。

贾岛更倾向于描写生活的窘迫、内心的痛苦煎熬,追求一种深幽冷僻的苦寒境界。贾岛的苦吟多是与他的贫病与愁愤联系在一起的。贾岛自称“沟西吟苦客”(《雨夜同厉玄怀皇甫荀》)、“风光别我苦吟身”(《三月晦日赠刘评事》)、“欲别尘中苦,愿师贻一言”(《题竹谷上人院》),从其诗作中可以感受出早年佛徒生涯所形成的“万般皆苦”思想阴影的笼罩。对于一生渴望而未可得的科举,贾岛有这样的辛酸与无奈,“应怜独向名场苦,曾十余年浪度春”(《赠翰林》)。对于无人见赏的孤寂,贾岛亦有如

① (五代)王定保撰,姜汉椿校注:《唐摭言校注》,上海社会科学出版社 2003 年版,第 223 页。

② (宋)欧阳修、宋祁撰:《新唐书》,中华书局 1975 年版,第 5268 页。

③ (后唐)冯贽编,张力伟点校:《云仙散录》,《古小说丛刊》,中华书局 1998 年版,第 53 页。

④ (清)纪昀等撰,四库全书研究所整理:《钦定四库全书总目》,中华书局 1997 年版,第 2020 页。

是的愤懑与自怜,“默默空朝夕,苦吟谁喜闻?”(《秋暮》)尽管如此,贾岛依然倾尽心血进行创作,“苦拟修文卷,重擎献匠人”(《送令狐相公》)、“此景亦胡及,而我苦淫耽”(《玩月》)、“吟苦相思处,天寒水急流”(《怀博陵故人》)。但贾岛却确实感受到了这种以生命为代价的苦涩,“书赠同怀人,词中多苦辛”(《戏赠友人》)。这种感受发诸胸中,压抑郁闷久了,自然发散出来,飘乎天地之间,让整个世界都一同感受他的心情,“时当苦热远行人,石壁飞泉溅马身”(《送刘侍御重使江西》)、“何当苦寒气,忽被东风吹”(《枕上吟》)、“客思先觉秋,虫声苦知暝”(《答王参》)。

姚合则不然,其苦吟的内涵除了反映对诗歌艺术的痴爱以外,更多的则是一种对清苦情趣的恋赏和一种对清高脱俗品格的标榜。姚合所吟之苦如同其笔下的疾病、挫折与忧郁一样,并不一定具有可以落实的实际内容,更多的可以视为一种心灵的感受,而其苦吟则是对这种情绪的最佳表达方式,其苦吟的作风与其赏花、玩月、嗜酒、品茶的行为其实并没有太多实质上的差别。姚合的苦吟在诗人看来是一种高雅脱俗的行径,而所吟之苦更多的是一种用来欣赏和品味的情趣,或者说是文人的雅致,正如风花雪月和文人之间有着不解之缘一样,差别只是感受的不同。“秋灯照树色,寒雨落池声。好是吟诗夜,披衣坐到明”(《武功县中作》之十六)、“老来诗兴苦,贫去酒肠空”(《赠终南山傅山人》),姚对诗歌艺术与贾有着同样的挚爱与痴迷。姚合在描写自己的苦吟时往往很注重对环境的营造,只有在清寒静寂的环境中独自苦吟的身影方能显示诗人的高情与雅致,姚写道“梦觉空堂月,诗成满砚冰”(《武功县中作》之十四)、“为爱青桐叶,因题满树诗”(《题山寺》)、“朝客清贫老,林僧默悟禅。眠迟消漏水,吟苦堕寒涎”(《和厉玄侍御、无可上人会宿见寄》)、“欲识为诗苦,秋霜若在心”(《心怀霜》)。这不能不使我们进一步联想到诗人是在借凄清冷寂的意境下苦吟的身影来标榜自己高洁脱俗的品格。① “带病吟虽苦,休官梦已清”(《闲居》)、“秋来吟更苦,半咽半随风”(《闻蝉寄贾岛》)、

① 柳宗元《江雪》是这种表现方式的典型诗作。

“选字诗中老，看山屋外眠”（《闲居晚夏》）、“诗人月下吟，月堕吟不休”（《杏溪十首》之《渚上竹》）。姚合在苦吟中同时也流露出对人生社会的思考，“林下知无相，人间苦是情”（《寄晖上人》）。的确，如果说贾岛之苦为“形”苦的话，姚合之苦则可以“情”苦来概括。如果说姚合的苦是甘草和莲子的淡淡轻愁的话，那么贾岛的苦则如同黄连和黄柏般刻骨铭心。贾岛之苦吟给人的感觉是咀嚼苦涩，而姚合之苦吟给人的感受是品味苦涩。贾岛苦吟的效果是由外而内的让别人认同他的痛苦，而姚合苦吟的效果则是由内而外地以其苦的气味和色泽浸染到每一个读者。

苦吟的作风一方面成就了诗句的精警与意境的奇绝，但在一定程度上也肢解了诗篇，通常形成有句无篇和前后失衡的不足。在这一方面，贾岛、姚合均未能例外。《读雪山房唐诗序例·五律凡例》：“大历诸子，实始争工字句。然隽不伤炼，巧不伤纤，又通体仍必雅令温醇，耐人吟讽。不似元和以后，但得一联称意，便匆匆不暇草书，以致全无气格也。贾长江号为苦吟，而每篇必有败阙，况其下乎。”①在才智经历、审美情趣与时代风尚的多重影响下，在后人的眼中，姚合之苦吟也是有得有失的，“合为诗，刻意苦吟，工于点缀小景，搜求新意，而刻画太甚、流于纤仄者，亦复不少。”②又方回就曾批评姚合诗：“合诗有左无右，有右无左，前联佳矣，或后不称，起句是矣，缴句或非，有小结裹无大涵容。”③

第二节　精于五律的诗歌体裁

有唐一代，诗歌体制齐备、流派纷呈，众多的诗人虽贤愚不同、才识各

① （清）管世铭：《读雪山房唐诗序例》，郭绍虞编选，富寿荪校点：《清诗话续编》（下册），上海古籍出版社 1983 年版，第 1552 页。

② （清）纪昀等撰，四库全书研究所整理：《钦定四库全书总目》，中华书局 1997 年版，第 2604 页。

③ （明）许学夷著，杜维沫校点：《诗源辩体》，人民文学出版社 1987 年版，第 260 页。

异,均以自己的尝试与创作从不同角度装点了唐诗绚丽的殿堂。唐人在诗歌创作上取得成就最大的当属律诗和古风二类,这种肇自齐梁、完备于初盛之交的律诗在唐代被称为新体,犹能代表唐人诗歌的精神面貌,反映出唐人诗歌的特点和成就。盛唐以降,近二百年,五言八句的律体诗便一直为诗歌创作所用体裁的主流。宋荦《漫堂说诗》在谈论五律在唐代盛行的状况时道:"律诗盛于唐,而五言律尤甚。神龙以后,陈、杜、沈、宋开其先,李、杜、高、岑、王、孟诸家继起,卓然名家。子美变化尤高,在牡牝骊黄之外。降而钱、刘、韦、郎,清辞妙句,令人一唱三叹。即晚唐刻画景物之作,亦足怡闲情而发幽思。始信四十字为唐人绝调,宋元明非无佳作,莫能出此范围矣。"①五言律诗在唐代的成熟与兴盛也有自身的发展历程,一般认为五律经沈宋的变革后达到形式上的确立,"五言自王杨卢骆,又进而为沈宋二公。沈宋才力既大,造诣始纯。故其体尽整栗,语多雄丽,而气象风格大备,为律诗正宗。此五言之七变也。王元美以华藻整栗归沈宋,又云:'五言至沈宋,始可称律。'是矣。"②唐人五律在不同的历史时期表现出不同的风貌:

> 四杰律诗,多以古脉行之,故才气虽高,风华未烂,调入初唐,诗带六朝锦色。陈杜沈宋起,而吞吐含芳,安祥合度,亭亭整整,隅隅吁吁,觉其句自能言,字自能语,品之所以为美。渐至开元、天宝,李杜群贤迭起,国脉既昌,文运正盛,洋洋乎一朝声律,顿成尽善。自大历诸家以及贞元学者,虽多合作,不无少变。元和以后,风气渐衰,声格浸降,要亦国统世运使然。期间瑕瑜并陈,若细玩五律佳作,比于七律居多,未可遽谓晚唐概不足观也。
>
> ——《唐诗选脉笺释会通评林》

---

① (清)宋荦:《漫堂说诗》,(清)王夫之等:《清诗话》(上册),上海古籍出版社1978年版,第418页。

② (明)许学夷著,杜维沫校点:《诗源辩体》,人民文学出版社1987年版,第146页。

唐人的并称在后人眼中的含义不尽相同，如“王杨卢骆”代表的是初唐的一种诗歌变体，“沈宋”代表的是五律的正宗，“李杜”并称是指有唐一代诗人的双峰并峙，“元白”一般指千字长律，“韩柳”则指古文的创作，“张王”指乐府歌行，“郊岛”为苦吟作风的典型，“温李”代表晚唐的一种绮艳的诗风，而“姚贾”历来被认为是擅长五律的一对诗人组合，为后人眼中晚唐诗风的代表。中晚唐之交，姚贾在继承五律的创作传统的基础上，应时而出，结合时代特色，对五律进行变革。姚贾二人在五律方面取得的成就得到了历代诗论家的认同，贾岛的友人苏绛在《贾司仓墓志铭》中写道：“公展其长材间气，超卓挺生。六经百氏，无不该览。妙之尤者，属思五言。孤绝之句，记在人口。”①晚唐诗人薛能《嘉陵驿见贾岛旧题》：

贾子命堪悲，唐人独解诗。左迁今已矣，清绝更无之。毕竟吾犹许，商量众莫疑。嘉陵四十字，一一是天资。

姚合也谈及贾岛诗歌受人喜爱的事实：“狂发吟如哭，愁来坐似禅。新诗有几首，旋被众人传。”（《寄贾岛》）以上可见唐人对贾岛的五律已经相当推崇。自唐而降，言及贾岛，无不言其五律的艺术成就。康骈《劇谈录》卷下“元相国贺李贺”条载：

自大中咸通之后，每岁试春官者千余人。其间章句有闻，亹亹不绝。如何植、李玫……以文章著美。温庭筠、郑渎、何浸、周铃、宋耘、沈驾、周繁，以词赋标名。贾岛、平曾、李陶、刘得仁、喻坦之、张乔、剧燕、许琳、陈觉，以律诗流传。张维、皇甫川、郭鄩、刘延晖以古风擅价，皆苦心文华，厄于一第。②

① （唐）苏绛著：《贾司仓墓志铭》，（清）董诰等编：《全唐文》（第八册），中华书局1983年版，第7937页。

② （唐）康骈撰：《劇谈录》，古典文学出版社1958年版，第61页。

胡应麟谈及唐代不同诗歌样式的代表时给贾岛的律体诗以高度的评价：

东野之古，浪仙之律，长吉乐府，玉川歌行，其才具工力皆过人。如危峰绝壑，深涧流泉，并自成趣，不相沿袭。

——《诗薮》外编卷四①

当言及唐代五律在不同时期风格的代表时，胡应麟又以贾岛之五律作为晚唐五律风格的代表，与张九龄、孟浩然、韦应物几位著名诗人相提并论：

曲江之清远，浩然之简淡，苏州之闲婉，浪仙之幽奇，虽初盛中晚，调迥不同，然皆五言独造。至七言，俱疲苶不振矣。

——《诗薮》内编卷四②

邢昉《唐风定》则认为贾岛之五律可以与孟郊的五古相媲美，成就在李贺歌行之上：

东野之古，浪仙之律，异曲同工，宇宙间真少此种不得。若长吉歌行，则少之不为缺事矣。

——《唐风定》卷一五③

近人陈延杰在《贾岛诗注序》中评价贾岛律体与古体诗高下时说：

岛于五七言古诗，虽生涩险僻，然不逮韩孟玉川子远甚。至其五言律，吾独敛絍无间言。④

---

① (明)胡应麟撰：《诗薮》，上海古籍出版社 1979 年版，第 187 页。

② (明)胡应麟撰：《诗薮》，上海古籍出版社 1979 年版，第 58 页。

③ (明)邢昉选辑：《唐风定》二十二卷，贵阳邢氏思适斋刻本。

④ 陈延杰：《贾岛诗注》序言，《贾岛诗注》，商务印书馆 1937 年版。

后代诗论家对姚合五律的赞赏虽不及贾岛，但也颇多褒誉之词，如一向对姚合诗歌不满的江西诗派的理论总结者方回，对于姚合的七言律多有指责，而对其五言律诗则多有赞誉之词，

五言八句，皆得其趣，七言律及古体则衰落不振。

——《瀛奎律髓汇评》卷十姚合《游春》方回评①

合早以《武功县诗三十首》得名，后官至秘书少监，诗家终谓之姚武功，其诗亦即称武功体。大抵刻意于五言，五言尤刻意于中二联，其冥搜物象，多人意想所不至。

——《四库全书简明目录·别集类一·姚少监诗集》②

武功诗集古今体存遗甚多，其五言律朴茂祈奇，酷似王仲初。

——李怀民《重订中晚唐诗主客图》卷上《姚合》③

庄雅沉雄，五言擅场。

——《删补唐诗选脉笺释会通评林·中唐五律下》④

然五律时有佳句，七律则庸软耳。大抵此时诸贤七律，皆不能振起，所以不得不让樊川、玉溪也。

——《石洲诗话》卷二⑤

律体典润，故得名重当时。

——《三唐诗品》卷二附十三家⑥

---

① (元)方回选评，李庆甲集评校点:《瀛奎律髓汇评》，上海古籍出版社 2005 年版，第 340 页。

② (清)永瑢等著:《四库全书简明目录》(下册)，中华书局 1964 版，第 602 页。

③ (清)李怀民撰:《重订中晚唐诗主客图》，嘉庆乙丑十年(1805)邱县刘大观刻本。

④ (明)周珽辑，陈继儒批点:《删补唐诗选脉笺释会通评林》之《中唐五律下》，四库全书存目丛书补编本。

⑤ (清)翁方纲:《石洲诗话》，郭绍虞编选，富寿荪校点:《清诗话续编》(下册)，上海古籍出版社 1983 年版，第 1393 页。

⑥ (清)宋育仁:《三唐诗品》卷二，民国《古今文艺丛书》影印本。

为姚合赢得诗坛声望的《武功县中作》三十首，即是五言律体。观今存《姚少监诗集》中五言律体不仅数量最多，而且姚合被人所称道的佳篇与佳句也都出自其五律。当然，二人在后世备受推崇，与其在唐代五律发展流变中的特殊地位是分不开的。大历以降，诗人们在盛极难继的现实中艰难地进行尝试和开拓，表现在五律方面，元白、张王、姚贾以各自的才识与好尚沿着不同的轨迹进行探索和创新，他们在相互影响的同时，更多地体现出自己的个性，分别形成中晚唐之交诗坛中五律的三种基本风格，最终结束了大历间诗人五律靡软与类同的局限，并为晚唐五律的发展潮流奠定了基本的格局。许学夷曰：

> 大历以后，五七言律流于委靡，元和诸公群起而力振之，贾岛、王建、乐天创作新奇，遂为大变，而张籍亦入小偏。
>
> ——《诗源辩体》卷二十三①
>
> 大历而后，五七言律体制、声调多相类。元和间，贾岛、张籍、王建始变常调。张、王五言，清新峭拔，较贾小异，在唐体亦为小偏。
>
> ——《诗源辩体》卷二十七②

对于姚贾五言律的特点，许学夷评论道："贾岛五言律……皆气味清苦，声韵峭急，其他句多奇僻，即变体，不可为法。……最为奇僻，皆前人所未有者。"（《诗源辩体》卷二五）③姚贾之独特之处在于不仅上接大历诗人对五律进行了多方面的变革，同时也指出了晚唐五律新变的方向，晚唐诗人学姚贾五律者甚多，相形之下，宗白居易与张籍者便稍嫌冷落。高棅论五律流变时即将姚贾置于晚唐诗人当中：

---

① （明）许学夷著，杜维沫校点：《诗源辩体》，人民文学出版社1987年版，第245—246页。

② （明）许学夷著，杜维沫校点：《诗源辩体》，人民文学出版社1987年版，第268页。

③ （明）许学夷著，杜维沫校点：《诗源辩体》，人民文学出版社1987年版，第257—258页。

元和以还,律体多变。贾岛、姚合思致清苦,许浑、李商隐对偶精密,李频、马戴后来,兴致超迈时人。之数子者,意义、格律犹有取焉。……开成后,作者愈多,而声律愈微。

——《唐诗品汇·五言律诗叙目》①

由此也可知姚贾在五律演变过程中承上启下的特殊地位。姚贾对五律创作的重视与追求在其诗歌中也多有表露,如姚合所标榜的诗歌境界和人生追求:“作吏无能事,为文旧致功。诗标八病外,心落百忧中。”(《武功县中作》之三十)李怀民于此体察入微,评论道:“‘诗标八病外’,真堪自负。‘心乐百忧中’,非真诗人不能体会如此。”(《重订中晚唐诗主客图》卷上)②又如“选字诗中老,看山屋外眠”(《闲居晚夏》),姚合在字句的推敲上亦有与贾浪仙类似之处,反映出对诗歌创作的精心。另外,姚合在诗歌创作中也有一些独特的体会,这也是它独具魅力之所在,如姚合对迅即成诗的认同、对新奇诗风的追求、对清冷境界的偏爱、对质朴浅淡的提倡、对尖巧事物的兴趣等,均使其五律形成特有的风格,在其身后的数百年来为越来越多的诗人所接受。③ 严羽《沧浪诗话·诗辩》谈及南宋姚贾诗风盛行时说:“近世赵紫芝、翁灵舒辈,独喜贾岛、姚合之诗,稍稍

---

① (明)高棅编选:《唐诗品汇》,上海古籍出版社1982年影印本,第508页。

② (清)李怀民撰:《重订中晚唐诗主客图》,嘉庆乙丑十年(1805)邱县刘大观刻本。

③ 以上观点可参见姚合诗句:“作吏无能事,为文旧致功。诗标八病外,心落百忧中”“闲居无事扰,旧病亦多痊。选字诗中老(对诗歌的精心创作),看山屋外眠”“棋罢嫌无敌,诗成贵在前。(姚合诗不同于贾岛的一点,迅即成诗)明朝题壁上,谁得众人传”“酒浓杯稍重,诗冷语多尖”“林中长老呼居士,天下书生仰达人。酒挈数瓶杯亦阔,诗成千首语皆新”“吟诗清冷招闲客,对酒逍遥卧直庐”“诗成谁敢和,清思若怀霜”“看月空门里,诗家境有余”“名卿诗句峭,诮我在关东”“疏散无世用,为文乏天格。把笔日不休,忽忽有所得。所得良自慰,不求他人识。子独访我来,致诗过相饰。君子无浮言,此诗应亦直。……诗人多峭冷,如水在胸臆。岂随寻常人,五藏为酒食”“为客衣裳多不稳,和人诗句固难精”“五言全丽则,六义出风骚”“重重吴越浙江潮,刺史何门始得消。五字州人谁有比,四邻风景合相饶”等。

复就清苦之风。江湖诗人多效其体，一时自谓之唐宗。”①

我们在论及作为五律代表诗人的姚贾以及他们所处的时代时，就不能不对以下几个相关五律的概念稍作区分。苏轼曾言“元轻白俗，郊寒岛瘦”（《寄柳子玉文》）。韩孟与姚贾之别，若从诗歌体式上讲，实为古体与新体之别，贾岛最初是以其五古创作见赏于韩孟二公的，但贾岛最终不愿淹没在大家的阴影之下，于是另辟蹊径最终疏离五古而专习五律，并最终以五律创作的杰出成就最终与韩孟诸家分庭抗礼。

> 浪仙以诗名世，杰出于贞元、元和文章极盛之后。孟郊死，岛为之哭不已，其诗与郊分镳并驰，峭直刻深，羁情客思，春愁秋怨，读之令人爱其工，怜其志，如听燕赵之悲歌，蛾眉之曼声，秦楚之哭，荆山之泣也。
>
> ——王远《长江县贾岛祠堂诗碑后序》②

至于元白，姚贾从整体上讲是以元白诗风的对立面出现的，姚贾与元白之别在于五律中不同的审美趣味与诗歌体式之间的差别。姚贾所钻研的为五言八句律诗，与元白所逞采夸耀的长律并不相同：

> 稹与同门白居易友善，居易雅能为诗，就中爱驱驾文字，穷极声韵，或为千言或为五百言律诗，以相投寄。小生自审不能以过之，往往戏排旧韵，别创新辞，名为次韵相酬，盖欲以难相挑耳。江湖间为诗者，复相仿效，力或不足，则至于颠倒语言，重复首尾，韵同意等，不异前篇，亦自谓为元和诗体。
>
> ——元稹《上令狐相公诗启》③

---

① （宋）严羽著，郭绍虞校释：《沧浪诗话校释》，人民文学出版社 1961 年版，第 27 页。

② 齐文榜校注：《贾岛集校注》，人民文学出版社 2001 年版，第 576 页。

③ （唐）元稹著，冀勤点校：《元稹集》，中华书局 1982 年版，第 633 页。

另外，姚贾诗多峭刻劲拔，给人以诗骨峥嵘之感，与元白之平易浅俗判若殊途。“元和中，元白尚轻浅，岛独变格入僻，以矫浮艳。”（王定保《唐摭言》卷十一“无官受黜”）①姚贾诗格特有的苦寒基调和愁闷色彩也与元白诗大相径庭，白居易在自己退隐后所作的《序洛诗》中说：

> 自（大和）三年春至八年夏，在洛凡五周岁，作诗四百三十二首，除丧朋哭子十数篇外，其他皆寄怀于酒，或取意于琴，闲适有余，酣乐不暇，苦词无一字，忧叹无一声，岂牵强所能致耶？盖亦发中而形外耳。斯乐也，实本之于省分知足，济之以家给身闲，文之以觞咏弦歌，饰之以山水风月，此而不适，何往而适哉！
>
> ——白居易《序洛诗》，《白居易集》卷七十②

最后，姚贾之苦吟作风以及由此而产生的追求奇警的作风，也是与元白背道而驰的，“白乐天中怀坦荡，见之于诗，亦洞澈表里，曲尽事情，俾读者欣然如对乐易友也。然往往意太尽，语涉粗俗，似欠澄汰之功。”③

姚贾同被后人尊为晚唐五律的代表，二人在格调总体相近的前提下，还存在一些区别，而正是这些同中之异最终使两个诗人得以并驾齐驱。辛文房曰：“（合）与贾岛同时，号‘姚贾’，自成一法。岛难吟，有清冽之风，合易作，皆平澹之气。兴趣俱到，格调少殊，所谓方拙之奥，至巧存焉。”④方回

---

① （五代）王定保撰，姜汉椿校注：《唐摭言校注》，上海社会科学出版社 2003 年版，第 223 页。

② （唐）白居易著：《序洛诗》，顾学颉校点：《白居易集》，中华书局 1979 年版，第 1474—1475 页。

③ （清）乔亿：《剑溪说诗》，郭绍虞编选，富寿荪校点：《清诗话续编》（下册），上海古籍出版社 1983 年版，第 1126 页。

④ （元）辛文房撰，傅璇琮主编：《唐才子传校笺》（第三册），中华书局 1990 年版，第 124 页。

在指出二人清新风格的同时也辨析了二人的细微差别："予尝评之：贾浪仙诗幽奥而清新，姚少监诗浅近而清新。"①施蛰存先生也指出姚贾的差异最终形成了中唐五言律诗的两种基本的格调："'姚贾'这个名词，表示的是中唐五言诗的两种风格。以贾岛代表艰涩的五言诗，以姚合代表平淡的五言诗。"②

第三节　清新奇峭的总体风格

姚合贾岛之所以为后人相提并论，与二人在创作过程中形成的清新奇峭的总体风格密不可分。当然，姚贾诗歌总体风格的形成包含有诗歌传统、时代风尚、诗人浸染、审美情趣和自身追求等多重因素，这也促使姚贾最终迥别于同时代的其他诗人组合，别开天地，独具风采。

唐人张为在《诗人主客图》中首次注意到了二人在总体诗歌风格上"清奇雅正"的特点，"以李益为清奇雅正主……入室……姚合；升堂……贾岛……"③严羽在论及永嘉四灵的师承时对姚贾则以"清苦"概言其总体风格："近世赵紫芝、翁灵舒辈，独喜贾岛姚合之诗，稍稍复就清苦之风，江湖诗人多效其体，一时自谓之唐宗。"④方回比较姚贾二人诗风诗也以"清新"言其共性："予尝评之：贾浪仙诗幽奥而清新，姚少监诗浅近而清新。"⑤李怀民在划分中晚唐诗歌流派时则将二人区别对待，分别置于"清真雅正"和"清真僻苦"门下，认为二人的共同点在于"清真"，而区别

① （元）方回选评，李庆甲集评校点：《瀛奎律髓汇评》，上海古籍出版社2005年版，第953页。

② 施蛰存著：《唐诗百话》，华东师范大学出版社2001年版，第539页。

③ （宋）计有功撰，王仲镛校笺：《唐诗纪事校笺》，中华书局2007年版，第2183—2184页。

④ （宋）严羽著，郭绍虞校释：《沧浪诗话校释》，人民文学出版社1961年版，第27页。

⑤ （元）方回选评，李庆甲集评校点：《瀛奎律髓汇评》，上海古籍出版社2005年版，第953页。

在于一较"雅正"①、一偏"僻苦"②。孙仅《读杜工部诗集序》中所持观点亦与此类似:"公之诗,支而为六家:……姚合得其清雅,贾岛得其奇僻。"③

由此可知,历代诗论家从不同角度归纳和辨析姚贾诗风时虽然所得不尽相同,但却一致认识到了姚贾诗歌"清新"的总体风貌。除此而外,散落于后代诗论家众多诗评中与"清新"相关联的诸如清苦、清雅、清冽、清幽、清硬、清绝、清切、清弱、清僻、清整、清爽、清润、新奇、新警、新异、尖新等评论以及峭拔、幽奥、平淡、浅切、奇僻等特色又在二人诗歌中有浓淡不一的表现,所有这些共同构成了中晚唐之交别具一格的姚贾诗风。其中姚贾最为基本的风格当在清新奇峭方面上,一种诗风自然不当以肢解的方法来理解,但为了更为细致地把握,我们姑且对其基本特色分别略作阐发。

一、清的传统

清是中国古典诗歌中较为普遍的一种审美追求,它具有相当广泛的内涵与外延。唐诗史中"清"的概念亦包含有多种意义,若从总体风格上讲,清则多与山水田园诗人的审美趣味和诗歌风貌相联系,唐代山水田园诗人言必称王孟、钱郎、韦柳,而姚贾通常被认为是与这一传统一脉相承的,故而姚贾的诗歌在总体风格上也体现出"清"的特色。

为诗,欲词格清美,当看鲍照、谢灵运;浑成而有正始以来风气,

---

① 《重订中晚唐诗主客图》卷上《姚合》:"怀民按:武功诗集古今体存遗甚多,其五言律朴茂祈奇,酷似王仲初。仲初故与水部合体,而姚君与水部为友,其得于渐摩者深矣。佳篇美不胜收,然无逾《县居诗》者,且君以武功得名,未必不由此诗起也,次为升堂第四。"

② 李怀民《重订中晚唐诗主客图》卷下《贾岛》:"清真僻苦主贾岛:上入室李洞。入室周贺、喻凫、曹松。升堂马戴、裴说、许棠、唐求。及门张祜、郑谷、方干、于邺、林宽。"

③ (宋)孙僅:《读杜工部诗集序》,(唐)杜甫撰,(宋)佚名集注:《分门集注杜工部诗》,《四部丛刊》初编本,第108册,上海书店1989年重印本。

当看渊明；欲深清闲淡，当看韦苏州、柳子厚、孟浩然、王摩诘、贾长江。

——胡仔《苕溪渔隐丛话》前集卷二引《雪浪斋日记》①

杜甫赞李白"清新庾开府，俊逸鲍参军"（《春日忆李白》）及称道孟浩然"复忆襄阳孟浩然，清诗句句尽堪传"（《解闷十二首》之六）即是以诗歌的总体风格为出发点进行评价的。

清的另一个角度是偏重于形式方面，即所谓"清词丽句"的诗歌传统。老杜曾言："不薄今人爱古人，清词丽句必为邻"（《戏为六绝句》之五），即是从诗歌形式的角度而言的。姚贾二人诗歌清的传统，正是沿着杜甫树立的旗帜，并充分继承王孟钱郎韦柳的山水田园主题而来的，清成为姚贾诗风的基本色调，与同时代的韩孟、卢马、元白、张王等人有明显的差别。不仅姚贾在诗歌中常常营造出或清冷或清幽或清空或清苦的境界，在诗歌的语言、格调与韵律方面，也常常体现出清绝、清润、清整、清爽、清硬、清峭、清奇的特色。晚唐诗人薛能亦以"清绝"论贾诗："左迁今已矣，清绝更无之。……嘉陵四十字，一一是天资。"（《嘉陵驿见贾岛旧题》）潘德兴评姚合诗云："合诗体气清整"（《养一斋诗话》卷五）。贺裳以清绝言贾岛诗歌：

阆仙五字诗实为清绝，如"空巢霜叶落，疏牖水萤穿"，即孟襄阳"鸟过烟树宿，萤傍水轩飞"不能远过。又如"雁惊起衰草，猿渴下寒条"，"夕阳飘白露，树影扫青苔"，"柴门掩寒雨，虫响出秋蔬"，"地侵山影扫，叶带露痕书"，"移居见山烧，买树带巢乌"，皆于深思静会中得之。②

---

① （宋）胡仔纂集，廖德明校点：《苕溪渔隐丛话》前集，人民文学出版社 1962 年版，第 11 页。

② （清）贺裳：《载酒园诗话》，郭绍虞编选，富寿荪校点：《清诗话续编》（上册），上海古籍出版社 1983 年版，第 363 页。

由上可见，后人以“风骨自清”①和“丽句清辞”②评姚贾，庶几近之。

姚贾又在诗歌中喜用清字，这也可看作是构成姚贾总体风格的一个方面。③ 蒋寅先生在谈及清这一审美内涵的负面效果时曾指出：“清直接给人的感觉就是弱。……弱是因为单薄、不厚实……清一向就是与浅、浮、薄的感觉联系在一起的。”④

历代诗论家在肯定姚贾诗歌清的主色调的同时，也一并指出姚贾二人诗歌与清相关联的一些不足，姚合因诗歌多浅切，所以表现得尤为突出。翁方纲评曰：“南渡自四灵以下，皆摹拟姚合、贾岛之流，纤薄可厌。”⑤又“姚武功诗恬淡近人，而太清弱，抑又太尽，此后所以渐靡靡不振也。”⑥其他如：“语僻意浅”⑦“单薄无意味”⑧“浮浅”⑨“气格卑弱”⑩“必流水对，决弱而小矣。”⑪“然姚之诗小巧而近乎弱”⑫等。尤其是结句，姚贾二人均不能摆脱疲弱的缺陷，以致有“结弱而少味”（《瀛奎律髓汇评》

---

① （唐）苏绛著：《贾司仓墓志铭》，（清）董诰等编：《全唐文》（第八册），中华书局 1983 年版，第 7937 页。

② （五代）王定保撰，姜汉椿校注：《唐摭言校注》，上海社会科学出版社 2003 年版，第 219 页。

③ 据《姚合诗集》统计，姚合 534 首诗歌中用“清”字达 88 次。

④ 蒋寅：《古典诗学中清的概念》，《中国社会科学》2000 年第 1 期。

⑤ （清）翁方纲：《石洲诗话》，郭绍虞编选，富寿荪校点：《清诗话续编》（下册），上海古籍出版社 1983 年版，第 1443 页。

⑥ （清）翁方纲：《石洲诗话》，郭绍虞编选，富寿荪校点：《清诗话续编》（上册），上海古籍出版社 1983 年版，第 1393 页。

⑦ （元）方回选评，李庆甲集评校点：《瀛奎律髓汇评》，上海古籍出版社 2005 年版，第 244 页。

⑧ （元）方回选评，李庆甲集评校点：《瀛奎律髓汇评》，上海古籍出版社 2005 年版，第 248 页。

⑨ （宋）刘克庄撰：《后村先生大全集》（卷 97），四部丛刊初编本，上海书店 1989 年重印。

⑩ （元）方回选评，李庆甲集评校点：《瀛奎律髓汇评》，上海古籍出版社 2005 年版，第 953 页。

⑪ （元）方回选评，李庆甲集评校点：《瀛奎律髓汇评》，上海古籍出版社 2005 年版，第 1055 页。

⑫ （元）方回选评，李庆甲集评校点：《瀛奎律髓汇评》，上海古籍出版社 2005 年版，第 399 页。

卷二三纪昀评)①"结句率弱者多"(《诗薮》内编卷五)的评论。②

二、新的变革

元和后期,随着元白、韩孟诸人渐渐淡出诗坛,诗歌创作的总体倾向也由古体转为近体、由社会批判转为自我关注,一场新的变革又摆在当时诗人们的面前,其情形与大历诗人当年的处境大略相像。韩孟、元白、张王、李贺、卢仝等大家巨手的风格渐已失去时尚,年轻的诗人所面临的是在这些诗坛巨擘所开创事业的阴影下的变革与创新。姚合、贾岛应时而出,自元和末起至开成年间义山、樊川、飞卿诸人并起之前三十年左右的时间里,对大历以来直至贞元、元和诗风进行自觉的批判与变革,就成为姚贾及其追随者和期间其他诗人无可回避的使命,这一代诗人通过自身的尝试与努力终于奠定了晚唐诗风的基本形貌。从这个意义上讲,姚合、贾岛往往是被认为是以革新者的面目出现的,"元和中,元、白尚清浅,岛独变格入僻,以矫浮艳"③。又贾岛最初学韩孟五古,但在时代风尚的影响下,最终选择了专攻近体的创作道路。

> 浪仙以诗名世,杰出于贞元、元和文章极盛之后。孟郊死,为之哭不已,其诗亦与郊分镳并驰,峭直刻深,羁情客思,春愁秋怨,读之令人爱其工,怜其志。
>
> ——王远《长江县贾岛祠堂诗碑后序》④

---

① (元)方回选评,李庆甲集评校点:《瀛奎律髓汇评》,上海古籍出版社 2005 年版,第 944 页。

② 姚贾的一些作品虽有弱的不足,但姚贾均有以僻涩的格调、深幽之意境、苦寒的内容、峭拔的体势等尽力弥补浅弱浮薄的努力,甚至于被后人当作以矫元白诸人"浅俗浮艳"诗风的对立面而出现,清弱并不是姚贾诗风的基本格调。

③ (五代)王定保撰,姜汉椿校注:《唐摭言校注》,上海社会科学院出版社 2003 年版,第 223 页。

④ 齐文榜校注:《贾岛集校注》,人民文学出版社 2001 年版,第 576 页。

姚合虽与当时的众多诗人均有唱和的经历,但其诗歌却与元白韩孟诸人有着根本的不同。

姚少监合初为武功尉,有诗声,世称为姚武功……凡刘、白以后诗人,集中皆有姓名。诗亦一时新体也。

——《瀛奎律髓汇评》卷十姚合《游春》方回评①

尽管后人对姚贾二人求新求变的效果褒贬不一,但二人刻意求新的作风却十分鲜明:

合为诗刻意苦吟,工于点缀小景,搜求新意,而刻画太甚、流于纤仄者,亦复不少。宋末江湖诗派皆从是导源者也。

——《四库全书总目提要》卷一百八十六《总集类·极玄集二卷》②

浪仙、东野并擅天才。……二人生李杜之后,避千门万壑之广衢,走羊肠鸟道之仄径,志在独开生面,遂成僻涩一体。

——许印芳《跋司空图与王驾评诗书》,《诗话萃编》卷六③

如果说姚贾及其众多追随者生元白韩孟刘柳卢李之后,志在别开生面,应当更为确切。姚贾二人诗作中虽还有些许摹习元白、韩孟及张王的痕迹,但已终非留恋徘徊于其院廊间的门客,他们已经走出庄严而又显陈旧的高屋广厦的阴影,在春花中或月影下享受着属于自己的惬意。

姚贾在诗歌的创新求变上有多方面的尝试,以追求一种变、异、奇的

---

① (元)方回选评,李庆甲集评校点:《瀛奎律髓汇评》,上海古籍出版社2005年版,第340页。

② (清)纪昀等撰,四库全书研究所整理:《钦定四库全书总目》,中华书局1997年版,第2604页。

③ (清)许印芳辑:《诗法萃编十五卷》,《丛书集成续编》(第202册),台北新文丰出版公司1989年版,第327页。

整体效果。为姚合在当时赢得声誉的《武功县中作》三十首、《闲居遣怀》十首、《游春》十二首等组诗，在五言律诗的表现内容和结构技巧等方面均有很大的创新，这些尝试因与常法不同，故而也遭到了后世的众多非议。[①] 姚合除在五律创作上着力求变外，也对其他诗歌样式进行尝试，如其创作的两组描写景致的组诗《题金州西园九首》和《杏溪十首》，均为不古不今的五言六句体，在作意上明显沿袭王维《辋川集》和钱起《蓝田溪杂咏》，但在技法上却刻意出新，以求异于前贤。与刘禹锡相类似，姚合对当时的民歌体诗歌也有所留意，其组诗《杨柳枝词五首》[②]即是在此方面的尝试，贺裳评论道：

> 凡作熟题，须得新意乃佳。《杨柳枝》曰："江亭杨柳折还垂，月照深黄几树丝。见说隋堤枯已尽，年年行客怪春迟。"此诗颇脱窠臼。
>
> ——《载酒园诗话又编·姚合》[③]

蒋寅先生在论及"新"与"清"的关系是指出：

> 新颖是"清"的另一层重要内涵，由清构成的复合概念最常见的就是"清新"，这主要是就立意与艺术表现而言。不难理解，清意味

---

① 如纪昀："武功诗语僻意浅，大有伧气，惟二一新异之句，时有可采，然究非正声也。"（《瀛奎律髓汇评》卷六《武功县中作》之一纪昀评）又"武功诗欲求诡僻，故多琐屑之景，以避前人蹊径。佳处虽有，而小样处太多。"（《瀛奎律髓汇评》卷十《游春》纪昀评）

② 《杨柳枝词五首》：黄金丝挂粉墙头，动似颠狂静似愁。游客见时心自醉，无因得见谢家楼。（其一）叶叶如眉翠色浓，黄莺偏恋语从容。桥边陌上无人识，雨湿烟和思万重。（其二）江上东西离别饶，旧条折尽折新条。亦知春色人将去，犹胜狂风取次飘。（其三）二月杨花触处飞，悠悠漠漠自东西。谢家咏雪徒相比，吹落庭前便作泥。（其四）江亭杨柳折还垂，月照深黄几树丝。见说隋堤枯已尽，年年行客怪春迟。（其五）

③ （清）贺裳：《载酒园诗话》，郭绍虞编选，富寿荪校点：《清诗话续编》（上册），上海古籍出版社1983年版，第364页。

着超脱凡俗，而俗的病根即在陈熟平凡，所以清从立意修辞上说首先必须戒绝陈熟，力求新异。①

贾岛在诗歌的谋篇、立意、句法、境界、用词等多方面均有创新，尤其是五律②，是故后学言其诗时总好以“新”论之。李怀民评《送朱可久归越中》曰：“新极矣，奇极矣，却只是眼前意，足知推敲有力。”③方回评《夏夜》时道：“此诗前二韵特用生字，而奇涩工致。五、六亦故为此等句法，末句亦好奇之所为也。”④查慎行评曰：“有意求新，一变唐贤风格。”⑤

这种刻意创新在贾岛的其他诗歌样式中也时有反映，“贾岛七言律，入录者虽少，至如‘霜覆鹤身松子落，月分萤影石房开’‘山钟夜度空江水，汀月寒生古石楼’‘却从城里携琴去，许到山中寄药来。临水古坛秋醮罢，宿杉幽鸟夜飞回’等句，皆清新峭拔，另为一种，与五言小异，亦为小偏”⑥。又如“先生作诗，不过仍是平常心思、平常律格，而读之每每见其别出尖新者，只为其炼句、炼字，真如五伐毛、三洗髓，不肯一笔犹乎前人也”⑦（《贯华堂选批唐才子诗》卷五《寄韩潮州愈》评），则指出这种“别出尖新”与“炼字”“炼句”以及刻苦的创作作风的关系。

---

① 蒋寅：《古典诗学中清的概念》，《中国社会科学》2000 年第 1 期。

② 关于贾岛对五律的创新详见张震英《不拘成法，别开生面——论贾岛五律的对仗艺术》，《广西社会科学》2005 年第 6 期。

③ （清）李怀民撰：《重订中晚唐诗主客图》，嘉庆乙丑十年（1805）邱县刘大观刻本。

④ （元）方回选评，李庆甲集评校点：《瀛奎律髓汇评》，上海古籍出版社 2005 年版，第 399 页。

⑤ （元）方回选评，李庆甲集评校点：《瀛奎律髓汇评》，上海古籍出版社 2005 年版，第 399 页。

⑥ （明）许学夷著，杜维沫校点：《诗源辩体》，人民文学出版社 1987 年版，第 258 页。

⑦ （清）金圣叹著，曹方人、周锡山标点：《贯华堂选批唐才子诗等六种》，《金圣叹全集》（四），江苏古籍出版社 1985 年版，第 296 页。

姚贾二人刻意求新的作风从其自身的诗歌中也能得到很好的体现，例如姚贾二人在诗歌中常常提到新诗、新体、新语、新篇、新作等词语，从中也可反映出一些他们趋新的心理与审美情趣。如写新诗在当时广为流传的情况，“狂发吟如哭，愁来坐似禅。新诗有几首，旋被世人传”（《寄贾岛》）、“日日新诗出，城中写不禁”（《寄国子杨巨源祭酒》）、“袖有新成诗，欲见张韩老”（《携新文诣张籍，韩愈途中成》）等。

姚贾二人对新诗有一些独特的要求，如主张“新什定知饶景思，不应一向赋从军”（《送陈偶赴江陵从事》）。在创作和吟赏方面，“诗新得意恣狂疏，挥手终朝力有余。今到诗家浑手战，欲题名字倩人书”（《寄酬卢侍御》）、“新诗不觉千回咏，古镜曾经几度磨”（《黎阳寄姚合》）、“相对题新什，迟成举罚杯”（《喜胡遇至》）、“展书寻古事，翻卷改新诗”（《闲居遣怀十首》之三）“劳君寄新什，清韵益难酬”（《酬任畴协律夏中苦雨见寄》）、“新诗久不写，自算少人看”（《武功县中作》之二十五）“新诗劳见问，吟对竹林风”（《酬张籍司业见寄》）、“岂唯消旧病，且要引新诗”（《乞酒》）。

姚贾所认同的新诗的特点，“新诗此处得，清峭比应稀”（《寄马戴》）、“新诗忽见示，气逸言纵横。缠绵意千里，骚雅文发明”（《寄陕府内兄郭冏端公》）、“新诗十九首，丽格出青冥。得处神应骇，成时力尽停”（《喜览泾州卢侍御诗卷》）、“新诗盈道路，清韵似敲金。调格江山峻，功夫日月深”（《喜览裴中丞诗卷》）、“本寺远于日，新诗高似云。热时吟一句，凉冷胜秋分”（《赠供奉僧次融》）、“前日远岳僧，来时与开关。新题惊我瘦，窥镜见丑颜”（《和刘涵》）、“酒挈数瓶杯亦阔，诗成千首语皆新”（《两阁老酬白少傅见寄》）、“古风无手敌，新语是人知。飞动应由格，功夫过却奇”（《赠张籍太祝》）、“马自赐来骑觉稳，诗缘见彻语长新”（《赠翰林》）、“五字诗成卷，清新韵具偕”（《赠友人》）等，由此可见姚贾心目中的“新”的风格是具有丰富的内涵的。

当然，在姚贾刻意求新求变奠定地位取得成绩的同时，不可避免地也留下了一些由求新而带来的不足，言贾岛者多言其寒俭僻涩①，言姚合时多指其琐屑纤巧②，我们自然不能将此一并归为时运使然，但这也正是姚贾之所以为姚贾而非李杜王孟等的一个重要的原因。

三、奇的追求

张为将姚贾二人同归于清奇雅正一门，即是看到了二人诗歌“奇”的特色。李怀民称姚合“其五言律朴茂祈奇”③，姚合之奇多与“巧”相联系，方回评姚合诗：“而格卑于岛，细巧则或过之。”④

胡震亨言姚合诗风：“殆兼同时数子，巧撮其长者。”（《唐音癸签》卷七《评汇三》）⑤许学夷则认为姚合五言律具有纤巧的特点。

> 予考《才调》《三体》《律髓》《品汇》《类苑》诸书。合诸体仅得四五十篇。五言律如“马随山鹿放，鸡杂野禽栖”，“移花兼蝶至，买石得云饶”，“移山入院宅，种竹上城墙”，“棋罢嫌无月，眠迟听尽砧”，“马为赊来贵，僮因借得顽”，“裁衣延野客，翦翅养山鸡”，“嚼花香满口，书竹粉粘衣”，“无竹栽芦看，思山叠石为”等句，仅入晚唐纤巧，

① 如《瀛奎律髓汇评》卷六纪昀评：“此非奇语，乃太僻，太碎，太狭小，太寒俭耳。”《诗话总龟前集·评论门四》引《北梦琐言》：“蜀沙门僧尔鸟，慕李白歌，鄙贾岛蹇涩。”《五总志》：“蜀僧鸾鄙贾岛寒涩，乃自讽其词曰：‘鳌头浪蹙掀天白，鲸目光烧半海红。’且曰：‘不能致思于藩篱蹄涔之间。’”

② 如《四库全书简明目录·别集类一·姚少监诗集》：“合早以《武功县诗三十首》得名，后官至秘书少监，诗家终谓之姚武功，其诗亦即称武功体。大抵刻意于五言，五言尤刻意于中二联，其冥搜物象，多人意想所不至，而琐屑纤巧，亦由于此，永嘉四灵皆沿其末流者也。”《总集类一·极玄集二卷》：“合为诗刻意苦吟，工于点缀小景，搜求新意，而刻画太甚、流于纤仄者，亦复不少。《唐音癸签·评汇三》：但体似尖小，味亦微醨，故品局中驷尔。”

③ （清）李怀民撰：《重订中晚唐诗主客图》，嘉庆乙丑十年（1805）邱县刘大观刻本。

④ （元）方回选评，李庆甲集评校点：《瀛奎律髓汇评》，上海古籍出版社 2005 年版，第 340 页。

⑤ （明）胡震亨著：《唐音癸签》，上海古籍出版社 1981 年版，第 71 页。

中亦间有近岛者。但其人既在元和间,先已逗入晚唐纤巧,故晚唐诸家实多类之,非有意学之耳。[①]

姚合的"奇"虽因"巧"而来,但同样也是其根据自身的资质与兴趣求新求变的一种尝试。吴乔在分析姚合形成这种"奇巧"特色的原因是说:"盛唐不巧,大历以后,力量不及前人,欲避陈浊麻木之病,渐入于巧。……姚合《送使新罗者》云:'玉节在船清海怪',则更险急,为避陈浊麻木不惜也。"(《围炉诗话》卷三)[②]辛文房也认为姚贾二人都具有"巧"的特色。

与贾岛同时,号"姚贾",自成一法。岛难吟,有清洌之风,合易作,皆平澹之气。兴趣俱到,格调少殊,所谓方拙之奥,至巧存焉。

——《唐才子传·姚合》[③]

但姚合诗歌的求奇求巧是隐藏在整体诗风的平易之中的,给人一种"拙中藏巧"的味道,所以从总体感觉上讲,姚诗"奇"的特色表现得远没有贾岛鲜明。

贾岛之"奇"的主要是与其"僻""怪""幽""涩"等独特的审美追求相结合,通过对诗歌中炼字、炼句、炼意、炼格的具体实践,最终达到"新奇""奇恣""奇绝""奇异""奇凿""奇拱"等的效果。[④] 如李怀民在评《送李骑曹》一诗时说:"'嘶马背寒鸿',当句对。'朔色晴天北,河源落日东。'

---

① (明)许学夷著,杜维沫校点:《诗源辩体》,人民文学出版社 1987 年版,第 260 页。

② (清)吴乔:《围炉诗话》,郭绍虞编选,富寿荪校点:《清诗话续编》(上册),上海古籍出版社 1983 年版,第 556 页。

③ (元)辛文房撰,傅璇琮主编:《唐才子传校笺》(第三册),中华书局 1990 年版,第 124 页。

④ 对于贾岛诗歌求奇方面的详细论述,可见张震英:《论贾岛诗歌之奇僻及其在诗歌美学史中的意义》,《东方丛刊》2007 年第 2 期。

无此奇笔，如何匠得塞垣景出。此与王右丞‘大漠孤烟直，长河落日圆’有正变之分，而发难显则同。”(《重订中晚唐诗主客图》卷下)①又如：“‘野水吟秋断，空山影暮斜’、‘磬通多叶罅，月离片云稜’、‘凌结浮萍水，雪和衰柳风’、‘松生师坐石，潭涤祖传盂’、‘西殿宵灯磬，东林曙雨风’、‘绝雀林藏鹘，无人境有猿’、‘井凿山含月，风吹磬出林’、‘明晓日初一，今年月又三’、‘芽新抽雪茗、枝重集猿枫’、‘露寒鸠宿雨，鸿过月圆钟’等句，最为奇僻，皆前人所未有者”②等，像这样的例子在贾岛诗歌中不胜枚举。与姚合求奇的表现恰恰相反，贾岛在诗歌创作中虽然刻意求奇，但最终却是为了达到一种平淡自然的境界，或可用“大巧若拙”来评论。

张宏生先生在论及姚贾诗风时说：“姚贾作诗的苦吟态度大体相同，已如上述。同时，他们的作品所达到的审美效果也有着一致性，即以刻苦推敲的手段达到平淡自然的境界。……姚贾的独特性在于，他们通过苦吟推敲的创作方式，使得原本不同的诗风达到了另一层次的同一性。这也许正是姚贾齐名的根本原因，也是他们得到后世许多诗人推崇的根本原因之一。”③其实，不仅是苦吟，在刻意求奇这一点上，姚贾二人虽然切入点不同，但最终也达到了奇巧与平淡的在一定层次中的统一。贾岛的求奇与其个性有极大的关系，贾在外人眼中，本身就是一个传奇人物。经历复杂，充满了挫折，“不缘毛羽遭零落，雄心焉肯向尔低?”(《病鹘吟》)同时他又执着而坚定，满怀激愤，故而平静闲适之时少，郁闷惆怅之时多，发言为诗，自多孤峭不平之气。这对于贾岛来讲自然而正常，但对于那些没有这样的经历和缺乏类似体验的人来讲，自然认为有超越寻常的奇绝之气，令闻之者耳目一新。所以贾岛之奇是深沉的，是形成于内而表现于

① (清)李怀民撰：《重订中晚唐诗主客图》，嘉庆乙丑十年(1805)邱县刘大观刻本。

② (明)许学夷著，杜维沫校点：《诗源辩体》，人民文学出版社 1987 年版，第 257—258 页。

③ 张宏生：《姚贾诗派的界内流向与界外余响》，《文学评论》1995 年第 2 期。

诗歌中的一种复杂的情绪和体验，不能简单地认为仅是一种结构诗歌遣词造句的写作手法。

四、峭的效果

峭，一般指岸陡直或山高峻，屈原《九章·悲回风》："上高岩之峭岸兮，处雌蜺之标巅。"即同时具有以上两种含义。因峭具有仰视高山和如临深渊的纵横落差，所以常给人一种急险危冷的心理感受，运用于诗歌创作中则可形成奇警突兀的表现效果，所以诗人们通常刻意营造"峭"的境界作为诗歌求奇的一种重要手段。

后人论姚贾诗歌时，常以"峭"及其相关的审美范畴加以概括。孟郊论贾岛时道："长安秋声干，木叶相号悲。瘦僧卧冰凌，嘲咏含金痍。金痍非战痕，峭病方在兹。诗骨耸东野，诗涛涌退之。有时踉跄行，人惊鹤阿师。可惜李杜死，不见此狂痴。"（《戏赠无本》）王远以"峭直刻深"论其诗，其他对贾诗的相关评价有"清新峭拔""生峭险僻""峭骨沉响""声韵峭急"等，分别指出了其诗歌在总体风貌、内容、立意、格调、声律等方面"峭"的特色。

"峭"在姚合诗中也具有较为丰富的内涵。首先，峭的自然形态，姚合偏爱那种高峻挺拔的山与壁立陡峭的岸的形态，故其诗歌中常用"峭"字来描绘山势和堤岸。如"晓寻不知休，白石岸亦峭"（《莲塘》）、"树深檐稍邃，石峭径难平"（《和裴令公新成绿野堂即事》）、"剑阁和铭峭，巴江带字流"（《送杨尚书赴东川》）、"闾里苍苔水，虚空瀑布冰。酒香和药熟，山峭过云登"（《寄华州崔中丞》）、"穷愁山影峭，独夜漏声长"（《秋晚夜坐寄院中诸曹长》）、"寒犹近北峭，风渐向东生"（《除夜二首》），这当是对峭字的原始含义的运用。

清与峭的对举与并用。后人评论姚贾诗风时多用"清峭"二字，姚合遣词造句之时也有意无意地将二字对举或连用，与其诗歌所呈现出的总体风貌相一致，"千山嵩岳峭，百县洛阳清"（《送洛阳张员外》）、"昔年尝作毗陵客，石峭泉清天下稀”（《送崔郎中赴常州》）、“幽栖一亩宫，清峭似山峰”（《题厉玄侍御所居》）。

清峭诗风的标榜。姚合在《寄马戴》一诗中写道：“新诗此处得，清峭比应稀。”（《寄马戴》）可见姚合与贾岛二人所追求的总体风格是相同的，只不过在具体的表现上有所侧重，这就牵扯到“峭”这一美学范畴的艺术内涵的问题。

从诗歌的立意上讲，“峭”多与“孤”“高”等概念相联系。如姚合 534 首诗中，“高”字的使用竟达到 92 次，贾岛 404 首诗中“高”字达 72 次，“孤”字 54 次，而运用“高”“孤”二字的许多诗句均能反映出“峭”的意味。如姚合句：“旅梦心多感，孤吟气不平”（《送任尊师归蜀觐亲》）、“落霞澄返照，孤屿隔微烟”（《秋晚江次》）、“思劲凄孤韵，声酸激冷吟”（《心怀霜》）。贾岛句：“独鹤耸寒骨，高杉韵细飔”（《秋夜仰怀钱孟二公琴客会》）、“孤鸿来半夜，积雪在诸峰”（《寄董武》）、“孤烟寒色树，高雪夕阳山”（《送歇法师》）。

从格调上讲，峭则与峻、洁等相关联，一同构成了洁雅高峻的清美诗格。如姚合诗《喜览裴中丞诗卷》：“调格江山峻，功夫日月深。”

从表现内容上讲，苦、寒一类的感觉若与山水风物相结合则更容易引发峭的效果。①《深雪偶谈》言贾岛：“贾浪仙，燕人，产寒苦地，故立心亦然，诚不欲以才力气势，掩夺情性。特于事物理态，毫忽体认，深者寂入仙源，峻者迥出灵岳。”②如贾岛对寒字的运用，“寒流数派分”（《就可公宿》）、“寒日下西峰”（《秋暮寄友人》）、“寒漱撇龙泉”（《送僧归太白山》）、“天寒碛日斜”（《送陈判官赴绥德》）、“天寒水急流”（《怀博陵故人》）、“松桂寒森森”（《寄友人》）、“树老因寒折”（《题青龙寺镜公房》）、“众岫耸寒色”（《宿山寺》）、“西峰绝顶寒”（《寄白阁默公》）、“江开白浪寒”（《郑尚书新开涪江二首》之一）“乱山秋尽有寒云”（《经苏秦墓》）、

① 贾岛诗中“寒”字凡 88 次，“苦”字凡 14 次。

② （宋）方岳：《深雪偶谈》，王云五：《丛书集成初编》本，商务印书馆民国二十五年版，第 1 页。

“粉结霜筠漫岁寒”(《竹》)等。另如姚合诗句“天寒雪覆松”(《送殷尧藩侍御游山南》)、“寒声竹共来”(《万年县中雨夜会宿寄皇甫甸》)、“寒天挫笔锋”(《武功县中作》之二十)“天寒笔砚清”(《秋日山中》)、“寒犹近北峭”(《除夜二首》之一)等也均具有渲染“峭”这一境界的效果。

从诗歌的声韵方面讲,瘦硬、拗折的句法和律调与峭具有天然形貌上的近似。“峭”与“平”是相对立的一对审美范畴,姚贾追求的是一种骨峻神清的效果,就必然与元白的浅切轻艳背道而驰。“书贵瘦硬方通神”(《李潮八分小篆歌》),在这一点上姚贾是沿着杜韩开创的道路一脉而下的,姚贾在吸收了瘦硬奇警、突兀峭拔的特点外,也在一定程度上避免了韩孟诸人过于狠重险怪与生涩拗折的不足,姚合诗“新诗盈道路,清韵似敲金”(《喜览裴中丞诗卷》),鲜明地提出了他们所追求的风格的内涵。延君寿《老生常谈》言贾岛“五律尤极瘦峭之能事”①亦是一语中的。

与表现的内容相一致,从诗歌的整体风格上讲,清、冷的色调则与峭的感观最为和谐。因姚贾二人诗歌具有清的主色调,在姚贾诗风所具有的多种因素中,清与峭最为根本,结合得最为完美、典型,所以不论诗人自身的标榜还是后人评论也都好以“清峭”二字概括而非其他,在一定程度上就成为一种必然。

峭的思想根源为二人性格上的特立不群,这种特立不群不能简单地理解为缺少朋友或不谙世事,而应是二人以自己的生存信念和艺术趣味为支柱,与整个社会的追名逐利与声色犬马之流在内心深处自觉地远离,峭可以说是一种精神与人格上的追求,这一点在姚合写给贾岛的诗中有明确的表露。

悄悄掩门扉,穷窘自维絷。世途已昧履,生计复乖缉。疏我非常性,端峭尔孤立。往还纵云久,贫蹇岂自习。所居率荒野,宁似在京

① (清)延君寿:《老生常谈》,郭绍虞编选、富寿荪校点:《清诗话续编》,上海古籍出版社1983年版,第1798页。

邑。院落夕弥空,虫声雁相及。衣巾半僧施,蔬药常自拾。凛凛寝席单,翳翳灶烟湿。颓篱里人度,败壁邻灯入。晓思已暂舒,暮愁还更集。风凄林叶萎,苔糁行径涩。海峤誓同归,橡栗充朝给。

——《寄贾岛浪仙》

由此诗可知,姚合、贾岛在内心深处的息息相通。

姚合在韩湘进士及第时写与其的诗歌中对“峭”的内涵作了进一步的解释。① 姚合认为刻苦地作诗应主要为沉潜其中自得其乐,而非人前卖弄,“疏散无世用,为文乏天格。把笔日不休,忽忽有所得。所得良自慰,不求他人识”对于韩湘“致诗过相饰”的作风表示了不满,进而提出作诗应与做人相同,“君子无浮言,此诗应亦直”。姚合同时提出了作为诗人异于常人的理想人格,“诗人多峭冷,如水在胸臆。岂随寻常人,五藏为酒食”姚合因韩湘文华过饰的诗篇进而对新登高科、踌躇满志的年轻诗人的未来表示了忧虑,“昨闻过春关,名系吏部籍。三十登高科,前途浩难测”姚合与韩湘的差异或可从很多方面来理解,但主要是将诗歌作为一种精神追求及自身人格的凸显和将诗歌作为博取时名进身求仕的工具的差别,这可以看作是久经风霜、聪慧睿智的老者与初出茅庐、踌躇满志的年轻人在不同心理层面上的一次对话,日后的韩湘或可对此能够有透彻的领悟。

姚合认为能够垂名后世的,正是这种由孤峭的人格映射而成的诗篇,正如其在写予友人贾岛的诗中所言:

长沙事可悲,普掾罪谁知。千载人空尽,一家冤不移。吟寒应齿

① 姚合《答韩湘》:疏散无世用,为文乏天格。把笔日不休,忽忽有所得。所得良自慰,不求他人识。子独访我来,致诗过相饰。君子无浮言,此诗应亦直。但虑忧我深,鉴亦随之惑。子在名场中,屡战还屡北。我无数子明,端坐空叹息。昨闻过春关,名系吏部籍。三十登高科,前涂浩难测。诗人多峭冷,如水在胸臆。岂随寻常人,五藏为酒食。期来作酬章,危坐吟到夕。难为间其辞,益贵我纸墨。

落。才峭自名垂。地远山重叠，难传相忆词。

——《寄贾岛，时任普州司仓》

虽然说“虽贾之终穷，不及姚之终达”①，但二人“孤峭”的性格、对诗歌创作的信念是相同的，也就是说二人达到了内心世界更深层次的同一，谈及姚贾并称时当然不能忽略这方面的因素。

---

① （元）方回选评，李庆甲集评校点：《瀛奎律髓汇评》，上海古籍出版社 2005 年版，第 399 页。

第三章　姚贾并称意义的延伸及影响

一件艺术品自它形成的那一天起就不仅仅属于创造者本身了，人们可以从不同的审美视角加以审视，从而赋予它新的生命力。文学现象也是如此，在需要历史真相的同时，也需要结合时代的特色进行阐释，而人们探究历史真相的真正意义或在于此。所以，姚贾与李杜、王孟、元白、温李等齐名的诗人组合一样，不仅仅是属于千余年前的那个诗歌绚美的国度，而且也是为一千年来学其技法、受其影响乃至读其诗歌的众多后来者共同拥有的。姚合、贾岛二人也是如此，他们两人也不仅仅是有着苦吟的作风、长于五言律诗的创作和具有清新奇峭的诗歌风格的诗人组合，后人在与他们的诗歌不断接触的过程中，逐渐发现并赋予了他们更为深远的意义，使姚贾二人的形象愈加丰满与鲜活。

第一节　中晚唐之交第三种势力的代表

闻一多先生在《唐诗杂论》中说：

这像是元和长庆年间诗坛动态中的三个较有利的新趋势。这边老年的孟郊，正哼着他那沙涩而带芒刺感的五古，恶毒地咒骂世道人心，夹在咒骂声中的，是卢仝、刘叉的“插科打诨”，和韩愈的洪亮的嗓音，向佛老挑衅。那边元稹、张籍、王建等，在白居易的改良社会的

> 大纛下，用律动的乐府调子，对社会起诉着他们那个阶层中病态的小悲剧。同时远远的，在古老的禅房或一个小县的廨署里，贾岛、姚合领着一群青年人做诗，为个人自己的出路，也为着癖好，做一种阴黯情调的五言律诗。①

闻一多先生实际指出了姚贾是元和长庆间诗坛上别于韩孟、元白及其追随者的第三种势力的代表，姚贾有着与韩孟、元白诸人明显不同的表现内容和审美趣味。闻先生的眼光是敏锐的，在元和长庆这二十年的时间里，虽然不乏像刘禹锡、柳宗元这样的大家，但以群体面目出现并对后世产生深远影响的，确实非元白、韩孟、姚贾及其各自的追随者莫属。确切地讲，姚贾并不是与韩孟、元白同时齐名而成三足鼎立之势，姚贾成名较晚，创作的成熟期也较迟，二人主要是在韩孟、元白诸人淡出诗坛主流后才相继崛起的，姚贾之与韩孟、元白是以一种摆脱阴影求新求变的面孔出现的。

元和后期韩孟、元白的衰退与姚贾的崛起。罗宗强先生在《隋唐五代文学思想史》中对韩孟、元白两大诗派的诗歌理论和兴衰趋势作过精辟的分析：

> 孟郊死于元和九年（814年），李（贺）死于元和十一年（816年），柳宗元死于元和十四年（819年），韩愈死于长庆四年（824年），中唐的这些重要作家相继离开文坛，而白居易、元稹、刘禹锡诸人虽还活动在文坛上，但他们的创作倾向已经开始转变。贞元末至元和年间出现的重功利的文学思想，随着政局的变化，逐渐消失了。事实上，诗歌创作和理论批评中的风教说和讽喻说，在元和十二年之后就已沉寂。②

① 闻一多撰：《唐诗杂论》，上海古籍出版社1998年版，第32页。

② 罗宗强著：《隋唐五代文学思想史》，中华书局1999年版，第313页。

由上可知，元和末年，无论是“尚怪奇、重主观”的韩孟还是追求“尚实、尚俗、务尽”的元白都已放弃了他们的诗歌主张①，与元和后期诗歌创作由古体转向近体、由社会批判转向自我关注的总体倾向相一致，仕途渐显的韩愈、元稹、白居易，在创作心理和诗歌主体风格等方面均与先前发生了背离，韩孟与元白淡出诗坛主流的同时，也正是姚贾适应诗歌的发展潮流、积极探索和日渐成熟的时期。这个时间并不太长，长庆年间，当韩愈、白居易等完全沉浸于贵族闲适中时，正是姚合、贾岛异军突起的阶段。姚贾二人却已走出了前人的阴影，娴熟地运用着五律的技法，以一种清新的色调，营造着或幽深或僻苦的境界，抒发着自己的宦情或郁闷。更为可贵的是，这种略带清寒忧郁的气味引起了众多年轻人的兴趣，使得他们常常在一个寒冬或者雨夜伴着一盏青灯细细地品味着其中的异趣，而这种色调居然更能够赢得众多朝廷显贵的欣赏，进而飞快地弥散开来，原来这气味与这个衰残时代士人的心理竟是如此和谐一致。

连接韩孟、元白两大诗派的桥梁。当然，一个新鲜事物的产生不可能是晴空飞雪，它自然有其产生的背景与机遇。姚贾与韩孟、元白诸人并不是此伏彼起、判若鸿沟式的界限分明，他们之间无论是显露于外的亲近与疏远、诗歌艺术的传承与离弃还是审美情趣的近似与迥异等均有着千丝万缕的瓜葛，姚贾将追求与个性不同、诗风内容迥异的两大诗派以其特有

① “元白重功利的诗歌理论的提出，始于元和初而到元和十二年不再提倡，历时只有十二年。在唐代整个文学思想的变迁史上，是一种文学思潮延续的时间较为短促的一次。”（见罗宗强：《隋唐五代文学思想史》，中华书局 1999 年版，第 264 页。）又“尚实、尚俗、务尽的诗歌创作倾向在它的发展过程中引入重功利的指导思想，把这一创作倾向引向写生民疾苦，引向讽喻诗的道路，是这一诗歌思潮发展过程中得一个阶段。但是这个阶段的时间并不长，如前所述元和十二年后，无论是元稹还是白居易，无论是创作实践还是理论提倡上，他们事实都已放弃了这一主张。他们的兴趣，已不再写民生疾苦，而完全转向写身边琐事了。他们在诗歌创作中尚实、尚俗、务尽的倾向没有变，而俗与实的具体内容却变了，由民生疾苦变为贵族的闲适情趣。从而，进入了这一诗歌思潮发展中的另一阶段。”（罗宗强著：《隋唐五代文学思想史》，中华书局 1999 年版，第 270 页。）

的方式巧妙地连接起来，在某种程度上可以说是连接韩孟与元白两派的桥梁。姚贾又是如何成为联结两大诗派的纽带呢？若从二人与韩孟、元白两派诗人的交往上看，就会自然地发现贾与韩、孟，姚与白、张较为亲近，这本身就是一个有趣的现象。从大体上讲，贾岛与韩孟较为接近，主要风格也是由韩孟而生发，而因仕历和情趣的近似，姚合与白居易有更多相通之处。而姚贾二人与张籍交往均较为密切，这则与他们在对五言律诗的改造上表现出的共同趋向密不可分。李怀民也发现了姚合与张籍、王建的这种关联：

> 武功诗集古今体存遗甚多，其五言律朴茂祈奇，酷似王仲初。仲初故与水部合体，而姚君与水部为友，其得于渐摩者深矣。①

姚合诗集中有许多诗歌与王建重出本身就说明了二人在风格上的某种近似，姚合与白居易、刘禹锡均有唱和，“姚少监合，初为武功尉，有诗声，世称为姚武功，与贾岛同时而稍后，似未登昌黎之门。白乐天送知杭州，有诗。凡刘、白以后诗人，集中皆有姓名，诗亦一时新体也”（《瀛奎律髓汇评》卷十姚合《游春》方回评）。② 姚合日渐显达后对闲适之情的好尚也使其与白居易有了更多的共同语言，而姚合与张籍的交往则更为频繁，二人在五律的创作上有很多近似之处，以致后人在论及“晚唐体”和划分派别时常将姚、张归于一门，谢无量先生在论张籍姚合时说：

> 文昌早擅乐府，与王建齐名，晚乃传律格诗，及门者甚众，晚唐诸家多效其体。时姚武功亦为时流所尚，盖律体由大历以来，至于张姚

---

① （清）李怀民：《重订中晚唐诗主客图》，嘉庆乙丑十年（1805）邱县刘大观刻本。

② （元）方回选评，李庆甲集评校点：《瀛奎律髓汇评》，上海古籍出版社 2005 年版，第 340 页。

而全开晚唐之风格矣，故比而论之。

——谢无量《中国大文学史》，《张籍姚合》①

贾岛虽然力求走出韩孟的阴影别开天地，但贾岛与韩孟之间却有着剪不断的瓜葛，特别是早期五古的创作，受韩孟诗风的影响颇深，只是当元和后期贾岛将诗歌创作的重心由五古转向五律时，贾才更多地表现出对张籍的钦佩与亲近以及和姚合的和谐互补。对于姚贾二人对韩孟、元白两派的纽带关系，尹占华先生概括说：

姚合也有俗的倾向，从这一点上说，姚与白诗一致的，皆求通兑，表现为平易浅显，只不过通兑的程度有些差异。孟郊、贾岛皆于元白无往来，姚合则与白居易有较多往还。郊岛一生穷愁潦倒，而元白仕途显赫，故与郊岛难有相通之处。且郊岛为诗，亦有意矫元白之浅俗。姚合的仕历与处世态度和白居易相似，姚诗之向白靠拢，不足为奇。孟郊与韩愈为好友，贾岛出韩门，而姚合只有一篇《和前吏部韩侍郎夜泛南溪》，仅为和作，可知与韩愈无甚交谊。这也能说明一点问题，孟郊、贾岛、姚合三人之诗格局狭小，但就风格而言，孟是典型的韩派诗人，贾诗较孟已不知平易多少，而姚合又向平易大大前进了一步，已与白居易有些同道了。在中唐诗坛元白与韩孟两大派的对峙中，贾岛与姚合实为连接两派的桥梁。②

第二节　以姚贾为核心诗人群体的形成

唐代士子进身，除要求精通文章诗赋外，同时必也须依附权贵，在以

① 谢无量著：《中国大文学史》，中州古籍出版社 1992 年版，第 35 页。

② 尹占华：《论郊岛与姚贾》，《文学遗产》1995 年第 1 期。

文章诗赋取士的时代里,举子以诗赋见赏于权要是必由之路,由此或可认为以诗赋为好尚结成的恩师与弟子关系应当不少。但事实却并非如此,唐人的用心是较为纯粹的,当以功名利禄为纽带的座主和门生关系大行其道之时,以学术文章为联系的师徒关系却不能形成气候,可见这些读书人对于学术文章其实是心不在焉的。诗文本与政治是不相关联的,所以除了做必要的考试文章外,诗文便还其真实的面目,成为宴饮上与丝竹管弦齐鸣的一件艺术品,或是成为人们礼尚往来时一件较为不俗的礼物,所以当不识时务的韩愈捡起诗赋网罗门徒指点文字,甚至谈及世道人心的时候,便成为这些号称以诗文起家的士大夫的笑柄。①

有唐一代,除韩门弟子外,并没有形成真正意义上的文学流派原因或在于此,以致后人在谈论唐代诗文流派时总有气弱牵强之感,对唐代诗人风格的归属也往往模棱两可,远不似入宋以后诗人那般旗帜鲜明与立场坚定。

姚合、贾岛历经数朝,在当时也颇有诗名,所以与二人交游唱和的人很多。公卿贵戚、微官卑吏、僧道隐逸、寒士举子、文场名流以及后学请益,成分也很复杂,除了在一些官场上的应酬外,出于对诗歌的共同爱好,在姚贾周围逐渐聚集起一个联系松散但成员较为固定的诗人群体。姚合在当时享有盛名,“凡刘、白以后诗人,集中皆有姓名,诗亦一时新体也”(《瀛奎律髓汇评》卷十姚合《游春》方回评)。② 与姚合以师友交游的也颇多,计有功《唐诗纪事》卷四十九“姚合”载:“与马戴、费冠卿、殷尧藩、张籍游,李频师之。”③姚合又喜好诗才、奖掖后进,“李频字德新,睦州寿

---

① 柳宗元《答韦中立论师道说》:“今之世,不闻有师,有辄哗笑之,以为狂人。独韩愈奋不顾流俗,犯笑辱,收召后学,作师说,因抗颜而为师。世果群怪聚骂,指目牵引,而增与为言辞。愈以是得狂名。”见《柳宗元集》卷三十四,中华书局 1979 年版,第 871 页。

② (元)方回选评,李庆甲集评校点:《瀛奎律髓汇评》,上海古籍出版社 2005 年版,第 340 页。

③ (宋)计有功撰,王仲镛校笺:《唐诗纪事校笺》,中华书局 2007 年版,第 1674 页。

昌人……与里人方干善。给事中姚合名为诗,士多归重,频走千里丐其品。合大加奖挹,以女妻之"①。"右唐僧清塞,字南卿,诗格清雅,与贾岛、无可齐名。宝历中,姚合涖杭,因携书投谒。合闻其《哭僧》诗云:'冻髭亡夜剃,遗偈病中书',大爱之,因加以冠巾为周贺云。"②《唐摭言》卷十"海叙不遇"也有相似的记载:"周贺,少为浮图,法名清塞,遇姚合而返初。"③诗人方干与姚合的交游颇为有趣:"先生,新安人,字雄飞……始谒钱唐守姚公合,公视其貌陋,初甚侮之。坐定览卷,骇目变容而叹之。"④《唐才子传》卷八《郑巢》载:"时姚合号诗宗,为杭州刺史,巢献所业,日游门馆,累陪登览燕集,大得奖重,如门生礼然。体効格法,能伏膺无斁,句意且清新。"⑤

贾岛的交游与姚合多同,"(贾)岛后为僧,改名无本,入京投蜀僧悟达国师(知玄)院中。或去法乾寺返初了,潜于钟楼安下,日与师觉辉、无可上人、姚殿中(合)衷私唱和。"⑥《唐才子传》卷五"贾岛"云:"时新及第,寓居法乾无可精舍。姚合、王建、张籍、雍陶,皆琴樽之好。"⑦又《唐才子传》卷六"无可"云:"初,贾岛弃俗时,同居青龙寺。呼岛为从兄。与马戴、姚合、厉玄多有酬唱。"⑧

通过这些诗人的交往唱和诗作,我们就可以大致地了解到这一诗人

① (宋)欧阳修、宋祁撰:《新唐书》,中华书局1975年版,第5794页。

② (宋)晁公武撰,孙猛校证:《郡斋读书志校证》,上海古籍出版社1990年版,第952页。

③ (五代)王定保撰,姜汉椿校注:《唐摭言校注》,上海社会科学出版社2003年版,第207页。

④ (五代)孙郃:《方元英先生传》,(清)董诰等编:《全唐文》(卷820),中华书局影印本1983年版,第8636页。

⑤ (元)辛文房撰,傅璇琮主编:《唐才子传校笺》(第三册),中华书局1990年版,第421—422页。

⑥ (五代)何光远:《鉴诫录》,中华书局1985年版,第58页。

⑦ (元)辛文房撰,傅璇琮主编:《唐才子传校笺》(第二册),中华书局1990年版,第326页。

⑧ (元)辛文房撰,傅璇琮主编:《唐才子传校笺》(第三册),中华书局1990年版,第74页。

群体的组成情况①，与姚贾二人交往频繁、诗风也相近，并有师友之谊的诗人主要有雍陶、喻凫、马戴、顾非熊、朱庆馀、李频、郑巢、无可、刘得仁、方干、周贺等，其他间有交往、诗风亦受其影响，或虽有交往但诗作存留较少的则有费冠卿、殷尧藩、李廓、李馀、厉玄等诗人，这也可以看作是以姚贾为核心的诗人群体的基本阵容。

这一诗人群体大体可分为三种类型：以应试举子为主的寒士阶层、由僧道隐逸组成的方外之士、由卑吏微官组成的统治阶级下层。他们均酷爱诗歌，尤其是五律，具有苦吟倾向，他们中的大部分人具有为艺术而艺术的倾向；与元白、韩孟不同的是，这一群体的一个共同点在于远离政治中心，牛李党争、宦官专权，甚至藩镇割据都与他们较为遥远，他们因地位低下，参与国事、救世济俗对于他们来讲也是遥远和虚幻的，因此派诗人多是性情高洁、正直耿介之士，所以与元白浮薄的作风和轻艳的笔法也格格不入。他们中的一部分人对于仕途有所追求，试图通过自己的努力而达到人生境遇的改变，但往往因地位低下和性格狷介的原因，失意者多得意者少。他们的构成也决定了他们诗歌创作的主要内容：为寒士的不平之吟，以贾岛最为典型。

> 市中有樵山，此舍朝无烟。井底有甘泉，釜中乃空燃。我要见白日，雪来压青天。坐闻西床琴，冻折两三弦。饥莫诣他门，古人有拙言。
>
> ——《朝饥》

唐代应进士举，一年中及第者二三十人，而参与竞争者近千人，能肆其志者百中二三而已，故其间多寒苦酸楚之音，即便是侥幸中第者，也大

① 判定这一诗人群体的标准主要有三条：第一，唱酬情况，与姚合、贾岛或其中一人有聚会交往的经历和唱和的诗作；第二，诗歌的审美情趣和主要风格相同和相近；第三，大致相同的活动时间和地域。最后，当然也要适当考虑传统观点的划分。

多有数次落榜的经历。因为有太多的落第者以至于在唐诗中以“下第”为题材的诗作数量众多,也成为唐人诗中写得最真切感人的题材之一。姚贾诗人群体中大凡参加过应举的诗人,无一例外地都有落榜的经历,即便是仕途较为顺达的姚合也曾经两次下第,“枉为乡里举,射鹄艺浑疏。归路羞人问,春城赁舍居。闭门辞杂客,开箧读生书。以此投知己,还因胜自余”(《下第》)。姚合日后回忆当时落魄的情状时道:“忆昔未出身,索寞无精神。逢人话天命,自贱如埃尘。”(《感时》)

“自嗟怜十上,谁肯待三征”(《即事》),贾岛的痛楚则更加刻骨铭心。

> 下第只空囊,如何住帝乡。杏园啼百舌,谁醉在花旁?落日故山远,病来秋草长。知音逢岂易,孤棹负三湘。
>
> ——《下第》

贾岛的痛苦在这一群体中所有的求名者身上都曾经体验过,只不过是贾岛、刘得仁、顾非熊等诗人体验的次数太多太多了。姚合以外,即便是偶尔博得一第的,仕位显要者不见一人,他们大多数人一生大部分的时间均为卑官微吏,处于官僚阶级的底层。

姚贾诗人群体创作的另一个主要内容就是微官的闲雅与清愁,以姚合为代表。马戴、李频、雍陶等均有类似的经历与体验,姚合《武功县三十首》即是最典型的簿尉僚佐体验与心声。姚合之所以由此赢得声名并不是偶然的,因为这种情绪有着广泛的基础,正如有太多的落第者一样,世上有才华而官位低下者更是数不胜数。当你感到诧异,为什么像元稹、白居易、韩愈、李绅、令狐楚、李德裕等博学大家在诗坛上未能有类似姚贾二人的号召力和影响力的时候,检点一下二人所代表的类群、阶层和心理时就不难理解了,因为姚贾二人的诗歌,是那个时代最广大读书人所思所想所感的忠实代表,物以类聚,同气相求,毕竟皇帝老儿和王公大臣们的想法和生活,离普通劳苦大众实在是太遥远了。

第三类主要内容为僧道隐者的轻唱。费冠卿、无可、方干、周贺、郑巢等均属此类,有唐一代,因为仕进之路狭小,众多的文士只好情愿不情愿地加入方外隐者的行列。唐代虽有终南捷径一说,历代君王都像模像样地从山中拉几个人出来显示皇恩浩荡,但因动机不纯所以终属点缀,翻遍新旧唐书也未能见有几人因此而真正显达。这些隐者与政治生活相隔甚远,多栖居于田园山林之中,心思总的来讲是清闲宁静的,所以很适合写一些清新闲雅的山水诗。如果不是一些地方官长慕名征召或叫骚扰的话,或许那一点点表露济世热情的作品也难找到。姚贾身边有很多这样的僧道隐逸诗人,他们或是无力仕进,或是感受到了科举的残酷,或是压根就想自己无拘无束逍遥自在,或是求田问舍不关心政治的一族,但因为对诗歌的共同喜爱而凝聚于姚贾周围,体味着诗的精妙,享受着另一种快乐和幸福。他们的作品最能体现姚贾诗风中萧瑟清寒的意味与闲淡疏雅的风范,正如闻一多先生所感受到的:

> 这里确乎是一个理想的休息场所,让感情与思想都睡去,只感观张着眼睛往有清凉色调的地带涉猎去。①

这是一种令人舒适的清凉气息,当姚贾及其追随者聚在一起的时候,他们就共同制造这种氛围与气味,相互体验其中的淡雅与幽深、明丽与黯淡、乍暖与轻寒、芳香与苦涩。这股风中的清凉成分一直吹到晚唐五代,成为栖息在山林田园中的众多隐逸诗人共同的好尚。

第三节　姚贾之绪余与晚唐诗风的主流

姚合、贾岛所开创的异乎韩孟、元白诸人的新诗风因具有符合那个特

① 闻一多撰:《唐诗杂论》,上海古籍出版社 1998 年版,第 36 页。

定时代的审美情趣与心理需求等多方面的特色，终于成为由中入晚那个特殊的过渡时期诗歌创作的本色当行。在众多诗友及追随者的共同扬炽下，渐得草薰风暖，深入人心，姚贾自然也就成为后学推崇和摹习的偶像，晚唐以降，渐得大行其道。这样“姚贾”的含义也突破了原有的二人世界和耳鬓厮磨的小群体，又成为众多异代的追随者所倡导和遵循的晚唐诗风的一种。

晚唐虽诗人诗作最多，但风气芜杂、门径纷歧，其间除樊川、玉溪数人而外，终难找出开宗立派、卓然屹立的大家宗主，即便是对诗人个人而言，也常有风格不一游移不定的倾向，故而晚唐诗坛常给人以头绪不清的感觉。历代虽经张为、严羽、方回、胡应麟等众多诗论家甄别划分，但终未能尽如人意。但晚唐诗歌也不是没有规律与线索可寻，一些主要的潮流仍然是脉络清晰的。晚唐的大多数诗人既然缺乏开创新风的能力，那么继承和发扬前代诗风便成为晚唐众多诗人的主要功课，所以晚唐的主要诗歌派别均可以由其溯源而加以大略区分。

张为《诗人主客图》将中晚唐诗坛划分为六个大类，以中唐诗人白居易、孟云卿、李益、鲍溶、孟郊、武元衡为主，其他追随者为客，晚唐的众多诗人依据其中唐诗歌的渊源各归其主，虽不乏牵强失当之处，但张为的划分对晚唐诗风的认识却是大有启发的。张为将姚贾二人同置于“清奇雅正主”李益门下，“以李益为清奇雅正主，上入室，苏郁；入室，郑畋、僧清塞、卢休、于鹄、杨洵美、张籍、杨巨源、杨敬之、僧无可、姚合；升堂，方干、马戴、任蕃、贾岛、厉玄、项斯、薛寿①；及门，僧良乂、潘咸、于武陵、詹雄、卫準、僧志定、喻凫、朱庆馀”②。其中与姚贾交往密切的诗人就有僧清塞、张籍、杨巨源、僧无可、方干、马戴、厉玄、朱庆馀诸人。关于晚唐诗人

---

① 关于清奇雅正主的“薛寿”，李调元曾怀疑为晚唐女诗人“薛涛”之误，“按唐无薛寿，疑是薛涛之讹”，但因诗阙，已无可考。详见计有功撰，王仲镛校笺：《唐诗纪事校笺》，中华书局 2007 年版，第 2185 页。本书出于严谨起见，对此怀疑未予采信。

② （宋）计有功撰，王仲镛校笺：《唐诗纪事校笺》，中华书局 2007 年版，第 2183—2184 页。

学习贾岛的情况,《深雪偶谈》记载:

> 贾阆仙,燕人,产寒苦地,故立心亦然,诚不欲以才力气势,掩夺情性。……同时喻凫、顾非熊,继此张乔、张蠙、李频、刘得仁,凡晚唐诸子,皆于纸上北面,随其所得浅深,皆足以终其身而名后世。独李洞佛名阆仙,所谓瓣香之师,执而不弘,捧心过甚,空圆萧散之气,不复少有,岂非不善学下惠者邪?①

李怀民对张为的划分不甚满意,在《重订中晚唐诗主客图》中将晚唐划分为两大派,分别以张籍与贾岛为分坛领袖,“清真僻苦主贾岛:上入室李洞。入室周贺、喻凫、曹松。升堂马戴、裴说、许棠、唐求。及门张佑、郑谷、方干、于邺、林宽。”②“清真雅正主张籍:上入室朱庆馀。入室王建、于鹄。盛唐项斯、许浑、司空图、姚合。及门赵嘏、顾非熊、任翻、刘得仁、郑巢、李咸用、章孝标、崔涂。”③张宏生先生对于晚唐学姚贾诗风的诗人情况有较为详细的分析:“以上所谓学贾者,往往同时也学姚。从这个角度来看,寻求风格的单一性往往是做不到的。”张宏生先生分析认为:“从某种意义上说,即使认为姚合是此派之主,也不为过。在此基础上,我们可以进一步认为,凡是李氏所云贾派中有张之风者,既可以视为是对姚合的学习。晚唐五代的近体诗,尤其是五言律诗的创作,是笼罩在姚贾诗风之中的。”④

李嘉言先生据各种文献记载统计出学贾岛诗歌的晚唐诗人二十六人,除去时代接近与姚贾有诗歌唱和的以外,尚有张祜、张乔、郑谷、林宽、

---

① (宋)方岳:《深雪偶谈》,王云五:《丛书集成初编》本,商务印书馆民国二十五年版,第1—2页。

② (清)李怀民:《重订中晚唐诗主客图》卷下,嘉庆乙丑十年(1805)邱县刘大观刻本。

③ (清)李怀民:《重订中晚唐诗主客图》卷上,嘉庆乙丑十年(1805)邱县刘大观刻本。

④ 张宏生:《姚贾诗派的界内流变和界外余响》,《文学评论》1995年第2期。

张蠙、司空图、尚颜、许棠、曹松、唐求、李洞、裴说、李中、于邺十四人，①这是一个足够庞大的诗人阵容，风气的延续甚至到了宋初，也难怪闻一多先生在看到这个统计数据后兴奋地说道：

由晚唐到五代，学贾岛的诗人不是数字可以计算的，除极少数鲜明的例外，是向着词的意境与词藻移动的，其余一般的诗人大众，也就是大众的诗人，则全属贾岛。从这观点看，我们不妨称晚唐五代为贾岛时代。②

“贾岛时代”也好，“姚贾的时代”也好，这些狠重的立论只是反映了一个共同的潮流所在，那就是姚贾之余绪在晚唐五代的兴盛。姚贾诗风可以说是晚唐五代诗风的主流，但若说晚唐是“姚贾的时代”则太过牵强。正如以李杜之雄才逸笔，我们尚不能说繁星灿烂的盛唐是李杜的时代一样。晚唐五代诗风繁复，其间师法杜韩、元白、温李者亦此起彼伏、颇具声势，他们与师承姚贾的诗人一道激荡着晚唐诗坛。也正是他们的存在，才使那些早已逝去的身影不再寂寞，因为他们的灵魂已经伴随着新的时代一同飞舞。至于南宋中叶，四灵、江湖诗人以树立唐风以矫正江西诗派之失。

近世赵紫芝、翁灵舒辈，独喜贾岛、姚合之诗，稍稍复就清苦之风。江湖诗人多效其体，一时自谓之唐宗。③

四灵皆晚唐体，大率不出姚合、贾岛之绪余。……南渡自四灵以下，皆摹拟姚合、贾岛之流。④

---

① 参见（唐）贾岛著，李嘉言新校：《长江集新校》，上海古籍出版社1983年版，第209页。

② 闻一多撰：《唐诗杂论》，上海古籍出版社1998年版，第36—37页。

③ （宋）严羽著，郭绍虞校释：《沧浪诗话校释》，人民文学出版社1961年版，第27页。

④ （清）翁方纲：《石洲诗话》，郭绍虞编选，富寿荪校点：《清诗话续编》（下册），上海古籍出版社1983年版，第1440—1443页。

乾、淳以来，尤、杨、范、陆为四大诗家，自是始降而为江湖之诗。叶水心适以文为一时宗，自不工诗，而永嘉四灵从其说，改学晚唐，诗宗贾岛、姚合。凡岛、合同时渐染者，皆阴挦取摘用，骤名于时，而学之者不能有所加，日益下矣。①

由上可知，宋人眼中唐风的范围较之晚唐五代而言狭小很多。四灵、江湖所师法的唐风其实多是指以姚贾诗风为代表的晚唐诗风，当然时代的变迁必然会带来历史的沉积，此时的姚贾诗风自然也不是仅为姚贾二人的原创风格，而是包含有姚贾及其众多的追随者和师承者共同演绎而成的"姚贾"。

随着时光的延续，"姚贾"的名称由一个具有自身特质的诗人组合逐渐演变为中晚唐之交一个诗人群体的称谓，再发展至晚唐五季，由后学师承者共同演绎而成的其间主流诗风的代表，乃至最终成为南宋四灵、江湖诗人所师法的晚唐诗风的代称，五百年风风雨雨而余响未绝，这也正揭示了姚贾芳馨独有的魅力和历久弥新的生命力。

正午的阳光总是太过刺眼，一对被评论家隐藏于李杜、王孟、高岑、韩孟、元白、刘柳等耀眼光辉中的苦吟诗人，每当秋风萧瑟、月夜清寒之时，他们的幽灵就会悄然而至，总会勾起一些略带清愁孤单寂寞者的情绪。只要风月依旧，姚贾的浅吟低唱就不会悄然无息。

第四节 由唐风向宋调转型的推动力量

诗歌创作自经唐历宋以来，关于唐宋诗之争，千百年来延续不断，其间诗人以各自资质、赏好并在时代气运的熏染下，宗唐迩宋，各自驰奔。

① (元)方回选评，李庆甲集评校点：《瀛奎律髓汇评》，上海古籍出版社 2005 年版，第 771 页。

一般认为，唐风之变杜子美已发其端倪，至韩愈而全开新境界。唐诗经杜、韩、白诸人的变迁，由表及里发生变化，并渐渐显露出宋诗的质性与特征。可以说，宋诗是唐诗发展变化的必然结果。

陈衍在《石遗室诗话》卷一中认为：

> 余言今人强分唐诗宋诗，宋人皆推本唐人诗法，力破余地耳。庐陵、宛陵、东坡、临川、山谷、后山、放翁、诚斋，岑、高、李、杜、韩、孟、刘、白之变化也。简斋、止斋、沧浪、四灵，王、孟、韦、柳、贾岛、姚合之变化也。故开元、元和者，世所分唐、宋人之枢斡也。①

对于宋诗的质性，严沧浪在《沧浪诗话·诗辨》中评论道：

> 近代诸公乃作奇特解会，遂以文字为诗，以才学为诗，以议论为诗。夫岂不工，终非古人之诗也，盖于一唱三叹之音，有所歉焉。且其作多务使事，不问兴致；用字必有来历，押韵必有出处，读之反复终篇，不知着到何在。②

严羽虽是站在维护唐诗的立场上以批评的话语评价宋诗，但也基本说出了宋诗有别于唐诗的主要特征。宋诗“以文字为诗，以议论为诗，以才学为诗”的作风在韩愈的诗歌创作中均可以找到源头，故东坡云：“书之美者，莫如颜鲁公，然书法之坏自鲁公始；诗之美者，莫如韩退之，然诗格之变自退之始。”③

韩愈对于诗歌由唐风向宋调转变的尝试主要表现在“以文为诗”打

---

① 陈衍著，郑朝宗、石文英校点：《石遗室诗话》，人民文学出版社2004年版，第7页。

② （宋）严羽撰：《沧浪诗话·诗辨》，郭绍虞校译：《沧浪诗话校释》，人民文学出版社1961年版，第26页。

③ （宋）胡仔纂集，廖德明校点：《苕溪渔隐丛话》前集卷十七，人民文学出版社1962年版，第109—110页。

破“以诗为诗”的表现传统；以古文的“文以载道”代替“诗言志”的风人之旨；“以诗为文章末事”取代“温柔敦厚”的正统诗教观。韩愈的种种努力从思维方式上改变了传统的形象思维的模式，将抽象思维引入诗歌创作，增加了诗歌的理性色彩，进而产生议论化的倾向；以古文的技法创作诗歌，使诗歌的表现手法得到了极大的解放。① “这种语言形式给人的感觉是，景即是景，情即是情；质实而不模糊，清新而不习俗。……其他如韩诗中的追求散文之音节，于诗中多用单行；追求诗的阅读性而消弱其音乐性，由声音的文学变为书面文学，变为从纸上文字间欣赏的作品。”②另外，从诗歌形式上，“惟陈言之务去”，用语力求翻新出奇，以达到不同凡响的效果，这种作风表现于黄庭坚诸人身上则演化为“以俗为雅，以故为新”力求“点铁成金”的作风。韩诗瘦硬狠重的风格尤为江西诗人所追慕，这种风格不同于雄浑壮阔，也不同于清新明丽，更不似绮靡华艳，它追求的是一种严寒枯枝的苍劲感，以较杜甫“诗贵瘦硬”的追求更进一步，江西诗人以“瘦健老重”为追求，即沿退之一脉而下。韩愈“以才学为诗”的倾向也很突出，韩孟之间争奇斗胜的联句即是夸博卖弄的体现，元白所作长律也有此倾向。张戒《岁寒堂诗话》评曰：“诗以用事为博，始于严光禄而极于杜子美。以押韵为工，始于韩退之而极于苏黄。”③这些习气延续至宋代苏黄，因书卷富、才气大而更加鲜明。

韩孟诸人对于唐风向宋调转型的作用既明，姚贾二人对此的影响便可相类比而知。在“以文为诗”方面，姚贾二人可以说是沿着韩愈所开辟的方向驰奔的。穷则思变，贾岛的五律之所以能与大家名手并驾齐驱，主要得益于他对五律大胆的创新与变革，而贾岛的很多变革均是沿着“以文为诗”这一韩愈开创的轨迹前行的，其中“化骈为散”是贾岛五律创作

---

① 本段所引观点详见刘崇德先生《敝帚集》之《诗格之变自韩愈始》，河北大学出版社 2001 年版，第 167—182 页。

② 刘崇德：《诗格之变自韩愈始》，《敝帚集》，河北大学出版社 2001 年版，第 175 页。

③ 张戒：《岁寒堂诗话》卷上，丁福保辑：《历代诗话续编》（上），中华书局 2006 年版，第 452 页。

的一条基本规律。如贾岛诗中对虚词的大量使用，其目的就是要形成一种平易流畅的节奏，营造一种对话似的散文语气，从而在某种程度上打破格律诗整齐严密的格局，达到寓巧于拙的效果。此外，贾岛还常用散文化句式改变诗歌的固有节奏，多用上一下四句、上三下二句、上四下一句、一二二句、二二一句等，有意打破五言律诗上二下三的传统模式，造成诗歌节奏上的变化多样，这与韩愈、孟郊在句式上的开拓是一脉相承的。①

刘熙载《诗概》曰："唐诗以情韵气格胜。宋苏、黄皆以意胜，惟彼胸襟与手法俱高，故不以精能伤浑雅焉。"②"以意为诗"的结构方式与盛唐时达到高峰的"以情为诗"似是而非，它追求的不是情景交融的审美境界，而是对自然由内而外的一种情感异化。山依然是山，水依然是水，但已不是带给观赏者美的感受的自然的山、自然的水，山水只不过是诗人情感的异化，它与元明人写意画中的山水相类似。如果说"以情为诗"带来的一种置身其中的"沉醉"感的话，"以意为诗"则给人一种置身物外的"超脱"感。"以意为诗"可以给人以更为深沉的情感体悟，故而使诗歌显得厚重有味，这也是历来人们认为贾岛"深邃"而元白"浅俗"的一个重要原因。这种以体认为特色的方式，从某种程度上可以说是诗人与自然关系上反客为主的第一步，这种由观赏上升为体悟的过程正是唐风向宋调转变的关键所在。这种以意为诗的特色，在杜甫诗中已有不少，至韩公更是变本加厉，直开宋调。

至于"以议论为诗"，姚贾间或有之，而绝非主流。若以姚贾二人相较，贾岛诗歌的议论成分远多于姚合。贾岛诗歌中具有议论成分的篇章主要集中于五古之上，这一方面是贾岛在五古创作上师法韩、孟所致，另一方面也与贾岛佛徒的身份有很大的关系。③ 如：

---

① 关于贾岛在五律对仗方面的创新，详见拙作《不拘成法，别开生面——论贾岛五律的对仗艺术》，《广西社会科学》2005年第6期。

② 刘熙载：《诗概》，郭绍虞选编、富寿荪校点：《清诗话续编》（下册），上海古籍出版社1983年版，第2433页。

③ 佛教经义多有宣扬劝恶扬善、因果报应的事例，常用启发、比喻等手法，大多具有说理因素。

辩士多毁訾，不闻谈己非。猛虎恣杀暴，未尝啮妻儿。此理天所感，所感当问谁？求食饲雏禽，吐出美言词。善哉君子人，扬光掩瑕玼。

——《辩士》

上不欺星辰，下不欺鬼神。知心两如此，然后何所陈。食鱼味在鲜，食蓼味在辛。掘井须到流，结交须到头。此语诚不谬，敌君三万秋。

——《不欺》

海底有明月，圆于天上轮。得之一寸光，可买千里春。

——《绝句》

莫居暗室中，开目闭目同。莫趋碧霄路，容飞不容步。暗室未可居，碧霄未可趋。劝君跨仙竹，日下云为衢。

——《寓兴》

曲言恶者谁，悦耳如弹丝。直言好者谁，刺耳如长锥。沈生才俊秀，心肠无邪欺。君子忌苟合，择交如求师。毁出疾夫口，腾入礼部闱。下第子不耻，遗才人耻之。东归家室远，掉辔时参差。浙云近吴见，汴柳接楚垂。明年春光别，回首不复疑。

——《送沈秀才下第东归》

姚合亦有极少数富于说理和议论成分的诗作，如：

怕见世间事，削头披佛衣。年小未受戒，会解如老师。天与出家肠，一食斋不饥。麻履踏雪路，与马不肯骑。嫌我身腥膻，似我见戎夷。彼此见会异，对面成别离。我师文宣王，立教垂书诗。但全仁义心，自然便慈悲。两教大体同，无处辨是非。莫以衣服别，到头不相知。

——《赠卢沙弥小师》

疏散无世用，为文乏天格。把笔日不休，忽忽有所得。所得良自慰，不求他人识。子独访我来，致诗过相饰。君子无浮言，此诗应亦直。但虑忧我深，鉴亦随之惑。子在名场中，屡战还屡北。我无数子明，端坐空叹息。昨闻过春关，名系吏部籍。三十登高科，前涂浩难测。诗人多峭冷，如水在胸臆。岂随寻常人，五藏为酒食。期来作酬章，危坐吟到夕。难为间其辞，益贵我纸墨。

——《答韩湘》

姚贾二人包含议论说理成分的诗歌基本上是五古，说明姚贾二人对将此种作风开拓入律诗的领域还是心存疑虑的，宋人在诗歌中由议论进而生发出的理念与趣味在姚贾二人诗中则较少体现。

“以意为诗”源于思想体认的深入，这一点与以书卷富赡、见多识广为特点的“以才学为诗”并不相同。“以才学为诗”最大的特点就是好用典故，用典可以使诗歌内涵丰富，它带来的是另一种性质的饶有趣味。读唐人诗如饮酒般渐被熏染，而读宋人诗则有如猜谜般惊喜万千；读唐诗有花香怡人的适意，读宋诗则有曲径寻幽的乐趣。胡震亨《唐音癸签》卷三二云：

唐诗不可注也。诗至唐，与《选》诗大异，说眼前景，用易见事，一注诗味索然，反为蛇足耳。有两种不可不注，如老杜用意深婉者，须发明；李贺之谲诡、李商隐之深僻，及王建宫词即有当时宫禁故实者，并须作注，细与笺释。①

王士禛：《带经堂诗话》卷二九曰：

唐诗主情，故多蕴籍；宋诗主气，故多径露。②

---

① （明）胡震亨著：《唐音癸签》卷三二，上海古籍出版社 1981 年版，第 338 页。

② （清）王士禛著，张宗柟纂集，夏闳校点：《带经堂诗话》（下），人民文学出版社 1963 年版，第 841 页。

由用典而成的义理丰赡也是宋诗的质性之一，用典在某种程度上必然破坏诗歌的浑融与完整，如果连缀不当极易水乳分隔，给人以“掉书袋”的不足。宋诗大家如苏轼、黄庭坚、陈师道以及词人辛弃疾或多或少均有此嫌疑，更不待说其他人。姚合、贾岛二人虽有开宋调之处，但于才学上讲，却远不如韩、孟、白诸人，这从二人诗作题材的单一及用词的局促等方面均可以应证。姚贾二人作诗基本不用典故一是由于时代的风气，另外与其才薄力弱也有一定的关系。在刻意变更一代风气之上，姚贾所走出的步伐较韩孟来讲非常有限。

欧阳公《六一诗话》曰：“退之笔力，无施不可，而尝以诗为文章末事，故其诗曰：‘多情怀酒伴，馀事作诗人’也。然其资谈笑，助谐谑，叙人情，状物态，一寓于诗，而曲尽其妙。”①韩愈所开创的“以诗为文章末事”的风气在宋代大行其道，这与宋代官僚士大夫的追求和情趣密不可分，但这却不是姚贾的主导作风。贾岛作诗除去自身的爱好以外，还有通关求名的现实作用，这两重因素决定了贾岛对诗歌严肃与认真的态度，并至死未渝，故贾岛尤与这种“以诗为文章末事”的作风格格不入。尽管姚合亦作诗刻苦，但其官僚士大夫身份决定了与韩愈某些以诗歌为余事的消遣情趣有相通之处。姚诗中有一些游戏、消遣、娱乐、宴饮、唱酬之作，在这些诗歌中姚合或多或少地表现出一种以诗歌作为闲适消遣工具的味道。此外，姚合诗歌中还有文字游戏、自嘲、戏谑、调侃的成分，则更接近于韩愈，如《道旁亭子》：“南陌游人回首去，东林道者杖藜归。”其实就是一首字谜诗。士大夫宴饮聚会之时常会有一些类似的文字游戏，以活跃气氛，姚合诗《题葡萄架》即非常典型，全诗读起来类似绕口令，娱乐色彩极浓：

> 萄藤洞庭头，引叶漾盈摇。皎洁钩高挂，玲珑影落寮。阴烟压幽屋，濛密梦冥苗。清秋青且翠，冬到冻都凋。

① （宋）欧阳修：《六一诗话》，何文焕辑：《历代诗话》（上），中华书局1981年版，第272页。

这种以文字为游戏的作风在宋代则蔓延为一种文人的风气。《学斋占毕》卷四“一字诗不始于东坡”条云：

坡公诗集中有《和郭正辅一字诗》云：“故居剑阁隔锦官，柑果姜桂交荆菅。奇孤甘挂汲古绠，侥觊敢揭钩今竿。已归耕稼供藁秸，公贵干国高巾冠。改更句格各謇吃，姑固狡狯加间关。”又有“郊居江干坚关扃”一首及四言一首，亦名《吃语诗》。注家及苕溪渔隐俱以为公出意以文为戏。余尝观唐人姚合少监诗集中有《洞庭蒲萄架》诗云：……则此体已具矣。坡公不过才高记博，造语杰，特有来处，因前人之体而为戏耳。若直指为坡，则寡见可笑矣。①

《瓯北诗话》卷十二“双声体”条云：

东坡有口吃诗“故居剑阁隔锦官”一首，又“郊居江干坚关扃”一首，使口吃者读之，必喷饭也。然此本双声体，史绳祖《学斋占毕》载唐人姚合《洞庭蒲萄架》诗云……是唐人已有此体，非坡创也。②

姚合《乞酒》诗则写得风趣幽默：

闻君有美酒，与我正相宜。溢瓮清如水，粘杯半似脂。岂唯消旧病，且要引新诗。况此便便腹，无非是满卮。

《乞新茶》《寄卫拾遗乞酒》等诗也生动诙谐。姚合诗也有韩诗的戏谑因素，如《佛舍见胡子有嘲》：“明明复夜夜，胡子即成翁。唯是真知性，

① （宋）史绳祖撰：《学斋佔畢》（外六种），上海古籍出版社 1992 年版，第 58—59 页。

② （清）赵翼：《瓯北诗话》卷十二，郭绍虞选编、富寿荪校点：《清诗话续编》（上册），上海古籍出版社 1983 年版，第 1344—1345 页。

不来生灭中。”这些作风在贾岛诗中断不可见，除却贾岛性耽于诗外，一生贫寒、衣食无继而又激愤不平的诗人也不可能拥有这样一种闲情雅致，这也是从情趣上姚合较贾岛更接近于韩白诸人的原因所在。不管后人如何以爱憎评论唐宋间的大小诗人的艺术成就，只要对唐宋间够得上诗人称号的官僚士大夫略作观瞻，就会得知这种“以诗歌为文章末事”的作风，其实就是官僚士大夫阶层对于作诗的基本态度，除非在他们未步入这一阶层的阶段，作诗才有着像贾岛一样的现实意义，他们才肯下功夫推敲苦吟。而少部分官僚士大夫在政治失意后的淡出阶段，因精神寂寞才又重操旧业，但不管诗艺如何精湛，也终究不能改变茶余饭佐的庸属地位。对诗歌创作的态度也是平民诗人与官僚士大夫诗人的一条分水岭。

由以上分析可知，姚贾在诗歌由唐风向宋调的转型方面既有沿着韩愈诗格之变的方向而发展的，又有许多不同于韩愈的地方，而姚贾二人在这一转变过程中的侧重点也略有不同。总的来讲，贾岛在诗歌的形式和议论方面更接近于韩愈，而姚合则在官僚士大夫的闲适情趣上与韩愈相通。而姚贾二人与韩愈不同之处也正是他们有别于杜甫、韩愈对变格唐诗道路的新尝试。姚贾的这些变革唐风的尝试对南宋众多江湖诗人则产生了积极的影响，使他们形成了迥异于苏黄一类的宋诗风格，永嘉、江湖诗人的兴起及对江西诗派的反动正得益于这种与杜韩不同的变革道路，江湖诗人所确立的诗风同样属于宋诗质性的重要组成部分。

当然，若要从更深层次探讨杜韩与姚贾对于宋诗的不同影响，我们首先应当对唐诗与宋诗的界定做一个初步的交代。

钱锺书先生以风格为依据，论唐宋诗之别，如《谈艺录》“诗分唐宋”条云：

> 诗分唐宋，唐诗复分初盛中晚，乃谈艺者之常言。……余窃谓就诗论诗，正当本体裁以划时期，不必尽与朝政国事之乱治盛衰吻合。……唐诗、宋诗，亦非仅朝代之别，乃体态性分之殊。天下有两种人，斯分两种诗。唐诗多以丰神情韵擅长，宋诗多以筋骨思理见

> 胜。严仪卿首倡断代言诗,《沧浪诗话》即谓"本朝人尚理,唐人尚意兴"云云。曰唐曰宋,特举大概而言,为称谓之便,非曰唐诗必出唐人,宋诗必出宋人也。故唐之少陵、昌黎、香山、东野,实唐人之开宋调者;宋之柯山、白石、九僧、四灵,则宋人之有唐音者。……夫人禀性,各有偏至,发为声诗,高明者近唐,沉潜者近宋,有不期而然者。故自宋以来,历元、明、清,才人辈出,而所作不能出唐、宋之范围,皆可分唐、宋之畛域。唐以前之汉、魏、六朝,虽浑而未划,蕴而不发,亦未尝不可以此例之。①

钱先生不满严沧浪"断代言诗"的做法,从所谓"体态性分"出发论唐宋诗,试图另辟一说,以涵盖历代诗风。其实,就本质而言,由时代变迁所造成的差异是深刻而根本的,远胜于所谓"体态性分之殊"。唐诗就是唐诗,宋诗就是宋诗。不管杜、韩、白、姚、贾如何变革诗风,他们所作均为唐诗,只不过是不同于初盛唐的唐代诗风的变迁,并开启宋调稍具后世形貌而已。而宋代诸公不管是沿袭杜韩一路为诗,还是师承姚贾,所作均不能脱离宋诗质性,即便才高者有几分衣冠形神之似,但根本却相去甚远。如对人们通常认为的诗法姚贾不遗余力的"四灵",若将其作品与姚贾相对照,则会轻易感受到基本风貌质性的巨大差别,类似的只是一些表面现象。宋诗的体貌与唐诗存在有根本的差异,非师法和形似所能改变,亦非轻易能够混淆。故钱老煞费苦心标新立异混淆清浊之说,虽然蒙蔽了众多诗歌初学者及爱好者,但根本经不起推敲,究其实不过是聪明而又博学的学者闲来无事故作玄虚哗众取宠的一贯作风罢了。

所以我们说师承姚贾的江湖诗人所开创的是与师承杜韩的苏黄迥别的另一种宋诗类型。我们认为以欧公发端,以黄、陈为盟主的号称宗杜、韩的江西诗派为宋诗的一种类型,而以叶适为倡导,以四灵、江湖为代表的,以诗法晚唐诗人为号召的江湖诗派是宋诗的另外一种类型,虽有变复

---

① 钱锺书著:《谈艺录》(补订本),中华书局1984年版,第1—3页。

之别，但终究都是宋诗而非唐诗。

胡应麟在《诗薮》外编卷五《宋》中对此问题早有论说：

> 宋之学陈子昂者，朱元晦；学杜者，王介甫、苏子美、黄鲁直、陈无己、陈去非、杨廷秀；学太白者，郭功父；学韩退之者，欧阳永叔；学刘禹锡者，苏子瞻；学王右丞者，梅圣俞；学白乐天者，王元之，陆放翁；学李商隐者，杨大年、刘子仪、钱思公、晏元献；学李昌吉者，谢皋羽；学王建者，王禹偁；学晚唐者，九僧。林和靖、赵天乐、徐照、翁卷、戴石屏、刘克庄诸人，亦自有近者，总之不离宋人面目。①

总之，不论苏黄二人学唐人多少，变唐人多少，四灵、江湖学唐人多少自己开创多少，均不能改变其宋诗的根本与实质。苏黄绝非杜韩自不必说，四灵虽有三分貌似姚贾，但终是宋之四灵而非隔世之姚贾。在唐宋诗的时代与体性问题上，由时代变迁所造成的差异是深刻而根本的，远胜于所谓“体态性分之殊”。唐宋诗之别毋庸置疑，而唐宋诗之争在宋代究其实乃为宋诗不同风格派别之间的消长与争鸣，与乃祖虽有瓜葛但并非实质性的相同，这一点必须加以明辨。所以，就宋诗体貌而言，杜韩全开黄陈以致江西一派，而姚贾全开四灵、江湖一派，虽同是源于对唐风的变革，但却是同中有异，故而形成了唐风向宋调转型的不同路数，各有侧重，并自生辉，其功亦不可磨灭。

---

① （明）胡应麟撰：《诗薮》，上海古籍出版社 1979 年版，第 215 页。

第四章　姚贾对唐诗山水田园审美主题的继承与新变

第一节　唐诗山水田园审美主题的嬗变历程

中国诗歌的山水田园审美主题通常被认为是以陶、谢、王、孟、韦、柳等诗人为代表，但山水田园诗歌的表现传统却并未就此而停歇。在中晚唐之交，姚贾及其追随者以自己特有的方式续写了山水田园诗歌的传统。宋以后，随着姚贾诗风的广泛流传和人们对有唐一代诗歌审视的深入，越来越多的诗论家将姚贾二人视为王孟韦柳山水田园审美主题的传承者。

提起山水田园诗，人们便会自觉不自觉地追溯到晋宋之交的谢灵运、齐梁之间的谢朓和被称为“古今隐逸诗人之宗”[①]的东晋诗人陶渊明，他们是最早大量创作山水田园诗歌并取得较高成就的诗人。阴铿、何逊继之在山水诗创作中也有所开拓，而北朝庾信和隋末的王绩则沿陶渊明的田园诗一脉而下。应当指出，在唐前，山水诗和田园诗是沿着不同的轨迹发展演变的。到了盛唐，在时代风气的煽炽下，通过众多诗人的创作实践，这两股潮流才完美地融合起来，形成了盛唐诗歌卓然挺立的审美主题之一。

葛晓音女士在谈及山水田园诗歌的内涵时指出：

---

① （梁）钟嵘著，陈延杰注：《诗品注》，人民文学出版社 1961 年版，第 41 页。

所谓山水田园诗派，实际上包括三层内涵，就盛唐而言，指以王、孟为代表，包括祖咏、常建、储光羲等在内的一批风格相近的专长于山水田园的诗人；就唐代而言，则指王、孟、韦、柳；而就中国诗歌史而言，则应以陶、谢、王、孟、韦、柳为一个完整的体系。在中国古代文学批评史上，并不存在山水田园诗派的称谓，这是当代文学史论著中习用的概念。但是从晚唐开始，人们已经注意到陶、谢、王、孟、韦、柳不但成为公认的山水田园诗最高成就的代表，而且形成了经常被并提的作家系列，在诗歌史上的地位也愈益提高，甚至一度超越了山水田园这一题材的范围，被奉为代表中国文人审美理想的典范。①

如果说王孟所代表的是盛唐时期山水田园诗歌的风范，那么钱郎韦柳则是中唐山水田园题材的代表，山水田园诗歌的创作至此，虽然已达到了极高的成就，但山水田园诗歌的表现传统却并未就此而停歇。在中晚唐之交，姚贾及其追随者以自己的方式续写了山水田园诗歌的传统。

宋以后，随着姚贾诗风的广泛流传和人们对有唐一代诗歌全面审视的深入，越来越多的诗论家将姚贾二人视为王孟韦柳山水田园审美主题的继承者而将两者相提并论。

宋胡仔《苕溪渔隐丛话》前集卷二引《雪浪斋日记》云："为诗欲词格清美，当看鲍照、谢灵运。混成而有正始以来风气，当看渊明。欲清深闲淡，当看韦苏州、柳子厚、孟浩然、王摩诘、贾长江。"②实际上开出了一张有代表性的山水田园诗人名单，说明贾岛与鲍谢、王孟、韦柳等山水田园诗人是一脉相承的。刘克庄云："亡友赵紫芝选姚合、贾岛诗为《二妙集》，其诗语往往有与姚、岛相犯者。按：贾太雕镌，姚差律熟，去韦、柳尚争等级。"(《后村诗话新集》卷四)③此处，刘克庄也将姚贾与韦柳相比，

---

① 葛晓音著：《山水田园诗派研究》，辽宁大学出版社 1993 年版，第 349 页。

② (宋)胡仔纂集，廖德明校点：《苕溪渔隐丛话》，人民文学出版社 1962 年版，第 11 页。

③ (宋)刘克庄：《后村先生大全集》(卷 184)，四部丛刊初编本。

显然视姚贾与韦柳风格近似。

胡应麟《诗薮》内篇卷四:"曲江之清远,浩然之简淡,苏州之闲婉,浪仙之幽奇,虽初、盛、中、晚,调迥不同,然皆五言独造。"①将贾岛作为晚唐五律之代表,而所列举的均为山水田园诗人,可见胡应麟也是将贾岛视为可以与曲江、浩然、苏州相提并论的晚唐时期以五言律诗表现山水田园主题的诗人之代表。

王夫之《姜斋诗话》:"门庭之外,更有数种恶诗:有似妇人者,有似衲子者,有似乡塾师者,有似游食客者。……似衲子者,其源自东晋来。钟嵘谓陶令为隐逸诗人之宗,亦以其量不弘而气不胜,下此者可知已。自是而贾岛固其本色。"②王夫之鄙薄陶诗,以为"量不弘气不胜",也就是嫌陶诗穷气,无雍荣富贵之气象,城门失火,殃及池鱼,乃祖受责,乃孙亦不免受累,由此也可见贾岛与陶潜诗歌之关联。

延君寿《老生常谈》:"阆仙五古《精舍》云:'耳目乃鄽井,肺肝乃岩峰。'《赠友》云:'一日不作诗,心源如废井。'《寓兴》云:'今时出古言,在众翻为讹。'语语有真气,有真性灵。人于读王、孟、韦、柳后,不读郊、岛两家,犹终是缺典。"③也将贾岛与王孟韦柳相提并论。

陈衍《石遗室诗话》卷一:"余言今人强分唐诗宋诗,宋人皆推本唐人诗法,力破余地耳。庐陵、宛陵、东坡、临川、山谷、后山、放翁、诚斋,岑、高、李、杜、韩、孟、刘、白之变化也。简斋、止斋、沧浪、四灵,王、孟、韦、柳、贾岛、姚合之变化也。"④陈衍指出宋代诗人简斋、止斋、沧浪、四灵的师承,直接描述出了唐代山水田园诗歌演变的轨迹,即王、孟、韦、柳、贾、姚。

其实,与姚贾同时代的诗人就已经注意到了二人诗歌的审美渊源:

---

① (明)胡应麟撰:《诗薮》,上海古籍出版社1979年版,第59页。

② (清)王夫之:《姜斋诗话》,(清)王夫之等:《清诗话》(上),上海古籍出版社1978年版,第20—21页。

③ (清)延君寿:《老生常谈》,郭绍虞编选,富寿荪校点:《清诗话续编》(下册),上海古籍出版社1983年版,第1798页。

④ 陈衍著,郑朝宗、石文英校点:《石遗室诗话》,人民文学出版社2004年版,第7页。

门径众峰头，盘岩复转沟。云僧随树老，杏水落江流。峡狖有时到，秦人今日游。谢公多晚眺，此景在南楼。

——无可《过杏溪寺寄姚员外》

二陕周分地，恩除左掖臣。门阑开幕重，枪甲下天新。夹道行霜骑，迎风满草人。河流银汉水，城赛铁牛神。意气思高谢，依违许上陈。何妨向红旆，自与白云亲。

——无可《送姚中丞赴陕州》

两诗中皆以姚合比大谢。喻凫《送贾岛往金州谒姚员外》一诗中则将贾岛比作小谢：

山光与水色，独往此中深。溪沥椒花气，岩盘漆叶阴。潇湘终共去，巫峡羡先寻。几夕江楼月，玄晖伴静吟。

被贾岛生前视为知己的苏绛在《贾司仓墓志铭》中曰："所著文篇，不以新句绮靡为意，澹然蹑陶谢之踪。片云独鹤，高步尘表，长沙裁赋，事略同焉。"①苏显然认为贾岛之诗歌有陶谢之风，兼有平淡与孤高的特色。

如果说他人的评论仅仅是一面之词的话，那么从夫子自道中便能了解到更为确切的内容。姚合在谏议大夫任上曾编选王维、祖咏和钱郎等大历诗人诗为《极玄集》一卷，并在自序中称誉道："此皆诗家射雕之手也"②。姚合通过《极玄集》的编选向人们直接展示了自己诗歌的审美渊源所在，即远法盛唐时期的王维、祖咏，上接大历间以钱郎为代表的诗人。何焯《跋极玄集》评曰："戊辰春日，阅姚秘监诗集，乃知其生平作诗体源

① （唐）苏绛：《贾司仓墓志铭》，（清）董诰等编：《全唐文》（第八册），中华书局1983年版，第7937页。

② 傅璇琮、陈尚君、徐俊编：《唐人选唐诗新编》（增订本），中华书局2014年版，第672页。

全出于此，虽所诣不为高深，要不似今人入门便错杂不伦也。”《极玄集》中所选的诗篇以五律为主，侧重锤炼、音律险奇、属对新颖。从题材上讲，主要分为两类，一类为送别酬答之作，另一类为描绘山水田园的即景之作，但即便是前者，除题目外，内容也基本上是借山水以抒幽情一类，所以集中多是具有清新幽远意味的写景联句，如“五湖三亩宅，万里一归人”（王维《送丘为》）、“远树低苍垒，孤山出草城”（祖咏《兰峰别张九皋》）、“月上安禅久，苔生出院稀”（耿沣《赠郎公》）、“河广蓬难渡，天遥雁渐低”（钱起《送张管书记》）、“朝暮泉声落，寒暄树色同”（皇甫冉《巫山高》）等，其中既有类似姚合诗歌精致清新、工于匠物的特点，又有接近贾岛诗歌冷峭深幽的意境，处处显示出姚贾二人在描摹景致方面的诗歌审美趣味之所在。姚贾并称，的确有太多的神似，贾岛亦不免受这种风格的浸染。何焯评曰：“此书所采不越大历以还诗格，然比之《间气集》，颇多名句，若刊其凡近，风味正似贾长江也。”（《跋极玄集》）

由陶潜所开创的田园诗和由谢灵运开创的山水诗这两大传统诗歌审美主题，在盛唐时期得到了完美的结合。山水田园主题经由王维、孟浩然、储光羲、常建、祖咏、裴迪等诗人的创作实践，已经树起了唐代山水田园诗歌题材的丰碑。八年“安史之乱”所消磨的不仅仅是曾经雄极一时的大唐帝国的雍容和刚健，更在一代士人的心间蒙上了一层阴影，时运的衰退加之心灵的创伤，表现在诗歌上，“气骨顿衰”便成为必然。这时自然山水的绮丽和田园生活的平淡便成为抚平伤痕的最佳选择，是以大历以降，诗人无论是在京城的台阁庭院中还是在南国的山水秀色间，几乎都是山光水色的恋赏者。他们总体上更喜欢清新的格调，略带一点轻愁的点染，诗歌也变盛唐的浑融完整为清新刻画，钱郎韦柳诸人踏着王孟的足迹，汲取着人类心灵深处对自然闲适美的亲近。山水田园间秋风再起，这风来自遥远的南国，在襄阳的田园里鼓荡，又在蓝田的山水间弥漫，这风已经将孟夫子和他的庄园、王摩诘和他的山水熔化，你中有我，不复分别。大历以降，清风依稀，只不过此时已带有一丝秋之清寒，拂去云遮雾绕之后，山水也愈显名净，“我见青山多妩媚，料青山见我应如是，情与貌，略相似”（辛弃疾《贺新郎》）。是以钱郎韦柳虽是与王孟一脉相承，但风神体貌之间，业已与盛唐相去甚远。但这风依然要向远方逝去，伴着黄昏萤虫的恍惚和夜鸟的啼鸣，山水渐渐暗淡，月色轻寒，晚景凄凉，姚贾和一群年轻人才刚刚聚集，看不清山光水色，索性驰骋想象的翅膀，在朦胧的月色中勾勒山水，或者说是勾勒自己的感觉。春夏秋冬，四时序代，山水田园的阴晴雨雪亦与时代的气运息息相通，朱彝尊《唐风采序》曰：

> 初唐若沈宋苏张，含英咀华，似春之惠风。盛唐若李杜高岑，顿挫悲壮，似夏之炎风。中唐若刘韦钱秦，冲和雅澹，似秋之飔风。晚唐若贺险仝怪郊瘦岛饥，似冬之寒风。①

胡应麟以清远、简淡、闲婉、幽奇论列曲江、浩然、苏州、浪仙，认为是代表初、盛、中、晚不同时期山水田园的风貌，真可谓大家具眼。② 晚唐虽不乏义山、樊川、飞卿等大家，并在一定范围内形成了以山林隐逸为表现主题的诗人群体，但若言及在山水田园审美主题方面接武王孟韦柳而一脉相承者，则非姚贾莫属。

姚贾以五言律诗为载体，在继承的基础上对山水田园审美主题进行了富有时代特色的变革，具体而言，姚贾二人在山水田园诗歌创作中的新变趋势，主要表现为由写景诗向咏物诗靠拢、由田园诗向庭院诗转型、由浑融完整到有句无篇、由开阔自然走向局促雕琢、由情实相应到以意为景等方面。姚贾诗风不仅独擅晚唐，在宋以后则更加光大其道，宋晚唐体、九僧、江湖、四灵等均师法姚贾，以姚贾五律为写景正宗。纪昀《瀛奎律

① （清）张揔选，（清）朱彝尊评阅：《唐风采》十卷，雨花草堂清嘉庆元年（1796）刻本。

② 《诗薮》内篇卷四：“曲江之清远，浩然之简淡，苏州之闲婉，浪仙之幽奇，虽初、盛、中、晚，调迥不同，然皆五言独造。”见（明）胡应麟撰：《诗薮》，上海古籍出版社1979年版，第58页。

髓刊误序》曰:“虚谷以长江、武功一派标为写景之宗,一虫一鱼,一草一木,规规然摹其性情,写其形状,务求为前人所未道。”①朱庭珍认为:“九僧、四灵,以长江、武功为法,有句无章,不惟寒俭,亦且琐僻卑狭。明末锺、谭,即此种之嗣音。”②随着姚贾诗风在晚唐五代的流行和在宋代的风靡,以姚贾为代表的山水田园表现传统日渐为人们所认可、接受、师法和喜爱,而以王孟、钱郎、韦柳、姚贾为代表的唐代山水田园审美主题也以符合各自时代的不同方式在后世得以传承并产生回响。

第二节 姚贾对唐诗山水田园审美主题的新变之一——由写景诗向咏物诗靠拢

晚唐人写景普遍具有眼界狭小的不足,这似乎像是得了近视病,不论外界天地多么广大,目光所及却只有眼前方寸之地,再往远看则是一片模糊。这种状况表现在写景诗上,则是使写景诗普遍展现出某种程度的状物特色。姚合、贾岛二人当中,因贾岛之写景诗所描绘的多非实景,故应另当别论,此种趋势以姚合最为明显。《唐才子传·姚合》称:“(姚)盖多历下邑,官况萧条,山县荒凉,风景凋弊之间,最工模写也。”③方回评姚诗曰:“予谓诗家有大判断,有小结裹。姚之诗专在小结裹,故四灵学之。五言八句,皆得其趣,七言律及古体则衰落不振。又所用料,不过花、竹、鹤、僧、琴、药、茶、酒,于此几物,一步不可离,而气象小矣。”④四库馆臣则说姚合:“工于

① (元)方回选评,李庆甲集评校点:《瀛奎律髓汇评》,上海古籍出版社 2005 年版,第 1826 页。

② (清)朱庭珍:《筱园诗话》,郭绍虞编选,富寿荪校点:《清诗话续编》(下册),上海古籍出版社 1983 年版,第 2330 页。

③ (元)辛文房撰,傅璇琮主编:《唐才子传校笺》(第三册),中华书局 1990 年版,第 124 页。

④ (元)方回选评,李庆甲集评校点:《瀛奎律髓汇评》,上海古籍出版社 2005 年版,第 340 页。

点缀小景，搜求新意。”(《四库全书总目提要・极玄集二卷》)①

王维组诗《辋川集》二十首和《皇甫岳云溪杂题》五首给后人留下了写景诗歌的典范，对后世诗人产生了深远的影响，引得许多人或明或暗加以模仿。其中较有影响的当属钱起《蓝田溪杂咏》二十二首，姚合的《题金州西园》九首、《杏溪》十首和《陕下厉玄侍御宅五题》，这三组诗是有意追摹王维和钱起的作品。以上六组诗作意相同，均是具体而微描摹景致的作品，从总体风貌上讲，也同时具有清新淡雅的风味和疏散闲适的情趣，均用五言表达，这几组诗歌可以看作是唐代山水田园题材中具有体系的大制作。但是王维、钱起和姚合却并不是同一时代的人物，通过对这些相同题材的诗作的比较，我们便能较为清晰地把握山水田园诗歌的流变趋势，他们所体现出的变化恰巧也正是他们各自所代表时代的差异。

王摩诘《辋川集》中诸作，具有“近事浅语，发于天然”(《批点唐诗正音》)②“《辋川》诸五绝清幽绝俗”(《岘傭说诗》)③的特色，《震泽长语》卷下曰：“摩诘以纯古淡泊之音，写山林闲适之趣，如《辋川》诸诗，真一片水墨不着色画。”④坡公也以“味摩诘之诗，诗中有画。观摩诘之画，画中有诗”⑤(《东坡题跋・书摩诘蓝田烟雨图》)评其诗。辋川诸作集含蓄、浑厚、深幽、婉转、淡远、安闲等多种风味，而且浑然一体，这与摩诘习静参禅的情趣和独特的山水意念其实是一以贯之的。如《孟城坳》：“新家孟城坳，古木余衰柳。来者复为谁？空悲昔人有。”于写景中寄予无限深情，发远古之幽思，后人以“流利清婉”“无限曲折，含蓄不尽”“简而深”

① (清)纪昀等撰，四库全书研究所整理：《钦定四库全书总目》，中华书局1997年版，第2604页。

② (元)杨士宏编，(明)顾璘批点：《批点唐诗正音》，湖北先正遗书本。

③ (清)施补华：《岘佣说诗》，(清)王夫之等：《清诗话》(下册)，上海古籍出版社1978年版，第995页。

④ (明)王鏊：《震泽长语》，王云五：《丛书集成初编》本，商务印书馆1937年版，第30页。

⑤ (宋)苏轼：《东坡题跋(二)》卷五，王云五：《丛书集成初编》本，商务印书馆1936年版，第94页。

评论；又如《木兰柴》："秋山敛余照，飞鸟逐前侣。彩翠时分明，夕岚无处所。"此诗写夕阳西下的山景，令人不觉想到陶渊明的"山气日夕佳，飞鸟相与还"的意境，又有"静观万物皆自得"的感受，此情此景人所共见，经摩诘道出，便觉称意。其他如《鹿柴》①《竹里馆》②《辛夷坞》③等及《皇甫岳云溪杂题》五首中的《鸟鸣涧》④《萍池》⑤等诗，更是被后人视为盛唐山水田园诗歌典范的名篇。

钱起通常被认为是王维的继承者，高仲武《中兴间气集》称："员外诗，体格新奇，理致清赡。……文宗右丞，许以高格，右丞没后，员外为雄。"⑥钱起的《蓝田溪杂咏》组诗无论在体裁与内容上都模仿王维《辋川集》，但由盛而中的痕迹却表露无遗。牟顾相《小澥草堂杂论诗》云："钱起诗尽有裴、王意，其失也浅。储、王作清诗，定有厚气裹其笔端。"⑦乔亿《大历诗略》云："仲文五言稍近宣城，亦工起调，顾语多轻俊，体质不厚，为逊储、王。"⑧《蓝田溪杂咏》诸写景之作虽仍有辋川小诗的形貌，但已显流易浅尽的趋势，描摹趋于细致，具有清丽淡雅之风。如《登台》一诗："望山登春台，目尽趣难极。晚景下平阡，花际霞峰色。"与摩诘《木兰柴》同是写日落之景，钱诗显出着意刻画的痕迹，虽曰"目尽趣难极"意图营造深远含蓄之情境，反成道尽心事之语。这组诗中也有力追摩诘空灵境界的诗作，如《古藤》："引蔓出云树，垂纶覆巢鹤。幽人对酒时，苔上闲花落。"此诗全拟摩诘《辛夷坞》："木末芙蓉花，山中发红萼。涧户寂无人，

---

① 《鹿柴》：空山不见人，但闻人语响。返景入深林，复照青苔上。

② 《竹里馆》：独坐幽篁里，弹琴复长啸。深林人不知，明月来相照。

③ 《辛夷坞》：木末芙蓉花，山中发红萼。涧户寂无人，纷纷开且落。

④ 《鸟鸣涧》：人闲桂花落，夜静春山空。月出惊山鸟，时鸣春涧中。

⑤ 《萍池》：春池深且广，会待轻舟回。靡靡绿萍合，垂杨扫复开。

⑥ （唐）高仲武：《中兴间气集》，傅璇琮、陈尚君、徐俊编：《唐人选唐诗新编》（增订本），中华书局 2014 年版，第 459 页。

⑦ （清）牟顾相《小澥草堂杂论诗》，郭绍虞编选，富寿荪校点：《清诗话续编》（上册），上海古籍出版社 1983 年版，第 920 页。

⑧ （清）乔亿选编，雷恩海笺注：《大历诗略笺释辑评》，天津古籍出版社 2008 年版。

纷纷开且落。”但却有“有我”和“无我”的差别，而“无我之境”较之“有我之境”则更显空灵。胡应麟曰：“诗至钱、刘，遂露中唐面目。”①(《诗薮》内编卷五)钱起描摹景致时已有明白浅尽的倾向，王诗之曲折含蓄已求之不得，语气更加舒缓，加之好用虚词，使诗歌更显流易，如：“几转到青山，数重度流水。秦人入云去，知向桃源里。”(《伺山径》)、“暗归草堂静，半入花园去。有时载酒来，不与清风遇。”(《竹间路》)但钱起毕竟去盛唐未远，摩诘之深幽自然也是钱起所深爱的。《蓝田溪杂咏》二十二首中即有六首诗中用“幽”字，直接用以形容人、境、鸟、石等，深幽闲远之类的意境不足则以大量深幽闲远之类语词叠加相弥补，钱起此种作风正是姚合写景诗形貌之所由来。

由盛而中，由于视野日渐局促，人们对于写景诗歌的描摹对象也日渐具体而微，出现了由写景向状物渐变的趋势。对于《蓝田溪杂咏》二十二首和《辋川集》二十首两组诗，我们单从诗歌的题目上就可以明显地感受到这种变化。《辋川集》二十首虽然写景精致，但浑然一体，没有情景分离的感觉，总体上视野宽阔，景物和谐，除《柳浪》一首近于咏物外，其余均是物象纷然，不拘于一处。《蓝田溪杂咏》二十二首中则有《板桥》《古藤》《晚归鹭》《石上苔》《砌下泉》《戏鸥》《衔鱼翠鸟》《石莲花》《孱湲声》《松下雪》《田鹤》十一首近于咏物或完全是咏物诗，即便是写景之作，也明显具有物象简单的特点。景由物组成，若视野狭小，景象必然趋于具体而微，写景向状物的过渡自然是不可避免的。

以大历诗歌为楷式的姚合，其写景组诗承接王维、钱起，但江河日下，与王、钱二人写景诗中反映出的远近、深浅、雅俗、浓淡、曲直等距离进一步拉大。在姚合工于“点缀小景”②的技巧、“专在小结裹”③的视野、喜好

---

① (明)胡应麟撰：《诗薮》，上海古籍出版社1979年版，第84页。

② (清)纪昀等撰，四库全书研究所整理：《钦定四库全书总目》(整理本)，中华书局1997年版，第2604页。

③ (元)方回选评，李庆甲集评校点：《瀛奎律髓汇评》，上海古籍出版社2005年版，第340页。

"花、竹、鹤、僧、琴、药、茶、酒"①的习性和"最工模写"②的能力下，一种师承王、钱的山水田园组诗便以一种新的面貌出现了。以《杏溪十首》《题金州西园九首》为代表的组诗，进一步向由写景向咏物发展的趋势靠拢。单从标题上看，姚组诗之总题与王维《辋川集》中之一景庶几相当，方回说姚诗"有小结裹无大涵容"，并不为诬。如《芭蕉屏》："芭蕉丛丛生，月照参差影。数叶大如墙，作我门之屏。稍稍闻见稀，耳目得安静。"又如《渚上竹》："叶叶新春筠，下复清浅流。微风屡此来，决决复修修。诗人月下吟，月堕吟不休。"景物更加具体，甚至单一，意境与语言均趋于浅切直露，描写也趋于琐屑纤微，节奏愈加舒缓，甚至与表现内容相一致，诗歌体裁也改为五言六句和五律的形式。

我们试举出三人中近似吟咏对象的诗歌加以比较。

仄径荫宫槐，幽阴多绿苔。应门但迎扫，畏有山僧来。

——王维《辋川集·宫槐陌》

暗归草堂静，半入花园去。有时载酒来，不与清风遇。

——钱起《蓝田溪杂咏二十二首·竹间路》

此路何潇洒，永无公卿迹。日日多往来，藜杖与桑屐。路边何所有，磊磊青渌石。

——姚合《杏溪十首·溪路》

轻舸迎上客，悠悠湖上来。当轩对尊酒，四面芙蓉开。

——王维《辋川集·临湖亭》

临池构杏梁，待客归烟塘。水上褰帘好，莲开杜若香。

——钱起《蓝田溪杂咏二十二首·池上亭》

布石满山庭，磷磷洁还清。幽人常履此，月下屐齿鸣。药草枝叶

① （元）方回选评，李庆甲集评校点：《瀛奎律髓汇评》，上海古籍出版社 2005 年版，第 340 页。

② （元）辛文房撰，傅璇琮主编：《唐才子传校笺》（第三册），中华书局 1990 年版，第 124 页。

动，似向山中生。

——姚合《题金州西园九首·石庭》

编草覆柏椽，轩扉皆竹织。閤成似僧居，学僧居未得。有时公府劳，还复来此息。

——姚合《题金州西园九首·草阁》

从总体上来讲，姚诗距钱起诗为近，而距王维诗则相去甚远。通过对王维、钱起、姚合三人同题材诗歌的对比，我们可以清晰地发现唐代山水田园诗歌经盛唐、中唐入晚唐的由写景向状物流变的趋势，当然这种趋势的形成并非仅仅是三位诗人的性情不同使然，而是由表现能力的差异、时运的变迁、审美趣味的转移等多种因素综合而成的。

第三节　姚贾对唐诗山水田园审美主题的新变之二——由田园诗向庭院诗转型

与由写景向状物靠拢的趋势相一致，中晚唐之交诗人的视野更趋于狭小，以往自然界的山水田园风光反不如人工的亭台阁榭更吸引诗人的目光，姚贾二人已经写不出《渭川田家》《江汉临泛》《终南别业》《过故人庄》《晚泊浔阳望香炉峰》这样浑融朴拙的诗作了。尽管姚合尚有《秋夜月中登天坛》《游终南山》《霁后登楼》等少数因情景壮阔而激发出来的山水诗，刻意追摹钱、韦，极尽人工之力，但已显声嘶力竭之态。姚这几首写景之作堪称晚唐之佳品，但就气格来讲，却只能说仅至大历，而且即便是此类作品终篇也不得复见。如：

秋蟾流异彩，斋洁上坛行。天近星辰大，山深世界清。仙飙石上起，海日夜中明。何计长来此，闲眠过一生。

——《秋夜月中登天坛》

策杖度溪桥，云深步数劳。青猿吟岭际，白鹤坐松梢。天外浮烟远，山根野水交。自缘名利系，好此结蓬茆。——《游终南山》

高楼初霁后，远望思无穷。雨洗青山净，春蒸大野融。碧池舒暖景，弱柳弹和风。为有登临兴，独吟落照中。——《霁后登楼》

山水田园主题至王孟、裴祖、韦储等人，多显得浑然一体，加之生活环境的广阔，故而诗题中往往也是山水田园交相辉映，视野所及，往往入诗，并无局促板滞之感。姚贾二人在即景描绘上真正擅长的不是临摹自然山水和田园风光，而是描摹精致玲珑的庭院台阁，这类作品在二人的写景诗歌中占主流。这类题材与他们的生活环境和社交方式密不可分，这类描绘庭院台阁的诗歌主要有三种来源：一类是取材于朝廷官吏的后花园，这类多与“厅”“台”“阁”“池”语词等相关联；一类是僧道隐者的住所，多与“院”“房”“观”“宇”相联系；三是繁华闹市中的休闲小景，这一类多与“岛”“湖”“堤”“岸”密不可分。这是典型的都市人的生活范围，目之所触，便形之于笔。姚合常参加达官贵戚的一些诗酒聚会，贾岛则常去穷朋友那里串门，他们一生中绝大部分时间就是在这样的环境中度过，所以善写此类作品也属自然。我们试举几首感受一下它们的特点：

亭亭新阁成，风景益鲜明。石尽太湖色，水多湘渚声。翠筠和粉长，零露逐荷倾。时倚高窗望，幽寻小径行。林疏看鸟语，池近识鱼情。政暇招闲客，唯将酒送迎。

——姚合《题长安薛员外水阁》

居在青门里，台当千万岑。下因冈助势，上有树交阴。陵远根才近，空长畔可寻。新晴登啸处，惊起宿枝禽。

——贾岛《卢秀才南台》

细致入微，精工小巧是此类诗歌的特点。这些精致细腻的亭台池阁对于工于摹写、长于点缀小景、匠物精微入神的姚贾而言，可以说是找到了知音。由王孟之轻描淡写，到姚贾之精雕细琢，当所面对的景致不同时，与之相应的笔法发生变化也就成为必然。

由王维、钱起到韦应物到姚合、贾岛，直接以庭院台阁为题目的作品明显增加，而王、孟、钱、郎、韦、柳六人此类作品之和也不及姚贾二人，则说明姚合、贾岛在此方面具有突变的特点，当然这除了生活环境的因素外，更主要的应当是审美趣味的巨大变化。即姚贾二人喜欢此类具体而微的景象，并对它们进行细致入微的描摹。所以我们认为，京城特有的活动空间、自身的交游方式、衰微时代鉴赏品位的变化、自身审美情趣的趋于精细以及表现技巧的特点等因素，最终形成了山水田园诗歌的表现领域渐趋于狭窄，由王孟诸人宽广浑成的山水景色和田园风光转向了以姚贾为代表的具体而微的厅台池阁、院房观宇、岛湖堤岸等，这正是山水田园诗歌由盛入晚的一大变迁。

第四节　姚贾对唐诗山水田园审美主题的新变之三——由浑融完整到有句无篇

闻一多先生在评论孟浩然《游精思观回，王白云在后》《万山潭作》两首山水诗时说：

> 真孟浩然不是将诗紧紧的筑在一联或一句里，而是将它冲淡了，平均的分散在全篇中……甚至淡到令你疑心到底有诗没有。……淡到看不见诗了，才是真正孟浩然的诗。①

许学夷《诗源辩体》卷十六称：

① 闻一多撰：《唐诗杂论》，上海古籍出版社 1998 年版，第 30—31 页。

古人为诗，有语语琢磨者，有一气浑成者。语语琢磨者称工，一气浑成者为圣。语语琢磨者，一有相类，疑为盗袭。一气浑成者，兴趣所到，忽然而来，浑然而就，不当以形似求之。试观浩然五言律，入录者无一句人不能道，然未有一篇人易道也。后人才小者辄慕浩然，然但得其浅易耳。①

王维五律体格不一，"五言律有一种整栗雄丽者，有一种一气浑成者，有一种澄淡精致者，有一种闲远自在者。"②但从整体上却具有"浑厚一段，覆盖古今"③的风貌，故而王孟山水诗能给人以"穆如清风"④和"一味自然"⑤的整体感觉。孟诗虽备受后人推崇，但若以只言片语的联句来论量则非其所长，闻一多先生说："孟浩然诗中质高的有是有些，数量总是太少。'气蒸云梦泽，波撼岳阳城'式的和'微云淡河汉，疏雨滴梧桐'式的句子，在集中几乎都找不出第二个例子。"⑥大历诗人在描摹山水时已然不似王孟般清空一气，大历诗人在字句的锤炼上已开中晚之交姚贾诸人之先河，管世铭《读雪山房唐诗序例·五律凡例》：

大历诸子，实始争工字句。然隽不伤炼，巧不伤纤，又通体仍必雅令温醇，耐人吟讽。不似元和以后，但得一联称意，便匆匆不暇草书，以致全无气格也。贾长江号为苦吟，而每篇必有败阙，况其下乎。⑦

① (明)许学夷著，杜维沫校点：《诗源辩体》，人民文学出版社 1987 年版，第 165 页。

② (明)许学夷著，杜维沫校点：《诗源辩体》，人民文学出版社 1987 年版，第 160—161 页。

③ (宋)何汶撰，常振国、绛云点校：《竹庄诗话》，中华书局 1984 年版，第 11 页。

④ (清)沈德潜选：《重订唐诗别裁集》二十卷，清乾隆二十八年(1763)刻本。

⑤ (明)胡应麟撰：《诗薮》，上海古籍出版社 1979 年版，第 68 页。

⑥ 闻一多撰：《唐诗杂论》，上海古籍出版社 1998 年版，第 30 页。

⑦ (清)管世铭：《读雪山房唐诗序例》，郭绍虞编选，富寿荪校点：《清诗话续编》(下册)，上海古籍出版社 1983 年版，第 1552 页。

降而至姚贾，就诗歌结构而言，完全走到了王孟的对立面。姚贾二人集中虽多警句，但却很难找出一首气格完整、通篇称善的诗作来，以致每令诗选家煞费苦心。姚贾间的差别与王孟间的差别也有所不同，姚合主要在于气格的靡弱不振，而贾岛则是结构的有句无篇。司空图《与李生论诗书》指出："王右丞、韦苏州，澄淡精致，格在其中，岂妨于遒举哉！贾浪仙诚有警句，视其全篇，意思殊馁，大抵附于寒涩，方可致才，亦为体之不备也。"①提及贾岛，首先给人们的印象就是那个"苦吟"与"推敲"的形象，进而就是"鸟宿池边树，僧敲月下门""秋风吹渭水，落叶满长安""独行潭底影，数息树边身""孤烟寒色树，高雪夕阳山"等奇句警联。② 贾岛被当代人所称誉和为后世所认可，均是由于其由刻意苦吟而形成的耸人耳目的诗句，翻检《长江集》被后人称为警句而加以赞赏的俯拾皆是。叶矫然《龙性堂诗话初集》曰：

> 贾阆仙"长江人钓月，旷野火烧风"、"流星透疏木，走月逆行云"、"远天垂地外，寒日下峰西"、"边日沉残角，河关截夜城"、"峰悬驿路残云断，海浸城根老树秋"、"山钟夜渡空江水，汀月寒生古石楼"等语，真堪铸佛礼拜。③

其他如"吴山侵越众，隋柳入唐疏"被称为"朴拙得妙"；"瀑布五千仞，草堂瀑布边"被称为"五丁开山之句"；"朔色晴天北，河源落日东"被称为"无此奇笔，如何匠得塞垣景出"；"锡挂天涯树，房开岳顶扉"被称为"警耸"；至于"长江风送客，孤馆雨留人"则是因其句而流传，其诗反而不为人所知了。贾岛以句得名与他的创作构思方法有很大的关系，正如方

① （唐）司空图：《与李生论诗书》，祖保泉、陶礼天笺校：《司空表圣诗文集笺校》，安徽大学出版社 2002 年版，第 193 页。

② 以上诗句分别见贾岛《题李凝幽居》《忆江上吴处士》《题诗后》前联句、《送觳法师》。

③ （清）叶矫然：《龙性堂诗话初集》，郭绍虞编选，富寿荪校点：《清诗话续编》（上册），上海古籍出版社 1983 年版，第 987—988 页。

回所言:“晚唐诗多先锻颈联、颔联,乃成首尾以足之。”(《瀛奎律髓汇评》卷十三贾岛《雪晴晚望》方回评)①所以若从整体上讲,贾岛与其说是一位作诗的能手,倒不如说是造句的高手更为恰当。

贾岛也有追慕王孟山水气度的尝试,但仅得一鳞半爪的精神,论及全篇,则显有心无力。如其名作《忆江上吴处士》一诗,纪昀评曰:“天骨开张,而行以灏气,浪仙有数之作。”②许学夷评曰:“贾岛五言律虽多变体,然中如‘飘蓬多塞下’、‘归骑双旌远’、‘数里闻寒水’、‘闽国扬帆去’四篇,尚有初盛唐气格,惜非完璧。”③许显然对贾之全诗不甚满意:“其诗有‘秋风吹渭水,落叶满长安’,古今胜语,而不自知爱。”④《重订唐诗别裁集》卷十二评曰:“长江有‘秋风吹渭水,落叶满长安’句,风格颇高。惜通体不称,故不全录。”⑤这种有句无篇的不足与刻意雕琢的作风有一定的关系,贾岛的名篇《哭柏岩和尚》就因着意太甚反遭后人讥讽:

苔覆石床新,师曾占几春。写留行道影,焚却坐禅身。塔院关松雪,经房锁细尘。自嫌双泪下,不是解空人。

《六一诗话》:“诗人贪求好句,而理有不通,亦语病也。……如贾岛《哭僧》云:‘写留行道影,焚却坐禅身。’时谓烧杀活和尚,此尤可笑也。”⑥而贾岛经年所得并颇为自负的联句“独行潭底影,数息树边身”却

---

① (元)方回选评,李庆甲集评校点:《瀛奎律髓汇评》,上海古籍出版社2005年版,第476页。

② (元)方回选评,李庆甲集评校点:《瀛奎律髓汇评》,上海古籍出版社2005年版,第1131页。

③ (明)许学夷著,杜维沫点校:《诗源辩体》,人民文学出版社1987年版,第258页。所引四句分别出自贾岛《送友人游塞》《送李骑曹》《暮过山村》《忆江上吴处士》四诗。

④ (明)许学夷著,杜维沫校点:《诗源辩体》,人民文学出版社1987年版,第259页。

⑤ (清)沈德潜选:《重订唐诗别裁集》二十卷,清乾隆二十八年(1763)刻本。

⑥ (宋)欧阳修:《六一诗话》,何文焕辑:《历代诗话》,中华书局1981年版,第269页。

并未被后人所看好，后人多认为这是贾岛作诗时过于偏执，不知变通的表现。《艺苑卮言》卷四："岛诗：'独行潭底影，数息树边身'，有何佳境，而三年始得，一吟泪流。如'并州'及'三月三十日'二绝乃可耳。"①《四溟诗话》卷四："凡作诗贵识锋犯，而最忌偏执。偏执不惟有焦劳之患，且失诗人优柔之旨。如贾岛'独行潭底影'，其词意闲雅，必偶然得之，而难以句匹。当入五言古体，或入仄韵绝句，方见作手。而岛积思三年，局于声律，卒以'数息树边身'为对，不知反为前句之累。其所为'一句三年得，吟成双泪流'，虽曰自惜，实自许也。不识锋犯，偏执不回至于如此！"②《小澥草堂杂论诗·诗小评》说贾岛："贾阆仙，诗如腊病僧，袈裟碎破。"③可谓知言。

姚贾并称，在此方面亦是如此，姚合集中给人最明显的感受就是通篇均是摹写风光景致的清新佳句。《载酒园诗话又编·姚合》："至近体如'酒熟听琴酌，诗成削树题'，'过门无马迹，满宅是蝉声'，'看月嫌松密，垂纶爱水深'，'弄日莺狂语，迎风蝶倒飞'，俱为宋人所尊，观之果亦警策。"④姚诗从整体上乍看似有孟浩然的平易冲和，但若仔细分析则可发现因气格靡弱实际上在结构上并不能做到浑然一体，在松散和谐的外形下隐藏着的是另一种类型的支离破碎。"合诗有左无右，有右无左，前联佳矣，或后不称，起句是矣，缴句或非，有小结裹无大涵容。"⑤姚合集中通篇可称得上佳作的似乎也难得一见，不是通篇气骨不振，就是情与景散漫

---

① （明）王世贞：《艺苑卮言》，丁福保辑：《历代诗话续编》，中华书局2006年版，第1012页。"并州"指七绝《渡桑干》："客舍并州已十霜，归心日夜忆咸阳。无端更渡桑干水，却望并州是故乡。""三月三十日"指七绝《三月晦日赠刘评事》："三月正当三十日，风光别我苦吟身。共君今夜不须睡，未到晓钟犹是春。"

② （明）谢榛：《四溟诗话》，丁福保辑：《历代诗话续编》，中华书局2006年版，第1222页。

③ （清）牟顾相《小澥草堂杂论诗》，郭绍虞编选，富寿荪校点：《清诗话续编》（上册），上海古籍出版社1983年版，第915页。

④ （清）贺裳：《载酒园诗话又编》，郭绍虞编选，富寿荪校点：《清诗话续编》（上册），上海古籍出版社1983年版，第364页。

⑤ （明）许学夷著，杜维沫校点：《诗源辩体》，人民文学出版社1987年版，第260页。

松懈,表情达意一览无余,缺乏含蓄蕴藉令人回味之处,再就是立意不高,这些特点决定了姚与王孟之浑融完整上的貌合神离。姚合的名作除《武功县中作》一类的闲适趣味为人所欣赏外,再就是这类数不胜数的描摹景致精工细腻的写景联句了。但若就通篇来讲,则会发现这些摹山绘水的对联与全诗的主体之间往往存在剥离之处,诗歌的其余部分多是平淡无奇,有为这些写景联句铺垫的嫌疑。虽然姚诗在整体风格上较为一贯,但从诗歌的结构上讲却多是凹凸不齐的,这也可以看作是基于整体观感上与贾浪仙小异的另一种类型的有句无篇。

第五节　姚贾对唐诗山水田园审美主题的新变之四——由开阔自然到局促雕琢

与整体结构和通篇气格上由浑融自然走向有句无篇的趋势相一致,在表现手法上,姚贾则是以刻意苦吟字斟句酌的方式来实践这一转变的。“浩然体本自冲澹中有趣味,故所作若不经意,而盛丽幽闲之思时在言外。”(《批点唐音正声》)时过境迁,姚贾与王孟在诗歌创作的方法上已不可同日而语。李怀民曰:“浪仙诗无七古,其五古、五七言律以及绝句,皆生峭险僻,锤炼之功不遗余力。”①姚贾篇中这类刻意雕琢而成的诗句不胜枚举,李怀民在《重订中晚唐诗主客图》卷下中摘出了贾岛许多这样的诗句,如“山光分手暮,草色向家秋”一句,李评曰:“出力炼法,能括众情”;“瀑流莲岳顶,河注华山根”一句,李曰:“‘顶’、‘根’二字,炼。又:二句直写得奇绝,真大法力。”“樵径连峰顶,石泉通竹根”一句,李曰:“刻炼”;“原野正萧瑟,中间分散情”,李评曰:“炼意起”;《送友人游塞》一诗,李评曰:“回碛沙衔日,炼”;《题竹谷上人院》一诗,李曰:“樵径连峰

① (清)李怀民:《重订中晚唐诗主客图》,嘉庆乙丑十年(1805)邱县刘大观刻本。

顶，石泉通竹根。刻炼。”又“‘病多惟识药，年老渐亲僧’名句。又：此自与仲初近，与乐天殊。‘诗成满砚冰’，苦搜可想。”①

姚贾之刻意雕琢并不止于炼字炼句的层面，甚至对成形的篇章也进行锤炼和再创作。如《哭孟郊》与《吊孟协律》二诗，诗论家一般均认为后者是由前者改炼而成。

> 身死声名在，多应万古传。寡妻无子息，破宅带林泉。冢近登山道，诗随过海船。故人相吊后，斜日下寒天。
>
> ——《哭孟郊》
>
> 才行古人齐，生前品位低。葬时贫卖马，远日哭惟妻。孤冢北邙外，空斋中岳西。集诗应万首，物象遍曾题。
>
> ——《吊孟协律》

《重订中晚唐诗主客图》卷下：“看来此与《哭孟协律》本是一诗，此初脱稿，后乃再三改炼，以成奇绝。‘身死声名在，多应万古传。’再炼之，止消‘才行古人齐’五字。‘寡妻无子息’此尚常语，再炼之为‘远日哭惟妻’。‘破宅带林泉’，此尚熟语，再炼之为‘葬时贫卖马’。‘冢近登山道，诗随过海船。’此二句，实胜后作，盖爱而不忍割也，故两存之。”②姚贾作诗刻意雕琢，在客观上达到了警耸、奇绝、新异、贴切、工细等效果，“‘僧同雪夜坐，雁向草堂闻。’警耸处全是炼功，若改云：‘夜雪同僧坐，草堂闻雁来’，便为小儿语矣”。《贯华堂选批唐才子诗》卷五：“先生作诗，不过仍是平常心思、平常律格，而读之每每见其别出尖新者，只为其炼句、炼字，真如五伐毛、三洗髓，不肯一笔犹乎前人也。”③刻意雕琢的作风适

---

① （清）李怀民：《重订中晚唐诗主客图》，嘉庆乙丑十年（1805）邱县刘大观刻本。

② （清）李怀民：《重订中晚唐诗主客图》，嘉庆乙丑十年（1805）邱县刘大观刻本。

③ （清）金圣叹著，曹方人、周锡山标点：《贯华堂选批唐才子诗等六种》，《金圣叹全集》（四），江苏古籍出版社1985年版，第296页。

用于细致纤微的对象，则易于产生状物工细传神的效果，如《病蝉》："病蝉飞不得，向我掌中行。折翼犹能薄，酸吟尚极清。露华凝在腹，尘点误侵睛。黄雀并鸢鸟，俱怀害尔情。"冯舒评："锼雕如鬼工"①《重订中晚唐诗主客图》卷下："此自是赋而兼自寓意，然不必泥，即匠物亦神绝。'折翼犹能薄'，下一'能'字。'酸吟尚极清'，用一'极'字。'露华凝在腹，尘点误侵睛。'此句尤神警逼真。"②但苦吟雕琢若把握不当，则易流于琐屑纤微，纪昀曰："(姚)合为诗，刻意苦吟，工于点缀小景，搜求新意，而刻画太甚、流于纤仄者，亦复不少。宋末江湖诗派皆从是导源者也。"③

若我们从逆向的角度看待这一问题，那么所谓"刻意苦吟"实为诗思迟缓的表现，"点缀小景"从根本上讲是不具备对雄奇壮丽景色的表现能力，而"搜求新意"则是在自然状态下缺乏新意的反映，"刻画太甚"从某种程度上讲往往是针对才力不济的弥补方式。以羸疲孱懦之身而意欲为富雅闲朗之举，只能产生两个极端，不为邯郸学步矫枉过正，便是蜻蜓点水貌合神离。贾姚之于王孟多少有此嫌疑，故而贾之炼饰总归于僻涩，而姚之炼饰则陷于靡弱。纪昀评姚《武功县中作》之二时曰："武功诗语僻意浅，大有伧气，惟一二新奇之句，时有可采，然究非正声也。"④而即便是从姚合精心创作的成名作《武功县中作》中也弥散着语词刻露、视野狭小、景物重复、情绪类同等表征。

与结构上的有句无篇相一致，过度的刻画在造成奇警突兀效果的同时，必然打破混融完整的气格，并且不可避免地产生人工削刻的伤痕。如贾岛《宿山寺》：

---

① (元)方回选评，李庆甲集评校点：《瀛奎律髓汇评》，上海古籍出版社2005年版，第1158页。

② (清)李怀民：《重订中晚唐诗主客图》，嘉庆乙丑十年(1805)邱县刘大观刻本。

③ (清)纪昀等撰，四库全书研究所整理：《钦定四库全书总目》，中华书局1997年版，第2604页。

④ (元)方回选评，李庆甲集评校点：《瀛奎律髓汇评》，上海古籍出版社2005年版，第244页。

众岫耸寒色，精庐向此分。流星透疏木，走月逆行云。绝顶人来少，高松鹤不群。一僧年八十，世事未曾闻。

《重订中晚唐诗主客图》卷下：“‘流星透疏木，走月逆行云。’‘透’字、‘走’字过于炼字，反带伧气。”《方南堂先生辍锻录》：“诗有语意相同而工拙大相远者，如贾长江‘走月逆行云’，亦可为形容刻划之至矣，试与韦苏州‘乔木生夏凉，流云吐华月’较之，真不堪与之作奴。”①贾岛《玩月》一诗所遭受的非义更多，《诗源辩体》卷二五：“退之五、七言古，凡遇窄韵，更极奇险。如贾岛五言《玩月》诗，最为丑恶，其他鄙陋者虽多，而此为尤甚。人知退之之为美，则知贾岛之为恶矣。邹彦吉谓‘犹刻形樵牧而无所仿佛，将为刍狗’是也。’”②贾岛在《玩月》一诗中虽已尽力刻画，但细论之却是气弱神疲，几近于冗沓。

由此观之，贾岛由古入律从各方面讲均有其必然性。当然姚贾最初炼字炼句的初衷并不就是想形成气格靡弱的格局，而是为了通过刻苦的锻炼以弥补气运的衰微和才力的缺陷，最终达到平淡自然的境界，从而接武王孟等人。这种以刻苦雕琢达于平易自然的观点，在皎然《诗式》中有具体的论述，并成为大历以来创作山水题材的诗人所奉行的法则，姚贾诗歌间或也能臻于此境。韩愈曰贾岛“奸穷怪变得，往往在平淡”，《唐才子传·姚合》亦称：“合易作，皆平澹之气。兴趣俱到，格调少殊，所谓方拙之奥，至巧存焉。”姚贾集中的些数佳作往往就是这类因巧而归于平淡的一类。

此时气萧飒，琴院可应关。鹤似君无事，风吹雨遍山。松生青石上，泉落白云间。有径连高顶，心期相与还。

——贾岛《寄山友长孙栖峤》

---

① （清）方南堂：《方南堂先生辍锻录》，清道光十四年（1834）广陵聚好斋刻本。

② （明）许学夷著，杜维沫校点：《诗源辩体》，人民文学出版社 1987 年版，第 259 页。

过岭行多少，潮州瘴满川。花开南去后，水冻北归前。望鹭吟登阁，听猿泪滴船。相思堪面语，不著尺书传。

——姚合《寄韩湘》

《唐诗镜》卷四八评《寄山友长孙栖峤》曰："三四琢极自然。"①《重订中晚唐诗主客图》卷下："风吹雨遍山，第三句奇妙，得未曾有，却止以极寻常语对之，试去合看，无奇非常，即无常非奇也。……'松生青石上，泉落白云间。'此亦佳，然不及王右丞'明月松间照'一句，可知盛唐不用力而自胜，中、晚以后必须用力乃能与相追，难以槩论，粗心人不能省也。"②许印芳评《题青龙寺镜公房》云："句句洗炼，而出以自然。"③纪昀评《寄韩湘》曰："阆仙忽作此平易语，然细看之，本色仍露。"④许印芳评此诗曰："此评确。郊、岛诗其平易处，皆自镵刻中来，所谓极苦得甘也。"⑤其实这就是姚贾所追求的目的，所谓极苦得甘，正言此也。

总之，姚贾对于山水田园审美主题既有继承又有创新。姚贾的继承使后人在论及这一传统时往往将其与陶、谢、王、孟、钱、郎、韦、柳等相提并论，其诗歌创作也成为这一传统的重要组成部分，这也使姚贾成为山水田园诗歌发展史中不可或缺的环节。而姚贾对这一主题的创新则使得这一传统在晚唐五代展现出全新的色彩与风貌，进而开启了宋代的山水田园主题的表现路数，并直接影响到了宋代诗坛的格局，从而也在某种程度上奠定了姚贾在唐诗史中独树一帜的地位和成就了二人在后世深远的影响力。

---

① （明）陆时雍：《唐诗镜》，文渊阁四库全书本。

② （清）李怀民：《重订中晚唐诗主客图》，嘉庆乙丑十年（1805）邱县刘大观刻本。

③ （元）方回选评，李庆甲集评校点：《瀛奎律髓汇评》，上海古籍出版社 2005 年版，第 1650 页。

④ （元）方回选评，李庆甲集评校点：《瀛奎律髓汇评》，上海古籍出版社 2005 年版，第 1274 页。

⑤ （元）方回选评，李庆甲集评校点：《瀛奎律髓汇评》，上海古籍出版社 2005 年版，第 1274 页。

第五章　姚贾与韩孟、元白、张王之间的亲近与疏离

第一节　论姚贾与韩孟

姚贾与韩孟诸人之间有着不解之缘，以至于有些学者将姚贾同列为韩孟诗派之余绪，或将贾岛视为韩门弟子，或以苦吟诗人、怪奇诗派等论列二人，以上诸说虽多有可商榷之处，但也从一个侧面揭示出了姚贾与韩孟诸人之间千丝万缕的联系。其实，非独姚贾，相对于韩孟、元白这样的大家，中晚唐之交的众多诗人总是能或多或少地浸染上他们的习性，受其恩泽或束缚，能否善加利用而别开生面那就全靠自己的胆识和机遇了。

一

贾岛最初是以诗僧无本的身份拜谒韩愈的，以韩愈、孟郊这样矫激进取的性格，一见这位诗思卓越的僧人便欲引为同道。在韩孟二人的鼓动下，贾岛还俗，从此走上了一条血泪交织、激愤难平的应举求仕之路。贾岛结识韩愈、孟郊是其人生道路的根本转型，这一事件是贾岛的大幸或者叫大不幸。所幸者，一生的艰辛历程与内心折磨成就了贾岛的诗歌；所不幸者，诗人饱尝世间酸楚，终其一生也未实现理想，身心俱疲，郁郁而终，

就其人生来讲，是彻头彻尾的悲剧。

贾岛虽为僧多年，但时事的激荡、功业的梦想和对才华的自负终使其疏远了禅家佛理，儒家的事功思想占据了他的心灵，虽九死其犹未悔。贾岛与韩孟一样，也成为坚韧执着的追求者。“日日攻诗亦自强，年年供奉在名场”（姚合《送贾岛与钟浑》），贾岛自元和七年（812）定居长安开始应举求仕直至开成二年（837）坐飞谤责授长江主簿，蹭蹬科场凡二十五载，从三十四岁的壮年到五十九岁的残年，可以说一生精力尽于斯。

长安求仕时期，贾岛过着极其贫困的生活，“拄杖傍田寻野菜，封书乞米趁时炊”（张籍《赠贾岛》）、“尽日吟诗坐忍饥，万人中觅似君稀。僮眠冷榻朝犹卧，驴放秋田夜不归。”（王建《寄贾岛》），从这些友人的描绘中我们可以看到一个饥寒困顿而又吟诗不辍的诗人形象。贾岛的诗中也有许多描写其生活状况的，如《朝饥》：“市中有樵山，此舍朝无烟。井底有甘泉，釜中乃空然。我要见白日，雪来塞青天。坐闻西床琴，冻折两三弦。饥莫诣他门，古人有拙言。”《斋中》：“所餐类病马，动影似移岳。欲驻迫逃衰，岂殊辞绠缚。”尽管如此，贾岛依然对所爱矢志不渝，做着一朝成功的梦想，“夜长忆白日，枕上吟千诗。何当苦寒气，忽被东风吹。冰开鱼龙别，天波殊路岐”（《枕上吟》）。

但现实是残酷的，“物不得其平则鸣”，在刻苦吟诗、频繁投献、屡经磨难之后，这种不平必然化为一种激愤，“病蝉飞不得，向我掌中行。折翼犹能薄，酸吟尚极清。露华凝在腹，尘点误侵睛。黄雀并鸢鸟，俱怀害尔情”（《病蝉》）。贾岛作诗痛斥当道者，这种做法的后果是贾岛被认为性狂行薄，故遭受打击与平曾等十人被逐出关外。《鉴诫录》卷八《贾忤旨》载：“贾又吟《病蝉》之句，以刺公卿，公卿恶之，与礼闱议之，奏岛与平曾等风狂，挠扰贡院，是时逐出关外，号为‘十恶’。”①又《本事诗·怨愤》载：

① （五代）何光远：《鉴诫录》，中华书局1985年版，第58页。

贾岛（应为裴晋公度）于兴化里凿池种竹，起台榭。时方下第，或谓执政恶之，故不在选。怨愤尤极，遂于庭内题诗曰："破却千家作一池，不栽桃李种蔷薇。蔷薇花落秋风后，荆棘满庭君始知。"由是人皆恶其侮慢不逊。故卒不得第，抱憾而终。①

后人对贾岛最后的遭遇始终不得其解，以为授长江县主簿不应为责授，于是产生了种种的猜测。② 其实《唐摭言》记载得很清楚，即"无官受黜"，晚唐温庭筠亦是如此，其实就是将这些不讨人喜欢的家伙请出京城遣送于蛮荒之地，以求少生事端的一种安排，在用九品微官打发你的同时，也就永远地取消了通过科举进入上层的机会。"自嗟怜十上，谁肯待三徵？心被通人见，文叨大匠称。"（《即事》）屡战屡败的贾岛依然信心十足斗志昂扬，这与韩愈的"情炎于中，利欲斗进，有得有丧，勃然不释"③、"故愈每自进而不知愧焉"④的进取精神是一脉相承的。贾岛以病鹘自喻：

俊鸟还投高处栖，腾身戛戛下云梯。有时透雾凌空去，无事随风入草迷。迅疾月边捎玉兔，迟回日里拂金鸡。不缘毛羽遭零落，焉肯雄心向尔低。

——《病鹘吟》

---

① （唐）孟棨：《本事诗》，上海古籍出版社编：《唐五代笔记小说大观》，上海古籍出版社 2000 年版，第 1249 页。

② 施蛰存先生认为贾岛在贬斥之前可能官职高于主簿，故言贬斥。参见《唐诗百话》，华东师范大学出版社 2001 年版，第 450 页。宋人亦为之曲解，以为唐代举子地位较高。陈振孙《直斋书录解题》卷十九："唐贵进士科，故《志》言'责授长江'，如温飞卿亦谪方城尉。当时为乡贡进士，不搏上州刺史则簿尉，固宜谓之'责授'。若使今世进士得罪而责授簿尉，则唯恐责之不早耳。"见（宋）陈振孙撰，徐小蛮、顾美华点校：《直斋书录解题》，上海古籍出版社 1987 年版，第 568 页。

③ （唐）韩愈：《送高闲上人序》，屈守元、常思春主编：《韩愈全集校注》，四川大学出版社 1996 年版，第 2770 页。

④ （唐）韩愈：《后廿九日复上书》，屈守元、常思春主编：《韩愈全集校注》，四川大学出版社 1996 年版，第 1254 页。

抗愤不平之气浮于纸上，有一种愈挫愈奋的昂扬姿态。“一卧三四旬，数书惟独君。……身上衣频与，瓯中物亦分。”在《卧疾走笔酬韩愈书问》中在感谢了韩愈的关心与照顾之后，更是鲜明嘹亮地表明了心志，“愿为出海月，不作归山云。……欲知强健否，病鹤未离群。”《早蝉》一诗则表明了虽光阴蹉跎但不怨天尤人情怀：“早蝉孤抱芳槐叶，噪向残阳意度秋。也任一声催我老，堪听两耳畏吟休。得非下第无高韵，须是青山隐白头。若问此心嗟叹否，天人不可怨而尤。”从贾岛身上我们可以依稀看到韩愈的身影，听到孟郊的口气。

韩退之也有着近十年的应举候选生涯，“四举于礼部乃一得，三选于吏部卒无成。九品之位岂可望，一亩之宫岂可怀？遑遑乎四海无所归，恤恤乎饥不得食，寒不得衣，滨于死而益固，得其所者争笑之……”①韩愈更大的磨难来自对理想信念的执着追求，韩愈一生在仕途上四起四落，两次被贬斥于岭南，而因谏迎佛骨一事险被杀身之祸。而正是这种以天下为已任、为改良社会殚精竭虑的品行及从其内心深处生发出的动力支持着他，弹劾奸佞、抵制宦官、谏迎佛骨、抗颜而为人师。韩愈后来仕途的顺达的原因在于，天下不能缺少这种有担当的人，无斯人，大厦将倾，而韩愈的屡遭打击则说明了他的不合时宜，这种人太少，而且公心太甚，必定与那些满怀私心贪图享乐的大多数格格不入，与大多数士大夫的独善、退隐、享乐的所谓高情雅致也大相径庭。是以像元稹、白居易、牛僧孺、令狐绹等政客大行其道之时，裴度、韩愈、李德裕这样富有社会责任感的政治家动辄得咎处处艰辛就不足为怪了。

韩愈的斗士精神一生都激励着贾岛，使其虽饱经磨难却终未放弃理想。韩愈可以说是贾岛追慕的偶像，但贾岛一生却未能有韩愈那般的际遇。贾岛与韩愈之间的情感是真挚的，韩愈被贬潮州时，贾岛曾有诗

① (唐)韩愈：《上宰相书》，屈守元、常思春主编：《韩愈全集校注》，四川大学出版社 1996 年版，第 1239 页。

相寄：

> 此心曾与木兰舟，直到天南潮水头。隔岭篇章来华岳，出关书信过泷流。峰悬驿路残云断，海浸城根老树秋。一夕瘴烟风卷尽，月明初上浪西楼。
>
> ——《寄韩潮州愈》

感情深沉，将沉痛抑郁的心情融于奇险衰残、浓厚苍劲的意象组合当中，这种以特殊意象传递情感的方式，是诗人之间的心语，以韩退之之心有灵犀，自可不待言而自明。韩愈对贾岛的扬谕也是热情的，《唐诗纪事》卷四十载：

> 岛为僧时，洛阳令不许僧午后出寺。岛有诗云："不如牛与羊，犹得日暮归。"韩愈惜其才，俾反俗应举，贻其诗云："孟郊死葬北邙山，日月星辰顿觉闲。天恐文章中断绝，再生贾岛在人间。"由是振名。①

退之俨然视贾岛为自己与孟郊所开创事业的接班人。酷暑的另一面是严寒，天道如是，积郁于胸中的烈火若长时间得不到平息，任何人都会被灼伤，韩愈与贾岛在炽热的追求之后，面临的必然是这种对郁结不平情绪的疏解，在这一方面，韩愈与贾岛却大相径庭。二人排解忧愁的方式不同，贾岛以禅，韩愈以戏谑，②由此也形成了二人诗歌境界的不同：贾岛诗境清冷，色调暗淡，静寂深幽，栖息其中自然是

---

① （宋）计有功撰，王仲镛校笺：《唐诗纪事校笺》，中华书局2007年版，第1357页。

② 参见余恕诚：《韩白诗风的差异与中唐进士阶层的分野》，《文学遗产》1993年第3期。"诙谐戏谑是韩愈发泄无聊、放纵精神的一种方式，对其诗文创作有重要意义。……由于好戏谑，韩愈心理上的躁郁，常被变形扭曲，加以外化，奇诡滑稽，而内含尖锐冲突。"

冷却白日里躁动不安心灵的最佳途径；而韩之戏谑，则带有自我解嘲的意味，将不平与激愤变形丑化，以丑为美，居高临下，一切便可在一笑间不经意解脱。

二

孟郊长贾岛二十八岁，贾当属晚辈，贾初出茅庐时韩孟早已享誉诗坛。孟贾之交，起于元和六年终于元和九年孟郊谢世，其间贾多在长安，而孟居洛阳，①相见的机会并不多。二人相交时间虽短，但在与贾岛相交往的诗人当中，孟郊对贾岛的影响却是刻骨铭心的。贾岛初次拜谒孟郊时写道：

> 月中有孤芳，天下聆薰风。江南有高唱，海北初来通。容飘清冷余，自蕴襟抱中。止息乃流溢，推寻却冥蒙。我知雪山子，谒彼偈句空。必竟获所实，尔焉遂深衷。录之孤灯前，犹恨百首终。一吟动狂机，万疾辞顽躬。生平面未交，永夕梦辄同。叙诘谁君师，讵言无吾宗。余求履其迹，君曰可但攻。啜波肠易饱，揖险神难从。前岁曾入洛，差池阻从龙。萍家复从赵，云思长萦嵩。嵩海每可诣，长途追再穷。愿倾肺肠事，尽入焦梧桐。
>
> ——贾岛《投孟郊》

诗中贾岛表明了自己对孟郊的景仰之情和愿意以孟郊为楷模的心声，贾岛为孟郊的才华所折服，“不惊猛虎啸，难辱君子词。欲酬空觉老，无以堪远持。”（《寄孟协律》）孟郊对贾岛的才华也赞誉有加：

---

① 关于贾岛与孟郊在洛阳的交游唱和情况，详见张国举：《孟郊在洛阳的家事、交游和诗歌创作》，《吉林大学学报（社会科学版）》1987 年第 3 期。

长安秋声乾，木叶相号悲。瘦僧卧冰凌，嘲咏含金痍。金痍非战痕，峭病方在兹。诗骨耸东野，诗涛涌退之。有时踉跄行，人惊鹤阿师。可惜李杜死，不见此狂痴。燕僧耸听词，袈裟喜新翻。北岳厌利杀，玄功生微言。天高亦可飞，海广亦可源。文章杳无底，劚掘谁能根？梦灵髣髴到，对我方与论。拾月鲸口边，何人免为吞？燕僧摆造化，万有随手奔。补缀杂霞衣，笑傲诸贵门。将明文在身，亦尔道所存。朔雪凝别句，朔风飘征魂。再期嵩少游，一访蓬萝村。春草步步绿，春山日日喧。遥莺相应吟，晚听恐不繁。相思塞心胸，高逸难攀援。

——孟郊《戏赠无本》（其一）

郊岛并称，自唐便开始，他们之间有太多的相似之处。东坡以“元轻白俗，郊寒岛瘦”概言元白郊岛，可谓具眼。欧阳公曰：“孟郊、贾岛皆以诗穷至死，而平生尤自喜为穷苦之言。”（《六一诗话》）①“唐之晚年，诗人类多穷士，如孟东野、贾浪仙之徒，皆以刻琢穷苦之言为工。”（《苕溪渔隐丛话前集》卷十九）②相近的精神气质和理想追求又导致了诗歌总体风格和创作态度的接近，历代诗论家论诗时常郊岛并举。

尝谓古人之诗，各得其一偏，又多其性之似者。若陶渊明、谢灵运、韦苏州、王维、柳子厚、白居易得其冲澹，江淹、鲍明远、李白、李贺得其峭俊，孟东野、贾浪仙又得其幽忧不平之气。③

自汉魏以降，言诗者莫盛于唐。方其盛时，李杜擅其宗，其他则韦柳之冲和，元白之平易，温李之新，郊岛之苦，亦各能自鸣其家，卓

---

① （宋）欧阳修：《六一诗话》，何文焕辑：《历代诗话》，中华书局 1981 年版，第 266 页。

② （宋）胡仔纂集，廖德明校点：《苕溪渔隐丛话》，人民文学出版社 1962 年版，第 125 页。

③ （金）赵秉文：《闲闲老人滏水文集》卷十九，四部丛刊初编本。

然一代文人之制作矣。

——苏天爵《滋溪文稿·西林李先生诗集序》①

下暨元和之际，则有柳愚溪之超然复古，韩昌黎之博大其词，张、王乐府得其故实，元、白序事，务在分明，與夫李贺、卢仝之鬼怪，孟郊、贾岛之饥寒，此晚唐之变也。②

飞卿北里名娼，义山斜狭浪子，紫薇绿林伧楚，用晦村学小儿，李贺鬼仙，卢仝乡老，郊、岛寒衲。③

诗三百篇有正有变，后人学焉而各得其性之所近。楚骚之幽怨，少陵之忧愁，太白之飘艳，昌谷、玉川之奇诡，东野、浪仙之寒俭，从乎变者也。④

二人生李杜之后，避千门万户之广衢，走羊肠鸟道之仄径，志在独开生面，遂成僻涩一体。

——许印芳《诗法萃编》卷六《跋司空图与王驾评诗书》⑤

大历以降，风调渐佳，气格渐损。故昌谷以雄奇胜，元白以平易胜，温李以博丽胜，郊岛以幽峭胜，虽品格不一，皆能自成局面，亦皆力求其变者也。⑥

对诗歌的热爱和借诗歌以图仕进的需求，使二人共同表现为在诗歌创作上的苦吟作风。“夜学晓不休，苦吟神鬼愁。如何不自闲，心与身为仇。”(《夜感自遣》)这是孟东野的苦吟，“二句三年得，一吟双泪流。知

① (元)苏天爵:《滋溪文稿》卷五，四库全书本。

② (明)高棅:《唐诗品汇总叙》,《唐诗品汇》，上海古籍出版社1982年影印本，第9页。

③ (明)胡应麟撰:《诗薮》，上海古籍出版社1979年版，第188页。

④ (清)李调元:《雨村诗话》，郭绍虞编选，富寿荪校点:《清诗话续编》(下册)，上海古籍出版社1983年版，第1530页。

⑤ (清)许印芳辑:《诗法萃编》,《丛书集成续编》(第202册)，台北新文丰出版公司1989年版，第327页。

⑥ (清)朱庭珍:《筱园诗话》，郭绍虞编选，富寿荪校点:《清诗话续编》(下册)，上海古籍出版社1983年版，第2329页。

音如不赏，归卧故山秋。”这是贾浪仙的苦吟。《贞一斋诗说·诗谈杂录》：“孟东野、贾浪仙卓荦偏才，俱以苦心孤诣得之。”①无论是穷苦之言的诗歌内容、僻涩寒瘦的诗歌风格还是苦心孤诣的创作态度，所有这一切最根本的出发点均在于二人的寒士身份，元好问《放言》评论二人说：“长沙一湘累，郊岛两诗囚”。唐代有些官僚士大夫也在诗歌中标榜苦吟，但那大多不过是附庸风雅之需，并经不起多少实际意义上的推敲，正如无边风月属闲人一样，真正的苦吟则属于那一群愁眉不展的寒士阶层。

孟郊同时也是一个激愤之士，爱发牢骚是他的特点，所以宋代的许多达官老爷们都不喜欢他的诗，说它不合风雅。孟郊感慨道：“食荠肠亦苦，强歌声无欢。出门即有碍，谁谓天地宽？”（《赠别崔纯亮》）“尽说青云路，有足皆可至。我马亦四蹄，出门似无地。玉京十二楼，峨峨倚青翠。下有千朱门，何门荐孤士？”（《长安旅情》）欧阳修曰：“下看区区郊与岛，萤飞露湿吟秋草。”（《太白戏圣俞》）苏轼诗曰：“要当斗僧清，未足当韩豪。何苦将两耳，听此寒虫号。”

其实贾岛又何尝不是这样，“露华凝在腹，尘点误侵睛。黄雀并鸢鸟，俱怀害尔情”（《病蝉》）、“下第能无恧，高科恐有神”（《送令狐相公》）。友人沈亚之下第后贾岛出于激愤直斥礼部的不公：“毁出疾夫口，腾入礼部闱。下第子不耻，遗才人耻之。”（《送沈秀才下第东归》）在这些刻露的话语之后是一腔郁闷难伸的愤慨，这种情绪是中晚唐天空中浓厚不散的阴云，而类似孟郊贾岛的忍无可忍的控诉则是划破阴云的闪电，给众多沉闷的心灵以酣畅的感受。这些并不温柔敦厚的作品才是人性深处真性情的展示，这种发自肺腑的长啸在人格尚独立、精神尚自由的时代还会有它的朋偶，晚唐众多同病相怜的诗人就是他们

① （清）李重华撰：《贞一斋诗说》，《丛书集成续编》第201册，台北新文丰出版公司1989年版，第330页。

的欢呼者。① 思想上的接近必然导致诗歌上的追慕，贾岛的五古即是步随韩孟一脉相承。韩愈所言的："蛟龙弄角牙，造次欲手揽。众鬼囚大幽，下觑袭玄窞。天阳熙四海，注视首不镇。鲸鹏相摩窣，两举快一噉。夫岂能必然，固已谢黯黮。狂诃肆滂葩，低昂见舒惨。奸穷怪变得，往往造平淡。风蝉碎锦缬，绿池披菡萏。芝英擢荒蓁，孤翮起连菼。"（《送无本师归范阳》）这些境界是退之读贾岛诗作后产生的印象，后人常以为是夫子自道，这当然是属于猜测的范畴。贾岛早期五古作品刻意模仿韩孟，虽日后转攻五律，但并不能因此而抹杀其五古方面的成就，贾岛确实有很多作品具备韩孟的风格，如《寄远》：

> 别肠多郁纡，岂能肥肌肤。始知相结密，不及相结疏。疏别恨应少，密离恨难祛。门前南流水，中有北飞鱼。鱼飞向北海，可以寄远书。不惜寄远书，故人今在无。况此数尺身，阻彼万里途。自非日月光，难以知子躯。

---

① 宋人对郊岛之讥讽主要是针对他们的诗歌内容和行为性格方面，宋人学孟贾主要是针对其创作手法，对孟贾诗歌的精神内涵则多有抵触，这一点与宋人学杜韩有类似的地方。时过境迁，在学富五车、温润乖巧的宋人那里，很难再听到类似孟贾这样的带有怨上色彩的声音了，即便是一些苦寒之音到了永叔、子瞻、严羽那里就成了不和谐音，显得那样刺耳，郊岛虽在宋以后还有市场，但也仅剩下一副躯壳，他们惊叹于这些木乃伊的精制，他们甚至喜爱它的陈旧，于是他们又照模照样地做出许多来沿街叫卖，而当这些激愤的游魂偶然光顾时，他们却又将其赶走，说它们"不合雅奏""究非正声"或视为"虫吟草间"。假使苏东坡真正还有韩愈、孟郊那样的精神气骨，那么"乌台诗案"的制造者根本不必煞费苦心地去曲解诗意、罗织罪名，韩愈、孟郊、贾岛这样的人是很典型的唐人，在宋代几乎找不出来。反倒是元白一类的个性在宋代士大夫中不乏其人。江西之于杜韩，四灵之于姚贾，虽均打着唐人旗帜，但实际上却是貌合而神离的，它们都可以说是俱为宋诗类型的典型代表。宋人刻意为文，在很多方面对唐诗的领域均有所延伸和发展，但由于文人地位的变化和中央集权的强化，在精神气骨方面却与唐人分道扬镳，唐人的洒脱与叛逆并非宋人所好尚。对于孟贾，他们仅重其皮而不重其神，宋诗精于文辞典故而短于气骨精神，孟贾之精神气骨尚且失之，更何况杜韩呢。时代变迁，万象更迭，故而若由此处管见唐宋诗之别，除却风格体貌之殊外，更在于时运与性情之别。

邢昉《唐风定》卷六："阆仙服膺东野，得其神髓，正淡处相似耳。"①纪昀《删正二冯评阅〈才调集〉》："语语深至，尤妙于一气浑成，无斧凿之迹。阆仙才不及东野，此诗则东野得意之笔亦不过如此。"②又如作为《长江集》卷首的《古意》：

碌碌复碌碌，百年双转毂。志士终夜心，良马白日足。俱为不等闲，谁是知音目。眼中两行泪，曾吊三献玉。

贺裳评曰："贾岛诗最佳者，终以卷首《古意》为尤。"③吴乔《围炉诗话》卷二："诗贵和缓优柔，而忌率直迫切……贾岛之《客喜》、《寄远》、《古意》与东野一辙。"④其他与东野相近的五古还有《朝饥》《不欺》《辩士》《游仙》等作品。贾岛五古虽得韩孟的称道，但由于才力气概上的不足，有自知之明的贾岛不大可能在此领域更进一层。贾岛五古短篇尚可勉强驾驭，至其长篇，则顿显气格局促、才短乏料，难以一气终篇，而且贾的经历简单、胸襟不广、眼界狭小、诗思迟缓、才偏学浅、苦吟觅句的作风、有句无篇的不足等诸多因素本身就限制了他在五言古诗方面更大的成就，贾岛多方面的因素均决定了他更适合于五言八句律诗的精思附会。如贾岛五古《玩月》：

寒月破东北，贾生立西南。西南立倚何，立倚青青杉。近月有数星，星名未详谙。但爱杉倚月，我倚杉为三。月乃不上杉，上杉难相参。眙愕子细视，睛瞳桂枝劖。目常有热疾，久视无烦炎。以手扪衣裳，零露已濡沾。久立双足冻，时向股髀淹。立久病足折，兀然黐胶

---

① （明）邢昉辑：《唐风定》二十二卷，贵阳邢氏思适斋刻本。

② （清）纪昀撰：《删正二冯评阅〈才调集〉》，《丛书集成三编》文学类第34册，台北新文丰出版公司1997年版，第570页。

③ （清）贺裳：《载酒园诗话又编》，郭绍虞编选，富寿荪校点：《清诗话续编》（上册），上海古籍出版社1983年版，第363页。

④ （清）吴乔：《围炉诗话》，郭绍虞编选，富寿荪校点：《清诗话续编》（上册），上海古籍出版社1983年版，第518页。

粘。他人应已睡，转喜此景恬。此景亦胡及，而我苦淫耽。无异市井人，见金不知廉。不知此夜中，几人同无厌。待得上顶看，未拟归枕函。强步望寝斋，步步情不堪。步到竹丛西，东望如隔帘。却坐竹丛外，清思刮幽潜。量知爱月人，身愿化为蟾。

《诗源辩体》卷二五："退之五、七言古，凡遇窄韵，更极奇险。如贾岛五言《玩月》诗，最为丑恶，其他鄙陋者虽多，而此为尤甚。人知退之之为美，则知贾岛之为恶矣，邹彦吉谓'犹刻形樵牧而无所仿佛，将为刍狗'是也。"①《唐诗镜》卷四八评《玩月》诗曰："有幽情而无高韵。"②

根据自己的特长，在求新求变的时代风气的影响下，同时也受独树一帜的志向的激励，再加之"做五律即等于做功课"③应试的现实需要，元和末年起贾岛终于走上了一条专攻五律的道路。宋人王远《长江县贾岛祠堂诗碑后序》曰："浪仙以诗名世，杰出于贞元、元和文章极盛之后。孟郊死，为之哭不已，其诗与郊分镳并驰。"④"无本于为文，身大不及胆。吾尝示之难，勇往无不敢。"（《送无本师归范阳》）贾岛的开拓精神是令人钦佩的，贾岛在五律创作方面取得的成就也为后世所公认，并常与孟郊之五古相提并论：

东野之古，浪仙之律，异曲同工，宇宙间真少此种不得。⑤

东野古多律少，浪仙古少律多，然其孤高则同，非一时流辈可及。⑥

东野之古，浪仙之律……其才具工力皆过人。⑦

---

① （明）许学夷著，杜维沫校点：《诗源辩体》，人民文学出版社1987年版，第259页。

② （明）陆时雍：《唐诗镜》，文渊阁四库全书本。

③ 闻一多撰：《唐诗杂论》，上海古籍出版社1998年版，第33页。

④ 齐文榜校注：《贾岛集校注》，人民文学出版社2001年版，第576页。

⑤ （明）邢昉辑：《唐风定》二十二卷，贵阳邢氏思适斋刻本。

⑥ （元）方回选评，李庆甲集评校点：《瀛奎律髓汇评》，上海古籍出版社2005年版，第1273页。

⑦ （明）胡应麟撰：《诗薮》，上海古籍出版社1979年版，第187页。

贾岛与孟郊齐名，故称郊、岛。郊称五言古，岛称五言律。①

若我们结合元和后期诗歌思潮的变迁，便可发现，贾岛与以韩孟为代表的五古渐离渐远最终走向专攻五律的道路，其实并不是贾岛与韩孟之间的个人现象，而是一个时代诗歌发展潮流的趋势所在。韩孟的诗歌创作除却艺术上的追求外，还有更多的道义和政治内涵，而五古是适合于此的表现样式。贾岛的诗歌创作除却功利性的应试目的外，更多的则是一种癖好，包含有为艺术而艺术的色彩，倾向于在一联一句的锤炼中寻求满足。元和末年正是诗歌思潮发生巨大变革的时期，随着社会的衰微和人心的黯淡，"贞元末至元和年间出现的重功利的文学思想，随着政局的变化，逐渐消失了。事实上，诗歌创作和理论批评中的风教说和讽喻说，在元和十二年之后就已沉寂。"②与之相关联的便是诗歌创作由偏于古体转向偏于近体，尤其是五言律诗，当然在这个特殊的由中入晚的诗歌转型期间，以贾岛为代表的专攻五律创作的新生代诗人崛起的意义应当不仅于此。③

三

虽然姚合曾受韩愈的提携，由武功县主簿转迁万年县县尉④，但从唱

---

① （明）许学夷著，杜维沫校点：《诗源辩体》，人民文学出版社 1987 年版，第 257 页。

② 罗宗强著：《隋唐五代文学思想史》，中华书局 1998 年版，第 303 页。

③ 参见景凯旋：《孟贾异同论》，《文学遗产》1995 年第 1 期。"倘若以元和十年白居易被贬为界，孟郊的诗歌创作是结束于此前，贾岛的诗歌创作则是开始于此后，如前所论，这一时期正是中晚唐诗歌的体变时期。如果说孟诗是在风雅不兴，竞为近体的大历之后，以五古的形式继承陈子昂等人所倡导的诗统，贾诗则是在元和以后对政治普遍淡漠的时代氛围中，在五律方面近承大历的诗歌而变革入僻。一是崇古，一是趋新，都以各自的诗歌体现了不同的时代特征。因此，在某种意义上，可以说，孟郊的辞世和贾岛的崛起标志着唐代诗歌史上一个旧时代的结束和一个新时期的开始。"

④ 姚勖：《唐故朝请大夫秘书监礼部尚书吴兴姚府君墓铭并序》："中令入觐，公随之，授武功主簿。韩文公尹京兆，爱清才，奏为万年尉。"

和诗歌上看,仅有与韩愈的一首和诗。在与韩门中人的交往诗作中,仅有赠予刘叉的一首诗和刘叉的两首赠姚合诗,除此之外,姚与韩孟诸人来往较少,可见姚合在现实交往中与韩孟诸人的距离。其中《和前吏部韩侍郎夜泛南溪》写于韩愈辞世前的一次文人聚会,诗曰:“辞得官来疾渐平,世间难有此高情。新秋月满南溪里,引客乘船处处行。”这只是一般意义上的答和之作,看不出与韩愈之间情感的深浅和对其诗歌的态度。贾岛在韩愈的最后阶段也有和诗予韩,“溪里晚从池岸出,石泉秋急夜深闻。木兰船共山人上,月映渡头零落云。”(《和韩吏部泛南溪》)其中流露出的情感则较姚深沉与真切。即便如此,姚合偶然也有模拟韩愈险怪诗风的戏笔之作。

补天残片女娲抛,扑落禅门压地坳。霹雳划深龙旧攫,屈槃痕浅虎新抓。苔粘月眼风挑剔,尘结云头雨磕敲。秋至莫言长屹立,春来自有薜萝交。

——《天竺寺殿前立石》

凶神扇簸恶神行,汹涌挨排白雾生。风击水凹波扑凸,雨渫山口地嵌坑。龙喷黑气翻腾滚,鬼掣红光劈划桢。哮吼忽雷声揭石,满天啾唧闹轰轰。

——《恶神行雨》

方回评论曰:“押险韵而加以剜剔之工,殆亦戏笔。”①姚合集中也偶有“冬日易惨恶,暴风拔山根。尘沙落黄河,浊波如地翻。飞鸟皆束翼,居人不开门”(《答窦知言》)这样有韩愈奇险风格的诗句,但仅此而已,并未像对贾岛那样产生深刻的影响。

姚合与韩孟集团中另一个有交往的是刘叉,刘叉有《自古无长生劝

---

① (元)方回选评,李庆甲集评校点:《瀛奎律髓汇评》,上海古籍出版社 2005 年版,第 1383 页。

姚合酒》一诗：

奉子一杯酒，为子照颜色。但愿腮上红，莫管颜下白。自古无长生，生者何戚戚。登山勿厌高，四望都无极。丘陇逐日多，天地为我窄。只见李耳书，对之空脉脉。何曾见天上，著得刘安宅。若问长生人，昭昭孔丘籍。

诗中抒写了人生短暂的喟叹，感慨自身的渺小，揭示出欲得不朽只有遵循孔子的足迹，以对功业与道德的追求获得生命意义的持续。由诗歌可知，刘叉虽被后人称为怪异，但与韩愈一样，同样是以儒家理想为其人格支柱的，这一点与"我师文宣王，立教垂诗书"（《赠卢沙弥小师》）的姚合是相同的，可以说是二人立身的根基和交往的纽带。刘叉为人豪爽刚直，意气所指，无所顾忌，"叉之行，固不在圣贤中庸之列，然其能面道人短长，不畏卒祸，及得其服义，则又弥缝劝谏，有若骨肉，此其过人无限。"（李商隐《齐鲁二生·刘叉》）①刘叉曾赠剑于姚合：

一条古时水，向我掌中流。临行泻赠君，勿薄细碎愁。

——《姚秀才爱予小剑因赠》

刘叉的侠义胸怀给姚留下了深刻的印象，姚合写道：

自君离海上，垂钓更何人。独宿空堂雨，闲行九陌尘。避时曾变姓，救难似嫌身。何处相期宿，咸阳酒市春。

——《赠刘叉》

---

① （唐）李商隐著，（清）冯浩详注，钱振伦、钱振常笺注：《樊南文集》，上海古籍出版社1988年版，第489页。

生动地写出了刘叉的豪侠作风,《瀛奎律髓汇评》卷四二方回评:"刘叉豪侠之士,尝杀人亡命。此诗殆叉之真像也。"①

在精神领域,姚合相对接近韩愈,贾岛相对接近孟郊。姚与韩类似,均为正统儒家士大夫的典型,维持儒家思想是二人共同的立身基准,这一点,从韩愈力劝贾岛还俗和姚合使清塞还俗应举的行为当中均可以得到体现。但姚合与韩愈对待僧人的态度却有所不同,姚合之与僧人,在坚守自己信念的同时,对僧人采取亲近与包容的态度,较韩愈温和得多。反映在诗作中,姚合虽有许多反映亲僧近道的诗作,但只不过是一种流行于中晚唐时士大夫之间一种风雅,并不能说明姚合具有某种宗教上的信仰,②"出家还养母,持律复能诗。……亦知莲府客,夜坐喜同师。"(《送无可上人游边》),姚合眼中的僧人与隐士一样,反映的是一种官僚士大夫在身心疲惫之余渴望解脱束缚的山林之思。姚合偶然也透露出自己的真实想法,如《赠卢沙弥小师》:

> 怕见世间事,削头披佛衣。年小未受戒,会解如老师。天与出家肠,一食斋不饥。麻履踏雪路,与马不肯骑。嫌我身腥膻,似我见戎夷。彼此见会异,对面成别离。我师文宣王,立教垂书诗。但全仁义心,自然便慈悲。两教大体同,无处辨是非。莫以衣服别,到头不相知。

由此可知其根本的信念以及对佛教的态度与韩愈如出一辙,但姚合的表现较为温和而融洽,不似韩愈那般急切与盛气,排斥佛道不遗余力。韩愈《赠惠师》"吾嫉惰游者""子道非吾遵"以及"雪径抵樵叟,风廊折谈僧"(《送侯参谋赴河中幕》)一副盛气凌人之势;"才调真可惜,朱丹在磨研。方将敛之道,且欲冠其颠"(《送灵师》)、"向风长叹不可见,我欲收

---

① (元)方回选评,李庆甲集评校点:《瀛奎律髓汇评》,上海古籍出版社 2005 年版,第 1492 页。

② 见谢荣福:《论姚合的佛道信仰及其对思想创作的影响》,《江南社会学院学报》2001 年第 4 期,文章认为姚合具有佛道两方面的信仰,或可商榷。

敛加冠巾”(《送僧澄观》)。而其在言谈中生发出的给僧人加冠的心理，更是其力排佛老理想的反映。韩愈反映力排佛老思想的作品除那一篇著名的《谏佛骨表》外，还有《送文畅师北游》《和归工部送僧约》《赠译经僧》《谢自然诗》《谁氏子》《华山女》等诗作，极尽嬉笑怒骂、讽刺挖苦之能，均表现出韩愈鲜明的排斥异端的立场和坚定的战斗精神。正如贾岛与孟郊基于寒士身份和蹇促命运所形成的激愤郁闷之性情相似，姚合与韩愈因身份门第和社会地位而形成了相类似的士大夫情趣，这一点在韩愈和姚合官职渐高的时期表现得更为鲜明，长庆中韩愈诗风有所变化，棱角稍平，也向着清新流畅的方向发展，这与时代的变迁、政治热情的淡退、安闲恬静情趣的加深不无关系。

四

韩孟与姚贾在诗歌发展史中均有着深远的影响。唐李肇《国史补》卷下曰：“元和以后，为文笔则学奇诡于韩愈，学苦涩于樊宗师；歌行则学流荡于张籍；诗章则学矫激于孟郊，学浅切于白居易，学淫靡于元稹，俱名为元和体。”[①]唐末张为作《诗人主客图》，尊孟郊为“清奇僻苦”之主，下属晚唐诗人陈陶、周朴、刘得仁、李涣等。东坡曾言：“诗之美者莫如韩退之，然诗格之变自退之始”[②]。叶燮进而指出：“韩愈为唐诗之一大变，其力大，其思雄，崛起特为鼻祖。宋之苏、梅、欧、苏、王、黄，皆愈为之发其端，可谓极盛。”[③]二人指出了韩愈为变革唐风、开启宋调的关键所在。

姚贾诗风不仅独擅晚唐五代，宋代“九僧”“永嘉四灵”“江湖诗派”均以学姚贾相号召。特别是南宋中后期，永嘉四灵、江湖诗人开始自觉地

---

① （唐）李肇撰：《唐国史补因话录》，上海古籍出版社 1979 年版。

② （宋）王直方：《王直方诗话》，郭绍虞辑：《宋诗话辑佚》（上册），中华书局 1980 年版，第 4 页。

③ （清）叶燮等著，霍松林等校注：《原诗　一瓢诗话　说诗晬语》，人民文学出版社 1979 年版，第 8 页。

对以姚贾为代表的晚唐诗风进行模仿，“近世赵紫芝、翁灵舒辈，独喜贾岛姚合之诗，稍稍复就清苦之风；江湖诗人多效其体，一时自谓之唐宗”。① 《石洲诗话》卷四云：“南渡自四灵以下，皆摹拟姚合、贾岛之流。”②四灵对姚贾推崇备至，赵紫芝甚至在选唐人诗作时，别于《众妙集》之外另选姚合、贾岛二人诗为《二妙集》，“赵昌父选贾岛、姚合为《二妙集》，贾八十一首，姚一百二十一首”。③ 通过江湖诗人的自觉学习和积极倡导，特别是《二妙集》的编纂和传播，姚贾诗风迅速蔓延，学习姚贾成为南宋后期诗坛上的主导潮流。刘克庄称：“旧至四人为律体，今通天下话头行。”（《题蔡炷主簿诗卷》）④此时姚合与贾岛作为晚唐诗风的代表，已经成为南宋后期众多诗人的共识，诗人们在摹习之时也往往对二人并行不废，其中许多诗人颇能得姚贾之神韵。宋后，明代以钟、谭为代表的“竟陵派”，直至清代的“高密派”和“同光体”诗人等都在一定程度上师法姚贾。姚贾在身后的一千多年里，具有经久不衰的生命力。

总的来讲，相对于姚合，韩孟对贾岛的影响广泛而深远，尽管贾岛日后与姚合携手别开天地、另创家门，但究其门径主要还是韩孟二公。姚贾在“穷苦之言”的歌咏内容、以丑为美的审美心理、苦吟励炼的创作态度、奇峭瘦硬的风格体貌、标新立异的开拓精神等方面均受韩孟诸人的浸染。在晚唐诗坛，姚贾可以说是较为系统地继承了韩孟诗歌的精粹，并使韩孟所开创的事业得以延伸。但姚贾之所以为姚贾能于晚唐独树一帜，其创新变革之处则更为突出，在创作思想上，变元和年间重功利思想而为为艺术而艺术倾向；题材上，由社会人生转为自我关注；交游方式上，变韩孟的以文章道德相依托为姚贾以诗艺切磋为纽带，关系更加疏散自由；诗歌体

---

① （宋）严羽著，郭绍虞校释：《沧浪诗话校释》，人民文学出版社 1961 年版，第 27 页。

② （清）翁方纲：《石洲诗话》，郭绍虞编选，富寿荪校点：《清诗话续编》（下册），上海古籍出版社 1983 年版，第 1443 页。

③ （元）方回选评，李庆甲集评校点：《瀛奎律髓汇评》，上海古籍出版社 2005 年版，第 1052 页。

④ （宋）刘克庄撰：《后村先生大全集》（卷十六），四部丛刊初编本。

裁上，变五古为五律，并蔓延晚唐；风格上，变瘦硬为清幽，变奇险为平淡，姚贾诗歌从整体上向平易处发展，与韩孟分道扬镳；格局上，由外张变为内敛，气格局促，诗料狭小，变以才力为诗为以意味为诗。姚贾的种种努力和变革使姚贾诗风最终形成了独有的特点，上承大历韩白，下启晚唐五季，别具一格，自成一家法度。

第二节　论姚贾与元白

姚贾与元白尽管年龄上相差不多，但在诗歌发展史上，姚贾与元白却并不属于同一个阶段的诗人，从贞元末到元和末是元白诗歌创作的成熟期，而姚贾二人诗歌创作的成熟则起始于长庆年间。故而历代学者都将元白与韩孟一同视为中唐诗坛两种主要潮流的代表，而姚贾通常被视为变革中唐诗风的后劲和晚唐诗风的开启者。其中，贾岛曾投诗元稹请求援引，其他往来并不多，而姚合虽然在仕宦经历、审美情趣、吏隐作风和语言风格上均与乐天有近似之处，但二人在家世、性情、品味、修为、才学上的差异依然是主要的，二人在诗歌风格上更多地表现为貌合而神异。

言及元白与姚贾的关系问题，首先应对他们各自的生存环境略作交代。从生年上讲，贾岛（779—843）与元稹（779—831）同龄，姚合（777—842）则少白居易（772—846）五岁，元稹早逝，而姚合贾岛二人，又较乐天早过世三四年，故而从所处时代讲他们多有重合。但从文学创作上讲，元白二人无论出道还是成名均较姚贾为早，元白二人均为早慧诗人。白居易集中《江南送北客，因凭寄徐州兄弟书》①为其十五岁时作品，而为其赢得声誉的名篇《赋得古原草送别》②一诗也作于少年之时。白居易贞元十

① 《江南送北客，因凭寄徐州兄弟书》："故园望断欲何如，楚水吴山万里馀。今日因君访兄弟，数行乡泪一封书。"

② 《赋得古原草送别》："离离原上草，一岁一枯荣。野火烧不尽，春风吹又生。远芳侵古道，晴翠接荒城。又送王孙去，萋萋满别情。"

六年(800)进士及第,而元稹则于贞元九年(793)十五岁之时就明经及第,二人于贞元十九年(803)春又同以书判拔萃科登第,声名早显。元白二人最具特色的"乐府诗",和二人次韵相酬的被称为"元和体"的千字律诗,多创作于元和年间。其系统的诗歌创作理论也是在这期间提出的,从贞元末到元和末是元白诗歌创作的成熟期。① 元和末年以后,元白韩柳等贞元元和时期的大家虽仍未断绝诗歌创作,但时过境迁,他们已不是潮流所在,诗坛上新的力量已经崛起。正如任何人都无法挽留属于青春年华才拥有的激情与冲动一样,在时间的舞台上,精彩永远都是属于年轻人的。

较之元白,姚贾虽在元和五六年起已有少量的诗歌创作,但从总体上讲却是处于模拟与学习阶段,姚贾二人的诗歌,尤其诗五言律诗的成熟期则起始于长庆年间。长庆年间,姚合创作《武功县中作》三十首、《闲居遣怀》十首、《游春》十二首等组诗和其他闲适抒怀作品,贾岛则于元和末长庆初,由追随韩孟创作五言古诗为主转向专攻五律,并在五律创作上有所突破。所以尽管年龄上相去不远,但从诗歌创作领域上讲,姚贾与元白却并不属于同一个时代的人,他们至少相差十年,也就是一个时代,但也正是这十余年,不仅唐代的政治发生了翻天覆地的变革,诗歌思潮更是产生了根本性的变迁。"闻道有先后,术业有专攻",年龄有时并不是影响创作成绩大小和风格趋向的决定因素,所以我们说元白与韩孟一同被认为是中唐诗歌两种主流风格的代表人物,而姚贾却通常被视为变革中唐诗风的后劲,是晚唐诗风的开启者。

---

① 白居易元和元年作《长恨歌》,元和四年起系统创作《新乐府》《秦中吟》,元和十年十二月,被贬江州的白居易自编诗集十五卷,作《与元九书》,次年写《琵琶行》。罗宗强先生谈及元白诗歌思想的转型时说:"元和十二年以后,无论是元稹还是白居易,无论是创作实践和使诗歌理论提倡上,他们时时都已放弃了这一主张。他们的兴趣,已不再在写生民疾苦,而完全转向写身边琐事了。他们在诗歌创作中尚实、尚俗、务尽的倾向没有变,而俗与实的具体内容却变了,由生民疾苦变为贵族的闲适情趣。"见罗宗强著:《隋唐五代文学思想史》,中华书局1999年版,第270页。

姚合与韩愈间有往来，[①]而贾岛与元白并无往来。[②] 由于贾岛与元白诗风的明显差异，自唐以来诗论家均普遍认为贾岛是以矫元白轻浅诗风的面目出现的。《唐摭言》卷十一“无官受黜”：“贾岛，字阆仙。元和中，元白尚轻浅，岛独变格入僻，以矫浮艳。”[③]卢文弨《题贾长江诗集后》：“长江诗虽不合雅奏，然尚有古意，读之可以矫熟媚绮靡之习。”[④]贾岛早年师法韩孟，一生与韩愈往来甚密，所以，贾岛亲近韩孟而疏远元白当在情理之中。

姚合与元稹没有交游唱和的记载，而与白居易却有些诗酒因缘。敬宗宝历二年，已对仕途产生厌倦的白居易罢苏州刺史，文宗大和元年回到洛阳，准备退隐。尽管在以后的三年中，白居易时来运转，先后被任为秘书监、刑部侍郎，备受尊崇，但白退意已经很坚决了，不再以朝廷政事为念，是以在刑部侍郎任上不满一年就乞百日长假并决意离职。大和三年，白最终以太子宾客分司东都闲居洛阳颐养天年，得以遂其心。大和二年姚合任监察御史分司东都，曾拜访白居易，白有诗相赠：

---

① 方回言：“姚少监合，初为武功尉，有诗声，世称为姚武功，与贾岛同时而稍后，似未登昌黎之门。”见方回选评，李庆甲集评校点：《瀛奎律髓汇评》，上海古籍出版社2005年版，第340页。据《唐故朝请大夫秘书监礼部尚书吴兴姚府君墓铭并序》所载，“数岁登第，田令公镇魏，辟为节度巡官。始命试秘省校书，转节度参谋，改協律，为观察支使。中令入覲，公随之，授武功主簿。韩文公尹京兆，爱清才，奏为万年尉”。姚合由武功县主簿转迁万年县尉，正是得到韩愈赏识与提携的结果。韩愈任京兆尹兼御史大夫的时间为长庆三年（823）六月至十月，则姚合由武功县主簿转官万年县尉的时间应在此期间。另姚合有诗作《和前吏部韩侍郎夜泛南溪》：“辞得官来疾渐平，世间难有此高情。新秋月满南溪里，引客乘船处处行。”该诗作于长庆四年，韩愈集中有《南溪始泛》三首，张籍有《同韩侍郎南溪夜赏》，贾岛有《韩侍郎夜泛南溪》，均为同时之作，也可证姚合与韩愈有实实在在的交游。综合诗作、墓志，以及姚合的出生年（777年）、贾岛出生年（779年），可知方回所谓的姚合“姚少监合……与贾岛同时而稍后，似未登昌黎之门”之说并不成立。

② 贾岛有《投元郎中》一诗，但仅为献纳之作，从中看不出与元的交往，原诗为：“心在潇湘归未期，卷中多是得名诗。高台聊望清秋色，片水堪留白鹭鸶。省宿有时闻急雨，朝回尽日伴禅师。旧文去岁曾将献，蒙与人来说始知。”

③ （五代）王定保撰，姜汉椿校注：《唐摭言校注》，上海社会科学院出版社2003年版，第223页。

④ （清）卢文弨著，王文锦点校：《抱经堂文集》，中华书局1990年版，第183页。

晚起春寒慵裹头，客来池上偶同游。东台御史多提举，莫按金章系布裘。

——《姚侍御见过，戏赠》

次年姚合回京任侍御史时曾寄诗乐天，对其亦官亦隐的生活表示了企羡之情：

阙下高眠过十旬，南宫印绶乞离身。诗中得意应千首，海内嫌官只一人。宾客分司真是隐，山泉绕宅岂辞贫。竹斋晚起多无事，唯到龙门寺里频。

——《寄东都白宾客居易》

姚合宝历二年以祖恩授监察御史以来，①仕途日渐顺达，不足六年中连迁五职，历任殿中侍御史、侍御史、户部员外郎、金州刺史，其后八年间又历任刑部郎中、杭州刺史、户部郎中、谏议大夫、给事中、陕虢观察使检校御史中丞、秘书监等职。其间从未有过贬斥和降级的经历，可以说一帆风顺，姚的仕历可以说是较为理想的文官从政历程。从姚合的经历可以看出与白居易的一些近似之处，即均通过进士及第，有过任县尉僚佐的经历，担当过地方刺史，以及执掌图书的秘书监。姚与白的不同之处在于姚出道较晚，进士及第时已四十岁，此后十年均在幕府僚佐之任上，这十年的艰辛成就了姚合的诗文成就，消磨了姚的济世热情，使其萌生了强烈的闲适情趣。白居易虽才华早显，但由于过于激进，早年屡遭风摧，自进士及第(800 年)至元和十四年(819 年)由江州司马量移为忠州刺史近二十年间，仕途并不顺达，此后白居易终于走出阴影，但政治的观点已发生了巨大的变化。表现在诗歌创作上，放弃了重功利的主张，在政治上也放弃

① 《册府元龟》卷 131 帝王部“延赏”二：“宝历……二年四月，以姚崇玄孙前京兆府富平县尉合为监察御史，以宋璟曾孙前太常寺大乐署令坚为京兆府富平县尉。”

了其早年兼善天下的理想，唯求独善其身、追求闲适享乐。姚与白虽家世不同，经历各异，但在历经一番磨砺后在精神追求上却殊途同归，表现出官僚士大夫的闲雅情趣和亦官亦隐的“吏隐”作风。相对于姚合而言，乐天的香山之隐更似摩诘的辋川之隐，只拿俸禄不管事，刻意地疏远政治。其实白居易在宝历二年（826）罢苏州刺史时态度就已经十分坚决了，白居易表现出一副看破红尘的样子：

> 五年两郡亦堪嗟，偷出游山走看花。自此光阴为己有，从前日月属官家。樽前免被催迎使，枕上休闻报坐衙。睡到午时欢到夜，回看官职是泥沙。
>
> ——《喜罢郡》

姚合之“吏隐”与白乐天稍有不同，从隐与吏的结合程度上讲，姚合则较摩诘和乐天更为紧密。摩诘与乐天在某种程度上基本上是离职而隐的“退隐”，而姚合之隐则为较为典型的亦官亦隐的“仕隐”。“退隐”相对于“仕隐”则更为自由与肆意，隐得也更为彻底，姚合对白居易的隐逸生活充满神往之情也就不足为怪了。宝历二年以后，姚合仕履日渐显达，使早在武功县任主簿时便滋生出来的闲适情怀得以尽情地抒发，加之其“性嗜酒，爱花，颓然自放，人事生理，略不介意，有达人之大观”（《唐才子传》卷六）①的性格，使其诗歌中的一些牢骚不平之气也随之消散。时位之移人，此后姚贾二人虽依然保持着密友的关系，但在精神深处却发生了根本的游离。从诗歌创作上，姚尚闲雅，追求平淡冲和；贾尚奇僻，追求奇警峭拔。姚与贾在精神的追求上已然分道扬镳，姚合此时精神趣味则更向白乐天靠拢，姚诗《和李、裴二舍人酬白少傅见寄》：

---

① （元）辛文房撰，傅璇琮主编：《唐才子传校笺》（第三册），中华书局 1990 年版，第 124 页。

罢草王言星岁久，嵩高山色日相亲。萧条雨夜吟连晓，撩乱花时看尽春。此世逍遥应独得，古来闲散有谁邻。林中长老呼居士，天下书生仰达人。酒挈数瓶杯亦阔，诗成千首语皆新。纶闱并命诚宜贺，不念衰年寄上频。

对乐天的闲散生活的向往之情表露无遗，诗中对乐天形象的概括恰如其分，可以称得上心有灵犀者。大和以后，白与姚均仕途顺畅，此后姚与白在精神趣味上则更为接近，当然，白居易也视姚合为同道。大和九年春，当姚合出任杭州刺史时，就勾起了乐天当年闲雅舒畅的杭州太守生涯的回忆，其间充满了官僚士大夫的闲雅情趣。

与君细话杭州事，为我留心莫等闲。闾里固宜勤抚恤，楼台亦要数跻攀。笙歌缥缈虚空里，风月依稀梦想间。且喜诗人重管领，遥飞一醆贺江山。

渺渺钱塘路几千，想君到后事依然。静逢竺寺猿偷橘，闲看苏家女采莲。故妓数人凭问讯，新诗两首倩流传。舍人虽健无多兴，老校当时八九年。

——白居易《送姚杭州赴任，因思旧游二首》

做杭州刺史的姚合在此方面确实与白居易有很多类似的地方：

钱塘刺史谩题诗，贫褊无恩懦少威。春尽酒杯花影在，潮回画槛水声微。闲吟山际邀僧上，暮入林中看鹤归。无术理人人自理，朝朝渐觉簿书稀。

——《杭州官舍偶书》

临江府署清，闲卧复闲行。苔藓疏尘色，梧桐出雨声。渐知身外事，暗作道家名。更喜仙山近，庭前药自生。

——《杭州官舍即事》

多么闲雅恣意的士大夫生活，只不过与姚合不同的是白老居士更留意于“笙歌缥缈”“风月依稀”“闲看莲女”“问讯故妓”，而姚合的情趣多在于“林中看鹤”“诗酒恣意”“与僧闲吟”“古石灵草”“长松异禽”“梧桐苔藓”，二人所乐各不相同，但又能自得其乐。与姚合相比，隐于香山、赏着樱桃、拥着杨柳、终日面对奉先寺大卢舍那佛的白老居士似乎更为率真洒脱、狂放不羁，难怪千载以下，尚有那么多的追随者和仰慕者。

姚合在金州刺史和杭州刺史任上的许多作品均写得质朴浅近，词不迫切，有一种从容闲雅的氛围，是诗人平和内心的外在表现。如姚合写于金州刺史任上的《题金州西园九首》和《杏溪十首》两组写景咏物组诗，别出新意，全部用五言六句，这是诗人继《武功县中作》三十首、《闲居遣怀》十首、《游春》十二首之后的又一次批量创作的尝试。在语言浅切、节奏舒缓方面近于乐天，在作意上则有明显的追慕王摩诘的味道，试举数首。“桃花四散飞，桃子压枝垂。寂寂青阴里，幽人举步迟。殷勤念此径，我去复来谁。”(《杏溪十首》之《杏溪》)“布石满山庭，磷磷洁还清。幽人常履此，月下屐齿鸣。药草枝叶动，似向山中生。”(《杏溪十首》之《石庭》)“茅堂阶岂高，数寸是苔藓。只恐秋雨中，窗户亦不溅。眼前无此物，我情何由遣。”(《杏溪十首》之《苔阶》)“晓向潭上行，夕就潭边宿。清冷无波澜，潋潋鱼相逐。钓翁坐不起，见我往来熟。”(《题金州西园九首》之《石潭》)“亭亭白云榭，下有清江流。见江不得亲，不如波上鸥。有榭江可见，无榭无双眸。”(《题金州西园九首》之《江榭》)

与官僚士大夫情趣和吏隐的心理相一致，姚合在语言风格上也显示出对白居易晚年诗歌的靠近。白居易诗歌具有尚实、尚俗、务尽的特点，晚年退隐之后，内容多转向反映闲适情趣，好写身边琐事，东坡所云“元轻白俗”，可谓具眼，但白居易的诗歌与思想可以说均“俗”到了一定火候，这一点却是后学所无法企及的。姚诗语言较通俗，后人常以“浅易”“浅切”“浅率”等评姚合诗歌，“姚少监诗浅近而清新”[①]表现出与白居易语言风格的靠近；又好写身边琐事细景，用语也不避浅俗，也与白相类，“予谓诗家有大判断，有小结裹，姚之诗专在小结裹，故四灵学之。五言八句，皆得其趣，七言律及古体则衰落不振。又所用料，不过花、竹、鹤、僧、琴、药、茶、酒，于此几物，一步不可离，而气象小矣”。[②] 姚诗虽然语言通俗，但却有沉潜的意味蕴含其中，显得较为内敛；白诗则显得较为浮露，显得放逸外向。姚合诗歌有清新峭拔的气质，使总体风格上显得浅切而不靡弱，同时姚诗意境较为深幽，故又显得淡而有味。

姚合在仕宦经历、审美情趣、吏隐作风和语言风格上均与乐天有近似之处，除却时代风尚的影响之外，其中尚有出于主观钦仰和受其熏染的成分，但是并不多，即便是被人们认为是外表近似的地方，更多也是表现为貌合而神异。总的来讲，姚合与白居易的距离尚不及姚合与韩愈更为亲近，他们在家世、性情、品位、修为、才学以及诗歌风格上的差异依然是主要的。

第三节　论姚贾与张王

“姚贾”与“张王”是中唐交往最为密切的两对诗人组合。“姚贾”对“张王”颇为推崇。他们在频繁的诗歌交往唱和中相互影响，有许多相互学习、模拟对方风格的作品。“姚贾”与“张王”在诗歌风格上均具有通体“雅正”的特色，其中姚合表现为“闲雅”，而贾岛表现为“古雅”。“张王”与“姚贾”相类似的生活经历和心灵体验，使他们在诗歌的表现内容上也有很多近似之处。此外，在创作态度上，“张王”与“姚贾”一样具有“苦

① （元）方回选评，李庆甲集评校点：《瀛奎律髓汇评》，上海古籍出版社 2005 年版，第 953 页。

② （元）方回选评，李庆甲集评校点：《瀛奎律髓汇评》，上海古籍出版社 2005 年版，第 340 页。

吟”的倾向。

张籍(766—830?)、王建(766—831?)是两位同龄的诗人。《临汉隐居诗话》曰:“唐人亦多为乐府,若张籍、王建、元稹、白居易以此得名。”①二人的乐府诗备受后人推崇,《批点唐音》曰:“王、张乐府体发人情,极于纤悉,无不至到。”②《唐七律隽》称“张、王乐府妙绝一时,其精警处远出乐天、微之之上。”③元白二人均以文昌为同调,白居易盛赞张籍乐府:“张公何为业,业文三十春。尤工乐府词,举代少其伦。”(《读张籍古乐府》)元和十年,元稹曾计划编纂《元白往还集》,也欲将张籍古乐府、李绅新乐府一并收入,即是明证。王建犹以《宫词》一百首为世所重,被誉为“宫词之祖”④。张王二人与韩孟、元白诸人皆有交往,而且交情不浅,与姚贾更有不解之缘。《唐才子传》卷五“贾岛”云:“时新及第,寓居法乾无可精舍。姚合、王建、张籍、雍陶,皆琴樽之好。”⑤

对贾岛产生过深远影响的诗人除韩孟而外,便数张籍。贾岛于元和六年入京后经韩愈介绍,结识张籍,岛投诗曰:

风骨高更老,向春初阳葩。泠泠月下韵,一一落海涯。有子不敢和,一听千叹嗟。身卧东北泥,魂挂西南霞。手把一枝栗,往轻觉程赊。水天朔方色,暖日嵩根花。达闲幽栖山,遣寻种药家。欲买双琼瑶,惭无一木瓜。

——《投张太祝》

① (宋)魏泰著:《临汉隐居诗话》,何文焕辑:《历代诗话》,中华书局1981年版,第322页。

② (明)顾璘撰:《批点唐音》,明嘉靖洛阳温氏刻本。

③ (清)张世炜:《唐七律隽》。

④ 《苕溪渔隐丛话前集》卷二十二:“宫词凡百首,天下传播,效此体者,虽有数家,而建为之祖。”,见(宋)胡仔撰,廖德明校点:《苕溪渔隐丛话》,人民文学出版社1962年版,第149页。

⑤ (元)辛文房撰,傅璇琮主编:《唐才子传校笺》(第二册),中华书局1990年版,第326页。

诗中盛赞张籍诗歌风格高古、韵味清悠,最后点明了自己从师的意愿。元和七年,贾岛或是出于方便请益的需要,由青龙寺移居长安延康里,与张籍为邻,并作《延康吟》以记此事原委。

寄居延寿里,为与延康邻。不爱延康里,爱此里中人。人非十年故,人非九族亲。人有不朽语,得之烟山春。

诗中称张诗为“不朽语”,并毫不隐瞒地表露出对张籍的景仰之情。此时的贾岛初到京城不久,尚未遇到多少挫折,加之在诗歌创作上受韩孟的赏识,信心十足,故其诗作也表现出律动与奇想的交融,作于当时的《携新文诣张籍,韩愈途中成》一诗反映出了急于求师的迫切心情。

袖有新成诗,欲见张韩老。青竹未生翼,一步万里道。仰望青冥天,云雪压我脑。失却终南山,惆怅满怀抱。安得西北风,身愿变蓬草。地祇闻此语,突出惊我倒。

张籍也视贾岛为同道,其《与贾岛闲游》一诗写道:

水北原南草色新,雪消风暖不生尘。城中车马应无数,解得闲行有几人?

而当贾岛屡试不第生活日渐困顿之时,张籍对其不幸的遭遇与赤贫的状况表示了深切的同情,同时对其才华给予了充分的肯定:

篱落荒凉僮仆饥,乐游原上住多时。蹇驴放饱骑将出,秋卷装成寄与谁。拄杖傍田寻野菜,封书乞米趁时炊。姓名未上登科记,身屈惟应内史知。

——《赠贾岛》

在贾岛的交游圈中，孟郊、王建与贾岛的经历最相近，三人都有着长期厄于科第、生活困窘的经历，故而三人也具有某些相同的气质，这在交往诗作中体现得较为充分，贾岛《寄陕府王建司马》：

司马虽然听晓钟，尚犹高枕恣疏慵。请诗僧过三门水，卖药人归五老峰。移舫绿阴深处息，登楼凉夜此时逢。杜陵惆怅临相饯，未寝月前多屐踪。

在长安时，贾岛与王建往来频繁，由贾岛的另一首诗可略知一二，《王侍御南原庄》：

买得足云地，新栽药数窠。峰头盘一径，原下注双河。春寺闲眠久，晴台独上多。南斋宿雨夜，仍许重来么。

王建《寄贾岛》诗：

尽日吟诗坐忍饥，万人中觅似君稀。童卧冷榻朝犹卧，驴放秋田夜不归。傍暖旋收红叶落，觉寒犹着旧生衣。曲江池畔时时到，为爱鸬鹚雨后飞。

王建笔下的贾岛神形兼备跃于纸上，可谓知其人。

姚合对张王非常推崇。姚在《赠张籍太祝》诗中赞誉张籍“绝妙江南曲，凄凉怨女诗。古风无手敌，新语是人知。飞动应由格，功夫过却奇。麟台书添集卷，乐府换歌词。李白应先许，刘祯必自疑”。姚合称王建“文高轻古意”（《赠王建司马》），又言“一别诗宗更懒吟”（《寄陕州王司马》），足见敬仰之情。姚合甚至有模仿张王乐府的诗作，如《庄居野行》：

客行野田间，比屋皆闭户。借问屋中人，尽去作商贾。官家不税商，税农服作苦。居人尽东西，道路侵垅亩。采玉上山颠，探珠入水府。边兵索衣食，此物同泥土。古来一人耕，三人食犹饥。如今千万家，无一把锄犁。我仓常空虚，我田生蒺藜。上天不雨粟，何由活烝黎。

可见张王的乐府诗对姚合也曾产生过一定的影响。王建与姚合有很多重出诗作，如《庄居即事》《原上新居》《题梁园公主池亭》《书县丞厅壁》《晚望华清宫》《题薛十二池亭》《病中书事寄友人》等，由此也可见二人此类诗歌风格具有一些近似之处。王建也有酷类武功风格的作品，如《原上新居》十三首，纪昀评曰："诗情全是武功一派。"①

姚贾与张王的亲近是有一定的思想根源的。张籍是一位师长似的儒者，具有安贫乐道、束身持正的修为，与韩愈那种急于事功、不甘寂寞、不拘小节的兼济型儒者不同，张籍更注重自我的修为。基于这一点，张籍在《上韩昌黎书》中对韩愈"多尚驳杂无实之说"、好与人辩论争胜、好博塞之戏等一些嗜好提出了批评，并提升到了"有德者不为"的高度。张指出"欲举圣人之道者，其身亦由之也"，"君子发言举足不远于理"，而不能"苟说于众"，要求应当"示人以义之道"。② 姚贾严身律己的作风与张王的儒家思想是一脉相通的，反映在诗歌当中，张王与姚贾均有追求"雅正"的倾向。王建说张籍诗："君诗发大雅，正气回我肠"（《送张籍归江东》），王建《寄李益少监兼送张实游幽州》曰："大雅废已久，人伦失其长。天若不生君，谁复为文纲？"正是基于这一点，张王乐府才会写得熠熠生辉。高棅《唐诗品汇·七言古诗叙目》：

大历以还，古声愈下，独张籍、王建二家，体制相似，稍复古意。或旧曲新声，或新题古意，词旨通畅，悲欢穷泰，慨然有古歌谣之遗

---

① （元）方回选评，李庆甲集评校点：《瀛奎律髓汇评》，上海古籍出版社 2005 年版，第 965 页。

② （唐）张籍著：《上韩昌黎书》，《张司业集》卷八，四库全书本。

风，皆名为乐府。虽未必尽被于弦歌，是亦诗人引古以讽之义欤？抑亦唐世流风之变而得其正也欤！①

姚贾虽不长于乐府诗的创作，但他们的五言古诗却具有通体雅正的风格，姚合也始终以“雅正”为诗歌创作的基本追求，如姚诗曰“新诗忽见示，气逸言纵横。缠绵意千里，骚雅文发明”（《寄陕府内兄郭冏端公》）、“偶题无六义，聊以达微诚”（《寄华州李中丞》），“赠诗全六义，出镇越千峰”（《和门下李相饯西蜀相公》），“元气符才格，文星照笔毫。五言全丽则，六义出风骚”（《和郑相演杨尚书蜀中唱和诗》），“滥得进士名，才用苦不长。性癖艺亦独，十年作诗章。六义虽粗成，名字犹未扬”（《从军行》）。诗歌雅正，品格方高，不然则容易流为卑俗，虽辞藻华丽构思精巧亦无补于事，姚诗之所以能够浅而不俗、寓巧于拙，很大程度上得益于“雅正”的总体风貌。但姚诗之雅正却并非张王乐府“风雅比兴外，未尝着空文”之“大雅”之词，而是具有平淡冲和气息的“闲雅”。文宗大和后，随着品职的不断迁升，这种闲雅之气日渐浓郁，不仅仅是古体诗，就连律体诗也弥漫着闲雅的气息，这类作品占姚合诗歌的大部分，可以说不胜枚举。

独施清静化，千里管横汾。黎庶应深感，朝廷亦细闻。心期在黄老，家事是功勋。物外须仙侣，人间要使君。花多匀地落，山近满厅云。戎客无因去，西看白日曛。

——《寄绛州李使君》

汉朝共许贾生贤，迁谪还应是宿缘。仰德多时方会面，拜兄何暇更论年。嵩山晴色来城里，洛水寒光出岸边。清景早朝吟丽思，题诗应费益州笺。

——《寄主客刘郎中》

① （明）高棅著：《七言古诗叙目》，《唐诗品汇》，上海古籍出版社1982年影印本，第269页。

贾岛因生计寥落、科场失意，故而诗歌中多苦寒之音与愤懑郁结之语，多数作品有一种孤介不平之气，所以与姚合之平淡冲和、从容不迫的氛围有很大的不同，但贾岛与韩孟近似的儒家理想却使其诗歌风骨嶙峋、坚劲有力，显现出“古雅”的气格，故其五言古诗常具有雅正高古的特色。

> 天地有五岳，恒岳居其北。岩峦叠万重，诡怪浩难测。人来不敢入，祠宇白日黑。有时起霖雨，一洒天地德。神兮安在哉，永康我王国。
>
> ——《北岳庙》
>
> 玄鸟雄雌俱，春雷惊蛰余。口衔黄河泥，空即翔天隅。一夕皆莫归，哓哓遗众雏。双雀抱仁义，哺食劳劬劬。雏既逦迤飞，云间声相呼。燕雀虽微类，感愧诚不殊。燕感雀深恩，雀愧扬不殊。禽贤难自彰，幸得主人书。
>
> ——《义雀行和朱评事》
>
> 上不欺星辰，下不欺鬼神。知心两如此，然后何所陈。食鱼味在鲜，食蓼味在辛。掘井须到流，结交须到头。此语诚不谬，敌君三万秋。
>
> ——《不欺》

正因为姚贾与张王具有相近似的儒家理想，并以此作为修身处世的基本准则，所以在其多用以阐释道义的古体诗歌诗歌中也就自然表现出一种类似的雅正风格。

物以类聚，自古而然，张王与姚贾相类似的还有他们的蹇舛不平的经历，以及由此而形成的相近的诗歌表现内容，这也使得他们在心灵上息息相通。张籍虽得韩昌黎勉励提携，于贞元十五年(799)登进士第，但于元和元年(806年)始补太常寺太祝，张籍在这个正九品的闲职上一待就是十年，白居易曾有感于张籍的沉沦，“如何欲五十，官小身贱微!”(《读张籍古乐府》)，“独有咏诗张太祝，十年不改旧官衔”(《重到城七绝句·张十八》)。姚合在《赠张籍太祝》中描述了张籍的贫穷和操守,对其不重于时的境况表示了感慨:"贫须君子救,病合国家医。野客开山借,邻僧与米炊。甘贫辞聘币,依选受官资。多见愁连晓,稀闻债尽时。圣朝文物盛,太祝独低眉。"张籍在赠方罢万年县尉的姚合之诗作中写道:

病来辞赤县,案上有丹经。为客烧茶灶,教儿扫竹亭。诗成添旧卷,酒尽卧空瓶。阙下今遗逸,谁瞻隐士星。

——《赠姚合少府》

二人惺惺相惜之情溢于言表。张籍集中诸如这类描写生活处境和内心感受的诗数量虽不多,但风格却均与姚相类。

东城南陌尘,紫幰与朱轮。尽说多无事,能闲有几人?唯教推甲子,不信守庚申。谁见衡门里,终朝自在贫。

——《闲居》

独坐高秋晚,萧条足远思。家贫常畏客,身老转怜儿。万种尽闲事,一生能几时?从来疏懒性,应只有僧知。

——《晚秋闲居》

这些诗,所吟咏的内容,散发出的情绪,沉潜舒缓的节奏,浅切平和的语言,均与姚诗酷似,当然我们不能就此说姚合这种作风是受张籍的影响,反而是张籍赠姚合的诗歌,恰恰反映出张籍的此种作风正是刻意模仿姚合的结果,如《寒食夜寄姚侍御》:

贫官多寂寞,不异野人居。作酒和山药,教儿写道书。五湖归去远,百事病来疏。况忆同怀者,寒庭月上初。

此诗若与《赠姚合少府》一同置于其《武功县中作》《闲居遣怀》和以

“闲适”为题的“武功体”中则不易区分。纪昀在评论贾岛《寄武功姚主簿》一诗说:“浪仙诗难得如此流利,寄姚即作姚体,古人多如是。”①张籍在此处的表现亦应如此,由此也可见姚武功的此类风格作品在当时文士和官僚中的影响。

王建虽与张籍同窗数载,而且才力相当,但王建的经历较之张籍则显得更为坎坷曲折。自建中四年(783)离家求仕以来,三十年间历任幕府僚佐,郁郁不得其志。元和八年(813)始授昭应丞,时年已四十七岁,其后又历任丞尉等微官。文宗大和二年(828)年过花甲的诗人又被外放为陕州司马,白居易对其遭遇十分同情,“怎得陕君诗不苦,黄河岸上白头人!”(《别陕州王司马》)。王建《自伤》诗曰:“衰门海内几多人,满眼公卿总不亲。四授官职元七品,再经婚娶尚单身。图书亦为频移尽,兄弟还因数散贫。独自在家长似客,黄昏哭向野田春。”对于王建的窘迫生活,姚合写道:“老觉僧斋健,贫还酒债迟”(《赠王建司马》),对王建的遭遇,姚宽慰道:“世事每将愁见扰,年光唯与老相侵。欲知居处堪长久,须向山中学煮金。”(《寄陕州王司马》)王建与贾岛的经历有类似之处,贾岛在《酬张籍王建》一诗中也向友人描述了自己的生活状况:

疏林荒宅古坡前,久住还因太守怜。渐老更思深处隐,多闲数得上方眠。鼠抛贫屋收田日,雁度寒江拟雪天。身事龙钟应是分,水曹芸阁枉来篇。

真是同病相怜,这种情绪却也正是“天公支与穷诗客,只买清愁不买田”(杨万里《戏笔》)。

张王与姚贾还有一点相通之处,那就是诗歌创作的态度,虽然姚贾二人被称为苦吟诗人,但同出于韩门的孟郊、张籍又何尝不是如此呢?胡震

① (元)方回选评,李庆甲集评校点:《瀛奎律髓汇评》,上海古籍出版社2005年版,第242页。

亨评张王乐府时说:“文章穷于用古,矫而用俗,如《史》、《汉》后六朝史之如方言俗语是也。籍、建诗之用俗亦然。王荆公题籍集云:‘看似寻常最奇崛,成如容易却艰辛。’凡俗言俗事入诗,较用古更难。知两家诗体,大费铸合在。”①(《唐音癸签》卷七)张王乐府诗的质性决定了他们在创作上的精心,王建言:“妻愁耽酒癖,人怪考诗严。……有时看旧卷,未免意中嫌”(《闲居即事》)以及“炼精诗句一头霜”(《维扬冬末寄幕中二从事》)等正是其严谨刻苦创作态度的写照。

① (明)胡震亨著:《唐音癸签》,上海古籍出版社 1981 年版,第 66 页。

第六章　姚贾异同的辨析及姚贾优劣的评价

作为两个以苦吟著称的诗人，贾岛和姚合的五律在艺术上有什么不同，后世诗人又是如何接受他们的诗风，这些问题已经吸引了不少研究者的兴趣。① 对于姚贾二人的风格，若以平淡自然来概括姚贾五律美感效果的共性，则在一定程度上忽视了二人创作旨趣的差异。贾姚虽然都注重苦吟，但在艺术旨趣上，贾岛更追求奇特的表现效果，借此抒发内心的孤介奇僻之气，而姚合则用力于创造平淡含蓄的意味，表现普通人生的感受，有平淡自然之趣。简言之，贾岛五律偏于"求奇"，姚合五律偏于"求味"。至于二人语言、意象风格的不同则与艺术旨趣的差异直接有关。

贾姚二人在唐末开始被并称而逐渐成为一个诗歌流派的标志。唐末五代诗人，对贾姚的接受呈现出独特的艺术取向。他们积极仿效二人的苦吟态度，但在艺术旨趣上则偏向姚合而远离贾岛，形成了以苦吟来创造含蓄意味的表现特色。从贾姚的个人创作，到姚贾诗派的流派创作，五律艺术发生了重要的流变。

---

① 如张宏生先生的《姚贾诗派的界内流变和界外余响》一文，对此做了深入的探讨。张文指出，贾岛与姚合的接近之处，在于苦吟态度和平淡自然的境界，也就是说"他们的作品所达到的审美效果也有着一致性，即以刻苦推敲的手段达到平淡自然的境界"。至于二人的不同，则表现为意象特色的不同，贾岛偏于使用"人们不大注意却有些稀罕、幽僻乃至怪奇的意象"；而姚合则偏于使用一些常见的意象。

第一节　“求奇”与“求味”：贾姚艺术旨趣的差异

贾姚二人都注重苦吟，贾岛自称“二句三年得，一吟双泪流”（《题诗后》）；姚合则是“秋来吟更苦，半咽半随风”（《闻蝉寄贾岛》）。苦吟构成了贾姚五律最显著的创作特点。

但是，贾姚二人在艺术旨趣上有着明显的差别，古人对此已有所注意。宋人孙仅在《读杜工部诗集序》中指出，中唐以后，杜甫之诗分为六家，其中：“姚合得其清雅，贾岛得其奇僻。”[①]元人辛文房在《唐才子传》中指出二人“格调不同”，所谓“岛难吟，有清冽之风；合易作，皆平澹之气。兴趣俱到，格调少殊”。[②] 古人所论是贾姚的风格差异，而这种差异来自艺术旨趣的不同，具体说来，贾岛的五律注重宣泄内心的孤介奇僻之气，偏于“求奇”；而姚合五律则更多地流露沉潜和品味普通人生的闲适意趣，重在“求味”。二人性情不同，面目自然有异。

诗歌题材的选择，往往折射出诗人的趣味。艺术旨趣的差异，使贾姚二人对题材有了不同的偏好。贾岛集中多是羁旅怀人、萧寺孤馆之作，以萧瑟孤寒的境象寄寓一种孤介的气质。而姚合的五律多是风景流连、池台院落之作，其集中的《闲居遣怀》十首、《武功县中作》三十首、《秋日闲居》二首、《闲居晚夏》《闲居遣兴》《春日闲居》《早春闲居》《游春》十二首、《题金州西园》九首等都是这方面的代表。其中，《武功县中作》三十首，是他的成名作，也是代表作。这些作品抒写官居生活的闲适之趣，传达了他生活的情味与沉潜的意趣。

---

① （宋）孙仅：《读杜工部诗集序》，（唐）杜甫撰，（宋）佚名集注：《分门集注杜工部诗》，《四部丛刊》初编本，第 108 册，上海书店 1989 年重印本。

② （元）辛文房撰，傅璇琮主编：《唐才子传校笺》（第三册），中华书局 1990 年版，第 124 页。

当然,贾岛与姚合也有不少共同的题材,但表达的旨趣却各不相同。例如,二人都喜欢表现山林寺院中的隐居修道之士,但贾岛偏于表现超绝人世的孤高奇僻之气,而姚合则偏于刻画幽静绝尘的隐居之趣。如贾岛的《寄华山僧》:"遥知白石室,松柏隐朦胧。月落看心次,云生闭目中。五更钟隔岳,万尺水悬空。苔藓嵌岩所,依稀有径通。"全诗以奇险的句式造成峭拔之势,突出了华山僧孤高不群的气质。又如《宿山寺》:"众岫耸寒木,精庐向此分。疏星透林木,走月逆行云。绝顶人来少,高松鹤不群。有僧年八十,世事未曾闻。"绝顶之上遗世独处的老僧,作为一个富含震撼力的意象传达出诗人迥脱风尘的志趣。又如《山中道士》:"发冷梳千下,休粮带病容。养雏成大鹤,种子作高松。白石通宵煮,寒泉尽日舂。不得离隐处,那得世人逢。"诗中"养雏成鹤""种子成松"这两个意象有丰富的象征意义,它们刻画出山中道士遗世独立的坚韧与孤傲。这些奇在筋骨而不在肌肤的诗句,鲜明地反映出贾岛追求奇崛的精神气质。与此相反,姚合对隐逸方外的表现,则偏于飘逸幽静,例如《寄白石师》:"白石师何在,师禅白石中。无情云可比,不食鸟难同。屦下苍苔雪,龛前瀑布风。相寻未有计,只是礼虚空。"全诗着力刻画了白石师飘逸的行止,传达了隐居的幽静之趣,但于贾岛诗中的奇绝超拔之气则比较欠缺。

在不同艺术旨趣的影响下,贾姚二人的语言、意象风格,构思方式都显示出明显的差别。

贾岛经常采用感情色彩十分凄清的意象,如"寒泉""寒骨""破宅""寒鸿""孤鸿"等等。为了增强效果,贾岛还经常在同一诗中反复使用这样的意象,如"孤屿消寒沫,空城滴夜霖"(《送韦琼校书》)、"独鹤耸寒骨,高杉韵细飕"(《秋夜仰怀钱孟二公琴客会》)、"萤从枯树出,蛩入破阶藏"(《寄胡遇》)等等。姚诗的意象取材比较广泛,而且对意象的处理也采取比较自然的态度,一般不显示过分强烈的主观色彩。这种意象风格的差异直接导致贾姚艺术旨趣的不同,产生了不同的美感效果。

除了选择奇僻的意象,贾岛还在寻找奇异的构思上倾注了极大的心力。他很欣赏自己《送无可上人》中"独行潭底影,数息树边身"一联,自称“二句三年得，一吟双泪流”（《题诗后》）。这两句诗一方面将人这个主体转化成“潭底影”“树边身”这样的客体，以传达自伤自怜的情绪；一方面又将主语和谓语颠倒，以强调苦吟者的孤独和艰难，构思奇特，诗意深曲。贾岛的五律有时还表现出十分夸张的笔致，如“白石通宵煮，寒泉尽日春”（《山中道士》）。“煮白石”的构思出自道家炼丹之举，大历诗人韦应物在《寄全椒山中道士》中云：“日暮拾荆薪，归来煮白石”，构思巧妙而极富清雅高逸之趣。贾岛袭用其意而加以夸张，使飘逸变为僻涩，使韦诗淡远的意味丧失几尽。

贾岛在意象的安排上追求突兀的效果，如：“写留行道影，焚却坐禅身”（《哭柏岩和尚》）。这两句诗被后人讥为“烧杀活和尚”（《六一诗话》）。这种批评并非没有道理，贾岛事实上是在利用“焚身”的联想来造就一种突兀的表现效果。又如：“寒蔬修净食，夜浪动禅床”（《送天台僧》），贾岛抽去了夜浪与禅床之间的现实距离，在突兀的衔接里展示出榻上禅僧的孤清幽绝。这种突兀的意象安排似乎极大地吸引了贾岛的创造兴趣，以至类似的诗句在其集中相当常见，如“秋江洗一钵，寒日晒三衣”（《送去华法师》）、“行李经雷电，禅前漱岛泉”（《送丹师归闽中》）、“鸟从井口出，人自洛阳过”（《原上秋居》）。

贾岛有时还将多重通感容纳在简短的诗句里，使诗意变得十分深微幽曲，如“磬通多叶罅，月离片云棱”（《夏夜》）。诗句将磬声的传扬比喻为流水，又通过赋予行云以质感，而在“流云吐月”的传统意象里生发新的诗意。

贾岛的构思，意在“求奇”，因此在创造含蓄的回味上相对欠缺，古人对此已经多有批评。唐末著名的诗论家司空图就认为，贾岛的作品在创造“味外之旨”方面乏善可陈，所谓：“贾阆仙诚有警句，视其全篇，意思殊馁，大抵附于寒涩方可致才。”①

姚合五律的语言和构思，由于受到“求味”旨趣的影响，因此呈现出

① （唐）司空图：《与王驾评诗书》，祖保泉、陶礼天笺校：《司空表圣文集笺校》，安徽大学出版社 2002 年版，第 190 页。

与贾岛十分不同的面貌。他很少使用奇僻的意象，而是善于以平淡的语言摹写景致，创造回味。如《送李起居赴池州》之颔联："红旗高起焰，绿野静无尘"，通过比喻准确地捕捉了红旗在旷野之上迎风飘动的态势。又如《送裴中丞赴华州》之颈联："径草多生药，庭花半落泉"，通过细节的捕捉刻画出华州公署的幽静。又如《武功县闲居》云："马随山鹿放，鸡杂野禽栖"，表现了山居萧索的景况；"微官长似客，远县岂胜村"（同前），刻画出为官僻野的萧条冷落。姚合对五律表现功能的开掘，前人早有注意，《唐才子传》卷六云："盖多历下邑，官况萧条，山县荒凉，风景凋敝之间，最工摹写也。"①

姚合利用五律的语言特点创造出独特的表达，使诗意富于回味。五律诗句最重前两字和后三字的关系，姚合充分利用这种"二三"结构，使每句所取的两个景物细节之间相互映衬和互为因果的关系更加密切。如"隔屋闻泉细，和云见鹤微"（《寄马戴》），泉声因隔屋听去所以细微，鹤影因和云而见所以朦胧；用"二三"结构安排因果关系，不仅突出了泉声微细、鹤影模糊的主观感受，而且也传达出一种幽寂闲淡的感情色彩。又如"夏尽滩声出，潮来日色微"（《送清净阇黎归浙西》），诗句的前二与后三，既有时间上的先后，也有因果关系，同时每句之中的两个动词也有词义上的映衬关系，如"尽"与"出"，"来"与"微"，这就使诗意富于起伏，突出了水落石出、潮升日淡的秋意，其中也渗透出分别时略带暗淡的心绪。又如"家山去城远，日月在船多"（《送顾非熊下第归越》），下句日月双关，既实指舟中目睹日月一次次昼出夜行，又虚指行旅生涯的漫长；将漂泊之动荡刻画入微。"鸟语境弥寂，客来机自沈"（《过昙花宝上人院》）则以词义的对立，表达复杂的因果关系；鸟语更见环境的寂静，客来机心自消，诗句突出了僧院的幽寂超逸。

贾姚的艺术旨趣虽然不同，但在实际创作中，彼此还是有许多影响。

① （元）辛文房撰，傅璇琮主编：《唐才子传校笺》（第三册），中华书局 1990 年版，第 124 页。

“求奇”的贾岛也有一些平淡有味的作品，而侧重“求味”的姚合也经常表现出对奇异语言方式的兴趣。贾岛集中有一些作品富于回味，语言也比较平易，如《忆江上吴处士》：“闽国扬帆去，蟾蜍亏复团。秋风生渭水，落叶满长安。此地聚会夕，当时雷雨寒。兰桡殊未返，消息海云端。”诗中以节物之变，秋风萧瑟寓怀人之慨，很有“味外之旨”。贾岛还有一些“工于摹景”的诗句，虽然“推敲作诗”的传说不尽可靠，但“鸟宿池边树，僧敲月下门”（《题李凝幽居》）的确是摹景的佳句。又如《暮过山村》中“怪禽啼旷野，落日恐行人”，准确地写出行旅的辛苦。虽然贾岛经常用一些僻涩的词汇来为摹景之句“锦上添花”，因而多少破坏了诗意的平淡含蓄，但他那些用语平淡之作仍然显示了与姚合的同工之妙。对贾岛的僻涩并不满意的宋代诗人，对他这些与姚合接近的诗句给予了充分的肯定，在梅尧臣提出“意新语工”的创作追求时，贾姚“工于摹景”之句受到了同等的重视。《六一诗话》载：“贾岛云‘竹笼拾山果，瓦瓶担石泉’，姚合云‘马随山鹿放，鸡逐野禽栖’等是山邑荒凉，官况萧条。……贾岛‘怪禽啼旷野，落日恐行人’，则道路辛苦，羁愁旅思，岂不见于言外乎？”①

另一方面，姚合有时也运用一些比较奇僻的语言方式，如《闲居晚夏》：“片霞侵落日，繁叶咽鸣蝉”，诗中动词的使用就相当奇异，又如“红旗烧密雪，白马踏长风”（《送郑尚书赴兴元》），“烧”字的使用就比较深曲。类似贾岛那种意象之间突兀的安排在姚合诗中也时有出现，如“夜猿啼户外，瀑水落厨中”（《送裴宰君》）。在刻画荒僻之景时，姚合也不时像贾岛一样大量地使用孤清的意象，如“蚁行经古藓，鹤毛落深松”（《过无可上人院》）、“斜阳通暗隙，残雪落疏篱”（《过城南僧院》）、“寒蝉近衰柳，古木似高人”（《假日书事呈院中司徒》）。

尽管存在着这些创作上的近似，但贾姚五律的差别并未因此而变得模糊，正像平淡有味的作品在贾岛的五律中比较罕见一样，姚合对贾岛奇

① （宋）欧阳修：《六一诗话》，（清）何文焕辑：《历代诗话》（上），中华书局 1981 年版，第 267 页。

异的语言方式的吸收也是十分有限的。当我们考察贾姚对后世五律的影响时,他们二人在创作路数上的差异尤其应当给予充分的重视。

第二节　寒士精神与闲适趣味:贾姚五律差异的成因

贾姚五律的艺术旨趣何以有"求奇"与"求味"的不同,这与他们的人生经历、精神志趣以及所接受的艺术影响,都有密切的关系。

贾姚虽然是交谊很深的诗友,但彼此的人生轨迹却差异很大。贾岛志向远大但遭遇坎坷,他一生未曾及第,直到晚年才摆脱寒士的身份,在令狐楚的帮助下成为一名小官。相反,姚合并没有多少高远的志向,而及第仕进之路又相对平坦。一个是怀才不遇的寒士,一个是仕途平稳而又胸无大志的文官,贾姚的心画心声自然不尽相同。贾岛壮志难酬,内心积郁着不平之气,他五律"求奇"的品格就主要显示了不平则鸣的寒士精神;而姚合则更多地流露出品味普通人生,恬淡自适的意趣,这种在当时文官阶层中普遍流行的闲适趣味,奠定了他五律"求味"旨趣的精神基础。

贾岛怀有十分积极的人生思想,渴望在政治上建立功业。在《剑客》这首诗中,他奇崛的志向得到淋漓尽致的展示:"十年磨一剑,霜刃未曾试。今日把似君,谁为不平事。"然而现实并不青睐这个胸怀大志的诗人,科场的坎坷,使他内心充满愤激的情绪,个性日趋狷介。《鉴戒录》卷八记载他早年初入科场之后:"自是往往独语,傍若无人,或闹市高吟,或长衢傲啸。"①他曾写下《病蝉》一诗,抒发科场屈抑之痛:"病蝉飞不得,向我掌中行。折翼犹能薄,吟酸尚极清。露华疑在腹,尘点误侵睛。黄雀并乌鸟,俱怀害尔情。"据《鉴戒录》记载,被这首诗触怒的公卿显贵,"与礼闱议之,奏岛与平曾等风狂,是时逐出关外,号为十恶"。贾岛被逐在

---

① (五代)何光远:《鉴诫录》,中华书局1985年版,第58页。

长庆二年,《病蝉》一诗是否是贬逐的导火索,有关的记载未可尽信,但这次处罚,是中晚唐科场对寒素士子最严厉的一次打击。唐末昭宗光化年间,韦庄上书请求特赐贾岛、平曾等人及第,以平息科场的屈抑之叹。[①]足见贾岛等人的不幸,已经引起了普遍的同情。然而身后的关怀毕竟来得太迟,贾岛生前饱尝了世路艰辛。据李嘉言先生的《贾岛年谱》[②]考证,在科场贬逐前后,贾岛一生有大部分时间居住在长安,寻找仕进之路。长安固然有许多的朋友,有干谒的机会,但对于一个未沾一第的孤寒士子来讲,更多的则是"残杯与冷炙,处处潜悲辛"的困顿。旅食京华,因人成事,在孤独与困顿中寻找希望,然而希望又一次次破灭,贾岛悲剧的一生,最集中地反映了中唐寒素士子的屈抑之苦。

士不得其平则鸣,奇倔的心志和不平的呐喊,成为贾岛作品中最引人注目的内容。在《古意》中,他感叹岁月蹉跎,自己身负奇才却无人知赏:"碌碌复碌碌,百年双转毂。志士终夜心,良马白日足。俱为不等闲,谁是知音目。眼中两行泪,曾吊三献玉。"在《寓兴》中,他抨击时事的荒唐:"今时出古言,在众翻为讹。有琴含正韵,知音者如何。一生足感激,世颜忽嵯峨。"在贾岛用力最勤的五律中,"求奇"的旨趣,展示了他抗俗自立的狷介个性。

与贾岛相比,姚合的人生道路则相对平坦。由于没有太高的志向,他对自己的际遇很容易满足。在感叹科举失败的《下第》一诗中,他为自己的败绩感到的只是惭愧:"枉为乡里举,射鹄艺浑疏。归路羞人问,春城赁舍居。"《感时》则说得更为直接:"忆昔未出身,索莫无精神。逢人话天

① 《唐摭言》卷十:"韦庄奏请追赠不及第人近代者"条中韦庄提及李贺、皇甫松、李群玉、陆龟蒙、李甘、温庭皓、刘得仁、陆逵、傅锡、平曾、贾岛、刘稚珪、顾邵孙、沈佩、顾蒙、罗邺、方干等诗人,奏折末云:"前件人俱无显遇,皆有奇才,丽句清辞,遍在时人之口;衔冤抱恨,竟为冥路之尘。但恐愤气未销,上冲穹昊,伏乞宣赐中书门下,追赠进士及第,各赠补阙、拾遗,见存明代。"见(五代)王定保撰,姜汉椿校注:《唐摭言校注》,上海社会科学出版社2003年版,第219页。

② 李嘉言《贾岛年谱》,(唐)贾岛著,李嘉言新校:《长江集新校》,上海古籍出版社1983年版,第137—146。

命，自贱如埃尘。”入仕之后，姚合也没有表现出多少政治上的抱负，他满足于眼前的际遇，时时流露出闲适自处的意趣。他说：“万事徒纷扰，难关枕上身。朗吟销白日，沉醉度青春”（《闲居遣怀》）。这一份万事不关心的悠闲，来自知足常乐，所谓：“身外无徭役，开门百事闲”；所谓：“青云非失路，白发未相干。以此多携解，将心但自宽”（《闲居遣怀》）。当然，官场生涯难免波折，姚合也时时有一些不如意的感叹，所谓“生计如云无定所，穷愁似影每相随”（《独居》）、“微官如马足，祇是在泥尘。到处贫随我，终年老趁人”（《武功县中作》）。但无论是宦海浮沉的感叹，还是卑官贫贱的牢骚，这些都没有在姚合的内心激发出不平之鸣，他无奈地接受现实，甚至在其中找到新的乐趣。在另一组《游春》组诗中，官卑之叹就已经被闲适之趣所化解，所谓：“卑官还不恶，行止得逍遥”。内心没有奇崛的理想，和现实的和解就很容易达成。姚合追求着这种和解，他的自足与闲适化解了牢骚、磨平了棱角。作为一个接受现状的文官，他沉浸在生活的闲适之趣中，其五律的“求味”正是这种趣味的流露。

人生经历和精神志趣的不同，使贾姚在中唐丰富的诗学环境里，各自接受了不同的艺术影响。贾岛很早就与韩愈、孟郊、张籍等人建立友谊，成为韩孟集团中的重要成员。他们志趣相投，以复古来表达积极的现实理想，为寒士的屈抑发出不平的呐喊。贾岛在韩愈等人身上看到了自己一展雄图的希望，在《携新文谒张籍韩愈途中》，他写道：“袖有新成诗，欲见张韩老。青竹未生翼，一步万里道。仰望青冥天，云雪压我脑。失却终南山，惆怅满怀抱。”同一般的干谒之作相比，这首诗在屈抑的痛苦里展示了诗人宏伟的志向，只有在真正的精神知音面前，一个身为下贱的寒士才能有如此激昂的声音。韩愈也同样非常欣赏贾岛，他将孟郊、贾岛视为最知己的诗友，其《赠贾岛》诗云：“孟郊死葬北邙山，从此风云得暂闲。天恐文章浑断绝，又生贾岛在人间。”①在艺术上，贾岛诗歌的“求奇”特

① 此诗前人或疑其伪托，今人已否定此说。参见屈守元、常思春主编：《韩愈全集校注》，四川大学出版社 1996 年版，第 3028 页。

色，显然受到韩孟诗派求奇尚怪倾向的很大影响。

姚合曾受韩愈提携，出任万年县尉，其集中有一首《和前吏部韩侍郎夜泛南溪》，总体来讲不及贾岛与韩孟亲近。姚合与孟郊是否有交往，现存的材料也难以考证。他与张籍的交往比较多，但张籍的后期创作已经有浓厚的闲适趣味，与早年的新乐府大不相同。总之，和贾岛比起来，姚合与韩孟集团的关系相对疏远，韩孟诗派好奇尚怪的艺术特点对他并没有多少影响。

姚合受白居易后期创作的影响相对较大。白居易被贬江州以后，政治热情减弱，人生态度趋于消极，知足守常的"闲适"趣味日见浓厚，其诗歌创作转向以近体为主，以平淡流易的语言表现闲适趣味。长庆二年，已经返回长安的白居易，在中书舍人任上求出外任，以求全身远害；宝历初，以太子宾客的身份分司东都。在洛阳期间，白居易优游卒岁，他闲适的生活方式，以及充满闲适意趣的创作，对他周围的诗人产生了普遍的影响。

姚合宝历初任东都留台御史，在洛阳为官期间与白居易交往较多。白居易集中有《姚侍御见过戏赠》等酬赠之作。其后，姚合官职屡迁，但与白居易的友谊则保持下来，太和八年，姚合出任杭州刺史时，白居易还有诗相送。姚合参与了白居易周围的诗文交往，其集中有《和李十二舍人裴四二舍人两阁老酬白少傅见寄》《和裴令公游南庄忆白二十韦七二宾客》等作品。姚合精神世界中一直有追求"闲适"的意趣，这在他及第后任武功主簿等职时已经开始流露，只是由于身居下邑，官卑职冷，"闲适"还实现得不那么充分，多少带上了孤独自伤的情绪。与白居易及其周围诗人的交往，强化了姚合"闲适"之趣中的安闲自得，使他更优游地实践这一生活方式。几年后，他因官职变动离开洛阳，在《寄东都白宾客居易》一诗中，就十分倾慕地谈到白居易的闲适生活："竹斋晚起多无事，唯到龙门寺里频"。而他本人在出任金州、杭州刺史期间的作品也是风光旖旎、和气郁郁，表达了流连风物的悠闲心态，其艺术旨趣和白居易的后期创作已经非常接近。

张籍对姚合的艺术也有一定影响，清人李怀民在《重订中晚唐诗主客图》中就把姚合列入学习张籍一派。张籍早年是韩孟集团中的重要成员，他的新乐府显示出批判现实的锐利锋芒，但其后期诗风则越来越多地转向闲适一路，与白居易的后期诗风日益接近。张籍与白居易结交在元和四年，其后关系逐渐亲密。元和十五年以后，白居易从贬谪之地返回京城，张、白交往更加密切，而张籍晚年则越来越多地接受了白居易闲适的处世态度。白居易闲居洛阳后，他有诗寄赠，对于白居易的栖隐不无倾慕，甚至说："老人也拟休官去，便是君家池上人"（《送白宾客分司东都》）。张籍晚期的创作以近体为主，与早年的风格大不相同。他的五律善于用平易的语言刻画日常的人情体验，创造回味，如"长因送人处，忆得别家时"（《蓟北旅思》）、"去去人应老，年年草自生"（《思远人》）、"尽说无多事，能闲有几人"（《闲居》）、"柳色看犹浅，泉声觉渐多"（《酬白二十二舍人早春曲江见招》）、"树影新犹薄，池光晚尚寒"（《早春闲游》）等等。

姚合早年与张籍结交时，很欣赏他的新乐府作品。在《赠张籍太祝》一诗中，他高度评价了张籍的作品："妙绝江南曲，凄凉怨女诗。古风无敌手，新语是人知。"但长庆以后，张籍的诗风趋于闲适，而姚合则与他更为投契，在《寄主客张郎中》《酬张籍司业见寄》中，都可以看出这种闲适意趣的投合。

白居易、张籍等人的后期创作，黯淡了批判的锋芒，流露出浓厚的闲适意趣，体现了某种安位守常的文官心态。在元和政坛积极有为的政治风气消失之后，这种内敛的心态越来越在官场中流行。由于精神志趣的接近，姚合的五律表现出与白居易、张籍近似的艺术旨趣，所不同是，姚合接受了贾岛苦吟的影响，改变了白居易、张籍等人五律语言过于流易的状态，创造出以雕琢求意味的表现路数。

不平则鸣的寒士精神与安闲自适的闲适意趣，使贾姚五律呈现出"求奇"与"求味"两种不同的艺术旨趣。贾姚二人既然道各不同，那么他们相知的基础又是什么呢？

姚合早年由于官卑职冷，也有一些自伤的情绪，官居的萧瑟孤独，与贾岛的孤清幽僻容易有一些共鸣。因此,姚合任武功主簿、万年县尉等小官时,与贾岛关系最为亲密。但是,官居下邑的经历毕竟是短暂的,随着官职的升迁,与白居易等人交往的增多,姚合很快就摆脱了暗淡的心情,真正体味到闲适之乐,此时,他与贾岛在精神志趣上就日见疏远。当然,姚合始终激赏贾岛的艺术才华,欣赏他的苦吟态度,但是苦吟对于姚合只是一种锤炼语言的方式,它丧失了贾岛苦吟所特有的"求奇"的精神底蕴。姚合多次谈到诗人在创作时要保持一种"峭冷"的状态,所谓:"欲识为诗苦,秋霜若在心。神情方耿耿,气肃觉沉沉"(《心怀霜》)、"诗人多峭冷,如水在胸臆"(《答韩湘》)、"格高思潮冷,山低济水浑"(《答窦知言》)。这种"峭冷"的心态,或许在姚合看来,很有助于精思竭虑的苦吟,但它与贾岛的奇僻心态貌合而神离。贾岛的奇僻贯穿于艺术和人生,其精神的奇崛在艺术中化为"求奇"的旨趣;姚合的"峭冷"却只是澄思净虑的创作状态,它帮助诗人摆脱过于庸常的心境,专注于艺术的陌生化创造,但不能使之体会真正的精神之奇。因此,姚合学习贾岛的苦吟,只不过是把它当作表现闲适意趣的语言手段而已。

贾岛之于姚合,有一种寒士感激的心态。姚合为官期间很关心寒素士子,他在任万年县尉时,贾岛、顾非熊、朱庆馀这些寒素士子与诗僧无可就是他的座上客(朱庆馀有《与贾岛、顾非熊、无可上人宿万年姚少府宅》)。他在任东都留台御史和御史台侍御史时,无可、马戴等人又经常聚会于他的府邸(注:马戴有《洛中寒夜姚侍御宅怀贾岛》、无可有《秋暮与诸文士集宿姚端公所居》)。贾岛与姚合在元和年间二人未成名时就已经相识,其后虽然贾终穷而姚终达①,但在坎坷的人生道路上,他一直得到姚合真切的关心。对此,贾岛不无知遇之感,在后来写给姚合的诗作中,他真实地流露了自己孤独无依的痛苦:"仆本胡为者,衔肩贡客集。茫然九州内,譬如一锥立"(《重酬姚少府》)。在长期的交往中,姚合自适

---

① "虽贾之终穷,不及姚之终达",见(元)方回选评,李庆甲集评校点:《瀛奎律髓汇评》,上海古籍出版社2005年版,第399页。

自足的文官趣味，对贾岛也有一定影响。在愤激的不平之鸣中，贾岛也偶尔流露悲观落寞的心情；他也接受了闲适意趣的影响，写下一些平淡有味的作品。当然接受是有限的，终其一生，贾岛“求奇”的棱角并没有被磨平。如果说姚合的“求味”旨趣反映了长庆以后文官阶层中流行的闲适意趣，那么贾岛的“求奇”在当时则是一种越来越孤独的声音，随着时事和艺术风尚的变化，认同姚合之情趣的后学渐多，而贾岛的异代知音日见稀少。

第三节　姚贾优劣论——兼谈方回对晚唐诗风的评价

“姚贾优劣”是宋末元初诗论家方回提起的一桩学案，方回从师法传承入手，提出“姚合学贾岛为诗”的观点，并进而抛出“贾岛别开一派，姚合继之”“姚合、李洞、方干而下，贾岛之派也”等观点，以达到证实“姚少监诗不及浪仙”的目的。方回制造此公案的动机在于维护江西诗派的正宗地位，通过从总体上诋毁姚贾而达到从根本上贬斥四灵、江湖诗人的目的。因方回认为宋人在对姚贾的接受中以姚合为主流，较之姚合，贾岛诗风与作为江西诗派师法宗师的杜甫更近，所以对二人的采取了不同的攻略，即在对姚贾总体贬斥的前提下，重点抑姚，进而抛出“姚不及贾”的论调。与此同时，方回还炮制出学习唐诗由姚合入手至于贾岛进而达于杜甫境界的所谓门径，从宗法传承上自抬身价贬抑他人，变向地对江湖诗人进行诋毁。对于方回的以上论断，后世论诗者轻信并沿袭者甚多，造成了诗史中的许多迷雾。纪昀对方回的动机及做法曾进行了尖锐的批评，指出了方回“是门户之见，非是非之公也”①诸多问题。古今学者对“姚贾

① （元）方回选评，李庆甲集评校点：《瀛奎律髓汇评》，纪昀：《刊误序》，上海古籍出版社1986年版，第1826页。

优劣”虽然看法各异，但我们若要探究姚贾二人在诗史中真实的影响和地位，就需要对此进行实事求是的剖析，而不能轻易受这类由偏见生发出来的理论的困扰与误导。

一

“姚贾”作为唐诗史中著名的并称之一，并不完全是后人总结归纳的结果，他们两人本来就有着密不可分的关联。姚合、贾岛二人年岁相仿，寿限也相近，姚合出生于大历十二年(777)，卒于会昌二年(843)；贾岛出生于大历十四年(779)，卒于会昌三年(844)，可以说是同生共死的一对诗人。[①]

姚合贾岛二人终其一生保持了深厚的友谊，生前交游紧密、共同创作频繁。[②] 交往频繁。从诗题上看，姚贾自元和初相识起，一直到二人相继辞世前，均有诗作往来，姚合写与贾岛的诗作共计 14 首，贾岛写与姚合的诗作 12 首，交游诗作在姚贾诗友中也最多。

姚贾二人一生可谓真情往来，分别时常怀思念，“忆君难就寝，烛灭复星沉”(姚合:《洛下夜会忆贾岛》)、“地远山重叠，难传相忆词”(姚合:《寄贾岛时任普州司仓》)、“相思聊怅望，润气遍衣初”(贾岛:《升道精舍南台对月寄姚合》)、“居枕江沱北，情悬渭曲西。数宵曾梦见，几处得书披。……会须过县去，况是屡招携”(贾岛:《寄武功姚主簿》)。别离后，贾岛“因贫行远道，得见旧交游。美酒易倾尽，好诗难卒酬。公堂朝共到，私第夜相留。不觉入关晚，别来林木秋”(《酬姚合校书》)，或“布囊

① 根据姚勖《唐故朝请大夫秘书监礼部尚书吴兴姚府君墓铭并序》:“会昌二年壬戌夏五月，辞以目视不明，颐摄私第。冬十二月寝疾，旬馀，是月廿有五日乙酉，启手足于靖恭里第。享年六十有六。”苏绛《贾司仓墓志铭》:“会昌癸亥岁七月二十八日，终于郡官舍，春秋六十有四。”所载卒年及寿限推算。

② 关于姚合、贾岛初识的时间，根据贾岛“魏都城里游从熟，才子斋中止泊多”(《黎阳寄姚合》)“因贫行远道，得见旧交游”(《酬姚合校书》)等诗句，以及姚合家居河朔的时间、姚贾二人在魏都邺城交往的经历，结合贾岛元和年间的行踪，我们可以初步断定姚贾相识至迟应于元和五年贾岛入洛游赵期间。详见拙作《寒士的低吟——贾岛诗歌艺术新探》，中国社会科学出版社 2006 年版，第 122—130 页。

悬蹇驴,千里到贫居"(《喜贾岛至》)造访姚合,朝夕与共,饮酒赋诗,流连忘返。二人有着太多快乐的相聚时光,贾岛回忆道:"魏都城里曾游熟,才子斋中止泊多。去日绿杨垂紫陌,归时白草夹黄河。新诗不觉千回咏,古镜曾经几度磨。惆怅心思滑台北,满杯浓酒与愁和。"(贾岛:《黎阳寄姚合》)从姚贾"赖君时访宿,不避北斋风"(姚合:《寄贾岛》)的时常来往,到"忍寒停酒待君来,酒作凌澌火作灰。半夜出门重立望,月明先自下高台"(姚合:《夜期贾岛不至》)姚合约而不见的焦急,均能想见二人的友情之深。

姚贾二人感情既厚,更相互视为知己。姚合曰"秋风千里去,谁与我相亲"(《别贾岛》)、"远思应难尽,谁当与我同"(《闻蝉寄贾岛》),贾岛曰:"俸利沐均分,价称烦嘘噏。百篇见删罢,一命嗟未及。沧浪愚将还,知音激所习"(《重酬姚少府》),正是二人知心的写照。从贾岛的诗句中也可以看出二人真挚的友情,"数宵曾梦见,几处得书披"(《寄武功姚主簿》)、"故人相忆僧来说,杨柳无风蝉满枝"(《酬姚合》)。二人不仅有友情,而且惺惺相惜,贾岛接到姚合书信,便"一披江上作,三起月中吟"(《喜姚郎中自杭州回》),兴奋之情溢于言表。更为重要的是二人有着相似的期待,"海峤誓同归,橡栗充朝给"(《寄贾岛浪仙》)、"终须携手去,沧海棹鱼船"(《喜贾岛雨中访宿》)、"何事疾病日,重论山水心"(《夜集姚合宅期可公不至》)。

从姚贾二人的交往经历与交往诗作中可知,"姚贾"作为唐诗史中著名的并称之一,并不完全是后人总结归纳的结果,他们两人本来就有着密不可分的关联。在诗歌创作方面,姚贾二人具有苦吟雕琢的创作态度、精于五律的诗歌体裁、清新奇峭的总体风格等相同的内涵与特质,共同成为长庆初至会昌中三十余年长安诗坛诗人群的核心,故而后人提及二人时总是相提并论。

张为在《诗人主客图》中将姚合与贾岛同列于"清奇雅正主"李益的门下,亦即认为二人具有相近的诗歌风格。其中将姚合与张籍、杨巨源、周贺等十人同列为入室,贾岛与方干、马戴、厉玄、项斯等七人列为升堂。

这是目前所能见到的最早将姚贾二人相关联的记载，以此可见晚唐时人们已经注意到了二人诗歌总体风格的相近之处，同时张为也大致勾勒出他心目中晚唐时期与姚合贾岛二人诗风相近的诗人群体的名单。清奇雅正一门中共收二十七位诗人，为所列六类中人数最多的一类，如实地反映出了清奇雅正风格以及五言律诗创作在中晚唐时期的主流地位。

晚唐诗人在学习五律时虽然侧重不同，但也将二人视为一体，在并提的基础上进行细微差异的辨析，如诗僧齐已在《还黄平素秀才卷》中道："冷澹闻姚监，精奇见浪仙。如君好风格，自可继前贤。"将姚贾对举，虽然指出二人总体风格的差异，但却一致推为后学师法的典范，该诗也是唐人首次将二人相提并论的作品。

入宋以后，特别是南宋后期随着晚唐诗风的广泛流布，形成了一股以学习以姚贾诗风为主体的潮流。随着对姚贾研习的深入，后学对二人诗风的辨析也进一步趋于细腻，对于其同中之异也有了更清晰的认识。如宋代诗论家严羽在《沧浪诗话·诗辩》中称："近世赵紫芝、翁灵舒辈，独喜贾岛姚合之诗，稍稍复就清苦之风。江湖诗人多效其体，一时自谓之唐宗。"①孙仅《读杜工部诗集序》："公之诗，支而为六家：……姚合得其清雅，贾岛得其奇僻。"②方回也注意到了姚贾二人诗风在总体相近的基础上各自的差异所在，"予尝评之；贾浪仙诗幽奥而清新，姚少监诗浅近而清新"。③ 元辛文房在《唐才子传》卷六《姚合》中道："与贾岛同时，号'姚、贾'，自成一法。岛难吟，有清洌之风；合易作，皆平澹之气。兴趣俱到，格调少殊。所谓方拙之奥，至巧存焉。"④辛的记载显然是宋以来时下

① （宋）严羽著，郭绍虞校释：《沧浪诗话校释》，人民文学出版社1961年版，第27页。

② （宋）孙僅：《读杜工部诗集序》，（宋）佚名集注《分门集注杜工部诗》，《四部丛刊》初编本，第108册，上海书店1989年重印本。

③ （元）方回选评，李庆甲集评校点：《瀛奎律髓汇评》，上海古籍出版社2005年版，第953页。

④ （元）辛文房撰，傅璇琮主编：《唐才子传校笺》（第三册），中华书局1990年版，第124页。

风尚的反映，辛文房在“姚贾”并称之外提出了姚合诗自成一法的观点，并对二人的风格进行了辨别，对姚合诗歌的成就给予了充分的肯定。

由上可知，宋元明清几代，学习姚贾者此起彼伏，“姚贾”在文学史中经历了一个由对举到并称，由人物到风格，由群体到流派这样一个内涵和外延都不断充实扩大的认同过程，对于姚贾二人诗风同异的辨析也渐趋精微细腻。

二

在姚贾对宋元明清历代产生广泛而深远影响的同时，在后学及诗论家将其视为一体进而细腻辨析其风格特色的基础上，自然而然又产生了另一个学术发展史中一个易见而难以解说的复杂问题，如同在李杜、高岑、元白、韩孟、温李等并称的接受过程中引发出的对并称诗人的高下优劣问题的争辩一样，后人也对姚贾二人诗歌孰优孰劣的问题提出了各自的看法。

最早明确提出这一问题的是宋末元初的诗论家方回，方回在《瀛奎律髓》中评论姚合《闲居晚夏》①诗时曾指出：“姚合学贾岛为诗，虽贾之终穷，不及姚之终达，然姚之诗小巧而近乎弱，不能如贾之瘦劲高古也。当以此二公之诗细味观之，又于其集中深考，斯可矣。”②方回不仅认为姚合诗歌不如贾岛，而且为了佐证其观点，进而提出了“姚合学贾岛为诗”的观点，揭开了二人高下优劣争论的公案。

方回又以“气格卑弱”“有小结裹而无大涵容”等为理由，提出“姚少监诗不及浪仙”“其才与学殊不及浪仙”的论调。方回认为“合诗有左无右，有右无左，前联佳矣，或后不称，起句是矣，缴句或非，有小结裹无大涵

① 姚合《闲居晚夏》：“闲居无事扰，旧病亦多痊。选字诗中老，看山屋外眠。片霞侵落日，繁叶咽鸣蝉。对此心还乐，谁知乏酒钱。”

② （元）方回选评，李庆甲集评校点：《瀛奎律髓汇评》，上海古籍出版社 2005 年版，第 399 页。

容，其才与学殊不及浪仙也”①。方回认为姚合不及贾岛主要表现在三个方面，“比贾岛斤两轻，一不逮；对偶切，二不逮；意思浅，三不逮。”②方回在姚合《送李侍御过夏州》诗中评论道：“大抵姚少监诗不及浪仙，有气格卑弱者，如‘瘦马寒来死，羸童饿得痴’、‘马为赊来贵，童因借得顽’，皆晚辈之所不当学。”③并认为姚合“格卑于岛，细巧则或过之”。④

当然，仅以个别诗句指论两位诗人的高下难以具备说服力，方回于是从师法传承上入手，对其“姚不及贾”的观点提供了相应的支持。

> 晚唐诸人，贾岛开一别派，姚合继之。
>
> ——《瀛奎律髓》卷十许浑《春日题韦曲野老邮舍》方回评⑤
>
> 张洎序项斯诗，谓“元和中，张水部律格不涉旧体，惟朱庆馀一人，视授其旨。沿而下，则有任蕃，陈标、章孝标、司空图等及门，项斯於宝历、开成之际，尤为水部所赏。”然则韩门诸人，诗派分异，此张籍之派也。姚合、李洞、方干而下，贾岛之派也。
>
> ——《瀛奎律髓》卷二十朱庆馀《早梅》方回评⑥
>
> 予谓学姚合诗，如此亦可到也。必进而至于贾岛，斯可矣；又进而至于杜，斯无可无不可矣。⑦

---

① (明)许学夷著，杜维沫校点：《诗源辩体》，人民文学出版社 1987 年版，第 260 页。

② (元)方回选评，李庆甲集评校点：《瀛奎律髓汇评》，上海古籍出版社 2005 年版，第 962 页。

③ (元)方回选评，李庆甲集评校点：《瀛奎律髓汇评》，上海古籍出版社 2005 年版，第 1055 页。

④ (元)方回选评，李庆甲集评校点：《瀛奎律髓汇评》，上海古籍出版社 2005 年版，第 340 页。

⑤ (元)方回选评，李庆甲集评校点：《瀛奎律髓汇评》，上海古籍出版社 2005 年版，第 338 页。

⑥ (元)方回选评，李庆甲集评校点：《瀛奎律髓汇评》，上海古籍出版社 2005 年版，第 754 页。

⑦ (元)方回选评，李庆甲集评校点：《瀛奎律髓汇评》，上海古籍出版社 2005 年版，第 960 页。

方回在以上的评论中提起了诗学史上的一个公案，亦即“姚贾优劣论”，方回的主要观点为“姚合不及贾岛”“姚合学贾岛为诗”“贾岛别开一派，姚合继之”等，并且提出了学习唐诗的几个阶段，即由姚合入手至于贾岛，再由贾岛而达到杜甫的境界。

三

对于方回的观点是否合理，我们姑且不论，这一问题不仅牵扯到对二人诗歌艺术成就的评价，而且涉及中晚唐诗歌流派的划分以及晚唐诗风在宋元明清历代的实际传承情况等关键问题，所以有必要正本清源，对此问题进行深入细致的剖析，以探究在诗史中二人诗歌传承的真实状况。

首先，姚合贾岛二人有很多共同创作，二人的诗风也相互浸染，除却前文所讲的后人认为姚贾二人同具“清苦之风”并一同被后学尊为“唐宗”，具有“清新”“清奇雅正”的总体风格，以及二人“兴趣俱到，格调少殊。所谓方拙之奥，至巧存焉”①而达到的更深层次的风格一致以外，同时也可以明显看出二人互相学习影响的痕迹。姚贾并称，的确有太多的神似，何焯评《极玄集》时曾指出姚贾二人共同师法的大历诗人的渊源：“此书所采不越大历以还诗格，然比之《间气集》，颇多名句，若刊其凡近，风味正似贾长江也。”(《跋极玄集》)贾岛的许多诗作均近似姚合，特别是他的赠姚合之作，更是有意模仿。如贾岛《寄武功姚主簿》：

居枕江沱北，情悬渭曲西。数宵曾梦见，几处得书批。驿路穿荒坂，公田带淤泥。静棋功奥妙，闲作韵清凄。锄草留丛药，寻山上石梯。客回河水涨，风起夕阳低。空地苔连井，孤村火隔溪。卷帘黄叶落，锁印子规啼。陇色澄秋月，边声入战鼙。会须过县去，况是屡招携。

---

① (元)辛文房撰，傅璇琮主编：《唐才子传校笺》(第三册)，中华书局1990年版，第124页。

此诗为贾岛游历荆襄时寄赠姚合之作，从“数宵曾梦见，几处得书批”“会须过县去，况是屡招携”来看，姚贾此时二人不仅关系甚笃，而且诗作交往亦频繁。纪昀评此诗曰：“浪仙诗难得如此流利，寄姚即作姚体，古人多如是。”①纪昀指出贾岛此诗实际是模拟姚合风格写成的，从“锄草留丛药，寻山上石梯。客回河水涨，风起夕阳低”来看，确与姚有几分形似，此诗表明姚贾二人在相互交游中已有意识地创作风格近似的作品，并表现出风格趋同的倾向。

其次，对于方回所言的“姚合学贾岛为诗”一说，正史野史笔记小说均无记载，但从二人所流传下的诗句可以发现，反倒是贾岛确确实实有请姚合为其改诗的经历。如贾岛在《重酬姚少府》一诗中就曾言“百篇见删罢，一命嗟未及。沧浪愚将还，知音激所习。”正说明了贾岛曾经请求姚合为其修改诗作，并且称姚合为知音，感谢其认可与赞赏之情。

另外，姚合贾岛二人在唐人心目中的高下。唐张为《诗人主客图》以“若主人门下处其客者，以法度一则也”的明确意识及其以风格、趣味为标准的分门别类方式，将姚合、贾岛同列于“清奇雅正”一门，由于《主客图》自身具有分品论诗的特色，所以张为认为姚贾二人风格一致，但在“清奇雅正”一门中，姚合的成就和地位高于贾岛。②《主客图》品评高下中姚合优于贾岛，这较为符合姚合在中晚唐之交以及晚唐时期具有的诗人群体领袖地位，及对后学巨大的影响力和感召力的事实。

---

① （元）方回选评，李庆甲集评校点：《瀛奎律髓汇评》，上海古籍出版社2005年版，第242页。

② 关于姚合、贾岛二人在唐代的影响和地位，参见张震英：《论姚合在姚贾诗派中的领袖地位——兼析贾岛未能成为领袖的原因》，《广西社会科学》2009年第6期。该文主要观点如下：“领袖和核心是文学流派形成的必要条件，领袖在诗派的形成中具有开山立派、形成风格、提出主张、凝聚队伍、奖掖后进、制造影响等众多其他诗人不可替代的作用。作为引领中晚唐五律新风的姚贾诗派的核心人物，姚合除了诗歌创作上具有被时人普遍接受和欣赏的雅正风格和‘一代文宗’的文坛地位之外，因其仕途顺达、性格豁达、人情练达，以及积极奖掖扶持后进等因素，促使其成为一时间后学景仰和追逐的核心，成为姚贾诗派实际上的领袖；贾岛虽然享有一定的诗名，但其卑微的出身、穷困的生活、凄惨的命运、低下的地位、矫激的性格，以及被时人认为诗歌僻涩、卓荦偏才等多种原因，虽然得到诗友们的同情，但未能成为诗歌流派的领袖。”

南宋后期，作为江湖诗人普遍接受姚贾诗风的标准之一，《二妙集》的编选起到了重要的示范作用。单从选诗数量上讲，“赵昌父选贾岛、姚合为《二妙集》，贾八十一首，姚一百二十一首。”①姚合诗多贾岛四十首，可推见江湖诗人在取法对象上更倾向于姚合。

清诗论家贺裳评论姚合时道：“按秘书与浪仙善，兼效其体。古诗不惟气格近之，尚无其酸言。”（《载酒园诗话又编·姚合》）②认为姚合诗歌与贾岛诗格近似，但“无其酸言”。

对于姚贾之高下，也有诗论家认为姚合不及贾岛与张籍。清冯班在方回评语下进而论道：“浪仙、文昌诗不止清新也，若少监斯下矣，不当在弟子之列，宫墙外望可也。”③

可见，对于姚贾二人的优劣，历代学者依据自己的理解，观点并不相同。对于方回的观点，认为姚合诗歌“小巧而近乎弱，不能如贾之瘦劲高古”④也可以作为一家之言。

四

方回为了达到论证“姚不及贾”而生硬编造出的“姚合学贾岛为诗”“贾岛别开一派，姚合继之”等，以及学习唐诗由姚合贾岛至于杜甫的途径均需要进行实事求是的辨析。那么方回提出“姚不及贾”和“姚合学贾岛”为诗的依据及动机又在何处呢？

方回作为宋代江西诗派的理论总结者对以姚贾为诗法对象的四灵、

① （元）方回选评，李庆甲集评校点：《瀛奎律髓汇评》，上海古籍出版社2005年版，第1052页。

② （清）贺裳：《载酒园诗话》，郭绍虞编选，富寿荪校点：《清诗话续编》（上册），上海古籍出版社1983年版，第363—364页。

③ （元）方回选评，李庆甲集评校点：《瀛奎律髓汇评》，上海古籍出版社2005年版，第953页。

④ （元）方回选评，李庆甲集评校点：《瀛奎律髓汇评》，上海古籍出版社2005年版，第399页。

江湖诸人颇多攻诘，在《瀛奎律髓》中评论姚贾时亦往往含沙射影地指责四灵江湖诸人，门户之见极深。方回从维护江西诗派的立场出发，为了达到从根本上诋毁四灵江湖的目的，于是选择作为四灵江湖诗人主要师法对象姚合贾岛入手，采取掘其祖坟的办法，转而对贾岛和姚合肆意进行攻击。但方回在攻击作为四灵、江湖诗人的师法对象的姚合、贾岛时却出现了一些不同。那就是在整体攻击姚合、贾岛的前提下，以贬损姚合为目的，甚至不惜杜撰出姚合学贾岛为诗的论断。

方虚谷扬贾抑姚的动机是认为："贾浪仙诗得老杜之瘦而用意苦矣。"①"近世为诗者，七言律宗许浑，五言律宗姚合，自谓足以符水心、四灵之好，而餖飣粉绘，率皆死语、哑语。"②"近世之诗，莫盛于庆历、元祐。南渡犹有乾、淳。永嘉水心叶氏，忽取四灵晚唐体，五言以姚合为宗，七言以许浑为宗，江湖间无人能为古选体，而盛唐之风遂衰，聚奎之迹亦晚矣。"③

即方回认为贾岛在某种程度上接近杜甫，四灵在晚唐的影响主要来自姚合，故而在论诗时往往有明显的扬贾抑姚倾向。方回不仅编造出"姚合学贾岛为诗"的谎言来抬高贾岛的身价压制姚合，以从根本上贬低四灵、江湖诗人，而且还煞费苦心地炮制出一套研习唐诗的所谓门径，"予谓学姚合诗，如此亦可到也。必进而至于贾岛，斯可矣；又进而至于老杜，斯无可无不可矣。或曰：老杜如何可学？曰：自贾岛幽微入，而参以岑参之壮，王维之洁，沈佺期、宋之问之整。"④

对于方回的这一论断，后世论诗者轻信而延承者甚多，在诗歌史中造成了诸多迷雾。如杨慎《升菴诗话》卷十一《晚唐两派诗》条："晚唐之诗分

---

① （元）方回选评，李庆甲集评校点：《瀛奎律髓汇评》，上海古籍出版社 2005 年版，第 1157 页。

② （元）方回著：《桐江集》卷一《藤元秀诗集序》，（清）阮元辑：《宛委别藏》，江苏古籍出版社 1988 年版影印本，第 21 页。

③ （元）方回著：《桐江集》卷四《孙后近诗跋》，（清）阮元辑：《宛委别藏》，江苏古籍出版社 1988 年版影印本，第 288—289 页。

④ （元）方回选评，李庆甲集评校点：《瀛奎律髓汇评》，上海古籍出版社 2005 年版，第 960 页。

为两派,一派学张籍,……一派学贾岛,则李洞、姚合、方干、喻凫、周贺、九僧其人也。”①以两派划分晚唐诗,本来就有将复杂问题简单化处理的嫌疑,立论已然不尽合理。李怀民沿此而下,在《重订中晚唐诗主客图》中尽数沿袭此说,终是以讹传讹。两派说在后世产生了深远的影响,如清余成教:“韩门诸人诗分两派,朱庆馀、项斯以下为张籍之派,姚合、李洞、方干而下则贾岛之派也。”②李嘉言先生在《长江集新校》中完全依据杨慎的原话未作考辨,将姚合作为学贾岛诗风的二十二人中的第十一个,③当时就遭到了岑仲勉先生的质疑。岑仲勉《关于贾岛年谱的讨论》曰:“姚合,李谱引《升庵诗话》:‘一派学贾岛,则李洞、姚合……其人也。……二派见张洎集序项斯诗,非余之臆说也。’李氏谓今集无此语,但列姚合为学岛之一人。余按合,元和十一年进士,于时岛不过初应举。杨慎好伪典,人所熟知,合名断应删除。”④闻一多先生在《唐诗杂论·贾岛》一文,根据李嘉言的资料进而轻率地推论出晚唐为“贾岛时代”的说法,一时间造成了学术界对此问题的许多混乱认识。⑤ 当今学者对此也多持否定的观点,如尹占华、张宏生等。

尹占华先生认为:“姚贾二人很难说是谁学谁,二人皆擅长以五律写景,意境清僻,描写琐细。”⑥张宏生先生认为:“关于姚贾的关系,很久以前即有一种说法,认为姚学贾诗。如元初的方回在其《瀛奎律髓》卷二十朱庆余《早梅》诗评云:‘姚合、李洞、方干而下,贾岛之派也。’明代的杨慎

① (明)杨慎撰:《升菴诗话》,丁福保辑:《历代诗话续编》,中华书局 2006 年版,第 851 页。

② (清)余成教撰:《石园诗话》,郭绍虞编选,富寿荪校点:《清诗话续编》(下册),上海古籍出版社 1983 年版,第 1773 页。

③ 李嘉言:“总计以上各家诗话,晚唐学贾岛者,得二十二人:……”见(唐)贾岛著,李嘉言新校:《长江集新校》,上海古籍出版社 1983 年版,第 209 页。

④ (唐)贾岛著,李嘉言新校:《长江集新校》,上海古籍出版社 1983 年版,第 189 页。

⑤ 关于“贾岛时代说”,闻先生曾论道:“由晚唐到五代,学贾岛的诗人不是数字可以计算的,除极少数鲜明的例外,是向着词的意境与词藻移动的,其余一般的诗人大众,也就是大众的诗人,则全属于贾岛。从这观点看,我们不妨称晚唐五代为贾岛时代。”见闻一多撰:《唐诗杂论》,上海古籍出版社 1998 年版,第 36 页。

⑥ 尹占华:《论郊岛与姚贾》,《文学遗产》1995 年第 1 期。

在其《升庵诗话》卷十一《晚唐两诗派》条中也有此说，今人亦颇有沿袭者。但这种说法却与历史实际有所不合。……以上事实足以说明，单纯说姚学贾是不够准确的。……因此，在姚贾的关系上，与其说姚学贾，不如说二人互相学习、互相影响更恰当些。”①

五

其实纪昀在《四库全书总目提要》卷一六五《云泉诗一卷》提要中，早就将方回的动机揭穿，“然四灵名为晚唐，其所宗实止姚合一家，所谓武功体者是也。其法以新切为宗，而写景细琐，边幅太狭，遂为宋末江湖之滥觞。叶适以乡曲之故，初力推之，久而亦觉其偏，始稍异论。吴子良《林下偶谈》述之颇悉。嵎之所作，皆出入四灵之间，不免拘于门户，然尚永嘉之初派，非永嘉之末派”。② 对于方回的“由贾入杜论”，纪昀批评道：“全是欺人之语。学杜从贾岛入，所谓北行而适越。王荆公谓学杜当从李义山入，却是有把捉、有阅历语。”③

纪昀在《瀛奎律序刊误序》中对方回的做法进行了剖析，“文人无行，至方虚谷而极矣。周草窗之所记，不忍卒读之。而所选《瀛奎律髓》，乃至今犹传其书。非尽无可取，而骋其私意，率臆成篇。其选诗之大弊有三：一曰矫语古淡，一曰标题句眼，一曰好尚生新。……至其论诗之弊，一曰党援，坚持一祖三宗之说，一字一句，莫敢异议。虽茶山之粗野，居仁之浅滑，诚斋之颓唐，宗派苟同，无不袒庇。而晚唐、昆体、江湖、四灵之属，则吹索不遗余力，是门户之见，非是非之公也。”④

① 张宏生：《姚贾诗派的界内流变和界外余响》，《文学评论》1995 年第 2 期。

② （清）纪昀等撰，四库全书研究所整理：《钦定四库全书总目》，中华书局 1997 年版，第 2185 页。

③ （元）方回选评，李庆甲集评校点：《瀛奎律髓汇评》，上海古籍出版社 1986 年版，第 961 页。

④ （元）方回选评，李庆甲集评校点：《瀛奎律髓汇评》，纪昀：《刊误序》，上海古籍出版社 1986 年版，第 1826 页。

总之,古今学者出于自身的审美品位及艺术好尚对于“姚贾优劣”的看法各异,这一点无须规范与统一。但对于方虚谷从维护江西诗派出发,为了达到诋毁四灵及江湖诗人的目的而别有用心一手炮制出来的所谓“姚合不及贾岛”“姚合学贾岛为诗”“贾岛别开一派,姚合继之”“江湖诗人诗法九僧”、学唐诗由姚至贾进而达于老杜境界等观点,则需要谨慎对待。我们若要探究姚贾二人在诗史中真实的影响和地位,就需要对此进行实事求是的剖析,而不能轻易受这类由偏见生发出来的理论的困扰与误导。

第七章　姚贾对晚唐五代诗人的影响

在诗歌发展史上常常会出现这样的现象，才华的高低与世人的认可程度之间并没有必然的联系。李白、王维、孟浩然、韩愈、白居易等诗家巨擘在当时便赢得声誉并有众多的追随者，可以说是名实相符、赢得生前身后名的一类。但更多的诗人却没有那么幸运，他们虽才高八斗，但却一生寂寞，不为世人所重，杜子美就是典型。但子美却在身后声名隆起，终于后来居上，子美在这一点上与仲尼和陶潜的命运有点类似。还有名显于当时，但却经不住时间的考验，渐渐在诗歌史上淡退的一类，如初唐之沈宋、四友，盛唐之张说、张九龄，中唐之大历十才子，晚唐之段成式、韩偓等，他们或渐渐不合于后人的品尝口味，或被少数大家的阴影所覆盖，或在时间的长河中被洗去虚幻的光华渐渐流露出了肤浅的本质，或因后世文人因赏爱其侧影而忽略了其正襟危坐的音容。他们渐被遗忘的原因虽各不相同，但总的趋势却如江河日下，异代之后少有问津者。

当然还有这样一些人物，论才力远不及韩孟、元白，论在当时的影响亦不及王孟、韦柳，更不消说太白子美，论及诗歌的艺术表现与李贺、刘禹锡等作手也有一定的距离，其诗歌的艺术水准较之属于晚辈的玉溪、樊川也是相去甚远，但是他们身后却产生了极其深远的影响力，姚合、贾岛便是这类诗人的典型。二人的影响肇自中晚唐之交，继而沿至晚唐五代、宋初，在南宋四灵、江湖诗人手中蔚然成风，甚至明末竟陵派、清代“高密派”和“同光体”诗人也在一定程度上摹习姚贾诗风，一千余年来薰风不断，他们的影响力甚至可以与王孟韩白诸大家相媲美，这不能不算是诗歌发展史中的一个特殊现象。

晚唐五代时期诗风庞杂,直到今天学者尚很难确切地理清其间诗人的师法与传承情况,这与晚唐五代时期缺乏中流砥柱、分疆辟野的诗坛大家的状况是一致的,与天下纷乱、诸侯割据的时局也是吻合的。诗人们或拘于所见,不见泰山,盲目随流;或置身歧路,无所适从,踯躅徘徊;或朝秦暮楚,学诗学剑,鹿马齐身。所以言及此间诗人之师法派别,均为举其大要而已,若强加匹配,不是陷于拖泥带水,便会弄得支离破碎,得而近于失。

晚唐五代诗坛大致上可以划分为温李一派、宗白一派和姚贾一派,中唐其他大家如韩愈、李贺、张籍、王建等诗人也各有自己的后学,但却未似以上三家声势浩大。学温李一派的主要有李群玉、唐彦谦、韩偓、吴融、和凝、张泌、卢延让、王縠、李咸用、韦蟾、周繇、徐铉、韦縠等诗人;宗白一派主要有皮日休、韦庄、罗隐、杜荀鹤、胡曾、于濆、曹邺、刘驾、聂夷中、邵谒、司马札、黄韬、徐寅等。

晚唐五代诗人在追摹前代诗人时并非亦步亦趋,而是表现出了许多新的趋向。诸如同时受多种诗风的影响,在不同诗体中表现出不同的风格,常有徘徊、折中于不同派别门户之间的情形。如郑谷五律学姚贾之清远,七言则学香山之浅易,同时又相互渗透。杜荀鹤则更为典型,其《时世行》等讽寓诗纯是乐天一路,五律则学贾岛,而《春宫怨》之类的作品则具有温李风味,这种现象在晚唐五代诗人当中是极其普遍的。

晚唐师法姚贾者也往往不能得其全人,一般均是得其一隅。应当说明的是,晚唐五代学姚贾的诗人虽多,但我们绝不能夸大他们对姚贾诗风的接受程度,由于时代、社会心理和审美情趣的变迁,姚贾后学与姚贾之间已产生了不小的距离。晚唐人学姚贾,往往眼界狭小,故而常被人认为是立意不高,反成其下。“世传李洞慕贾岛诗名,则铸为像以师之。晚唐人卑陋,于岛辈倾心向慕,于退之、东野,茫乎无得也。”①在诗句图例广为

① (明)许学夷著,杜维沫校点:《诗源辩体》,人民文学出版社 1987 年版,第 258 页。

流行的晚唐五代，姚贾后学也偏好摘录佳联警句以为师资，一叶障目，自然失却全人。唐代诗人一旦开山立派，后学之人往往拘于家法，诚惶诚恐学之唯恐不及，更不用说超越了，故而后学中鲜有胜蓝之人，姚贾之于后学弟子亦然，沿此风以降，只能是江河日下，一代不如一代。《载酒园诗话》卷一"末流之变"：

> 诗家宗派，虽有渊源，然推迁既多，往往耳孙不符鼻祖。如郑谷受知于李频，李频受知于姚合，姚合与贾岛友善，兼效其诗体。今以姚、郑并观，何异皋桥庑下赁舂扫与临邛当垆者同列。始知凡事尽然，子夏之后有庄周，良不足怪。①

姚贾之五律其实并非那么易学，学姚合诗不善往往易落入轻滑靡弱一途，而学贾诗不善则易流为尖酸刻露，姚贾后学或多或少均沾染此弊，后代评诗者对此多有论述。如纪昀评《山中寄友人》曰："盛唐人诗语和平，而高逸身分，自于言外见之，无诡激清高之习。武功以后，始多撑眉努目之状，所谓外有余者中不足也。"②

查慎行评《泥阳馆》："六句笔路与想路俱别，不善学之，则流为杨诚斋矣。"③《重订中晚唐诗主客图》卷下："怀民按：本欲全录以极其体之变，因贾诗刻苦过炼，后学不善，流为尖酸。"又"'身事岂能遂，兰花又已开。'此等对法脱化，然不善学，恐易入滑派。"《重订中晚唐诗主客图》卷下《赠庄上人》评："'流年衰此世'，'衰'字活用，妙。'定力见他生'，如何见得？非深通佛理，未易轻学。"《重订中晚唐诗主客图》卷下《送僧》评："'旧房山雪在，春草岳阳生。'此等思力炼功，皆非李洞以下所可造。

① （清）贺裳：《载酒园诗话》，郭绍虞编选，富寿荪校点：《清诗话续编》（上册），上海古籍出版社1983年版，第215页。

② （元）方回选评，李庆甲集评校点：《瀛奎律髓汇评》，上海古籍出版社2005年版，第962页。

③ （元）方回选评，李庆甲集评校点：《瀛奎律髓汇评》，上海古籍出版社2005年版，第962页。

又:贾集中此为最上乘,后来未易领会。"《重订中晚唐诗主客图》卷下:"'独自南斋卧,神闲景亦空。有山来枕上,无事到心中。'此调被后人学坏。"①纪昀评姚合诗集时道:"其自作则刻意苦吟,冥搜物象,务求古人体貌所未到。……其集在北宋不甚显,至南末永嘉四灵,始奉以为宗,其末流写景于琐屑,寄情于偏僻,遂为论者所排。然由摹仿者滞于一家,趋而愈下,要不必追咎作始,遽懲羹而吹齑也。"②

对于姚贾对晚唐五代诗歌审美取向的影响,我们姑且撇开后人的观点直接从姚贾后学针对二人所发的诗作中寻找一下他们对姚贾的兴趣所在。

首先是对清雅冷澹诗风的嘉许。无可《酬姚员外见遇林下》:"日暮题诗去,空知雅调浓。"薛能《嘉陵驿见贾岛旧题》:"左迁今已矣,清绝更无之。……嘉陵四十字,一一是天资。"贯休《读贾区贾岛集》:"冷格俱无敌,贫根亦似愚。"齐己《还黄平素秀才卷》:"僻能离诡差,清不尚妖妍。冷澹闻姚监,精奇见浪仙。"

其次为雕琢的作风。崔涂《过长江贾岛主簿旧厅》:"雕琢文章字字精";李克恭《吊贾岛》:"一一玄微缥缈成,近吟方便爽精神。……海底也应搜得尽,月轮常被玩教倾。"曹松《吊贾岛二首》:"冥寞如搜句,宜邀贺监论。"

第三是苦吟的创作态度。张蠙《伤贾岛》:"生为明代苦吟身,死作长

① (清)李怀民:《重订中晚唐诗主客图》,嘉庆乙丑十年(1805)邱县刘大观刻本。

② (清)纪昀等撰,四库全书研究所整理:《钦定四库全书总目》,中华书局1997年版,第2020页。四灵、江湖诗人之于姚贾,风神体貌之间则相去更远,对此后人多有评述。如《四库全书简明目录·别集类一·长江集十卷》:"岛诗幽僻,遂为四灵先导。然四灵自分派于姚合,其于岛仿其近体,不能仿其古体,仿其近体之偶句,不能仿其近体之全篇也。"见(清)永瑢等:《四库全书简明目录》(下册),中华书局1964年版,第599页。《四库全书总目·总集类一·极玄集二卷》:"(姚)合为诗刻意苦吟,工于点缀小景,搜求新意,而刻画太甚、流于纤仄者,亦复不少。宋末江湖诗派皆从是导源者也。"见(清)纪昀等原著,四库全书研究所整理:《钦定四库全书总目》,中华书局1997年版,第2604页。

江一逐臣。”可止《苦贾岛》:“诗僻降今古,官卑误子孙。冢栏寒月色,人哭苦吟魂。”

第四为联句的奇警。周贺《赠姚合郎中》:“道从会解唯求静,诗造玄微不趁新。”贯休《读刘得仁贾岛集二首》:“句还如菡萏,谁复赠襜褕。”又李频《哭贾岛》:“无限风骚句,时来日夜闻。”杜荀鹤《经贾岛墓》:“山根三尺墓,人口数联诗。”齐己《读贾岛集》:“遗篇三百首,首首是遗冤。”

第五为对诗名盖代的景仰和对身世沉沦的感慨。方干《哭秘书姚少监》:“寒空此夜落文星,星落文留万古名。”刘得仁《上姚谏议》:“高文与盛德,皆谓古无伦。圣代生才子,明庭有谏臣。……名因诗句大,家似布衣贫。”李洞《贾岛墓》:“位卑终蜀士,诗绝占唐朝。”无可《吊从兄岛》:“诗名从盖代,谪宦竟终身。”

应当指出的是,姚贾后学对姚贾五律的继承是全方位的,从章法起结到奇联警句,从总体风格到表现内容,能学的几乎都已涉及,以至于姚贾五律的优缺点也俱为后学所沿袭,后人在称赞姚贾或诟病姚贾时总也能粘连上几个后学弟子,在荣辱与共的背后是家法的一致和风格的趋近。

从精神层面上讲,晚唐五代诗人对于姚贾二人的亲疏也各有不同。姚贾齐名,“虽贾之终穷,不及姚之终达”①,“终穷”自然不可能是后学所追求的结果,“终达”才是人们的理想所在,而作为这个理想化身的姚合自然就会赢得后学在心理上更多亲近。姚贾“入室弟子”诗风整体上的趋近,除却耳濡目染得于渐摩者深矣的缘故外,与姚贾的核心地位也有密切的关系。会昌以后,随着姚合、贾岛的相继去世,姚贾的后学从此便失去了真正意义上的领袖,特别是失去了类似姚合这样无论在诗艺、文学修养、政治地位、家世和影响力俱佳的领袖,故而更显松散。领袖的缺失必然导致凝聚力的下降,后学不知所归,于是骑驴看马,诗无一法,继而出现分裂混杂的格局。

---

① (元)方回选评,李庆甲集评校点:《瀛奎律髓汇评》,上海古籍出版社 2005 年版,第 399 页。

姚贾后学诗师承姚贾的另一变化趋势，表现为由寒士的激愤心理向隐者的闲适意趣过渡。贾岛矫激不平的性格与韩孟诸人的积极入世有所作为的追求密切相关，为人所抑求之不得时往往胸气郁结，不得其平则鸣；在诗歌中，上者表现为多孤高奇警之气，下者则为浮筋刻露之痕；而在行为上则通常表现为抑郁沉痛和矫激奋进两端。总之，这种心理自然不可与平庸浅白、粗疏流易的常态置于一处，而与时下士人所崇尚的温柔敦厚、执中守常的沉稳作风亦有某种程度上的冲突，与山林隐逸之士洒脱恣意、闲适冲淡的野趣也难得和谐。贾岛悲惨的命运与此性格有很大的关系，为了实现自身的理想二十余年汲汲于一第，一生精力尽于斯，屡试不中激愤之余以诗刺权贵，得到的不是宽容而是两次的贬斥和终身的沦落。

贾岛依然孤高自负，显然不以迫害者官高权重而自毁人格，贾岛赋《病鹘吟》自喻道："俊鸟还投高处栖，腾身戛戛下云梯。有时透雾凌空去，无事随风入草迷。迅疾月边捎玉兔，迟回日里拂金鸡。不缘毛羽遭零落，焉肯雄心向尔低。"其他如"风水难遭便，差池未振鳞。姓名犹语及，门馆阻何因?"(《送令狐楚相公》)、"折翼犹能薄，酸吟尚极清"(《病蝉》)等均表现得骨傲不屈，但贾岛的风骨却并未能得到后学的响应和认可，晚唐贯休《读刘得仁贾岛集二首》之一："二公俱作者，其奈亦迂儒。且有诸峰在，何将一第吁。"即认为贾岛和刘得仁执迷于科举不知变通是"迂儒"的表现。

若考察一下姚贾后学的作为，则会发现这并不仅是作为僧人的贯休与儒生的见解之异，其实这正是社会心理发生变革的征迹之一。虽然贾岛的诗歌在晚唐五代广为流传，但贾岛矫激不平的性格和作风却在后学当中难得一见，虽然痛苦依旧，但姚贾后学此时已偏向于自我咀嚼和自我疏解。晚唐五代是一个苦难深重的历史阶段，晚唐动荡的社会局势、险要的官场斗争、日趋狭小的科举道路，使得诗人们难免对前途心灰意冷。求之不得，激流勇退，保命安身，以求诗酒自适，便是不得已的选择。尤其是五代，这种趋势更为明显。他们当中越来越多的人对科举由失望而发展为离弃，将眼光转移到了山林田园隐逸当中，以诗歌进行自我调节，他们渐渐变得不关时事，在逃避现实的同时也忘却了痛苦，这种隐逸自适的作风成为晚唐五代之交的一种时尚。所以，随着时间的推移，姚贾后学在审美情趣上背离贾岛而倾向于姚合则是自然而然的。与以贾岛为代表的寒士不平之吟相反，姚合代表一种文人士大夫的闲雅情趣，一种借助山水田园、花草虫鱼、琴棋书画、交游唱和等形式洗涤烦闷、疏缓紧张、充实心灵、淡忘诸苦的自适作风，《唐才子传》卷六称姚合：

盖多历下邑，官况萧条，山县荒凉，风景凋弊之间，最工模写也。性嗜酒，爱花，颓然自放，人事生理，略不介意，有达人之大观。①

这正是姚贾后学所需要的精神境界，《武功县中作》之所以能够为世人所赞赏，与姚合营造出来的闲雅疏缓的氛围有很大关系，这种情绪可以使人轻松舒适。姚贾的后学和追随者对姚合吏隐的生活情调和闲散的作风均表示出了心理上的接近。

受诏从华省，开旗发帝州。野烟新驿曙，残照古山秋。树势连巴没，江声入楚流。唯应化行后，吟句上闲楼。

——周贺《送姚合员外赴金州》

贵宅多嘉树，先秋有好风。情闲眠阙下，梦野在山中。露色浮寒瓦，萤光堕暗丛。听吟丽句尽，河汉任西东。

——李频《秋夜宿秘书姚监宅》

当然，姚贾后学对贾岛不平则鸣的激愤精神的疏远与晚唐五代儒学凌夷的状况也是一致的，当众多的寒士在道途上无由振翅和在现实中不能自保相交替出现时，人们变得谨慎内敛是自然而然的，而即便是身在公

① (元)辛文房撰，傅璇琮主编：《唐才子传校笺》(第三册)，中华书局1990年版，第124页。

门，大多也因官卑职小而不具备忧君忧民的基本条件，偶然或可跻身上流，但也是尸餐禄位者多，有所作为者少，稍有不慎，动辄得咎，能做到正直自守已属不易，哪里还会再有拯物济世的豪情壮志呢？所以由矫激不平的宣泄型向闲雅意趣的自适型发展，是姚贾后学心理变化的总体走向。

当然，贾岛的坏脾气抑或说是狷狂，在晚唐并非没有同类，被胡应麟誉为“北里名娼”①的温庭筠在矫激的作风上足可与浪仙匹敌，所以二人的命运也近似，只不过飞卿更多地沾染了末世中社会底层嫖赌之徒的恶习，把怨愤发泄到更为可怜的青楼舞榭，而贾岛则在禅佛世界内抚平伤痕，在此，诗风完全可以作为人格的注脚。在晚唐五代士风日下的大环境中，诗风也流于浮靡轻艳，姚贾的后学大多都能清高耿介、坚守人格道德，与他们所赏好的清峭幽寂的诗风和谐一致，这一点也可以说是姚贾二人带给后学的巨大的精神与人格上的财富。

第一节　姚贾对姚贾诗人群体的影响

姚贾对晚唐五代的影响绝不仅限于与之交往唱和频繁，并且有明显诗法渊源的几位“入室弟子”，姚贾在生前身后均有众多的追随者，晚唐五代是姚贾诗风大放异彩的时期，在众多追随者的煽炽下，姚贾诗风已成为晚唐五代时期最具影响力的诗歌潮流之一。这些追随者不仅诗法姚贾，而且同时也学习与姚贾有着类似风格的弟子，故而他们可以被认为是姚贾诗人群体的后学。因时代、经历或地域等因素的限制，他们与姚贾二人并无直接交游唱和的经历，但他们却都是姚贾的追随者、仰慕者、学习者，他们因师承的远近与好尚的差别而表现得与姚贾或亲或疏，他们又是火炬的传递者，成为姚贾诗风流衍至九僧、四灵、江湖诸诗人的桥梁。

① （明）胡应麟撰：《诗数》，上海古籍出版社 1979 年版，第 188 页。

姚贾二人并非身后方才扬名的诗人，二人生前就已颇具一些名望了。元和末长庆初的一段时间里，随着孟郊、韩愈相继谢世，元白淡出诗坛的主流，诗歌风尚发生了明显的转变，以韩孟为代表的“激愤说”和以元白为代表的“讽谕说”均已成为明日黄花。在诗歌创作中重苦吟、重自我表现、以五律为主体、以雕琢字句为创作方式、以工于摩景匠物为特色、以清新平淡为追求的姚贾及其追随者相继而起，他们在对韩孟元白诸人的扬弃中走出了一条具有自身特质的诗歌创作道路。在晚唐大家义山、樊川尚未崛起的三十年多年的光景中，姚合、贾岛以其在五言律诗创作中特有的成就成为时尚的焦点，他们的处境，正好与盛中唐之交的大历诗人相类似。

姚合在长庆初年创作《武功县中作》等闲适类作品并获得世人的认可和赞誉后，声名鹊起。姚合性格朴拙达观，喜以诗会友，宝历后尽管仕宦日渐显达，但对诗歌的炽爱却丝毫未减，加之喜好对年轻后进奖掖提携，故而在身边逐渐聚集起一大群与之趣味相投的诗人，成为一个成员较为固定的诗人集团的核心。他们以诗歌相互切磋与激赏，并逐渐形成了大致相近的风格体貌。

姚合在当时已然具有很大的声望，人称“诗宗”并且“士多归重”，在与之交往的诗人中有弟子之谊的有李频、郑巢、方干、周贺等。《新唐书·李频》：“李频字德新，睦州寿昌人……与里人方干善。给事中姚合名为诗，士多归重，频走千里丐其品。合大加奖挹，以女妻之。”①《唐才子传》卷八：“时姚合号诗宗，为杭州刺史，(郑)巢献所业。日游门馆，累陪登览燕集，大得奖重，如门生礼然。”②《唐摭言·海叙不遇》：“周贺，少从浮屠，法名清塞，遇姚合而返初。诗格清雅，与贾岛、无可上人齐名。”③孙

---

① (宋)欧阳修、宋祁撰：《新唐书》，中华书局1975年版，第5794页。

② (元)辛文房撰，傅璇琮主编：《唐才子传校笺》(第三册)，中华书局1990年版，第421页。

③ (五代)王定保撰，姜汉椿校注：《唐摭言校注》，上海社会科学出版社2003年版，第207页。

部《方玄英先生传》:“先生,新安人,字雄飞……始谒钱唐守姚公合,公视其貌陋,初甚侮之。坐定览卷,骇目变容而叹之。”①

姚合的声望不仅来源于其诗歌为时尚所推崇,同时与其善于接士、喜好奖掖后进的作风密不可分。周贺《赠姚合郎中》道:“两衙向后长无事,门馆多逢请益人。”刘得仁《上姚谏议》:“……曾暗投新轴,频闻奖滞身。……终计依门馆,何疑不化鳞。”经姚合指点与提携的诗人可能为数不少,方干在姚合过世后缅怀道:“学诗弟子何人在,检点犹逢谏草无。”(《过姚监故居》)“入室几人成弟子,为儒是处哭先生。”(《哭秘书姚少监》)这一点在姚合的诗作中也可以得到验证,如《寄孙路秀才》:

幽居邻里少,江际复山阿。潮去蝉声出,天晴鹤语多。老人能步蹇,才子奈贫何。曾见春官语,年来虚甲科。

检遍唐诗再也找不出比这更赤裸的话语了。又如《送盛秀才赴举》:

重重吴越浙江潮,刺史何门始得消。五字州人谁有比,四邻风景合相饶。橘村篱落香潜度,竹寺虚空翠自飘。君去九衢须说我,病成疏懒懒趋朝。

这也是对年轻后进的鼓励与揄扬。对诗友和青年充满真诚的关切是姚合的为人处世的特点,这也可以说是其人格魅力所在,由此也就不难想象,姚合为什么能成为一个受人拥戴的诗人集团核心的原因了。

贾岛相对于姚合成名稍早,这与他初出道时与韩孟、张王诸人的交游与延赏密不可分。韩愈初见其面就对他赞誉有加,称其作诗:“无本于为文,身大不及胆。吾尝示之难,勇往无不敢。”描绘其风格:“狂词肆滂葩,

① (五代)孙郃:《方元英先生传》,(清)董诰等编:《全唐文》(卷820),中华书局影印本1983年版,第8636页。

低昂见舒惨。奸穷怪变得，往往造平淡。”甚至自谦曰：“来寻吾何能，无殊嗜昌歜。”（韩愈《送无本师归范阳》）孟郊对其诗歌给予较高的评价：“诗骨耸东野，诗涛涌退之……燕僧摆造化，万有随手奔。……遥莺相应吟，晚听恐不繁。相思塞心胸，高逸难攀援。”对其狷介的性格更是叹赏不已：“有时踉跄行，人惊鹤阿师。可惜李杜死，不见此狂痴。……补缀杂霞衣，笑傲诸贵门。”（孟郊《戏赠无本》）孟郊过世后，韩愈赠诗勉励贾岛，诗曰：“孟郊死葬北邙山，日月风云顿觉闲。天恐文章声断绝，再生贾岛向人间。”贾岛的确是赢得了一些诗名，但《鉴诫录》卷八由此说“岛由此名出寰海”①（《贾忤旨》条）或恐未尽然。在张、王眼中贾岛留下的印象，不是诗名而是生活的困窘，张籍《赠贾岛》：

篱落荒凉僮仆饥，乐游原上住多时。蹇驴放饱骑将出，秋卷装成寄与谁。拄杖傍田寻野菜，封书乞米趁时炊。姓名未上登科记，身屈惟应内史知。

王建《寄贾岛》也说：“尽日吟诗坐忍饥，万人中觅似君稀。童卧冷榻朝犹卧，驴放秋田夜不归。”

但贾岛确实是有影响力的，无论是诗歌艺术的精美、苦吟的作风，还是生活的窘迫、科场的失意和他那矫激不平的性格，均可以成为其声名的源泉，这可以说是贾岛的魅力所在，那些后学和追随者总能从浪仙身上找到一些自己的影像。我们从姚合和几位后进诗人的诗歌中也可以感受一下贾岛在当时的影响力：

白日西边没，沧波东去流。名虽千古在，身已一生休。岂料文章远，那知瑞草秋。曾闻有书剑，应是别人收。

杳杳黄泉下，嗟君向此行。有名传后世，无子过今生。新墓松三

① （五代）何光远：《鉴诫录》，中华书局1985年版，第58页。

尺,空阶月二更。从今旧诗卷,人觅写应争。

——姚合《哭贾岛二首》

乱山重复叠,何路访先生。岂料多才者,空垂不世名。闲曹犹得醉,薄俸亦胜耕。莫问吟诗石,年年芳草平。

——方干《寄普州贾司仓岛》

尽日叹沉沦,孤高碣石人。诗名从盖代,谪官竟终身。蜀集重编否,巴仪薄葬新。青门临旧卷,欲见永无因。

——无可《吊从兄岛》

秦楼吟苦夜,南望只悲君。一官终遐徼,千山隔旅坟。恨声流蜀魄,冤气入湘云。无限风骚句,时来日夜闻。

——李频《哭贾岛》

姚合与贾岛同时拥有许多诗友,《唐诗纪事》卷四九"姚合":"与马戴、费冠卿、殷尧藩、张籍游,李频师之。"①《鉴诫录·贾忤旨》:"岛后为僧,改名无本,入京投蜀僧悟达国师院中,或去洗乾寺返初了,潜于钟楼安下,日与师觉辉、无可上人、姚殿中合衷私唱和。"②《唐才子传·贾岛》:"寓居法乾无可精舍,姚合、王建、张籍、雍陶,皆琴樽之好。"③《唐才子传·无可》:"初,贾岛弃俗时,同居青龙寺,呼岛为从兄,与马戴、姚合、厉玄多有酬唱。"④从与姚贾二人的交往诗中,我们可以发现费冠卿、殷尧藩、李廓、李馀、朱庆馀、厉玄、项斯等诗人与姚合均过从甚密,由此我们依稀可以勾勒出这一诗人群体的大致组成。

姚合、贾岛二人年辈稍长,诗风亦最相似,在当时名望也较高,可以认

---

① (宋)计有功撰,王仲镛校笺:《唐诗纪事校笺》,中华书局2007年版,第1674页。

② (五代)何光远:《鉴诫录》,中华书局1985年版,第58页。

③ (元)辛文房撰,傅璇琮主编:《唐才子传校笺》(第二册),中华书局1990年版,第326页。

④ (元)辛文房撰,傅璇琮主编:《唐才子传校笺》(第三册),中华书局1990年版,第74—75页。

为是这一诗人群体之核心；其次为雍陶、喻凫、马戴、顾非熊、李频、郑巢、无可、刘得仁、方干、周贺等人大多属于年轻的诗友，为其诗歌的追慕者，与姚贾有唱和交往的经历，论其诗法渊源则与姚贾一脉相承，可以视为这一群体的骨干；其他如费冠卿、殷尧藩、李廓、李馀、朱庆馀、厉玄、项斯等人，则多是同辈诗人，他们与姚贾均有交游，诗风与姚贾有相互浸染的地方，但与姚贾和他们的追随者却有一定的区别，可以视为这一诗人群体的外围或旁支。

以姚贾为中心的诗人群体，包括雍陶、喻凫、马戴、顾非熊、李频、郑巢、无可、刘得仁、方干、周贺等年轻诗人，是姚贾诗歌的追随者。他们或与姚贾唱和交往，或为其门人弟子，其诗法渊源与姚贾一脉相承。表现在个体上，大多数人如喻凫、刘得仁、马戴、郑巢、方干、无可、周贺等，兼师姚贾二家，而雍陶、顾非熊、李频等人则更接近于姚合，由此亦可看出姚合在这一诗人群体中的核心地位。这些诗人在晚唐诗坛上非常活跃，并且大多有所成就。

雍陶，字国钧，成都人，大和八年（834）登进士第。《云溪友议》卷上“冯生佞”载：“后为简州牧，自比之谢宣城、柳吴兴也。”①可知陶以山水诗见长。《唐才子传》卷七曰：“工于辞赋。少贫，遭蜀中乱后，播越羁旅，有诗云：‘贫当多病日，闲过少年时。’……然持才傲睨，薄于亲党。……与贾岛、殷尧藩、无可、徐凝、章孝标友善，以琴樽诗翰相娱。”②胡震亨评雍陶诗曰：“雍简州矜负好句，为客所窥。此公工于造联，奈孱于送结，落晚调不振。”③雍陶五言律诗追摹姚合，只是更趋于疏缓浅露。如《和刘补阙秋园行寓兴六首》（之一）：“水木夕阴冷，池塘秋意多。庭风吹故叶，阶露净寒莎。愁燕窥灯语，情人见月过。砧声听已别，虫响复相和。”在雍

① （唐）范摅：《云溪友议》，上海古籍出版社编：《唐五代笔记小说大观》，上海古籍出版社2000年版，第1265页。

② （元）辛文房撰，傅璇琮主编：《唐才子传校笺》（第三册），中华书局1990年版，第244—251页。

③ （明）胡震亨著：《唐音癸签》，上海古籍出版社1981年版，第76页。

陶集中,以《寓兴六首》最接近姚合诗歌的清淡朴拙风格。六诗皆以平常语叙平常景,缓缓道来,不饰藻绘,其散淡闲情极类姚合《武功县中作三十首》,只是缺少一丝栖身下邑的愁闷情怀。何焯评曰:"风致绝似姚合"。① 雍陶作诗,偶有佳句,但窘于起结,通篇不完,故常为人所病。

喻凫,毘陵人,开成五年(840)进士及第。未及中年而卒,官终乌程县令。《唐诗纪事》卷五十一载:"凫体阆仙为诗,尝谒杜紫微不遇,乃曰:'我诗无罗绮铅粉,宜其不售也。'"②《载酒园诗话又编》曰:"喻凫效贾岛为诗,人称之'贾、喻'。"③《重订中晚唐诗主客图》卷下:"喻凫专攻五言近体,前辈谓其效贾岛为诗,人称之'贾喻',今观之,信不虚也。"④喻凫作诗专效贾岛刻意雕琢,许多联句具有贾岛的风味,如"鼍鸣积雨窟,鹤步夕阳沙"(《怀乡》)、"鸽寒栖树定,萤湿在窗微"(《寺居秋日对雨有怀》)、"风雪坐闲夜,乡园来旧心"(《冬日寄友人》)、"雁天霞脚雨,渔夜苇条风"(《得子侄书》)等,意象寒僻,立意奇警,后人多以"浪仙嫡派"⑤、"用意学长江"⑥来评论,但认为学得并不到家,"镂划虽深,斧凿痕亦嫌太重"⑦(《载酒园诗话又编·喻凫》评"雁天"一联)。喻凫诗"选句功深""专工小巧""诗意清远,兴象疏越""专攻五言近体"等特色,均可以找到姚贾的身影所在。喻凫诗又有浅淡轻巧的一面,而且诗兴清远,兴象疏越,又似武功风貌。如"鸟闲沙影上,泉落树阴中"(《游暖泉精舍》)、

---

① (元)方回选评,李庆甲集评校点:《瀛奎律髓汇评》,上海古籍出版社 2005 年版,第 431 页。

② (宋)计有功撰,王仲镛校笺:《唐诗纪事校笺》,中华书局 2007 年版,第 1737 页。

③ (清)贺裳:《载酒园诗话》,郭绍虞编选,富寿荪校点:《清诗话续编》(上册),上海古籍出版社 1983 年版,第 380 页。

④ (清)李怀民:《重订中晚唐诗主客图》,嘉庆乙丑十年(1805)邱县刘大观刻本。

⑤ (清)陆次云辑:《五朝诗善鸣集》,蓉江怀古阁康熙间刻本。

⑥ (清)李怀民:《重订中晚唐诗主客图》,嘉庆乙丑十年(1805)邱县刘大观刻本。

⑦ (清)贺裳:《载酒园诗话》,郭绍虞编选,富寿荪校点:《清诗话续编》(上册),上海古籍出版社 1983 年版,第 380 页。

“细光添柳重，幽点溅花匀”（《春雨如膏》）、“簿书君阅倦，章句我吟劳”（《答刘录事夜月怀湘西友人见寄》）、“煮雪问茶味，当风看雁行”（《送潘咸》）、“庭静众药在，鹤闲双桧枯。蓝峰露秋院，灞水入春厨”（《游北山寺》）等，诗中小巧寻常全用白描的景物描写，倦于簿书而耽于药、茶、诗、酒的吏隐形象，都从姚合诗中得来，甚至“灞水入春厨”之句也是直接由姚合“瀑水落厨中”（《送裴宰君》）化出。

刘得仁，生卒年不详，公主之子。《唐才子传》卷六云：“自开成后至大中三朝，昆弟以贵戚皆擢显仕，得仁独苦工文。……有寄所知诗云：‘外族帝王是，中朝亲故疏。翻令浮义者，不许九霄蜚。’”①文、武、宣三朝出入举场三十载而未得一第，②与姚合、无可、厉玄、雍陶、顾非熊等均有唱和交游。

刘得仁首先接受的是姚贾苦吟的创作态度，他在诗中反复述说自己辛苦吟诗的景况。如“到晓改诗句，四邻嫌苦吟”（《夏日即事》）、“吟苦晓灯暗，露零秋草疏”（《云门寺》），“永夜无他虑，长吟毕二更”（《秋夜寄友人二首》之一）、“刻骨搜新句，无人悯白衣”（《陈情上知己》）、“省学为诗日，宵吟每达晨”（《寄无可上人》）。刘得仁既“独苦为文”，又“不厌于磨淬，端能确守格律，揣治声病”，“投迹幽隐，未尝耿耿”③，故能在当时取得诗名，而以五言诗成就最高，“长庆中以诗名，五言清莹，独步文场”。④ 司空图《与王驾评诗书》曰：“浪仙、无可、刘得仁辈，时得佳致，亦

---

① （元）辛文房撰，傅璇琮主编：《唐才子传校笺》（第三册），中华书局1990年版，第184—185页。

② 刘得仁虽生为贵戚，但却三十年科场无得，这是唐代科举的一个特有的现象。寒士阶层有寒士阶层的进身之难，公卿贵族子应举则往往受到出身寒苦的新进士阶层的排挤，同样也是不问青红皂白，横加非议，所以进身也具有某种程度的艰辛，刘得仁的命运反映出晚唐跻身科举的重要性和新进士阶层与王公贵戚之间激烈的利益冲突。

③ （元）辛文房撰，傅璇琮主编：《唐才子传校笺》（第三册），中华书局1990年版，第185页。

④ （宋）晁公武撰，孙猛校证：《郡斋读书志校证》，上海古籍出版社1990年版，第913页。

足涤烦。"①即将得仁视为与贾岛、无可同调。

刘诗中许多联句具有贾岛格律严整、风格寒峭的面貌，如"苔新禽迹少，泉冷树阴重"（《青龙寺僧院》）、"乱木孤蝉后，寒山绝鸟时"（《送僧归玉泉寺》）、"影悬尘已厚，塔种柏初成"（《题山中故静禅师》）、"乳鸽沿苔井，斋猿散雪峰"（《吊草堂禅师》）等。刘得仁诗又往往将心思用在平常事物上，清平风致与武功相类，如"山居衣似草，生寄药随身"（《别王山人》）、"默坐看山久，闲行值寺过"（《秋夜寄友人二首》之二）、"童子眠苔净，高僧话漏终"（《宿普济寺》）、"片云生石窦，浅水卧枯松"（《寻陈处士山堂》）等。

冯继聪称刘得仁："五言诗句出清新"（《论唐诗绝句》），其诗被后人认为具有张籍、贾岛的风味，纪昀认为刘得仁与姚合一派的缺点也相类，"武功派所以不佳，正坐着力都在没紧要处。"②通观刘诗，虽然心思颇深，但表达起来缺少变化，给人亦步亦趋的感觉。胡震亨认为刘得仁"诗思深，合处尽可味，奈笔笨难掉何！"（《唐音癸签》卷八《汇评四》）③即不善表达和缺少变化，《唐才子传》卷六云："时刘得仁擅雅称，持诗卷造能，能以句谢云：'千首如一首，卷初如卷终。'盖讥其无变体也。"④亦是言此。

马戴，字虞臣，曲阳人，会昌五年（845）进士及第，官终国子博士。与令狐定、姚合、贾岛、无可、李廓、顾非熊等唱和交游，与姚合尤相友善。冯继聪《论唐诗绝句·马戴》曰："会昌甲第马虞臣，姚合知音意独真。诗句多悲离别苦，故能分与许棠春。"

后人以马戴"猿啼洞庭树，人在木兰舟"（《楚江怀古》）一联颇具盛

---

① （唐）司空图：《与王驾评诗书》，祖保泉、陶礼天笺校：《司空表圣文集笺校》，安徽大学出版社2002年版，第190页。

② （元）方回选评，李庆甲集评校点：《瀛奎律髓汇评》，上海古籍出版社2005年版，第1667页。

③ （明）胡震亨著：《唐音癸签》，上海古籍出版社1981年版，第77页。

④ （元）辛文房撰，傅璇琮主编：《唐才子传校笺》（第三册），中华书局1990年版，第317页。

唐风致,故而大加推崇。后代诗论家评论时不吝以“神情何殊王子安”“赞叹不足,唯令人顶礼”“脍炙千古”“晚唐之冠”等美溢之词加之,严羽认为“马戴在晚唐诸人之上”①,杨慎《升庵诗话》卷七“马戴诗”条亦曰:“严羽卿云:马戴之诗,为晚唐之冠。信哉。……至如‘猿啼洞庭树,人在木兰舟’。虽柳吴兴,无以过也。”②《石洲诗话》卷二认为:“马戴五律,又在许丁卯之上,此直可以与盛唐诸贤侪伍,不当以晚唐论也。”③贺裳《载酒园诗话又编》云:“晚唐诗,今昔咸推马戴。按戴与贾岛、姚合同时,其称晚唐,犹钱、刘之称中唐也。”④但是翻遍马戴诗集如此联句却再找不出第二例。晚唐以降,作诗者目光局促,往往有句无篇,但不意后世论诗者亦有此好,一叶障目,不见泰山。

若探究马戴之五言律,其根柢则全在姚贾,如其被后人称誉的联句“微阳下乔木,远色隐秋山”(《落日怅望》)、“雁叫寒流上,萤飞薄雾中”(《浐上劝旧友》)、“曙钟寒出岳,残月迥凝霜”(《早发故园》)、“积翠含微月,遥泉韵细风”(《宿翠微寺》)等诗思致细微苦涩,意象清冷孤峭,全然都是贾生面目。而被誉为是佳作的《寄终南真空禅师》李怀民评曰:“全是贾生气息。”⑤《灞上秋居》则通篇与贾岛相类,《诗源辩体》也称“语出贾岛”。《宿无可上人房》一诗《载酒园诗话又编》称:“其诗惟写景为工,如《宿无可上人房》……大率体涩而思苦,致极清幽,亦近于岛也。”⑥马戴的大部分诗歌诗句则近似于姚合风清骨峭的一类作品,如“虹霓侵

① (宋)严羽著,郭绍虞校释:《沧浪诗话校释》,人民文学出版社1961年版,第161页。

② (明)杨慎:《升庵诗话》,丁福保辑:《历代诗话续编》,中华书局2006年版,第771页。

③ (清)翁方纲:《石洲诗话》,郭绍虞编选,富寿荪校点:《清诗话续编》(下册),上海古籍出版社1983年版,第1395页。

④ (清)贺裳:《载酒园诗话》,郭绍虞编选,富寿荪校点:《清诗话续编》(上册),上海古籍出版社1983年版,第379页。

⑤ (清)李怀民:《重订中晚唐诗主客图》,嘉庆乙丑十年(1805)邱县刘大观刻本。

⑥ (清)贺裳:《载酒园诗话》,郭绍虞编选,富寿荪校点:《清诗话续编》(上册),上海古籍出版社1983年版,第379页。

栈道，风雨杂江声”（《送人游蜀》）、“露细蒹葭广，潮回岛屿多”（《赠别江客》）、“秦雁归侵月，湘猿戏袅枫”（《怀黄颇》）等。张为《诗人主客图》于“清奇雅正主”李益下列“入室”十人，其十为姚合，“升堂”七人，其二为马戴，其四为贾岛，基本体现出马戴与姚贾之间诗风相承浸染的关系。

马戴诗歌虽然受到了姚贾苦涩清幽的风格和句式特点的影响，但仍有自己舒展通脱的一面，在晚唐殊为少见。如《陇上独望》《送人游蜀》《鹳雀楼晴望》等篇，气象开展恢宏，远承盛唐神韵。造成后人对马戴产生曲解的原因，钟惺《唐诗归》卷三十四《晚唐二》评曰：“晚唐诗有极妙而与盛唐人远者，有不必妙而气脉神韵与盛唐人近者。不必妙三字甚难到，亦难言，妙不足以拟之矣。唯马戴犹存此意，然皆近体耳。”①李怀民总结说：“虞臣诗笔格视贾氏而稍开展，而体涩思苦，致极幽清。”（《重订中晚唐诗主客图》卷下）②二人之言均可谓到家。

顾非熊，姑苏人，诗人顾况之幼子，弱冠即举进士，困科场三十年，会昌五年（845）进士及第。非熊与当时名流姚合、贾岛、王建、朱庆馀、雍陶、马戴、项斯等均有交游。顾非熊的应举经历和矫激的性格较之贾岛有过之而无不及，《唐摭言》卷八“已落重收”：“顾非熊，况之子，滑稽好辩，陵轹气焰子弟，为众所怒，非熊既为所排，在举场三十年，曲声聒人耳。”③胡震亨称顾诗“近体俊婉可讽，恶削功似多于真逸翁（顾况），补灶釜之所乏矣”④，即言其有以刻意雕琢弥补才力不足的倾向。顾非熊虽经历坎坷但诗歌却不显愁苦，冲和平易之风与姚合神形俱似，纪昀论诗时亦将其归入“武功派”（《寄太白无能禅师》纪昀评）如《题马儒乂石门山居》：“寻君石门隐，山近渐无青。鹿迹入柴户，树身传草亭。云低收药径，苔惹取泉

---

① （明）钟惺、谭元春辑：《唐诗归》，续修四库全书编纂委员会编：《续修四库全书》第1590册，上海古籍出版社2002年版，第229页。

② （清）李怀民：《重订中晚唐诗主客图》，嘉庆乙丑十年（1805）邱县刘大观刻本。

③ （五代）王定保撰，姜汉椿校注：《唐摭言校注》，上海社会科学出版社2003年版，第167页。

④ （明）胡震亨著：《唐音癸签》，上海古籍出版社1981年版，第71页。

瓶。此地客难到,夜琴谁共听。"纪昀评曰:"亦是'武功派'。次句景真而句不佳,第四句拙。"①又如《寄太白无能禅师》诗云:"太白山中寺,师居最上方。猎人偷佛火,栎鼠戏禅床。定久衣尘积,行稀径草长。有谁来问法,林杪过残阳。"纪昀评曰:"三 四究竟小样,是'武功派'所谓工耳。"②顾非熊学姚合诗深得其属对模式的精巧与语言流易浅切之真髓,几乎任何一首诗作中的联句均具有姚合之形貌,如"树势标秦远,天形到岳低"(《秋日陕州道中作》)、"楼台山色里,杨柳水声中"(《经河中》)、"能诗因作偈,好客岂关名"(《题觉真上人院》)、"峤云侵寺吐,汀月隔楼新"(《送杭州姚员外》)、"黄叶如霜后,清风似水边"(《早秋雨夕》)等。至于全诗更不待说,我们试比较二人同时所作的诗作。

月临峰顶坛,气爽觉天宽。身去银河近,衣沾玉露寒。云中日已赤,山外夜初残。即此是仙境,惟愁再上难。

——顾非熊《月夜登王屋仙坛》

秋蟾流异彩,斋洁上坛行。天近星辰大,山深世界清。仙飙石上起,海日夜中明。何计长来此,闲眠过一生。

——姚合《秋夜月中登天坛》

相形之下,顾诗刻画之痕较重,有失通篇体气一贯,不及姚诗清新自然、境界悠远,但总体风貌却近似。李怀民道:"然其五言近体易朴茂为清永,似胜逋翁。更自有宗承,不尽家学也。"③却也不错,但其言"以诗列之水部门下"则是执于己见、骑马找驴的作风。

李频(?—876),字德新,睦州寿昌人,官终建州刺史。有《建州刺史

① (元)方回选评,李庆甲集评校点:《瀛奎律髓汇评》,上海古籍出版社2005年版,第952页。

② (元)方回选评,李庆甲集评校点:《瀛奎律髓汇评》,上海古籍出版社2005年版,第1657页。

③ (清)李怀民:《重订中晚唐诗主客图》,嘉庆乙丑十年(1805)邱县刘大观刻本。

集》(又名《梨岳集》)。大中八年(854)进士及第。李频与方干友善,方干曾为其《题四皓庙》诗改一字,故称干为“一字师”。李频受知赏于姚合,《新唐书》卷二百三《文艺下·李频传》:“给事中姚合名为诗,士多归重,频走千里丐其品,合大加奖挹。”①查慎行《初白庵诗评》:“《建州集》中五律居大半,格调俱称稳。”②李频五律之佳作常有刘长卿及“大历十才子”的意味,《沧浪诗话·诗评》:“李频不全似晚唐,间有似刘随州处。”③《对床夜语》卷五:“其他五言如‘河声入峡急,地势出关低’,‘秋尽虫声急,夜深山雨重’,可与十才子并驱。”④

李频出仕前曾追随姚合,其诗也尽得姚诗神韵,不仅《夏日盩厔郊居寄姚少府》《陕下投姚谏议》《陕府上姚中丞》《夏日宿秘书姚监宅》几首交游诗写得与姚合风致无二,集中绝大部分五律在起结、联句、语词、气格等方面也均与姚诗酷似,如《送德清喻明府》:“棹返霅溪云,仍参旧使君。州传多古迹,县记是新文。水栅横舟闭,湖田立木分。但如诗思苦,为政即超群。”纪昀评曰:“亦是效其妇翁。”⑤胡震亨论李频诗曰:“李建州诗松活似姚监,其不全似者,意思少,更率于选琢也。然亦可谓才倩矣。”⑥

李频诗虽然不乏平直之处,但说他不精心琢磨词句,则有些偏颇。李频在给钱尚父的诗中自称“只将五字句,用破一生心”,是说自己在五言律诗的创作上十分用心,为了斟酌字句倾尽心力。《北梦琐言》卷七云:“可惜此心,何所不用,而破于诗句,苦哉”⑦,对李频的做法既同情,又不

① (宋)欧阳修、宋祁撰:《新唐书》,中华书局1975年版,第5794页。

② (清)查慎行:《初白庵诗评》,扫叶山房石印本。

③ (宋)严羽著,郭绍虞校释:《沧浪诗话校释》,人民文学出版社1961年版,第161页。

④ (宋)范晞文:《对床夜语》,丁福保辑:《历代诗话续编》,中华书局2006年版,第444页。

⑤ (元)方回选评,李庆甲集评校点:《瀛奎律髓汇评》,上海古籍出版社2005年版,第1039页。

⑥ (明)胡震亨著:《唐音癸签》,上海古籍出版社1981年版,第77页。

⑦ (五代)孙光宪撰:《北梦琐言》,上海古籍出版社编:《唐五代笔记小说大观》,上海古籍出版社2000年版,第1870页。

以为然。李频曾因方干为其《题四皓庙》诗改一字，故称方干为“一字师”，这个典故，也反映了他们努力追求诗句工稳的作诗态度。由此可知李频诗并非一力凭借才情，而是多由苦心结撰而成。李频在诗中反复述说自己苦吟的状况，如《及第后归》云：“苦吟身得雪，甘意鬓成霜”；《酬姚覃》云：“醉眠春草长，吟坐夜灯销”；《长安夜怀》云：“梦永秋灯灭，吟馀晓露明”；《哭贾岛》云：“秦楼吟苦夜，南望只悲君”。这种竭尽心力的创作态度，亦与姚贾一脉相承。

李频诗另有笔力雄健的一面，如《送凤翔范书记》颈联云：“江山通蜀国，日月近神州”，方回评曰：“晚唐诗鲜壮健，频却有此五、六一联。”①方回又评李频《送友人之扬州》曰：“诗虽晚唐，却多壮句。”②既有师承，又能形成自己的面目，是李频诗佳处所在。李频对晚唐诗人颇有影响，郑谷曾受知于李频，李频过世后郑谷、张蠙、曹松、贯休等有诗哀悼。

郑巢，生卒年不详，钱塘人。《唐才子传》卷八：“大中间举进士。时姚合号诗宗，为杭州刺史，巢献所业，日游门馆，累陪登览燕集，大得奖重，如门生礼然。体效格法，能伏膺无斁，句意且清新。巢性疏野，两浙湖山寺宇幽胜，多名僧，外学高妙，相与往还酬酢，竟亦不仕而终。”③从其“不仕而终”的结果看，郑举进士似未得第，郑巢与方干一样，是以诗歌见赏于姚合的山林中人，其疏野的性格和对湖山寺宇的兴趣也与姚相类。郑巢今存诗一卷，全为五言八句律诗，摹景匠物之联句兼有姚贾二家体貌，如“晓鹭栖危石，秋萍满败船”（《泊灵溪馆》）、“古壁灯熏画，秋琴雨润弦”（《瀑布寺贞上人院》）、“远瀑穿经室，寒蛰发定衣”（《寄贞法师》）、“遥分高岳色，乱出远蝉声”（《送衡州薛从事》）、“茶烟开瓦雪，鹤迹上潭冰”（《送琇上人》）等，故当时得以见重于姚合并非偶然。只是郑巢诗颔

---

① （元）方回选评，李庆甲集评校点：《瀛奎律髓汇评》，上海古籍出版社 2005 年版，第 1040 页。

② （元）方回选评，李庆甲集评校点：《瀛奎律髓汇评》，上海古籍出版社 2005 年版，第 1041 页。

③ （元）辛文房撰，傅璇琮主编：《唐才子传校笺》（第三册），中华书局 1990 年版，第 421—422 页。

颈二联均为写景,诗歌章法显得较为呆板,也存在"千首如一首"的嫌疑,视野更加局促,已尽显晚唐人面目。

方干(809?—886?),字雄飞,睦州桐庐人。方干早年曾往来两京,连历十余举而不成,"遂遁于会稽,渔于鑑湖"(《唐诗纪事》卷六十三)①,以摹写山水田园为乐。殁后门人私谥玄英先生,收集其诗为《玄英集》十卷。方干与李频友善,同受知于姚合。张为《诗人主客图》将方干与姚合、贾岛同列于"清奇雅正主"一门,《升庵诗话》将方干列为学贾一派之中,杨慎《升庵诗话》卷十一《晚唐两诗派》云:"一派学贾岛,则李洞、姚合、方干、喻凫、周贺、'九僧'其人也。"②李怀民将方干列为"清真僻苦主"贾岛的"及门":"但读方干诗,生新刻苦,似游泳长江而出者,七言尤逼肖……今但编雄飞诗为阆仙及门云尔。"③

方干也是著名的苦吟诗人,他在诗中屡屡谈及自己为诗而苦的景况,所谓"志业不得力,到今犹苦吟。吟成五字句,用破一生心。"(《贻钱塘县路明府》)"才吟五字句,又白几茎髭。……沉思心更苦,恐作满头丝。"(《赠喻凫》)方干不仅苦心琢磨的创作态度有类姚贾,而且峭拔寒俊、清迥闲远的诗歌风格,都与姚贾一脉相承,如"竹狖窥沙井,岩禽停桧枝"(《题碧溪山禅老》)、"买药将衣尽,寻方见字迟"(《示乡叟》)、"曙月落松翠,石泉流梵声"(《游竹林寺》)、"树影搜凉卧,苔光破壁行"(《山中即事》)等。

方干诗"清润小巧"④,誉者以为可"入钱起之室"⑤,《诗学渊源》言

---

① (宋)计有功撰,王仲镛校笺:《唐诗纪事校笺》,中华书局2007年版,第2106页。

② (明)杨慎:《升庵诗话》,丁福保辑:《历代诗话续编》,中华书局2006年版,第851页。

③ (清)李怀民:《重订中晚唐诗主客图》,嘉庆乙丑十年(1805)邱县刘大观刻本。

④ (宋)葛立方:《韵语阳秋》(一),王云五:《丛书集成初编》本,商务印书馆1939年版,第10页。

⑤ (五代)王赞:《元英先生诗集序》,(清)董诰等编:《全唐文》(卷865),中华书局影印本1983年版,第9070页。

方干、李频、姚合“三人诗皆取实境，造语自然，不着刻露迹象。而方工尤得子美之神，虽元白未能过焉。”[①]《四库全书总目提要》《玄英集》提要云：“何光远《鉴诫录》称干‘为诗炼句，字字无失，咏系风雅，体绝物理’，郈传亦称其‘高坚俊拔’，盖气格清迥，意度闲远，于晚唐纤靡俚俗之中，独能自振，故甚为一时所推。然其七言浅弱，较逊五言。”[②]胡震亨则指出“方干诗炼句，字字无失，固应有‘高坚俊拔’之目，但嫌其微带经籍气，村貌稜稜尔。”[③]方干被戏谑为“村里老”[④]或即由此。方干对姚诗特别推重，对姚合的知赏也颇为感激，方干称姚合“能除疾瘼似良医，一郡乡风当日移。身贵久离行药伴，才高独作后人师。春游下马皆成宴，吏散看山即有诗。借问公方与文道，而今中夏更传谁?”(《上杭州姚郎中》)姚过世后，方干的哀悼之诗也最深切感人，“寒空此夜落文星，星落文留万古名。入室几人成弟子，为儒是处哭先生。家无谏草逢明代，国有遗篇续正声。晓向平原陈葬礼，悲风吹雨湿铭旌。”(《哭秘书姚监》)。

无可，生卒年不详，俗姓贾，范阳人，贾岛从弟。无可书善柳体，工于五律，与姚合、贾岛、朱庆馀、厉玄、殷尧藩、章孝标、顾非熊、马戴、段成式、雍陶等为诗友，与姚合往来唱和尤多，达二十一首。姚合《送无可上人游越》云：“清晨相访立门前，麻履方袍一少年。懒读经文求作佛，愿攻诗句觅升仙。芳春山影花连寺，独夜潮声月满船。今日送行偏惜别，共师文字有因缘。”可见无可与姚合结识时年岁尚轻，姚又曰：“一钵与三衣，经行远近随。出家还养母，持律复能诗。”(《送无可上人游边》)可见无可的修行作风。

后人多推崇无可之“象外句”，《冷斋夜话》卷六：“唐僧多佳句，其琢

---

① 丁仪：《诗学渊源》，张寅彭主编：《民国诗话丛编》(第三册)，上海书店出版社 2002 年版，第 209 页。

② (清)纪昀等撰，四库全书研究所整理：《钦定四库全书总目》(整理本)，中华书局 1997 年版，第 2029 页。

③ (明)胡震亨著：《唐音癸签》，上海古籍出版社 1981 年版，第 76 页。

④ (五代)王定保撰，姜汉椿校注：《唐摭言校注》，上海社会科学出版社 2003 年版，第 219 页。

句法比物以意，而不指言某物，谓之象外句。如无可上人诗曰：‘听雨寒更尽，开门落叶深’，是以落叶比雨声也。又曰：‘微阳下乔木，远烧入秋山’，是微阳比远烧也。”①《唐才子传》卷六：“律调谨严，属兴清越，比物以意，谓之‘象外句’，如曰……凡此等新奇，当时翕然称尚，妙在言用而不失其名耳。”②《围炉诗话》卷一认为：“比物以意而不指其物，谓之象外句，非苦吟者不能也。”③

李怀民曰：“可师与无本同源，并以诗称……其诗五言长短律外，绝无他体，盖精苦于此者。”④李氏论无可诗每每与贾岛相对照，如评“叠嶂和云灭，孤城与岭通”道：“置本公集，谁能辨之。”评《酬姚员外见过林下》诗曰：“‘鹤共林僧见，云随野客逢。’见鹤耳，必共林僧，方是本公家法。‘滴旆露垂松’，句法纯是乃兄。”评《寒夜过睿川师院》：“‘问难无强敌，声名掩古僧。’朴直是本公。……‘残窗半月棱’，本公。”评《题圭峰禅师》：“‘半旬持一食，此行有谁能。’本公结法。”评《秋寄从兄贾岛》曰：“‘暝虫喧暮色，默思坐西林。听雨寒更彻，开门落叶深。’寒僻之思，幽窅之趣，真是本公难弟。‘昔因京邑病，并起洞庭心。’只拈一事，万感俱集。‘亦是吾兄事，迟回共至今。’古极，朴直处亦是本公。”⑤胡震亨曰：“无可诗与兄岛同调，亦时有雄句，咄咄火攻。”⑥所言良是。

李怀民所说的寒僻幽窅、朴直古拙的诗歌风格，“鹤”“林”“僧”等意象，句法、结法等，都是无本、无可兄弟诗歌相通之处。无可诗歌同时也受

---

① （宋）惠洪：《冷斋夜话》卷六，四库全书本。

② （元）辛文房撰，傅璇琮主编：《唐才子传校笺》（第三册），中华书局 1990 年版，第 74—75 页。

③ （清）吴乔：《围炉诗话》，郭绍虞编选，富寿荪校点：《清诗话续编》（上册），上海古籍出版社 1983 年版，第 507 页。

④ （清）李怀民：《重订中晚唐诗主客图》，嘉庆乙丑十年（1805）邱县刘大观刻本。

⑤ （清）李怀民：《重订中晚唐诗主客图》，嘉庆乙丑十年（1805）邱县刘大观刻本。

⑥ （明）胡震亨著：《唐音癸签》，上海古籍出版社 1981 年版，第 82 页。

到姚合的影响，其平易舒缓、细微清澹之处与姚合诗并无二致。如"野果谁来拾，山禽独卧听"(《书马如文石门居》)、"病多身又老，枕倦夜兼长"(《赠诗僧》)、"待鹤移阴过，听风落子频"(《松》)、"息架蛩惊客，垂灯雨过城"(《李常侍书堂》)等，其风致韵味、意象情境，绝类姚合《武功县中作三十首》。

周贺，生卒年不详，字南卿，东洛人。初为僧，法名清塞。与贾岛、无可上人齐名，以诗见赏于姚合，遂使还俗。《郡斋读书志·清塞诗一卷》："右唐僧清塞，字南卿，诗格清雅，与贾岛、无可齐名。宝历中，姚合涖杭，因携书投谒。合闻其《哭僧》诗云：'冻髭亡夜剃，遗偈病中书'，大爱之，因加以冠巾为周贺云。"[①]张为《诗人主客图》将其与姚合、贾岛、无可等同列于"清奇雅正主"，其诗幽峭处，至逼贾岛。《唐摭言》卷十"海叙不遇"条载："岛《哭柏严禅师》诗籍甚，及周贺一篇，与岛不相上下。岛曰：'苔覆石床新，师曾占几春。写留行道影，焚却坐忘身。塔院关松雪，房廊露隙尘。自嫌双泪下，不是解空人。'贺曰：'林迳西风急，松枝讲法余。冻须亡夜剃，遗偈病时书。地燥焚身后，堂空著影初。此时频下泪，曾省到吾庐。'"[②]《诗源辩体》卷二五曰："周贺与贾岛同时，其五言律多学岛。如'寒僧回绝壁，夕雪下穷冬'、'却来峰顶宿，知废井南禅'、'坐久钟声尽，谈馀月影回'、'泉流通井脉，虫响出墙阴'、'草烟连野烧，溪雾隔霜钟'、'归人直落叶，远路入寒山'、'风高寒叶落，雨绝夜堂清'、'冻髭亡夜剃，遗偈病中书'等句，皆学贾岛也。"[③]钟惺评曰："贺诗清奥，有异气，有孤警。"[④]亦即言此类。其《晚春从人归

① (宋)晁公武撰，孙猛校证：《郡斋读书志校证》，上海古籍出版社1990年版，第952页。

② (五代)王定保撰，姜汉椿校注：《唐摭言校注》，上海社会科学出版社2003年版，第207页。

③ (明)许学夷著，杜维沫校点：《诗源辩体》，人民文学出版社1987年版，第260页。

④ (明)钟惺、谭元春辑：《唐诗归》，续修四库全书编纂委员会编：《续修四库全书》1590册，上海古籍出版社2002年版，第209页。

觐》则是模仿贾岛之作，方回评曰："五六（指'折花林影断，移石洞阴回'一联）得贾浪仙'过桥分野色，移石动云根'之意。"纪昀评曰："是从贾诗脱出，然不及贾诗之阔大。"①

周贺诗与无可一样，深幽冷僻处每近于贾岛，而平易舒缓处则多类于姚合。如《赠李主簿》："税时兼主印，每日得闲稀。对酒妨料吏，为官亦典衣。案迟吟坐待，宅近步行归。见说论诗道，应愁判是非。"方回评曰："贺诗格与姚合、王建相类，而此一诗尤近之。"②又如"趁风开静户，带叶卷残书"（《酬吴之问见赠》）、"绕池逢石坐，穿竹引山回"（《题何氏池亭》）、"乞食嫌村远，寻溪爱路平"（《赠柏岩禅师》）、"折花林影断，移石洞阴回"（《春喜友人至山舍》）、"领郡只嫌生药少，在官长恨与山疏"（《上陕府姚中丞》）等联，意象的细小寻常，思致的幽微新奇，格调的清澹冲和，都与姚合十分相似。其他如《留别南徐故人》《春日重到王依村居》等许多作品均与姚诗神似。

其实若认真考察一下以上几位与姚贾相交的后学诗作，则会发现他们大多是将姚贾之诗歌视为一体来学习，从单句来讲，尚可辨别师姚师贾，若就完篇而言，最多只可以近姚近贾论之，大多情况下则是你中有我、我中有你。

以上所举均是生前与姚贾二人有交游唱和并明确诗承姚贾的诗人，可以称为姚贾之"入室弟子"，他们诗歌无论从风格体貌上讲均与姚贾相类。至于费冠卿、殷尧藩、李廓、李馀、朱庆馀、厉玄、项斯等同辈诗人，虽与与姚贾也时有交游酬和，诗风也存在相互浸染的情况，但与姚贾和他们的"入室弟子"却存在较大的差别，总体的风貌已不相同，故不可不区别对待。

---

① （元）方回选评，李庆甲集评校点：《瀛奎律髓汇评》，上海古籍出版社 2005 年版，第 318 页。

② （元）方回选评，李庆甲集评校点：《瀛奎律髓汇评》，上海古籍出版社 2005 年版，第 249 页。

第二节　姚贾对晚唐五代后学诗人的影响

晚唐五代时期是姚贾诗风广泛流衍的时期,在众多追随者的煽炽下,姚贾诗风已成为这一时期颇具影响力的诗歌潮流之一。

随着姚贾诗风在晚唐五代的风靡,姚贾在晚唐五代也备受推崇。姚合编于开成初的《极玄集》,在晚唐五代备受重视。僧贯休《览姚合极玄集》曰:"至鉴如日月,今诗即古诗。……知音郭有道,始为一吟之。"韦庄在《又玄集序》中说:"昔姚合撰《极玄集》一卷,传于当代,已尽精微,今更采其玄者,勒成《又玄集》三卷。"①韦庄编选《又玄集》其本意显然是对姚合《极玄集》的追慕,在精神上与《极玄集》一脉相承。

在晚唐五代诗人的许多诗篇中均能感受到对贾岛的推崇。薛能《嘉陵驿见贾岛旧题》:"贾子命堪悲,唐人独解诗。左迁今已矣,清绝更无之。毕竟吾犹许,商量众莫疑。嘉陵四十字,一一是天资。"李频《哭贾岛》:"无限风骚句,时来日夜闻"。方干《寄普州贾司仓岛》:"岂料多才者,空垂不世名"。无可《吊从兄岛》:"尽日叹沉沦,孤高碣石人。诗名从盖代,谪宦竟终身。蜀集重编否,巴仪薄葬新。青门临旧卷,欲见永无因。"李克恭《吊贾岛》:"一一玄微缥缈成,尽吟方便爽神情。宣宗谪去为闲事,韩愈知来已振名。海底也应搜得净,月轮常被玩教倾。如何未隔四十载,不遇论量向此生。"崔涂《过长江贾岛主簿旧厅》:"雕琢文章字字精,我经此处倍伤情。身从谪宦方沾禄,才被槌埋更有声。……"杜荀鹤《经贾岛墓》:"山根三尺墓,人口数联诗。仙桂终无分,皇天似有私。"张蠙《伤贾岛》:"生为明代苦吟身,死作长江一逐臣"。曹松《吊贾岛》二首:"冥寞如搜句,宜邀贺监论"。可止《哭贾岛》:"诗僻降今古,官卑误子

① 傅璇琮、陈尚君、徐俊编:《唐人选唐诗新编》(增订本),中华书局2014年版,第773页。

孙。冢栏寒月色,人哭苦吟魂。”

晚唐诗人李洞对贾岛的喜好则到了近似痴迷的地步。《唐才子传》卷九载:“酷慕贾长江,遂铜写贾岛像,戴之巾中。常持数珠念贾岛佛,一日千遍。人有喜贾岛诗者,洞必手录诗以赠之,叮咛再四,曰:此无异佛经,归焚香拜之。’其仰慕何如此之切也。……郑谷苦洞诗云:‘得近长江死,想君胜在生’,言死生不相远也。洞尝集岛警句五十联,及唐诸人警句五十联为《诗句图》,自为之序。”①李洞《过贾浪仙旧地》:“年年谁不登高第,未胜骑驴入画屏。”其《贾岛墓》曰:“位卑终蜀士,诗绝占唐朝。”又《题晰上人贾岛诗卷》:“贾生诗卷惠休装,百叶莲花万里香。供得半年吟不足,长须字字顶司仓。”

由上可知,贾岛的诗艺在晚唐五代的确是获得了极大的认可,而其不幸的遭遇也引发了后人无限的同情,姚合则成为晚唐五代诗人学习与企羡的对象,在这样的背景下,晚唐五代时期学习姚贾蔚然成风,成为时尚与潮流所在。关于晚唐五代时期学习姚贾诗歌的诗人,我们从历代的史料文献中可以大致加以确认。

《唐摭言》卷八:“(曹)松,舒州人也,学贾司仓为诗,此外无他能。”②

《唐才子传》卷十《李中》:“中字有中,九江人也。……孟宾于赏其工,绝似方干、贾岛。”③

《唐才子传》:“(裴)说工诗,得盛名。……为诗足奇思,非意表琢炼不举笔,有岛、洞之风。”④

《旧五代史·周书·孙晟传》载:“少为道士,工诗,于庐山简寂观画

① (元)辛文房撰,傅璇琮主编:《唐才子传校笺》(第四册),中华书局1990年版,第213页。

② (五代)王定保撰,姜汉椿校注:《唐摭言校注》,上海社会科学出版社2003年版,第169页。

③ (元)辛文房撰,傅璇琮主编:《唐才子传校笺》(第四册),中华书局1990年版,第471—474页。

④ (元)辛文房撰,傅璇琮主编:《唐才子传校笺》(第四册),中华书局1990年版,第425页。

唐诗人贾岛像，悬于屋壁，以礼事之。观主以为妖妄，执杖驱出之，大为时辈所嗤。”

《载酒园诗话又编》：“林宽与许棠同时，《纪事》不载姓氏。余录得其集，大抵贾氏派也。”①

《唐摭言》卷十：“李洞，唐诸王孙也。尝游两川，慕贾阆仙为诗，铸铜像其仪，事之如神。”②

明谢榛《四溟诗话》卷一曰：“李洞、曹松学贾岛。”③

宋方岳《深雪偶谈》曰：“贾浪仙，燕人，产寒苦地，故立心亦然，诚不欲以才力气势，掩夺情性。……同时喻凫、顾非熊，继此张乔、张蠙、李频、刘得仁，凡晚唐诸子，皆于纸上北面，随其所得浅深，皆足以终其身而名后世。独李洞佛名阆仙，所谓瓣香之师，执而不弘，捧心过甚，空圆萧散之气，不复少有，岂非不善学下惠者邪？”④

李怀民《重订中晚唐诗主客图》卷下：“清真僻苦主贾岛。上入室周贺、喻凫、曹松，升堂马戴、裴说、许棠、唐求，及门张祜、郑谷、方干、于邺、林宽。”⑤

如前文所述，晚唐五代时期诗风庞杂，直到今天，学者尚很难确切地理清其间诗人的师法与传承情况，所以言及其间诗人之师法派别，均举其大要而已。晚唐五代诗坛大致上可以划分为温李一派、宗白一派和姚贾一派，中唐其他大家，如韩愈、李贺、张籍、王建等诗人，也各有自己的后学，但却未似以上三家声势浩大。属于姚贾后学者则难以数计，主要有郑谷、张乔、张蠙、许棠、唐求、李洞、曹松、周朴、于邺、林宽、裴说、潘纬、李中

① （宋）薛居正等撰：《旧五代史》，中华书局1976年版，第1732页。

② （五代）王定保撰，姜汉椿校注：《唐摭言校注》，上海社会科学出版社2003年版，第200页。

③ （明）谢榛撰：《四溟诗话》，丁福保辑：《历代诗话续编》，中华书局2006年版，第1148页。

④ （宋）方岳：《深雪偶谈》，王云五：《丛书集成初编》本，商务印书馆民国二十五年版，第1—2页。

⑤ （清）李怀民：《重订中晚唐诗主客图》，嘉庆乙丑十年（1805）邱县刘大观刻本。

（南唐）、孙晟（五代）、陈贶（南唐）、刘洞（南唐）、江为（南唐）、夏宝松（南唐）、皮光禹（五代）、刘昭禹（五代）、孟贯（五代）、王元（五代）、李韶（五代）以及栖白、可止、可朋、归仁、贯休、齐己、栖蟾、栖一、处默、修睦、昙域、尚颜、虚中、干康、匡白、文秀、玄泰、清尚、子兰等众多诗僧。至于在五代时期学习姚、贾而不太知名的诗人则更多。①

这些诗人前后跨度很大，从晚唐一直延续的五代，其中林宽、李洞、曹松为唐末人物，而张乔、张蠙、许棠、郑谷又同属“咸通十哲”，其间由晚唐入五代的诗人则有唐求、裴说、僧尚颜等，而李中、孙晟则全入五代。因晚唐五代之间的诗人大多生卒年不祥，故以上人物的活动时间均为概言。

姚贾以五言律诗名重一时，而姚贾之众多追随者也是沿流而下，在五律的创作上煞费苦心。即便是那些以他体而知名的诗人，在五律的创作中也多归于姚贾一路。翻检姚贾后学的诗集，会发现其中的五律均在半数以上，有的诗人则几乎全为五律而别无他体。应当指出的是，姚贾后学对于姚贾五律的继承是全方位的，从章法起结到奇联警句，从总体风格到表现内容，能学的几乎都已涉及，以至于姚贾五律的优缺点俱为后学所沿袭。

晚唐五代时期，姚贾后学的阵容最为庞大，他们不仅师法姚贾，也学习与姚贾有类似风格的弟子，故而也可以认为是姚贾诗人群体的后学。因其人数众多，接受姚贾诗风的程度也有所差异，我们将有共性的“咸通十哲”和诗僧另立专节，本部分首先讨论姚贾及其弟子对这两个集团以外的、相互之间关系比较松散的晚唐五代时期后学诗人的影响。

一

唐末五代初期，师法姚贾的诗人主要有曹松、林宽、李洞、唐求、裴说等人。

---

① 详见贺中复：《五代十国的温李、姚贾诗风》，《阴山学刊》1996 年第 1 期。

曹松,字梦征,舒州人。新旧《唐书》、新旧《五代史》俱无传。曹松曾在建州依刺史李频,二人有诗篇唱酬。光化四年(901)曹松七十余岁时与王希羽、刘象、克崇、郑希颜同时及第,号为"五老榜",特授校书郎。曹松诗学贾岛、姚合,好为五言,用尽苦心。但与贾岛诗相比,缺少怪诞枯寂的气韵,而具有更多的山林朴野的味道;与姚合诗相比,朴质平淡近之,却缺乏甘苦自适的意趣。《唐摭言》卷八"放老"条:"(曹)松,舒州人也,学贾司仓为诗,此外无他能。"①《唐才子传》卷十"曹松"条:"学贾岛为诗,深入幽境,然无枯淡之癖。……松野性方直,罕尝俗事,故拙于进宦,构身林泽,寓情虚无,苦极于诗,然别有一种风味,不沦乎怪也。"②明谢榛《四溟诗话》卷一:"李洞、曹松学贾岛。"③清贺裳《载酒园诗话又编》"曹松"条:"曹松亦学贾氏诗,颇能为苦寒之句。如'野火风吹阔,春冰鹤啄穿',甚肖野步;'云湿煎茶火,冰封汲井绳',甚肖山中也。"④曹松有《吊贾岛二首》,又有《崇义里言怀》诗云:"平生五字句,一夕满头丝。"齐己《寄曹松》诗云:"旧制新题削复刊,工夫过甚琢琅玕。"曹松对姚贾诗风的效法,深得其精髓,具有更为浓重的林下隐逸趣味。

周朴,字见素,又字太朴,桐庐人,寓于闽中,乾符中为黄巢所杀。周朴"工为诗,抒思尤艰。每有所得,必极雕琢,诗家称为月锻年炼,未及成篇,已播人口,取重当时如此"⑤。这种极端认真的创作态度,使周朴在唐以后成为姚贾之外晚唐苦吟作风的另一个象征性人物,他的"月锻年炼"也成为"苦吟"的另一种表述。周朴专注于苦思冥搜,以求景联工稳出

---

① (五代)王定保撰,姜汉椿校注:《唐摭言校注》,上海社会科学出版社 2003 年版,第 169 页。

② (元)辛文房撰,傅璇琮主编:《唐才子传校笺》(第四册),中华书局 1990 年版,第 414—421 页。

③ (明)谢榛撰:《四溟诗话》,丁福保辑:《历代诗话续编》,中华书局 2006 年版,第 1148 页。

④ (清)贺裳撰:《载酒园诗话又编》,郭绍虞编选、富寿荪校点:《清诗话续编》(上册),上海古籍出版社 1983 年版,第 387 页。

⑤ (元)辛文房撰,傅璇琮主编:《唐才子传校笺》(第四册),中华书局 1990 年版,第 105 页。

奇,"每遇景物,搜奇抉思,日旰忘返。苟得一联一句,则忻然自快。尝野逢一负薪者,忽持之,且厉声曰:'我得之矣!我得之矣!'樵夫矍然惊骇,掣臂弃薪而走,遇游徼卒,疑樵者为偷儿,执而讯之。朴徐往告卒曰:'适见负薪,因得句耳。'卒乃释之。其句云:'子孙何处闲为客,松柏被人伐作薪。'彼有一士人以朴僻于诗句,欲戏之。一日跨驴于路,遇朴在傍,士人乃欹帽掩头吟朴诗云:'禹力不到处,河声流向东。'朴闻之忿,遽随其后,且行,士但促驴而去,略不回首。行数里追及,朴告之曰:'仆诗河声流向西①,何得言流向东?'士人颔之而已,闽中传以为笑。"②《纪事》所述故事具有一定的传奇性,故事中的周朴对诗歌十分投入,类似推敲故事中的贾岛,而痴迷甚或过之。周朴诗歌之所以在当时脍炙人口,与他对姚贾一脉的传承是分不开的。

林宽,晚唐人,"与许棠同时,《纪事》不载姓氏。余录得其集,大抵贾氏派也"③。林宽诗集今不存,按贺裳的说法,应该是姚贾诗歌路数。

李洞,字才江,雍州人,宗室子弟。李洞对贾岛极端敬慕,《唐摭言》卷十"海叙不遇"条云:"李洞,唐诸王孙也。尝游两川,慕贾浪仙为诗,铜铸像其仪,事之如神。"④《唐才子传》卷九"李洞"条亦记此事,云:"(李洞)酷慕贾长江,遂铜写岛像,载之巾中。常持数珠念贾岛佛,一日千遍。人有喜岛者,洞必手录岛诗赠之,叮咛再四曰:'此无异佛经,归焚香拜之。'其仰慕一何如此之切也。"⑤李洞对于贾岛的极端崇拜,成为姚贾接受史上的一个典范性的事例,也是诗歌接受史上的有名事例。李洞死后,

---

① 周朴《董岭水》:"湖州安吉县,门与白云齐。禹力不到处,河声流向西。去衙山色远,近水月光低。中有高人在,沙中曳杖藜。"

② (宋)计有功撰,王仲镛校笺:《唐诗纪事校笺》,中华书局2007年版,第2363页。

③ (清)贺裳撰:《载酒园诗话又编》,郭绍虞编选、富寿荪校点:《清诗话续编》(上册),上海古籍出版社1983年版,第387页。

④ (五代)王定保撰,姜汉椿校注:《唐摭言校注》,上海社会科学出版社2003年版,第200页。

⑤ (元)辛文房撰,傅璇琮主编:《唐才子传校笺》(第四册),中华书局1990年版,第213页。

郑谷有《哭进士李洞二首》，其二云："自闻东蜀病，唯我独关情。若近长江死，想君胜在生。"题下原注云："李生酷爱贾浪仙诗。长江在东蜀境内，浪仙冢在此处。"看来周围的友人对李洞崇拜贾岛也是深有体会的。

李洞也是著名的苦吟诗人。宋周密《齐东野语》卷一六"贾岛佛"条谓洞"苦吟有声"①。《唐才子传》卷九"李洞"条："（李洞）家贫，吟极苦，至废寝食。"②李洞《送醉画王处士》诗云："关下相逢怪予老，篇章役思绕寰区。"《寄东蜀幕中友》云："为话门人吟太苦，风摧兰秀一枝残。"贫士苦吟是姚贾及其后学的基本精神所在。

李洞诗峭拔寒涩，绝类贾岛。明谢榛《四溟诗话》卷一："李洞、曹松学贾岛。"③关于李洞的诗歌旨趣，《唐摭言》卷十"海叙不遇"条云："时人但诮其僻涩，而不能贵其奇峭，唯吴子华深知之。子华才力浩大，八面受敌，以八韵著称，游刃颇攻骚雅，尝以百篇示洞。洞曰：'大兄所示百篇中，有一联绝唱，《西昌新亭》曰：暖漾鱼遗子，晴游鹿引麛。'子华不怨所鄙，而喜其所许。"④李洞诗的僻涩奇峭，与贾岛一脉相承，他的审美取向也在细小生冷一面，故而对于吴融以浩大才力所作诗篇，只取期中类似姚贾风范的两句诗。而他人对于这种风范，有讥诮者，也有欣赏者。《唐才子传》卷九"李洞"条："然洞诗逼真于岛，新奇或过之。时人多诮僻涩，不贵其卓峭，唯吴融赏异。"⑤吴融诗在晚唐属于温李一派，但从所作有姚贾体格风范的联句和对李洞诗歌的欣赏，可以看出姚贾诗歌在晚唐的广泛流衍。

李洞诗有不少警句传在人口，如"鹤宿星千树，僧归烧一坡"（《题慈

---

① （宋）周密撰：《齐东野语》，中华书局1983年版，第293页。

② （元）辛文房撰，傅璇琮主编：《唐才子传校笺》（第四册），中华书局1990年版，第212页。

③ （明）谢榛撰：《四溟诗话》，丁福保辑：《历代诗话续编》，中华书局2006年版，第1148页。

④ （五代）王定保撰，姜汉椿校注：《唐摭言校注》，上海社会科学院出版社2003年版，第201页。

⑤ （元）辛文房撰，傅璇琮主编：《唐才子传校笺》（第四册），中华书局1990年版，第214页。

恩友人房》)、“墨研青露月,茶吸白云钟”(《宿凤翔天柱寺穷易玄上人房》)、“井锁煎茶水,厅关捣药尘”(《宿长安苏雍主簿厅》)等,所描绘的虽然都是平常意象,也可见诗人琢句炼字的功夫。又如“残阳高照蜀,败叶远浮泾。劚竹椿烟岚冻,偷湫雨雹腥”(《终南山二十韵》)、“马饥餐落叶,鹤病晒残阳”(《郑补阙山居》)、“卷箔清溪月,敲松紫阁书”(《送从叔书记山阴隐居》)、“越讲迎骑象,蕃斋忏射雕。冷筇书雪倚,朽栎带云烧”(《题维摩畅上人房》)、“岛屿分诸国,星河共一天”(《送云卿上人游安南》)、“药杵声中捣残梦,茶铛影里煮孤灯”(《赠曹郎中崇贤所居》)等,风格清奇冷峻,伟拔时流。

李洞编有《集贾诗句图》一卷,应该是最早的典型的诗句图。《新唐书》卷六零《艺文志》、《崇文总目》卷五、《通志·艺文略》、《直斋书录解题》卷二二皆著录。《唐才子传》卷九云:“洞尝集岛警句五十联,及唐诸人警句五十联,为《诗句图》,自为之序。”①后来《吟窗杂录》卷三十五亦标有句图,中有贾岛对句一种,共十三对,怀疑采自李洞《集贾诗句图》。

唐求,成都人,唐末隐士。为人放旷疏逸,“酷耽吟调,气韵清新,每动奇趣,工而不僻,皆达者之词。所行览不出二百里间。无秋毫世俗之想。有所得,即将稿拈为丸,投大瓢中。或成联片语,不拘短长,数日后足成之。后卧病,投瓢于锦江,望而祝曰:‘兹瓢倘不沦没,得之者始知吾苦心耳。’瓢泛至新渠,有识者见曰:‘此唐山人诗瓢也’”②。唐求的生活作风、苦吟的创作态度、奇峭清寒的诗歌风格,显示了作为姚贾后学的特征。

潘纬,湘南人。登咸通进士第。《全唐诗》存诗二首,残句一则。其句云:“篆经千古涩,影泻一堂寒。”(《古镜》)这首《古镜》诗流传较广,曾有“潘纬十年吟古镜”的说法(《潘何诗赋语》)。虽然潘纬诗歌极少传世,从仅存的诗句中也可以看出姚贾的影响。

---

① (元)辛文房撰,傅璇琮主编:《唐才子传校笺》(第四册),中华书局 1990 年版,第 220 页。

② (元)辛文房撰,傅璇琮主编:《唐才子传校笺》(第四册),中华书局 1990 年版,第 461—462 页。

裴说，新旧《唐书》、新旧《五代史》俱无传。早年窘迫乱离，奔走道路，天佑三年状元及第，官终礼部员外郎。裴说虽得高第，却是著名的苦吟诗人。他曾作诗诉说自己的潦倒贫寒，“粝食拥败絮，苦吟吟过冬”（《叙怀》）。也曾数年奔走行卷，只是诗卷很难写成，或者说是不经过琢磨推敲，不肯轻易以诗卷示人：“裴说应举，只行五言诗一卷，至来年秋复行四卷。人有讥者，裴曰：‘只此十九首苦吟，尚未有人见知，何暇别行卷哉！’咸谓知言。”①裴说诗中亦屡屡以苦吟人自居，如其《见王贞白》诗云：“又看重试榜，还见苦吟人”；又云：“苦吟僧入定，得句将成功”（《残句》）；《赠僧贯休》云：“总无方是法，难得始为诗”；《赠贯休》云：“是事精皆易，唯诗会却难”；《寄曹松》云：“莫怪苦吟迟，诗成鬓亦丝。鬓丝尤可染，诗病却难医。……冥收不堪得，一句至公知”。裴说诗效法贾岛、李洞，格律严谨，思致奇警。《唐才子传》卷十《裴说》条：“说工诗，得盛名。……为诗足奇思，非意表琢炼不举笔，有岛、洞之风也。”②过于追求声律的工稳精研，限制了裴说在艺术上的更高追求，他回避了诗歌境界的康庄大道，只以奇丽怪僻为务。《唐诗纪事》卷六五云：“其诗以苦吟难得为工，且拘格律。”③宋何汶《竹庄诗话》卷一三《杂编三》：“山谷跋裴说《寄边衣》诗云：‘说诗句甚丽，喜作卓尔奇怪。’”④作为状元及第的苦吟诗人，裴说使我们看到了姚贾风格在不同阶层的士子身上的普遍影响。

李中，字有中，九江人。唐末尝中进士。新旧《五代史》无传。他的诗歌也效法姚贾，风格奇峭自如。《唐才子传》卷十“李中”条：“中字有中……孟宾于赏其工吟，绝似方干、贾岛，时复过之。”⑤《唐才子传》的说

---

① （宋）钱易撰，黄寿成点校：《南部新书》，中华书局 2002 年版，第 103 页。

② （元）辛文房撰，傅璇琮主编：《唐才子传校笺》（第四册），中华书局 1990 年版，第 423—425 页。

③ （宋）计有功撰，王仲镛校笺：《唐诗纪事校笺》，中华书局 2007 年版，第 2179 页。

④ （宋）何汶撰，常振国、绛云点校：《竹庄诗话》，中华书局 1984 年版，第 248 页。

⑤ （元）辛文房撰，傅璇琮主编：《唐才子传校笺》（第四册），中华书局 1990 年版，第 471—474 页。

法来自于孟宾于的《碧云集序》。其《序》云:"……今观淦阳宰陇西李中,字有中,缘情入妙,丽则可知,出示全编,备多奇句。……乃为言曰:'且名随榜上者众,艺逐云高者稀。今之人只侔方干处士,贾岛长江何须一第者哉。'"①周祖譔、贾晋华先生在《唐才子传校笺》中说:"宾于此序载述中之语,推尊贾岛,并未将中与之相比。然《郡斋读书志》卷四中已云:'宾于称其诗如方干、贾岛之徒。'《才子传》或袭其误。"②无论是孟宾于尊崇贾岛,以李中比方干,还是《唐才子传》《郡斋读书志》等将李中与贾岛相比,其诗歌风格是贾岛一脉,应无疑问。如"暖风依病草,甘雨洗荒村"(《春日野望怀故人》)、"贫来卖书剑,病起忆江湖"(《书王秀才壁》)、"闲花半落处,幽鸟未来时"(《寄刘钧秀才》)等诗句,作法、口角、意象、思致,均不离姚贾路数。

于邺,唐末进士。其诗兼有姚贾二人之风。李怀民评于邺《客中》诗云:"'楚人歌竹枝,游子泪沾衣。异国久为客,寒宵频梦归。'此贾派之近张者。'一封书未返,千树叶皆飞。南过洞庭水,更应消息稀。'他人泛作晚唐调,不知实贾氏之变格也。"③所谓"贾派之近张者""贾氏之变格",我们看来是其既拥有姚合诗平易清淡的外表,又如贾岛诗一般蕴含着奇峭的内在思绪,这种兼容并蓄的风格也代表了唐末五代时期的诗风走向。

二

五代中后期,姚贾后学的生活区域集中于江南各地,他们或者是江南人,或者是北人南迁,他们的诗歌也得到了江南山水的浸润,有更多的山林水泽之气。

---

① (清)王士禛原编,郑方坤删补,戴洪森校点:《五代诗话》,人民文学出版社1989年版,第153—154页。

② (元)辛文房撰,傅璇琮主编:《唐才子传校笺》(第四册),中华书局1990年版,第474页。

③ (清)李怀民:《重订中晚唐诗主客图》,嘉庆乙丑十年(1805)邱县刘大观刻本。

孙晟，初名凤，又名忌。《旧五代史》载："少为道士，工诗，于庐山简寂观画唐诗人贾岛像，悬于屋壁，以礼事之。观主以为妖妄，执杖驱出之，大为时辈所嗤。"①孙晟因为对贾岛的极端崇拜，竟连道士也做不成。后唐庄宗时孙晟南奔吴地，南唐中主李璟时曾为司空，后被周世宗所杀。孙晟没有作品传世，从他对贾岛的敬礼膜拜中，可以推断出他与姚贾的传承关系。

陈贶，闽人，生性淡漠，不热衷于仕进，曾隐居庐山将近四十年，不受南唐的官职粟帛。"孤贫力学，积书至数千卷。……苦思于诗，得句未成章，已播远近。学者多师事之。"②陈贶作为当时有名的诗学宗师，其诗"骨务强梗，出于常态，颇有浪仙之致"③，他自己也"尝谓已诗埒贾岛"④。在他的倡扬浸染下，又有一批学习姚贾作风的苦吟派诗人出现。

刘洞，庐陵人，学诗于陈贶，也曾隐居庐山，开宝八年(975)卒。他作诗非常刻苦，"精思不懈，至浃日不盥。贶卒，犹居二十年。诗长于五言，自号'五言金城'。后主即位，诣金陵，献诗百篇，后主览其首篇《石城怀古》云：'石城古岸头，一望思悠悠。几许六朝事，不禁江水流。'后主掩卷为之改容，不复读其余者。洞羁旅二年，俟召不报，遂还庐陵，与同门夏宝松相善。陈贶尝谓已诗埒贾岛，洞亦自言有浪仙之体，恨不得与之同时言诗也"⑤。刘洞的诗现在仅存《石城怀古》一首及断句一则，无法窥知全貌，但我们从他的师承关系、"五言金城"的自号以及艰苦精思的创作作风可以推断他是姚贾诗风的传人。

江为，建阳人，年轻时曾游南唐庐山国学，是陈贶的弟子。曾诣金陵

---

① (宋)薛居正等撰:《旧五代史》,中华书局 1976 年版,第 1732 页。

② (清)吴任臣撰:《十国春秋》,中华书局 1976 年版,第 419 页。

③ (宋)龙衮撰:《江南野史》卷六,影印文渊阁《四库全书》本,第 464 册,台湾商务印书馆 1983 年版,第 99 页。

④ (宋)马令撰:《南唐书》卷十四《儒者传下第九》,《四部丛刊》续编本,第 15 册,上海书店 1984 年版。

⑤ (宋)马令撰:《南唐书》卷十四《儒者传下第九》,《四部丛刊》续编本,第 15 册,上海书店 1984 年版。

求举，屡黜于有司。乾祐中江为在福州，有故人将亡奔江南，江为替他草撰《投江南表》，事发并诛。江为工于诗，“月寒花露重，江晚水烟微”（《江行》）等联句，脍炙人口。其诗今存八首，其中五言律诗五首，对仗工稳，境界清冷。如《送客》诗云：“明月孤舟远，吟髭镊更华。天形围泽国，秋色露人家。水馆萤交影，霜洲橘委花。何当寻旧隐，泉石好生涯。”在这首诗中，为了吟诗而髭须斑白的自我形象，“孤舟”“秋露”“萤影”“霜洲”的孤寒意象，联句的造句对偶方式，清淡闲远的意境，都显露出对姚贾诗风的传承。

夏宝松，庐陵吉阳人，年轻时学诗于建阳江为，是陈贶的再传弟子。宝松与同门刘洞互相唱和，其诗为节度使陈德诚所知赏。“德诚赠诗曰：‘建水旧传刘夜坐（注：刘洞有《夜坐》诗），螺川新有夏江城。’宝松有《江城诗》曰：‘雁飞南浦钟初动，月满西楼酒半醒。’又云：‘晓来羸驷依前去，雨后遥山数点青。’皆佳句。”①夏宝松与陈贶、江为、刘洞一起，在庐山形成了一个小型的姚贾后学团体，其诗纯是清苦一路。

皮光禹。《五代诗话》卷五云：“光禹业五七言诗，贾浪仙之俦也。有‘烧平樵路出，潮弄海山高’之句，作者多许之。”②《诗话》所述，本自元人陶宗仪撰《说郛》卷一百十七下所引唐于逖《闻奇录》，字句大多相同，只是在“贾浪仙之俦”前有“自云”二字。

刘昭禹，字休明，婺州人。年少时学诗于林宽，与徐仲雅、李宏皋齐名。昭禹曾仕湖南，累为县令，后为马希范天策府十八学士之一，任严州刺史，卒于桂州幕中。昭禹写诗“为法刻苦。《风雪》诗云：‘句向夜深得，心从天外归’，尝与人论诗曰：‘五言如四十个贤人，着一字如屠沽不得，觅句者若掘得玉合子，底必有盖，但精心求工，必获其实”③。《全唐诗》卷七六二保存刘昭禹诗九首，并残句七则。其句有云：“危楼聊侧耳，高

① （宋）阮阅编，周本淳校点：《诗话总龟》，人民文学出版社1987年版，第138页。

② （清）王士禛原编，郑方坤删补，戴洪森校点：《五代诗话》，人民文学出版社1989年版，第237页。

③ （宋）尤袤撰：《全唐诗话》卷三，（清）鲍廷搏辑：《知不足斋丛书》本。

柳又鸣蝉”(《秋日登楼》)、“藓色围波井,花阴上竹楼”(《句》)、“对面雷嗔树,当街雨趁人”(《夏雨》)、“漆灯寻黑洞,之字上危峰”(《送人游九疑》),这些联句意象的寒僻细巧、造句对偶的方式,绝似姚贾诗句。当然刘昭禹最著名的论断还是“四十贤人”之说,这也算是对姚贾一脉五律艺术的一种极端化理论表述。

王元,字文元,桂林人。隐居不仕,生活贫苦多病。与妻黄氏俱好苦吟,“每遇得句,(妻)中夜必先起,燃烛,具纸笔。元甚重之”①。王元对于贾岛的生平遭遇寄予了深刻的同情,“有《吊贾岛》句云:‘江城卖药常将鹤,古寺看碑不下驴’”②,这两句诗中的意象,如“江”“城”“药”“鹤”“寺”“碑”“驴”等,全都是姚贾最喜欢使用的,看来王元对此一定有所心得。《全唐诗》卷七六二存王元诗五首,残句一则。其《听琴》诗云:“寒泉出涧涩,老桧倚风悲”;《登祝融峰》诗云:“万叠到孤顶,身齐高鸟翔。势疑撞翼轸,翠欲滴潇湘。云湿幽崖滑,风梳古木香。晴空聊纵目,杳杳极穷荒。”《题邓真人遗址》云:“松梢风触霓旌动,椶叶霜沾鹤翅垂。近代无人寻异事,野泉喷月泻秋池。”《赠廖融》云:“伴行惟瘦鹤,寻寺入深云。”上引诗句意境寒冷峭拔,心思细巧奇僻,可以看出姚贾诗歌的影响。

李韶,郴州人。“苦吟固穷。《题司空山观》云:‘梁代真人上紫微,水盘山脚五云飞。杉松老尽无消息,犹得千年一度归。’识者谓韶必无名,果如其言。王元悼之云:‘韶也命何奇,生前与世违。贫栖古梵刹,终著旧麻衣。雅句僧抄遍,孤坟客吊稀。故园今孰在,应见梦中归。”③李韶的贫寒人生和傲世品格、与寺院僧侣的密切关系、苦吟诗句的作风,自是姚贾风范。

孟贯,字一之,建阳人。年轻时曾经就读于南唐庐山国学,与江为、杨

① (清)王士禛原编,(清)郑方坤删补,戴洪森校点:《五代诗话》卷七引《郡阁雅谈》,人民文学出版社1989年版,第273页。

② (清)王士禛原编,(清)郑方坤删补,戴洪森校点《五代诗话》卷七引《唐宋遗史》,人民文学出版社1989年版,第273页。

③ (清)王士禛原编,(清)郑方坤删补,戴洪森校点:《五代诗话》卷七引《雅言系述》,人民文学出版社1989年版,第273—274页。

黴之交游。显德五年(954)投周,释褐授官。不知所终。《全唐诗》存诗一卷,全为五言律诗。《山斋早秋雨中》诗云:“深居少往还,卷箔早秋间。雨洒吟蝉树。云藏啸狖山。炎蒸如便退,衣葛亦堪闲。静坐得无事,酒卮聊畅颜。”诗歌风格清苦,属对工稳,意象寒僻,可以看出姚贾的影响。

第三节　姚贾对“咸通十哲”的影响

唐懿宗咸通年间(860—874),文坛上有所谓“咸通十哲”,以律诗闻名于世。他们都是姚合门人李频的门生,与姚贾诗人群体有极深的渊源。《唐摭言》卷十“海叙不遇”条云:“咸通末,京兆府解,李建州时为京兆参军主试,同时有许棠与(张)乔,及俞坦之、剧燕、任涛、吴罕、张蠙、周繇、郑谷、李栖远、温宪、李昌符,谓之十哲。”①十哲而有十二人。《唐诗纪事》卷七十“张乔”条、“任涛”条所记与《唐摭言》相同。《唐才子传》删去末二人温宪、李昌符,以成十哲之数,有误。这次京兆府试,十二人俱以次解送,而以许棠为首荐。十哲之中作品传世较多的有郑谷、许棠、张乔、张蠙、喻坦之、周繇、李昌符等人,其中郑谷诗名尤著,被后人誉为“晚唐之巨擘”②。温宪、剧燕、任涛、吴罕、李栖远等人作品传世较少,《全唐诗》存温宪诗四首,剧燕、任涛残句各一条,不存吴罕、李栖远诗。十哲与贾岛、姚合的后学马戴、薛能、李频、方干、李洞、林宽等苦吟诗人交往频繁,并且时有唱和之作,诗歌风格也渐渐和他们互相浸染。

在诗歌思想上,十哲完全继承了姚贾的苦吟精神,他们竭尽苦涩的才思,艰难地用诗歌诉说着生活的贫病寒苦。他们每一个人都在反复向世人宣示自己的苦吟,这已经成为他们人生的主旋律。许棠说:“万

---

① (五代)王定保撰,姜汉椿校注:《唐摭言校注》,上海社会科学出版社2003年版,第211页。

② 《四库全书总目提要》卷一五一《别集类四》之《云台编》三卷提要:“至其他作,则往往于风调之中独饶思致。汰其肤浅,撷其菁华,固亦晚唐之巨擘矣。”

事不关心，终朝但苦吟”（《言怀》）；周繇说：“潜知经目事，大半是愁吟”（《送宇文虞》）；郑谷说：“推琴当酒度春阴，不解谋生只解吟”（《春阴》）。辛苦吟诗几乎占据了诗人的整个生命。乾符末年，花甲之年的许棠归隐陵阳别业，他依然苦吟不辍：“鸥鸟犹相识，时来听苦吟”（《冬杪归陵阳别业五首》之一）、“学剑虽无术，吟诗似有魔”（《冬杪归陵阳别业五首》之三），诗人自己浸淫于诗魔之中，连鸥鸟也受到感染，习惯性地前来倾听苦吟的声音。这就是苦吟的魅力，其中也折射出诗人既无奈又自许的心绪。

十哲都喜欢在夜半时分苦吟诗篇，张乔说：“夜坐尘心定，长吟语力微”（《山中冬夜》）、“蓝水惊尘梦，夜吟开草堂”（《蓝溪夜坐》）、“旧日吟诗侣，何人更不眠”（《思宜春寄友人》），看来为了苦吟诗他已经度过了许多不眠之夜。李昌符说：“半夜病吟人寝后，百年闲事酒醒初”（《客恨》），与张乔夜吟的洒脱高逸相比，昌符的苦吟多了些许智者的愁闷。郑谷则说：“自后吟新句，长愁减旧知。……夜夜冥搜苦，那能鬓不衰”（《寄膳部李郎中昌符》）、“乱离时辈少，风月夜吟孤”（《端居》）、“庾楼清赏处，吟彻曙钟看”（《京兆府试残月如新月》）、“骚雅荒凉我未安，月和余雪夜吟寒”（《静吟》）。郑谷以诗歌风雅传统的继承兴衰为己任，他的苦吟更重视语言形式和艺术境界上的追求。

十哲的苦吟大都与其困顿生活中的孤郁心境有关，如“魂离为役诗篇苦，泪竭缘嗟骨相贫”（许棠《献独孤尚书》）、“老吟穷景象，多难损精神”（郑谷《梓潼岁暮》）、“任笑孤吟僻，终嫌巧宦卑”（郑谷《试笔偶书》）。他们当然希望能够受到知赏，然而“此去吟虽苦，何人更肯听”（许棠《陈情献江西李常侍五首》），当仕进的希望变得渺茫，他们又是沉浸在苦吟的诗歌境界里，以为这样可以消除世俗的烦恼：“久别多新作，长吟洗俗愁”（张乔《再题敬亭清越上人山房》），苦吟成了诗人消解人生痛苦的一种方式。

对于十哲的苦吟，时人也予以极高的评价。林宽认为许棠诗是“发枯穷律韵，字字合埙篪。日月所到处，姓名无不知”（《送许棠先辈归宣州》)。贯休诗亦谓许棠“时清道合出尘埃,清苦为诗不仗媒”(《闻许棠及第因寄桂雍》)。杜荀鹤评张乔诗:“生计吟消日,人事醉过时。雅篇三百首,留作后来师”(《维扬逢诗友张乔》),他说张乔以吟诗作为生存的方式,这样苦吟得来的诗篇可以直追风雅,对张乔极为推崇。

现实生活是文学创作的源泉,咸通十哲之所以在文学史上占有一席之地,就是因为他们以自己生活的贫寒病苦作为写作素材,使作品具有真切可感的艺术情趣,这也是他们从姚贾及姚贾诗人群体那里继承来的诗歌主题。在十哲的诗集里,贫、寒、孤、独、悲、愁、病、苦等字样触目皆是,如“病觉离家远,贫知处世难”(李昌符《与友人会》)、“久贫成蹭蹬,多病惜支离”(许棠《留别从弟郴》)、“欲吟先落泪,多是怨途穷”(许棠《客行》)、“苦学犹难至,甘贫岂有成”(张乔《延福里秋怀》)、“飘泊病难任,逢人泪满襟”(郑谷《江行》)、“病眼嫌灯近,离肠赖酒迷”(郑谷《锦浦》)、“贫病却惭墙上土,年年犹自换新衣”(张蠙《长安寓居》)等,都是他们对现实生活的真切感受。

在意象的选择、诗境的构筑方面,十哲也与姚贾一脉相承。他们选择孤单、黯淡、幽僻、残败的意象建构自己的诗歌殿堂,表现了以怪奇为美的艺术旨趣。如:“树折巢堕鸟,阶荒草覆虫”(许棠《经故杨太尉旧居》)、“落帆敲石火,宿鸟汲瓶泉”(张乔《送新罗僧》)、“古坟时见火,荒壁悄无邻”(张蠙《宿山驿》)、“浅井寒芜入,回廊叠藓侵”(郑谷《秘阁伴直》)、“窥井猿兼鹿,啼林鸟杂蝉”(喻坦之《题耿处士亭》)、“细径穿禾黍,颓垣压薜萝”(李昌符《远归别墅》)等,诗人们将幽僻孤独的情怀倾注到细微琐屑的平常事物上面,构成清冷寒涩的诗歌境界,这正是姚贾一路的标志性风格。

在诗歌语言形式方面,十哲刻意模仿姚贾,甚至到了亦步亦趋的地步,我们可以作一个对比:姚合云:“野步出茅斋,闲行坐石台”(《春日江次》),许棠则云:“野步难寻寺,闲吟少在城”(《题郑侍郎岩隐十韵》);姚合云:“洛下攻诗客,相逢只是吟”(《洛下夜会寄贾岛》),张乔则云:“洛下吟诗侣,南游只有君”(《江南逢洛下友人》);姚合云:“径草多生药,庭花半落泉”(《送裴中丞赴华州》),许棠则云:“地古多生药,溪灵不聚鱼”(《送从弟筹任告成尉》);姚合云:“黑发年来尽,沧江归去迟”(《酬万年张郎中见寄》),许棠则云:“素业沧江远,清时白发垂”(《寄赵能卿》)。贾岛云:“孤舟行一月,万水与千岑”(《忆吴处士》),张乔则云:“孤舟无岸泊,万里有星随”(《送宾贡金吾夷奉使归本国》);贾岛云:“秋风生渭水,落叶满长安”(《忆江上吴处士》),许棠则云:“落木满江水,离人怀渭城”(《秋江霁望》);贾岛云:“万水千山路,孤舟几月程”(《送耿处士》),张乔则云:“北阙东堂路,千山万水人”(《秦原春望》);贾岛云:“鸟归沙有迹,帆过浪无痕”(《登江亭晚望》),张乔则云:“鸟行来有路,帆影去无踪”(《送僧雅觉归东海》);贾岛云:“石楼云一别,二十二三春”(《黄子陂上韩吏部》),许棠则云:“二十二三年,游秦复滞燕”(《陈情献江西李常侍五首》之一)。从以上例句可以看出,十哲自甘拘囿于姚贾的藩篱之内,而境界更狭小,意趣更牵强。这种立意上的因袭,词句上的仿效,极大地限制了十哲的艺术成就。

探讨姚贾对咸通十哲的影响我们还发现,在十哲身上已经很难找到贾岛那种孤峭傲岸的性格特点,倒是姚合疏落自适的吏隐思想更切合他们。唐末社会的动荡不安,个人生活的困厄流离,几乎将他们心中残存的经世理想销蚀殆尽。而许棠等七人的最终擢第,也终于磨平了文人固有的愤世与狂狷。反映到诗歌当中,也就更多地呈现出平澹静适的武功风貌。如“越鸟啼春早,蛮花送雨寒”(许棠《陈情献江西李常侍五首》之五)、“画壁惟泉石,经窗半典坟”(李昌符《寄栖白上人》)、“架引藤重长,阶延笋迸生”(许棠《题郑侍郎岩隐十韵》)、“月临山霭薄,松滴露花香”(张乔《蓝溪夜坐》)、“竹落穿窗叶,松寒荫井枝”(张乔《东湖赠僧子兰》)、“浅井寒芜入,回廊迭藓侵”(郑谷《秘阁伴直》)、“白鸟窥鱼网,青帘认酒家”(郑谷《旅寓洛南村舍》)等等,这些诗句放到姚合集中,几乎可以乱真,但细细品味,还是少了一些因为洞察世事而具有的圆融气度,以及因为出自本心而非模仿所呈现的天然风致,这正是十哲不能企及的艺术高度。

第四节 姚贾对晚唐五代诗僧的影响

晚唐五代学习姚贾的诗人众多，其中一个很重要的群体，就是诗僧集团，包括栖白、可止、可朋、归仁、贯休、齐己、栖蟾、栖一、处默、修睦、昙域、尚颜、虚中、干康、匡白、文秀、玄泰、清尚、子兰等人。其实这些僧侣之间或有唱和交游，或天各一方不相往来，从严格意义上讲并不能算是一个团体，但因为他们都是方外佛门之士，诗歌风格有一定的共性，故而将他们合在一起进行讨论。

诗僧约产生于东晋。柳宗元《送文畅上人登五台遂游河溯序》云："昔之桑门上首，好与贤士大夫游。晋宋以来，有道林、道安、远法师、休上人，其所与游，则谢安石、王逸少、习凿齿、谢灵运、鲍照之徒，皆时之选。"①柳宗元所列"桑门上首"诸人，都有诗歌传世。今人逯钦立辑《先秦汉魏晋南北朝诗》晋诗卷二十，集东晋释氏康僧渊、佛图澄、支遁、鸠摩罗什、道安、慧远、庐山诸道人等十五家僧诗。这些诗作多为偈颂，数量寡少，缺乏诗味。这种现象到唐代得到很大改观，唐初的王梵志开始大量为诗，作品多达三百余首，此后寒山有六百首，拾得有五十余首。作品数量虽然增多，但诗语俚俗诙谐，仍难登大雅之堂。

中晚唐时期，随着禅宗的兴盛，诗僧作为一个特殊的阶层出现在社会结构中。宋人姚勉说："汉僧译，晋僧讲，梁、魏至唐初，僧始禅，犹未诗也。唐晚禅大盛，诗亦大盛。"②晚唐僧诗的兴盛和禅宗的兴盛密不可分。禅宗倡导"本性即佛""平常心是道"，宗门教理、清规戒律无非形式而已。特别是贾岛、周贺这样的身份转换于僧俗之间的诗人出现后，他们对于诗

① (唐)柳宗元撰，吴文治点校：《柳宗元集》卷二十五，中华书局1979年版，第667—668页。

② (宋)姚勉：《赠俊上人诗序》，(宋)姚勉撰：《雪坡舍人集》卷三十七，南昌豫章丛书编刻局，民国间刻本。

歌艺术的自觉、对于诗禅圆融的艺术旨趣的迷恋，使得僧诗得到了极大的繁荣。《全唐诗》录诗僧凡 115 人，僧诗凡 2800 余首，多数均成於中晚唐。成就最高者的晚唐诗僧贯休、齐己二人，诗共 1456 首，约占全部唐代僧诗的二分之一。作诗对于僧人们来说，不仅仅是修佛余事或方便渡众的工具，而是成为明佛证禅的手段。诗僧们“吟疲即坐禅”（齐己《喻吟》）、“一念禅余味，《国风》早因持”（齐己《谢孙郎中寄示》），诗禅兼习，甚至对吟诗的嗜好超过参禅。作为佛徒，他们身上有了更多的士大夫气息，而且由于生活习性和环境的影响，他们又自有一种清幽圆照的林下风流。

唐代僧诗的风格，现在一般分为两大类，一是以王梵志、寒山、拾得、常达、怀浚等为代表的通俗派，其诗深受偈颂形式的影响，比较朴拙浅易；一是以皎然、灵澈为代表的清境派，诗风典雅闲远，格律精严工稳，意境清幽空灵。贾岛姚合之后，那种清苦寒僻、平澹朴质的艺术取向，似乎更适合诗僧们的创作心理和审美旨趣，于是清境派僧诗有了新的发展，形成了姚贾诗风在晚唐五代诗僧中的传承，并且成为这一时期僧诗的主流。齐己诗云：“贾岛存正始，王维留格言”（《寄洛下王彝训先辈》）、“昼公评众制，姚监选诸文”（《寄南徐刘员外》），虽然只是对几位前代诗人的评价，也可以看作是对晚唐以后诗僧的师承体系的简明表述，即由王维、皎然到贾岛、姚合的艺术典范。

首先，这些诗僧继承了姚贾的苦吟作风，尽心竭力琢磨诗句，以求精当绝伦。晚唐五代诗坛上广为流传的“一字师”的故事大多与这些诗僧有关。《五代史补》卷三“僧齐己”条云：“郑谷在袁州，齐己因携所撰诗往谒焉，有《早梅》诗曰：‘前村深雪里，昨夜数枝开。’谷笑谓曰：‘数枝非早，不若一枝则佳。’齐己矍然，不觉兼三衣叩地膜拜。自是士林以谷为齐己一字之师。”①

在这条记载里，齐己是一字师的学生，在另外的故事里，他又成了别

① （宋）陶岳撰：《五代史补》卷三，影印文渊阁《四库全书》本，第 407 册，台湾商务印书馆 1983 年版，第 665—666 页。

人的“一字师”:“张迥,少年苦吟,未有所得,梦五色云自天而下,取一团吞之,遂精雅道。有《寄远》诗曰:‘锦字凭谁达,闲庭草又枯。夜长灯影灭,天远雁声孤。蝉鬓凋将尽,虬髯白也无?几回愁不语,因看朔方图。’携卷谒齐己,点头吟讽无斁,为改‘虬髯黑在无’,迥遂拜作‘一字师’。”①

贯休也曾做过王贞白“一字师”,《青琐后集》载《御沟水》云:“王贞白,唐末大播诗名,尝作《御沟诗》云:‘一派御沟水,绿槐相荫青。此波涵帝泽,无处濯尘缨。鸟道来虽险,龙池到自平。朝宗心本切,愿向急流倾。’示贯休,休曰:‘剩一字。’贞白扬袂而去。休曰:‘此公思敏。’书一‘中’字于掌。逡巡,贞白回曰:‘此中涵帝泽。’休以掌中示之,不异所改。”②洞山曾为居遁和尚的诗作改二字,也可谓其“一字师。”《祖堂集》卷八“龙牙”条载:“龙牙和尚嗣洞山,在潭州妙济。师讳居遁,俗姓郭,抚州南城人也。师因此造偈:‘学道蒙师指却闲,无中有路隐人间。时人尽讲千经论,一句临时下口难。’洞山改末后语云:‘一句教伊下口难。’从此改名也。”③

虽然这些故事的可靠性值得怀疑,如齐己忽而为“师”,忽而为“弟子”,故事的内容又如出一辙,很有可能属于后人的辗转讹传,但这么多一字师的记载也反映了一个突出的现象,就是斟词酌句的苦吟作风在唐末诗僧之间的广泛传播和普遍接受。

晚唐五代的诗僧对于作诗用尽苦心,除诗与佛之外,人生别无其他。本来禅宗主张“于一切境上不染”④,圆明空旷,不受任何外物的妨碍束缚,而诗僧却成天醉心于作诗,身心被搜词觅句所牵累。如齐己云:“日用是何专,吟疲即坐禅。此生还可喜,余事不相便。”(《喻吟》)他们整日沉浸在吟诗之中,几为疯魔,“正堪凝思掩禅扃,又被诗魔恼竺卿”(齐己

---

① (宋)阮阅编著,周本淳校点:《诗话总龟》前集卷六《评论门》引,人民文学出版社 1987 年版,第 62 页。

② (宋)阮阅编著,周本淳校点:《诗话总龟》前集卷十一《雅什门》引,人民文学出版社 1987 年版,第 127 页。

③ (南唐)释静、释筠编撰,吴福祥、顾之川点校:《祖堂集》卷八,岳麓书社 1996 年版。

④ (唐)释慧能著、郭朋校释:《坛经校释》,中华书局 1983 年版,第 32 页。

《爱吟》)、"还应笑我降心外,惹得诗魔助佛魔"(齐己《寄郑谷郎中》)。诗僧们大多具有苦吟的作风,如"从来吟太苦,不得力还稀"(贯休《送刘逖赴闽辟》)、"无端求句苦,永日壑风吹"(贯休《秋望寄王使君》)、"青衲几临高瀑濯,苦吟曾许断猿闻"(齐己《酬答退上人》)、"还是诗心苦,堪消蜡面香"(齐己《谢邕湖茶》)、"何必要识面,见诗惊苦心"(齐己《酬洞庭陈秀才》)、"五七字中苦,百千年后清"(齐己《逢诗僧》)、"诗在混茫前,难搜到极玄。有时还积思,度岁未终篇"(齐己《寄谢高先辈见寄二首》)。苦吟占据了诗僧们的内心世界,也占据了每日的光阴,他们昼夜吟诗,乐此不疲。如贯休云:"登高吟更苦,微月出苍茫"(《秋晚野步》),又云:"坐侵天井黑,吟久海霞蔫"(《怀四明亮公》)、"无人知此意,吟到月腾辉"(《南海晚望》)、"思苦香消尽,更深笔尚随"(《秋夜吟》)、"唯君心似我,吟到五更钟"(《夜对雪作寄友生》)、"大是清虚地,高吟到日晡"(《寄天台道友》)。齐己云:"应念苦吟耽睡起,不堪无过夕阳天。"(《闻道林诸友尝茶因有寄》)归仁云:"桂魄吟来满,蒲团坐得。"(《酬沈先辈卷》)这样长年累月昼夜不停地苦吟,使他们过早地容颜憔悴,两鬓斑白,老病缠身:"苦吟斋貌减,更被杉风吹"(贯休《闲居拟齐梁四首》之二)、"觅句句句好,惭予筋力衰"(贯休《寄西山胡汾吴樵》)、"高吟多忤俗,此貌若为饥"(贯休《避地寄高蟾》)、"客远何人识,吟多冷病增"(贯休《鄂渚赠祥公》)、"尽日吟诗坐,无端个病成"(贯休《秋末闲居作》)、"诗病相兼老病深,世医徒更费千金。余生岂必虚抛掷,未死何妨乐咏吟"(齐己《遣怀》)。"吟中双鬓白,笑里一生贫"(庭实逸句)。老病衰残并不能阻止僧人们的苦吟,人生的乐趣即在痛苦艰辛的吟咏之中,拘牵心灵的牢笼即是他们的精神家园。在这里,姚贾苦吟诗篇的创作传统与僧侣们苦修佛事的日常功课完成了内容和形式上的统一。不仅吟诗与修禅合而为一,而且二者都需要通过苦修才能达到圆融境界。

晚唐五代的诗僧群体不仅继承了姚贾苦吟的创作方式,而且也接受了姚贾诗歌的艺术追求,即在字句方面的苦心雕琢,在意象方面的苦思冥搜,在内容方面对于风云月露的专注,在气韵风格上的清冷闲淡。对待五言律诗的每一个用字，他们都极端认真，以致身心俱疲。齐己云："觅句如探虎，逢知似得仙"（《寄郑谷郎中》）、"道出千途外，功争一字新"（《赠孙生》）、"千篇未听常徒口，一字须防作者心"（《送吴先辈赴京》）。贯休云："因知好句胜金玉，心极神劳特地无"（《苦吟》）、"无端为五字，字字鬓星星"（《偶作》）、"寄言无别事，琢句似终身"（《寄匡山纪公》）。慕幽云："五字若教易，一名争得难"（《酬和友人见寄》）。为了获得奇僻的意象，他们驰心极骛，苦思冥搜，"梦入深云香雨滴，吟搜残雪石林空"（贯休《别李常侍》）、"还怜我有冥搜癖，时把新诗过竹寻"（齐己《酬尚颜上人》）、"冥搜从少小，随分得淳元"（齐己《孙支使来借诗集因有谢》）、"非无苦到难搜处，合有清垂不朽名"（齐己《寄吴拾遗》）、"我亦当年爱吟咏，将谓冥搜乱神定"（修雅《闻诵法华经歌》）、"功到难搜处，知难始是诗"（齐己《贻王秀才》）、"精搜当好景，得即动知音"（齐己《酬洞庭陈秀才》）。他们的兴趣在水云山月之间，以为那里是获得清韵的源泉，可以达到极玄的境界。"诗兴难穷花草外，野情何限水云边"（齐己《溪居寓言》）、"几因秋霁澄空外，独为诗情到上头"（齐己《寄江夏仁公》）、"江山风月处，一十二三年。雅颂在于此，浮华致那边。"（尚颜《言兴》）"一生吟兴僻，方见业精微"（尚颜《与王嵩隐》）、"一千首出悲哀外，五十年销雪月中"（齐己《吟兴自述》）、"河薄星疏雪月孤，松枝清气入肌肤。因知好句胜金玉，心极神劳特地无"（齐己《苦吟》）、"闲搜好句题红叶，静敛霜眉对白莲"（齐己《寄怀东林寺匡白监寺》）。诗中"雪""云""月""星""红叶""白莲"等意象，已经成为诗僧禅心的譬喻。佛家的虚静明悟与山林的闲幽清远，都在融会姚贾诗歌境界的过程中得到了契合。

诗染世情，禅求寂心，二者不免相妨。贾岛、姚合、周贺诸子，身体游离于红尘之中，而心思膜拜禅寂空灵，佛门烙印或与佛子相亲的经历，使他们在诗禅和谐的进程中，迈出了前进的脚步。在他们之后，又有晚唐诸僧，钟情于诗而归心于禅，诗情时露家国之思，禅寂可观悦心悟境。他们所承继的诗禅交汇的光芒，在晚唐诗歌史上留下了特别的痕迹，也在宋初九僧那里得到了延续和发展。

第八章　姚贾对北宋诗人的影响

北宋时期,诗歌史上第一次有了“姚武功”和“贾岛体”“浪仙体”这样的称谓。称述者是欧阳修、马令等人。姚合称“姚武功”,始于《新唐书》卷一百二十四《姚合传》,“合,元和中进士及第,调武功尉,善诗,世号姚武功者”①。“贾岛体”则首见于欧阳修的《弹琴效贾岛体》,欧阳修所谓的贾岛体却是指一种好用复词、音节回环往复的五言古诗。北宋末人马令在所撰《南唐书》中,谈到姚贾后学诗人陈贶、刘洞时,提出了“浪仙体”这一称谓。《马氏南唐书》卷十四《儒者传下第九》:“陈贶尝谓已诗埒贾岛,(刘)洞亦自言有浪仙之体,恨不得与之同时言诗也。”②这一时期,由于欧阳修和苏轼等大文学家的倡导,人们更多谈论的是“郊岛”,而非“姚贾”,而姚合在北宋的影响远远不及贾岛。

北宋时期姚贾生平开始受到了正统史家的关注。由欧阳修、宋祁等人编纂的《新唐书》分别有了贾岛、姚合的传记,虽然《贾岛传》是附在《韩愈传》之后,《姚合传》附在《姚崇传》后,二传都相当简约,但二人的历史地位显然比《旧唐书》时期有所上升。

北宋时期,由于欧阳修、苏轼两位文坛大家的提倡,郊岛并称之说大为流行,对后世产生了极大的影响。

欧阳修的《六一诗话》用一部分篇幅讨论了贾岛诗歌喜欢吟咏贫寒

---

① (宋)欧阳修、宋祁撰:《新唐书》,中华书局1975年版,第4388页。

② (宋)马令撰:《马氏南唐书》卷十四《儒者传下第九》。

生活的内容特点，并将贾岛与孟郊相提并论："孟郊、贾岛皆以诗穷至死，而平生尤自喜为穷苦之句。"①欧阳修把诗人的创作风格和他的生活现实结合在了一起，从而提出了"诗穷而后工"的知名论断。欧阳修还以贾岛姚合诗歌为例，探索诗歌艺术理论中的"言意语工""得前人所未道"以及"含不尽之意"②等问题，对于姚合贾岛的部分诗作给予了认可。欧阳修《试笔一卷》的"郊岛诗穷"条，比较了孟郊和贾岛诗中所表现的生活贫寒的程度，用语似庄似谐："唐之诗人类多穷士，孟郊、贾岛之徒尤能刻篆穷苦之言以自喜。"③指出了生活境遇与诗歌创作之间的关系。欧阳修在《太白戏圣俞》诗言"下看区区郊与岛，萤飞露湿吟秋草"④，表明了欧阳修对郊岛诗歌总体的评价并不高。欧阳修还曾模拟贾岛《明月山怀独孤崇鱼琢》作了一首《弹琴效贾岛体》，谓之"贾岛体"，当然纯粹是士大夫之戏笔之作。

苏轼与"郊寒岛瘦"。北宋另一位大文学家苏轼也对贾岛颇感兴趣，他在《祭柳子玉文》中提出了"元轻白俗，郊寒岛瘦"⑤的著名论断，对中唐时期四位著名诗人各下一字评语，并以"元白""郊岛"对举，千载之下，几乎成为不易之评。

释惠洪在所撰《冷斋夜话》中，第一次对贾岛诗歌的艺术形式进行探讨，他提出贾岛《赴长江道中》《旅游》等诗有"影略句""因果句"，表明北宋时期对贾岛诗歌的剖析已经非常精微。

姚合的诗歌在北宋时期评者寥寥，除了前引欧阳修《六一诗话》里提

---

① (宋)欧阳修撰:《六一诗话》,(清)何文焕辑:《历代诗话》(上册),中华书局1981年版,第266—267页。

② (宋)欧阳修撰:《六一诗话》,(清)何文焕辑:《历代诗话》(上册),中华书局1981年版,第267页。

③ (宋)欧阳修撰,李逸安点校:《欧阳修全集》(第五册),中华书局2001年版,第1981页。

④ 北京大学古文献研究所编,傅璇琮等主编:《全宋诗》卷286,北京大学出版社1992年版,第3630页。以下凡引《全宋诗》均据此版本,不另出注。

⑤ (宋)苏轼:《祭柳子玉文》,(宋)苏轼撰,傅成、穆俦标点:《苏轼全集》文集卷六十三,上海古籍出版社2000年版,第2017页。

到姚合的“马随山鹿放，鸡杂野禽栖”一联，说它描绘了“山邑荒僻，官况萧条”的景况以外，绝少见到讨论批评。

北宋时期的一些诗歌选集如《唐文萃》《唐百家诗选》等，都收录了贾岛、姚合的部分诗作，这些集子的选录标准和入选篇目往往能反映出选家的诗歌批评观念与标准。

宋真宗大中祥符四年（1011）姚铉编成的《唐文粹》，诗、文、赋均专录古体。其序称：“止以古雅为命，不以雕琢为工，故侈言蔓词，率皆不取。”①姚合贾岛虽然致力于近体五言，其古体诗亦有雅调，可入编者之目。《唐文粹》收录姚合八首，贾岛十五首，这些都是姚贾集中风骨峭拔、气韵跌宕的作品，它们无疑是符合姚铉所谓“古雅”的审美标准的。

神宗熙宁年间，王安石任三司判官时，编选了《唐百家诗选》二十卷，共录诗 1262 首。《唐百家诗选》收录贾岛二十三首，无姚合诗。所选贾岛诗在体裁上有五古五首，五律十三首，七绝五首；内容上涉及送赠、唱酬、游历、抒怀、悲悼、咏物等方面，风格上则显示出贾诗冷僻寒峭的当行本色。

北宋时期，由于苏轼、欧阳修等大家的倡导，郊岛并称之说十分流行。有关姚合诗歌的批评鉴赏活动相比贾岛冷清了许多，评论文字在数量上也远远少于贾岛，与姚贾诗风在北宋的影响程度相一致，北宋的诗论家对于姚贾诗歌的评价并不算高。

第一节　姚贾对北宋“九僧”的影响

宋初诗坛宗法唐人者，有白体、昆体、晚唐体，即所谓宋初“三体”。这种观点的首倡者是宋末元初文学史家方回，方回《桐江续集》卷三十二《送罗寿可诗序》中论说宋初诗坛格局时云：“诗学晚唐不自四灵始。宋

① （宋）姚铉：《唐文粹序》，《唐文粹》一百卷，《四部丛刊初编》影印本。

刬五代旧习,诗有白体、昆体、晚唐体。……晚唐体则九僧最逼真,寇莱公(准)、鲁三交(交)、林和靖(逋)、魏仲先父子(野、闲)、潘逍遥(阆)、赵清献之父(湘),凡数十家,深涵茂育,气极势盛。"①方回所谓"晚唐体",指与元白体、西昆体先后颉颃宋初诗坛数十年之诗歌体派,而"晚唐体"称谓之含义,则因时代不同多有变迁沿革。今人张海鸥《宋诗"晚唐体"辩》②认为,北宋人指唐之晚年诗人孟郊贾岛穷士刻篆之诗,南宋人以贾岛姚合为晚唐,宋末元初人又称宋初隐逸一族、宋季"四灵"一脉为"晚唐体"。本节所谓"晚唐体",依方回之说,指以宋初九僧为代表,以寇准、林逋、魏野、潘阆、赵湘等人为羽翼的诗歌体派。这些诗人中除了寇准是高官外,大多是隐逸山林的僧人和处士。他们以苦吟的写作方法在狭小的格局中描绘清新小巧的自然景象,表达或是失意怅惘或是闲适旷达的山林野趣,他们的生活状况原本就很冷落,又需要显示不事王侯的清高超逸,写起这种诗来颇为自得。

九诗僧活动在北宋太宗、真宗朝,据司马光《温公续诗话》所载,乃"剑南希昼,金华保暹,南越文兆,天台行肇,沃洲简长,青城惟凤,淮南惠崇,江南宇昭,峨眉怀古也"。③ 关于九僧诗的传承,历代评者各有所论。方回认为九僧诗学贾岛、周贺,方氏评文兆《宿西山精舍》诗云:"有宋国初,未远唐也。凡此九人诗,皆学贾岛、周贺,清苦工密。"④明人胡应麟亦持此说,《诗薮》论九僧诗云:"其诗律精工莹洁,一扫唐末五代鄙倍之态,几于升贾岛之堂,入周贺之室,佳句甚多。"⑤清人贺裳说九僧诗学贾岛、姚合,《载酒园诗话》卷一"诗魔"条云:"九僧诗皆宗贾

---

① (元)方回撰:《桐江续集》卷三二,民国教育部编订:《四库全书珍本初集》,上海商务印书馆1934—1935年据清文渊阁藏本影印。

② 张海鸥:《宋诗"晚唐体"辩》,《中山大学学报》2003年第3期。

③ (宋)司马光撰:《温公续诗话》,(清)何文焕辑:《历代诗话》(上册),中华书局1981年版,第280页。

④ (元)方回选评,李庆甲集评校点:《瀛奎律髓汇评》,上海古籍出版社2005年版,第1718页。

⑤ (明)胡应麟撰:《诗薮》,上海古籍出版社1979年版,第317页。

岛、姚合。”[①]朱庭珍亦持此说，《筱园诗话》卷一云：“九僧、四灵，以长沙、武功为法，有句无章，不惟寒俭，亦且琐僻卑狭。”[②]纪昀曾经说九僧诗源出中唐大历十才子，与贾岛、周贺诗风迥异，其评文兆《宿西山精舍》诗云：“‘九僧’诗源出中唐，乃‘十子’之余响，与贾、周南辕北辙。”[③]但他在《四库全书总目提要·南阳集提要》中又赞同九僧诗源出晚唐的说法：“元方回作《罗寿可诗序》，称宋刬五代旧习，诗有白体、昆体、晚唐体。其晚唐一体，‘九僧’最逼真。”[④]许印芳认为九僧诗雅近姚合，与十子、贾岛、周贺都不相同，其评希昼《书惠崇禅师房》诗云：“纯是晚唐习径，而根柢浅薄，门户狭小，未能追逐温、李、马、杜诸家，只近姚合一派，却无琐碎之习，故不失雅则。虚谷谓学贾、周固非，晓岚谓是‘十子’余响，亦过情之誉。……此等诗病皆起于晚唐小家，而‘九僧’承之。”[⑤]以上对九僧诗歌渊源的评论虽有差异，其实质则大略相同。周贺是姚贾诗人群体的成员之一，大历十子对姚贾诗歌有较大的影响，晚唐体也是宋初有姚贾之风的诗歌体派。诸家说法虽异，以九僧诗为代表的宋初晚唐体与中唐诗人贾岛姚合有极深的渊源关系，则无可疑。

九僧诗如今无有全本，欧阳修《六一诗话》、晁公武《郡斋读书志》卷二十、陈振孙《直斋书录解题》卷一五、周辉《清波杂志》等所著录之《九僧诗集》，均为选本。今存南宋陈起编行《增广圣宋高僧诗选》，其中“前集”即《六一诗话》等所谓《九僧诗集》。集中多为五言律诗，且除五言律诗之外，诸体皆无所成就。王士禛《带经堂诗话》卷二零《禅林类》曰：“《宋高

---

① （清）贺裳撰：《载酒园诗话》，郭绍虞编选、富寿荪校点：《清诗话续编》（上册），上海古籍出版社 1983 年版，第 243 页。

② （清）朱庭珍撰：《筱园诗话》，郭绍虞编选、富寿荪校点：《清诗话续编》（下册），上海古籍出版社 1983 年版，第 2330 页。

③ （元）方回选评，李庆甲集评校点：《瀛奎律髓汇评》，上海古籍出版社 2005 年版，第 1718 页。

④ （清）纪昀等撰，四库全书研究所整理：《钦定四库全书总目》，中华书局 1997 年版，第 2035 页。

⑤ （元）方回选评，李庆甲集评校点：《瀛奎律髓汇评》，上海古籍出版社 2005 年版，第 1715 页。

僧诗》前后二集，钱唐陈起宗之编，多近体五言。”①胡应麟《诗薮》云：“第自五言律外，诸体一无可观。”②北京大学古文献研究所编《全宋诗》，共录九僧诗143首，其中不存古体，而五言诗有138首；共录残句122条，其中五言偶联118条。今虽无法窥得九僧诗全豹，亦可见其于五律用力之勤。

九僧诗延承了姚贾及其晚唐五代追随者的苦吟传统，亦标榜苦心为诗。如希昼诗云：“遥知林下客，吟苦夜禅忘”（《寄怀古》）、“素瑟沈幽意，寒蛩共苦吟”（《送朱扆》）；保暹诗云：“吟苦人成癖，年衰自长慵”（《秋居言怀》）、“旅梦寒应断，吟髭白恐生”（《寄从弟》）；文兆诗云：“何人同此听，彻晓得诗成”（《巴峡闻猿》）；宇昭诗云：“孤锡依京寺，诗愁上鬓新”（《喜惟凤师关中回》）。僧人为了吟诗，费尽心力，诗中所呈现的艰苦酸吟的自我形象，具有姚贾以来这一派诗人的共同特征。九僧的苦吟，亦重雕琢辞句、辛苦经营，亦颇有佳句，不过相较姚贾则才力更短、境界更狭。《湘山野录》卷中记载了惠崇与寇准分韵赋诗的故事，虽为逸事趣谈，亦可见其作诗之苦心。其文云：“寇莱公一日延诗僧惠崇于池亭，探阄分题，丞相得‘池上柳’，‘青’字韵；崇得‘池上鹭’，‘明’字韵。崇默绕池径，驰心于杳冥以搜之，自午及晡，忽以二指点空微笑曰：‘已得之，已得之。此篇功在“明”字，凡五押之俱不倒，方今得之。’丞相曰：‘试请口举。’崇曰：‘照水千寻迥，栖烟一点明’，公笑曰：‘吾之柳，功在“青”字，已四押之，终未惬，不若且罢。’崇诗全篇曰：‘雨绝方塘溢，迟徊不复惊。曝翎沙日暖，引步岛风清。’及断句云：‘主人池上凤，见尔忆蓬瀛。’”③“照水”一联描写鹭鸟的活动，一动一静，互相映衬；对句更是在一片灰暗的烟霭中呈现白鹭的一点亮色，给人以醒目之感，难怪惠崇对此很自负。惠崇为了作一首五律，绕池冥搜，用心不可谓不苦；从午时到申时，两个时

① （清）王士禛著，戴鸿森校点：《带经堂诗话》，人民文学出版社1982年版，第586页。

② （明）胡应麟编：《诗薮》，上海古籍出版社1979年版，第317页。

③ （宋）释文莹撰：《湘山野录》卷中，影印文渊阁四库全书本，第1037册，台湾商务印书馆1983年版，第249页。

辰方得一两首，才思不可谓不艰涩；五次押韵仍不满意，对作品的要求不可谓不高。九僧就是这样不惜耗尽心力，来求得联句的工稳妥帖。方回评怀古《寺居寄简长》诗说："人见九僧诗或易之，不知其几锻炼、几敲推乃成，一句一联不可忽也。"①陈振孙《直斋书录解题》称宋人陈充《九僧诗》为九僧诗作序，"目之曰'琢玉工'，以对姚合'射雕手'"②。所谓"琢玉工"，是说九僧呕心沥血、不遗余力的锤炼功夫。姚合《极玄集序》中说集中所选都是"诗家射雕手"的作品，陈充用"琢玉工"相对，是肯定他们对姚贾苦吟一脉的接受与传承。

贾岛姚合作五言律诗，精心锤炼中间对仗的两联，力图精巧优美，而起结平平，其警句又多为景联。九僧诗亦承此习，得意于一联半句，而全篇不能浑然一体。许印芳评希昼《书惠崇师房》曰："其诗专工写景，又专工磨炼中四句，于起结不大留意，纯是晚唐习径。"方回亦评曰："每首必有一联佳，不特希昼，九僧皆然。"③欧阳修《六一诗话》云："时有集号《九僧诗》，今不复传矣。余少时闻人多称之。……有云：'马放降来地，雕盘战后云。'又云：'春生桂岭外，人在海门西'，其佳句多类此。"④所举前者为宇昭《塞上赠王太尉》诗之颔联，后者为希昼《怀广南转运陈学士状元》诗之颔联，自来多为人称道。陈师道《后山诗话》云："黄鲁直谓白乐天云'笙歌归院落，灯火下楼台'，不如杜子美云'落花游丝白日静，鸣鸠乳燕青春深'也。孟浩然云'气蒸云梦泽，波撼岳阳城'，不如九僧云'云中下蔡邑，林际春申君'也。"⑤给予九僧诗极高评价。另如惠崇"地形吞蜀

---

① （元）方回选评，李庆甲集评校点：《瀛奎律髓汇评》，上海古籍出版社 2005 年版，第 1725 页。

② （宋）陈振孙撰，徐小蛮、顾美华点校：《直斋书录解题》，上海古籍出版社 1987 年版，第 445 页。

③ （元）方回选评，李庆甲集评校点：《瀛奎律髓汇评》，上海古籍出版社 2005 年版，第 1714 页。

④ （宋）欧阳修撰：《六一诗话》，（清）何文焕辑：《历代诗话》，中华书局 1981 年版，第 266 页。

⑤ （宋）陈师道撰：《后山诗话》，（清）何文焕辑：《历代诗话》，中华书局 1981 年版，第 303 页。

尽，江势拘蛮回”(《送远上人西游》残句)，简长“落日悬秋树，寒芜上废城”(《晚次金陵》)等，都是经过苦心推敲的写景佳句。作为九僧冠冕的惠崇，曾自选平生佳句为《百句图》，刻石于长安。《通志》卷七〇《艺文略八》著录“《九僧选句图》一卷”①，应当是宋人摘录的九僧诗佳句，大约是从各集摘编的，虽佚失不存，也可以看出九僧重视偶句的癖好。

九僧诗工于写景，今存九僧诗人人都有写景的联句。今人虽无法看到九僧诗的全貌，仍可从《九僧诗集》和各种摘句中看到他们对景物描摹的孜孜追求。方回评文兆《宿西山精舍》诗云：“所谓景联，人人着意。”②叶矫然《龙性堂诗话初集》云：“沙门称诗者，率工今体，大概不外江山、月露、草木、虫鸟及禅偈语录字句而已。宋九僧诗最知名，伎俩亦不过此。当时有立禁体困之者，诸僧遂搁笔不成一字。”③叶氏所述本事当来源于欧阳修《六一诗话》，其文云：“当时有进士许洞者，善为词章，俊逸之士也。因会诸诗僧分题，出一纸，约曰：‘不得犯此一字。’其字乃山、水、风、云、竹、石、花、草、雪、霜、星、月、禽、鸟之类，于是诸僧皆阁笔。”④九僧诗虽然题材狭窄，难以成就大气象，但完全脱离风云月露，虽大家亦不可能。晁公武即对许洞要求写诗不得犯景字的做法深不以为然，《郡斋读书志》卷四下：“九僧诗集一卷。……许洞之约，虽足以困诸僧，然论诗者政不当尔。盖《诗》多识鸟兽草木之名，而《楚辞》亦寓义于飚风云霓。……若使诸公与许洞分题，亦须阁笔，矧其下者哉。”⑤贺裳《载酒园诗话》“诗魔”条中更为九僧抱不平：“余意除却十四字(按指许洞所禁之十四字)，纵复成诗，亦不能佳，犹庖人去五味，乐人去丝竹也。直用此策困之耳，狙

① (宋)郑樵撰：《通志》卷七〇，浙江书局，清光绪二十二年(1986)刻本。

② (元)方回选评，李庆甲集评校点：《瀛奎律髓汇评》，上海古籍出版社2005年版，第1718页。

③ (清)叶矫然撰：《龙性堂诗话初集》，郭绍虞编选、富寿荪校点：《清诗话续编》，上海古籍出版社1983年版，第947页。

④ (宋)欧阳修撰：《六一诗话》，(清)何文焕辑：《历代诗话》，中华书局1981年版，第266页。

⑤ (宋)晁公武撰，孙猛校证：《郡斋读书志校证》，上海古籍出版社1990年版，第1070页。

狳伎俩，何关风雅！按九僧皆宗贾岛、姚合，贾诗非借景不妍；要不特贾，即谢朓、王维，不免受困。”①明人许学夷在《诗源辨体》中的批驳最为有力：“或谓：‘晚唐人多用山水、木石、烟云、花鸟为诗，故其格甚卑，舍此，而后可以观诗矣。’予曰：不然。诗有赋、比、兴，山水、木石、烟云、花鸟，即古诗之比、兴也。孔子论诗，亦曰‘多识于鸟兽草木之名’，故山水、木石、烟云、花鸟，自《三百篇》而下，即初、盛唐不能舍此为诗，顾可以责晚唐乎？晚唐之诗，惟是气象萎苶，情致都绝，而徒藉于山水、木石以为藻饰，故其格卑下，要不可尽废山水、木石而为诗也。逮于唐末诸子，乃欲尽去铅华，专尚理致，于是山水、木石之语废，而议论意见之词繁，故必至于鄙俗村陋耳。尝观《六一诗话》‘许洞会诸诗僧分题，约曰“不得犯山水、风云、竹石、花草、雪霜、星月、禽兽等字”，于是诸僧阁笔。’呜呼！此宋人欲以文为诗也，于诸僧何尤？”②许学夷的见解是很独到的。九僧诗的长处就在于对自然的倾心吟咏，而今却要把山水自然的本质属性全部撤去，意味着撤去了风、骚、山水比兴的优良传统，而去迁就宋初士大夫以学问为诗的创作倾向。“诸僧皆阁笔”，并不能表明诸僧的无能为力，而是对这种断绝比兴传统的做法的不屑。艺术实践以及这种实践的成果，是最为顽强也最有说服力的明证，文学史上尚有九僧的作品在继续流传，而所谓俊逸之士许洞，却未见有什么俊逸之作传世。

九僧诗偶尔也有气韵高古的诗篇，如行肇《送文光上人西游》：“高木坠残霖，关河入远心。嵩游忘楚梦，华近识秦音。塔古悬图认，碑荒背烧寻。几思兴替事，独上灞陵吟。”从诗中选择的意象看，既有姚贾一路惯用的衰残幽僻者，如“残霖”“古塔”“荒碑”，也有极具气势的“高木”“关河”“灞陵”等，诗歌的句法全效姚贾，但意境苍凉高远。此外，九僧也有少数关注现实的诗作。方回《瀛奎律髓》之边塞类选惠崇和宇昭《塞上赠

---

① （清）贺裳：《载酒园诗话》，郭绍虞编选，富寿荪校点：《清诗话续编》（上册），上海古籍出版社1983年版，第243页。

② （明）许学夷撰著，杜维沫点校：《诗源辨体》，人民文学出版社1987年版，第308—309页。

王太尉》各一篇，怀古《草》是一首咏史怀古诗，保暹《登芜城古台》《金陵怀古》，行肇《送文光上人西游》也是此类佳作。

当然从总体上讲，九僧诗的缺点是很明显的：一是意象单调。由于生活情趣的褊狭，他们的诗歌连篇累牍不离风云月露。九僧诗作长于写景，其短处也在于此。现存九僧诗的题材除了题咏风景胜迹，便是送赠之作，送赠之时亦连带写景，说九僧诗即写景诗亦不为过。二是形式呆板。他们效仿姚贾五律，把功夫用在对仗的中间二联上，句式大体是前两句为二一二，后两句为二二一，而把单音节处作为诗眼，格外加以琢磨。由于才气有限，常在同流前辈的诗里乞讨，令人耳目一新的地方并不多。像“多”或“全”与“半”的搭配，“入”字的使用，都成了常用的套路。如希昼《留题承旨宋侍郎林亭》：“会茶多野客，啼竹半沙禽”，简长《送僧南归》：“吴山全接汉，江树半藏云”，惠崇《访杨云师淮上别墅》：“河分冈势断，春入烧痕青”，《送迁客》：“浪经蛟浦阔，山入鬼门寒”等。三是诗中表现的情感不出乎闲适、旷逸、愁闷、惆怅之类，主题和色彩都比较单一。

九僧延续了晚唐五代以来潜脉暗流的姚贾诗歌传统，在宋初诗坛重新掀起了一股浪潮，在姚贾诗风的延续中有着不可忽视的作用。

第二节　姚贾对北宋其他“晚唐体”诗人的影响

九僧之外的其他晚唐体诗人，以林逋、寇准、魏野、潘阆、赵湘等人比较著名，另外尚有鲁交、魏闲、杨朴（一作璞）、曹汝弼、王操、王随、释智圆、释重显、唐仁杰、景淳等人，阵容比较庞大。他们虽为宋人，但诗风特点仍旧承接晚唐五代的余习，奉贾岛、姚合为宗主，苦心构思，以求字句工稳，意绪绵密。他们将目光投向风花雪月一类寻常风景，笔调轻闲小巧，风格清苦工丽。

林逋（967—1028），字君复，杭州钱塘人。少孤而力学，生性恬淡好古，不趋荣利。曾放游江淮间，后归杭州，结庐西湖孤山二十年。终身不娶不仕，与梅、鹤为伴，称“梅妻鹤子”，卒谥和靖先生，著有《和靖诗集》四卷。其诗风格清淡，意趣高远。诗歌意境有从姚贾化出者，如《孤山隐居书壁》云：“山水未深猿鸟少，此生犹拟别移居。直过天竺溪流上，独树为桥小结庐。”贾岛《题隐者居》：“虽有柴门常不关，片云孤木伴身闲。犹嫌住久人知处，见拟移家更上山。”两首诗中的山林高逸之气，移家上山的思致，平淡闲雅的风格，可谓神形俱似。

林和靖也是一位苦吟诗人，尤好寻章觅句，推敲琢磨。林有断句云：“算吟千万首，方得两三联。”刘克庄《后村诗话》后集卷一评论说：“五言尤难工。林和靖一生苦吟，自摘出十三联，今惟五联见集中。如‘隐非秦甲子，病有晋春秋’、‘水天云黑白，霜野树青红’、‘风回时带笛，烟远忽藏村’。如‘郭索’、‘钩辀’之联，皆不在焉。七言十七联，集十逸其三，向非有摘句图傍证，则皆成逸诗矣。梅圣俞作集序，谓先生诗未尝自贵，就辄弃之，所存百无一二，盖实录云。”①林逋处身世外，唯事苦吟，“暗香”“疏影”一联，千古绝调遍布人口。刘克庄上引数联，句法、对仗、意象、气韵等都有姚贾风致。

魏野（约 960—1019），字仲先，号草堂居士，陕州（今河南陕县）人。其家累世为农。平生不求闻达，惟嗜吟咏，与林逋并称。真宗曾遣使召之，不应。天禧三年（1019）无疾而终，年六十。卒赠秘书省作郎。现存《东观集》十卷。他早年学白体，后来和寇准来往密切，转宗晚唐，诗风冲淡闲逸，超然不俗。其子魏闲，也有诗名，风格略同。

魏野作为苦吟诗人，苦吟形象的自我描绘是不可或缺的，如其《夏日雨中题谔师房》诗云：“苦吟题壁上，欲改更慵能”；《酬谢商秘丞见赠诗牌》云：“频拂心宁倦，时吟齿觉寒”；《送鲍大监赴阙》：“归期野客难陪从，空有吟魂逐后车”。《宋史》卷四五七《隐逸上》有正统史家对魏野诗的评论，其文曰：“野为诗精苦，有唐人风格，多警策句。……（天禧）四年

① （宋）刘克庄撰，王秀梅点校：《后村诗话》，中华书局 1983 年版，第 52—53 页。

正月，诏曰：'……故陕州处士魏野，服膺儒素，刻意篇章，顾词格之清新，为士流之推许。"①《宋史》所说的唐人风格，正是姚贾风格。《四库全书总目提要》卷一五二云："野在宋初，其诗尚沿五代旧格，未能及林逋之超诣，而胸次不俗。"②这里所说的"五代旧格"，仍是指清苦工稳的姚贾体式。魏野诗颇有警句，但缺少佳篇。《后村诗话》后集卷一云："魏野诗，除前辈拈出数联之外，如'棋退难饶客，琴生却问儿'、'松风轻赐扇，石井胜颁冰'、'鹤病生闲挠，僧来废静眠'、'雁急长天外，驴迟落照中'，又《咏菊》云：'五色中偏贵，千花后独尊。'皆逼姚、贾，而少有诵之者。"③

魏野诗经常通过对所描绘对象的细致体察，用新颖巧妙的语言表现，构建轻闲幽微的诗歌境界。如《冬日书事》云："松色浓经雪，溪声涩带冰"，不但对仗精整，"浓""涩"两处"诗眼"也极富表现力。又如《书逸人俞太中屋壁》云："洗砚鱼吞墨，烹茶鹤避烟"，常人不加注意也不加描绘的景象，诗人撷取入诗，极小巧之妙。另如《盆池萍》："乍认庭前青藓合，深疑鉴里翠钿稠。莫嫌生处波澜小，免得飘然逐众流。"前二句以"庭前青藓""鉴里翠钿"的生动喻象显示出浮萍的色彩、形态及其生活环境和范围，已见精巧构思；后二句承其生长环境写出，虽然"生处波澜小"，却可免于"漂然逐众流"，突出了对"虽小却好"的赞赏，又见甚富理趣。但是，正因为这种"虽小却好"的审美趣味，实际上造成诗中思维空间及其艺术境界的极端褊狭。同时，从"莫嫌""免得"的主观倾向，也分明可见诗人自身的创作心态乃至其人生态度的喻示。全诗细微之处，已见理趣，这也是宋初诗不同于晚唐诸子的地方。

寇准（961—1023），字平仲，华州下邽人。太宗太平兴国年间中进士，真宗朝三任宰相，封莱国公。后贬道州司马、雷州司户参军，卒于雷州，谥号忠愍。有《寇忠愍公诗集》传世。寇准也是苦吟诗人，他在诗中

---

① （元）脱脱等撰：《宋史》，中华书局1977年版，第13430—13431页。

② （清）纪昀等撰，四库全书研究所整理：《钦定四库全书总目》，中华书局1997年版，第2039页。

③ （宋）刘克庄撰，王秀梅点校：《后村诗话》，中华书局1983年版，第52页。

屡屡道及自己的苦吟，如《喜吉上人至》诗云："劳寻苦吟伴，独入乱山行"，《水阁夜望书怀》诗云："苦吟空自叹，风雅道由衰"。关于寇准诗歌的渊源及风格，《四库全书总目提要》卷一五二评论说：河阳太守范雍裒编《忠愍集》时，有些诗篇没有入选，"盖《题驿亭》、《和茜桃》二篇，语皆浅率，《春昼》、《春恨》二首，格意颇卑，（范）雍殆有所持择，特为删汰，非遗漏也。准以风节著于时，其诗乃含思凄婉，绰有晚唐之致。然骨韵特高，终非凡艳所可比。"①方回《瀛奎律髓》卷十评寇准《春日登楼怀归》诗曰："莱公诗学晚唐，九僧体相似。'野水无人渡，孤舟尽自横'之联，说者以为兆相业，只看诗景自好。"②这里纪昀和方回所说的晚唐，含义是不同的。纪昀以晚唐代指温李一派凄婉艳冶之风，方回则指姚贾之流清苦刻篆之诗。范雍所删篇什的数量应该不多，说明寇准的诗歌以传承姚贾为主要特征。

潘阆（？—1009），字逍遥，大名人，一说广陵人。太宗至道元年（995）召对，赐进士第，授四门国子博士。后以"狂妄"罪名被斥，漂泊江湖，以卖药为生。真宗时释其罪，出任滁州（今安徽滁州）参军。与寇准、王禹偁、林逋等交游唱和。有《逍遥集》。潘阆对待诗歌创作极端认真，"发任茎茎白，诗须字字清"（《叙吟》）、"禅余静对江亭月，吟苦凉生海树风"（《送崇教大师惠思归山》），他以苦吟诗篇作为自己的人生目的和生活方式，以字斟句酌、冥搜奇思作为自己的艺术追求，除此之外别无所念，即使老迈无成、鬓发皆白，也全不挂怀。这与贾岛"二句三年得，一吟双泪流"的创作态度是一致的。潘阆也特别推崇贾岛，曾有《忆贾阆仙》诗，赞美贾岛的诗歌符合风雅之道，可以在天地之间永远流传。其诗也是姚贾面目，如《秋日题琅琊山寺》云："岩下多幽景，且无尘事喧。钟声晴彻郭，山色晓当门。深洞藏泉脉，悬崖露树根。更期来此宿，绝顶听寒猿。"方回

---

① （清）纪昀等撰，四库全书研究所整理：《钦定四库全书总目》，中华书局1997年版，第2034页。

② （元）方回选评，李庆甲集评校点：《瀛奎律髓汇评》，上海古籍出版社2005年版，第442页。

评曰:“此为滁州参军时所作,有贾岛余韵,五、六、尾句尤高。”①诗歌意象的清冷,句式的奇峭,意脉的流动,都可见到姚贾诗风的影响。

赵湘(959—?),字叔灵,祖籍南阳,居于衢州西安(今浙江衢州)。宋太宗淳化三年(992)孙何榜进士。授庐江尉。有《南阳集》六卷。赵湘诗中多次描绘自己的苦吟形象,如:“偶向秋来照,吟髭雪露痕”(《题石桥寺山井》)、“病多添药债,吟苦避虫喧”(《会平上人夜话》)、“偶病闲辜月,因吟瘦过秋”(《自题》)。《四库全书总目提要》卷一百五十二评价赵湘诗说:“大抵运意清新,而风骨不失苍秀,虽源出姚合,实与雕镂琐碎,务趋僻涩者迥殊。”②纪昀说赵湘诗源出姚合,诚非虚语。如《赠何明府》诗云:“陶家宜寂寞,多醉复多才。锁印秋山入,移琴夜雨来。试茶还扫叶,买树亦和苔。妙句邻僧乞,仍闻得药回。”诗中的“锁印”“移琴”“试茶”“扫叶”“买树”“乞句”“得药”等意象组合,几乎都可以在《长江集》《姚少监集》集中找到范本,全诗的风格又绝似《武功县中作三十首》,应该说是受到姚合影响的。其中琐屑、小巧、僻涩之处与姚贾并无二致,“迥殊”之评就有些过当了。

杨璞,字契元,郑州东里人。太宗、真宗皆以布衣召见,授郎中,不拜。有《东里杨聘君集》一卷。杨璞为了诗歌创作,曾经避居深山以求构建佳作,“(杨璞)尝杖策入嵩山穷绝处,构思为歌诗,凡数年,得百余篇”③。这种创作态度,是姚贾苦吟精神的极端表现。

曹汝弼,字梦得,其先青州人,南唐时徙居歙州休宁松萝山,天禧祥符间以德行高蹈而颇有声望。有诗一百五十首,曰《海宁集》。汝弼与魏野、潘阆、林逋友善,“诗亦似之”④。汝弼也好苦吟,彻夜不倦,“年年相

---

① (元)方回选评,李庆甲集评校点:《瀛奎律髓汇评》,上海古籍出版社2005年版,第440页。

② (清)纪昀等撰,四库全书研究所整理:《钦定四库全书总目》,中华书局1997年版,第2035页。

③ (元)脱脱等撰:《宋史》卷四五七:《隐逸上·万适传》附:《杨璞传》,中华书局1977年版,第13428页。

④ (元)方回选评,李庆甲集评校点:《瀛奎律髓汇评》,上海古籍出版社2005年版,第918页。

对赏，永夜坐吟床”（《中秋月》）。其《赠披云峰岳长老》诗云：“禅外掩松扃，闲眠度岁阴。雨侵香篆涩，苔长屐痕深。水在铜瓶冷，云归玉磬沉。前山有灵药，时策杖藜寻。”纪昀评曰：“是晚唐。三四颇入‘武功’。”①其诗意象寒僻，风格清冷，诗禅交融，无疑受到姚贾诗风的深刻影响。

鲁交，潼川人，黄庭坚称为“鲁三江”，有《三江集》。鲁交诗中的抒情主人公形象大多和苦吟诗篇联系在一起，如“吟魂清不彻，和月上晴空”（《大雪》）、“露华清八极，吟上小楼东”（《清夜吟》）等。其诗歌有全篇均似姚贾者，如《游华山张超谷》诗云：“太华锁深谷，我来真景分。有苗皆是药，无石不生云。急瀑和烟泻，清猿带雨闻。幽栖未忍别，峰半日将曛。”诗中的意象组合“谷”“苗”“药”“石”“云”“瀑”“烟”“猿”“雨”“峰”等，全都沾染姚贾色彩；平直中显峭拔的风格，综合了姚贾二家特色；全诗意脉的流走、情感的依托，更是本家风范。不过鲁交诗另有关注现实、评论是非的一面，又走出了姚贾藩篱。

王操，字正美，江南处士，太平兴国年间上《南郊颂》，授太子洗马，仕至殿中丞。有《讷斋小集》。王操喜苦吟，“倚槛白雪供醉望，揞筇黄叶落吟身”（《上李昉相公》二首之二），他在诗中屡屡以苦吟者自居：“它年重会面，吟鬓共成丝”（《送人南归》）。他的诗歌也具有贾岛风格，如《并州道中》诗云：“从军无住计，近猎塞门行。风劈面疑裂，冻粘髭有声。太阳过午暗，暮雪照人明。马上闻吹角，依依认汉城。”方回评曰：“操诗如此精妙，不减贾岛。”②王操此诗虽然未必精妙，远逊贾岛，但句法结构、意象情境等诸方面，确有贾诗体格。王操诗有时用语奇特，造成突兀警绝的艺术效果，如《塞上》诗曰：“沙平宽似海，雕远立如人”，着一“立”字，境界全出。方回评此诗曰：“亦可与晚唐诸人争先。”纪昀评曰：“第四句故为

---

① （元）方回选评，李庆甲集评校点：《瀛奎律髓汇评》，上海古籍出版社2005年版，第1701页。

② （元）方回选评，李庆甲集评校点：《瀛奎律髓汇评》，上海古籍出版社2005年版，第1332页。

奇语，警绝。”①在学习贾岛的同时，王操诗又有效法姚合小巧细致风格的地方，如“牧童眠向日，山犬吠随人”（《村家》）、“雕饥窥坏冢，马渴嗅冰河”（《游边上》）等。纪昀评后者云：“三四亦武功小样范。”②王操学习姚贾，诗有唐音，但不能自成面目，取得较高的艺术成就。

王随，字子正，河南人。举进士，累擢知制诰，迁龙图阁直学士。仁宗景佑中拜门下侍郎，同中书门下平章事，昭文馆大学士。后罢相，出为彰信军节度使，卒赠中书令，谥章惠。有《玉英集》十五卷。王随仕途通达，而雅嗜吟咏，喜悟佛理。曾与林逋为诗友，互相唱和。诗歌多苦寒冷僻之气，兼有姚贾二家风范。如“水村烟暝早，山馆夜寒多”（《旅店》残句）、“扫径苔痕破，开扉竹影分”（《中庭》残句）等诗句，宛如姚合《武功县中作三十首》；又如“桑斧刊春色，渔歌唱夕阳”（《野步》残句）等诗，用字奇险，颇见锤炼功夫，又是浪仙体格。

智圆，字无外，自号中庸子，或称潜夫。钱塘徐氏子，住居西湖孤山玛瑙院，与处士林逋结邻，又与僧保暹往还唱和。崇宁三年赐谥法惠大师。其《赠闻聪师》诗云：“澹然尘虑绝，禅外苦风骚。性觉眠云僻，名因背俗高。水烟蒸纸帐，寒发涩铜刀。几宿秋江寺，闲吟听夜涛。”诗中主人公的苦吟形象、冷僻的思致、造句对偶的方式、诗禅圆融的境界，都可以看出姚贾诗风的影响。不过情趣稍显枯弱，并未学到姚贾峭拔平澹的底蕴。

重显，字隐之，姓李氏，遂宁人。居明州雪窦寺。皇佑七年赐号明觉大师。有《瀑泉集》。其诗学姚贾，有九僧遗意。如“病眼时懒开，幽情况难遣”（《暮冬感怀寄瑞岩禅师》）、“啼狖冲寒影，归鸿见断行”（《天竺送僧》）、“碧巘高沈月，寒云静锁楼”（《千里不来》）等诗句，风格清寒峭冷，学得姚贾风致。

景淳，桂林僧，元丰初居豫章干明寺，“工为五言诗，规模清寒，其渊

① （元）方回选评，李庆甲集评校点：《瀛奎律髓汇评》，上海古籍出版社 2005 年版，第 1330 页

② （元）方回选评，李庆甲集评校点：《瀛奎律髓汇评》，上海古籍出版社 2005 年版，第 1331 页。

源出于岛、可，山林人多传诵"①。景淳诗意清苦艰深，空明沉寂，如《绝句》云："夜色中旬后，虚堂坐几更。临溪猿不叫，当槛月初生。"又曰："后夜客来稀，幽斋独掩扉。月中无旁立，草际一萤飞。"景淳诗比其他晚唐体诗歌少了一些山林隐逸之气，多了一丝诗禅交感的韵味。

晚唐体诗人群体大致起于太宗时，至真宗朝形成一定声势。但这种诗歌潮流却是自唐末到宋初一脉相承，其间并没有停止过。他们喜作五律，崇尚白描，少用典故，善于在精巧构思中描摹自然景物。既不同于西昆体的轻白描而重用事，又以思致深刻有别于白体末流的过于浅俗平易。内容上多流连山水、逍遥泉石之作，尤其精于写景。但他们生活积累不足，往往沉溺于用小巧细碎的笔法来描摹景物，或者发抒清苦幽僻的个人性情，变化不多，波澜很少，诗风寒[illegible]，艺术境界上比较狭小。由于苦吟，常有沁人心脾的佳句，而且往往在两联对句上见出功夫。他们的苦吟，几乎完全是在诗歌创作意义的范围之内。穷士落魄的贾岛尚有求仕进取之心，不断发出"知音如不赏，归卧故山秋"的现实慨叹，他的后继者们则完全成为以诗为隐的山林高士了。

以宋初九僧和林逋、潘阆、魏野等为代表的"晚唐体"诗人群，用清苦工密的吟唱，在"元白体"末流的平庸浅俗和"西昆体"诗人的绮丽华缛之中，让诗坛保持着涩冷的山林蔬笋气息，成为姚贾诗风在唐以后的首次回响。他们的诗歌已经显露出好理趣的宋诗风貌，对以后宋诗在语言上喜欢翻奇出新的倾向，也有一定的影响。

① （宋）释惠洪撰：《冷斋夜话》卷六：《僧景淳诗多深意》条，影印文渊阁四库全书本，第 863 册，台湾商务印书馆 1983 年版，第 264 页。

第九章　姚贾对南宋诗人的影响

南宋是姚贾诗风广泛流衍的时期，姚贾并称的说法在这个时期得以确认，一些诗人群体明确地将姚贾诗歌作为效仿接受的典型范本，一时之间后学云集，诗歌传承盛极一时。

永嘉四灵之一的赵师秀编选的《二妙集》，集中体现了四灵诗歌的审美取向和艺术追求，对姚贾诗歌的传播和接受产生了深远的影响。赵师秀编选的《二妙集》，共选录贾岛诗 81 首，姚合诗 121 首。《二妙集》问世以后，贾岛姚合清冷寒僻的诗歌旨趣，四灵追摹姚贾的诗学理念，尤其是对贾岛姚合诗歌成就的体认定位，由于四灵的倡扬和身体力行，在南宋发生了深刻而广泛的影响。

《二妙集》出现的同时，应该就有并称姚贾的说法。从此以后，有关晚唐诗人的"话语"开始大量出现。南宋时期的"姚、贾"并称开始取代北宋时期的"郊、岛"并称出现于宋人文本，显示出姚贾对南宋诗风的影响趋于广泛而深入。

南宋诗论家论姚贾诗歌之传承的认识也取得了一些新的见解。南宋人发现姚贾诗歌在很大程度上受到了杜甫的影响。王楙在宁宗庆元、嘉泰年间撰写的《野客丛书》，指出了姚贾诗对杜甫的传承。王楙还认识到姚合在诗眼的提炼方面，也有学习杜甫之处，并进而提出了姚合、孟郊"皆祖老杜"的观点。孙仅《读杜工部诗集序》则站在文学发展史的角度，阐述了杜诗在中唐以后的分支流衍。其《序》云："公之诗支而为六家：孟郊得其气焰，张籍得其简丽，姚合得其清雅，贾岛得其奇僻，杜牧、薛能得其豪健，陆龟蒙得其赡博，皆出公之奇偏尔。”①孙仅指出了姚贾对杜诗清奇风格的继承，见解是独到的。

南宋人还指出了后人对姚贾诗歌的传承。如刘克庄《后村诗话》后集卷一：“林和靖绝句云：‘山水未深猿鸟少，此生犹拟别移居。直过天竺溪流上，独树为桥小结庐。’然贾岛已云：‘犹嫌佳处人知处，见拟移家更上山’，杨诚斋五言云：‘犹道山中浅，仍移水上居。俗人又剥啄，棹入白芙蕖。’亦本此。”②刘克庄指出了林逋和杨万里在诗歌内容方面对贾岛的继承。

方岳《深雪偶谈》提出了贾岛的晚唐后学诗人群体的组成情况：“贾浪仙……同时喻凫、顾非熊，继此张乔、张蠙、李频、刘得仁，凡晚唐诸子，皆欲纸上北面，随其所得浅深，皆足以终其身而名后世。”③方岳的意见已经基本上接近于现代人的看法。

第一节　姚贾对南宋“四灵诗派”的影响

四灵诗派是南宋中后期的一个诗歌流派，其基本构成是永嘉四灵以及他们的追随者。这个诗派诞生于南宋中兴诗人纷纷摆脱江西诗风影响的大环境下。在永嘉地区，薛季宣、潘柽等人首先身体力行地学习晚唐诗歌；永嘉四灵更是以“二妙”“众妙”相标举，选择姚贾作为效法典范；在得到叶适的肯定后，四灵名声大噪，其追随者因而大量涌现，由此形成一个颇具声势的诗派，其影响也遍及整个诗坛。

在诗歌的领域里，四灵诗派效法贾岛姚合，获取了文学发展史上的独

---

①　（宋）孙仅：《读杜工部诗集序》，（唐）杜甫撰，（宋）佚名集注《分门集注杜工部诗》，《四部丛刊》初编本，第108册，上海书店1989年重印本。

②　（宋）刘克庄撰，王秀梅点校：《后村诗话》，中华书局1983年版，第41页。

③　（宋）方岳：《深雪偶谈》，王云五：《丛书集成初编》本，商务印书馆民国二十五年版，第1—2页。

特地位。如果我们将初宋的晚唐体看作是晚唐姚贾诗歌的某种延续的话，四灵诗体就是对于整个宋诗的一种反拨。正是他们的努力，使得姚贾诗风在与江西的对垒中取得了决定性的优势，而风靡一时的江西诗风则自此式微，这一力量的消长又给了江湖诗派一个崛起的契机。

宋南渡以后，以黄庭坚为首的江西诗派，人数众多，影响深远，左右着北宋后期至南宋中期的诗坛。此后江西派逐渐显露出明日黄花的迹象，成绩远非前期可比，而且队伍壮大后泥沙俱下，使该诗派弊病丛生，其后学末流的诗作，往往音节聱牙，意象迫切，且议论太多，丧失了诗歌吟咏情性的本意。因此，一批想有所作为的诗人都开始另觅捷径，在这种大环境之下，永嘉的诗风也发生着变化，值得一提的人物有薛季宣、许及之、潘柽、叶适等人。

薛季宣(1134—1173)，号艮斋，字士龙，温州永嘉人。以荫入仕。少年时尝从伯父薛弼宦游，熟知南渡初事。后师从程颐弟子袁溉。绍兴末入四川制置使幕，归调知鄂州武昌令，召为大理寺主簿，持节使淮西收淮北流民实边。薛季宣他反对空谈义理，注重研究田赋、兵制、地形、水利等世务，开永嘉事功学派先河。有《浪语集》《书古文训》传世。诗以古体为主，风格朴直。但近体诗则接近晚唐风致，不用典故，纯以白描，写平常事物而耐人咀嚼。如："水光摇殿阁，塔景动龙蛇"(《龙翔寺》)、"蔓绿铺平野，江流袅涨沙"(《樊冈雨后弥望皆平芜绿草无复花矣》)、"鸟啼云里树，人入洞中天"(《送士昭兄赴南外敦宗院二首》之二)，已经接近姚贾诗歌的平淡幽闲的风情。

许及之，字深甫，温州永嘉人。隆兴元年第进士，知袁州，累官至知枢密院事。他与陆游、杨万里、潘柽等人倡和，比薛季宣更为主动地效法唐人律诗。他有诗题为《次韵解颐叟九日登楼唐律二首》《被旨祈祷数至天竺僧录求白云堂诗为赋唐律二首》等，表现出较强的学习唐诗的意向。我们可以从他的诗歌来考察他的艺术旨趣，其《舟行过沛城》诗云："人日晴还暖，游丝舞复翻。湖平开镜面，岸静见芦根。舟昔几番过，地今何处村。沛城多美酒，弭棹一开樽。"诗歌全用白描的手法，叙写眼前景、平常事，风格清淡自适，朴质而有韵味，这就是诗人心中唐诗的风貌。从中我们已经看到了姚合诗风的潜在影响。

潘柽，生卒年不详，字德久，号转庵，永嘉人。举进士不第，以父荫任右职阁门舍人。绍兴年间曾任福建兵马钤辖武职官员。与四灵等人交游。所作《转庵集》一卷，久已散失，今仅存诗二十余首。明人徐象梅《两浙名贤录》卷四十六云："自乾、淳以来，濂、洛之学方行，诸老人体验声病，俾律吕相宣也。至潘柽出，始类以穷经相尚，时或言志，取足而已，固不暇如昔倡为唐诗，而赵师秀与徐照、翁卷、徐玑绎寻遗绪，日锻月炼，一字不苟下，由是唐体盛行。"①今天看来，潘柽的诗作既有与唐诗相似的，也有与江西诗相似的。如"薄云鸥外影，空翠马头香"（《出郭》）、"愁多空被酒，梦短不成归"（《客舍》）等联句，不用事典，不染理趣，具有清淡悠远的风致。潘柽诗歌的整体风格与薛季宣、许及之、叶适等人的诗歌差别不大。这些诗人共同努力，用倡扬唐诗来补救江西诗派的弊端，终于在永嘉四灵兴起之后，改变了整个诗坛的潮流走向。

叶适（1150—1223），字正则，温州永嘉人，南宋永嘉学派的集大成者。宋孝宗赵昚淳熙五年（1178），中进士第二名。官至太常博士兼实录院检讨官，宋光宗时由秘书郎出知蕲州（今湖北蕲春），入为尚书左选郎官。宋宁宗时，历任权吏部侍郎、知建康府兼沿江制置使，以战功进宝文阁待制，兼江、淮制置使。后被诬附和韩侂胄起兵，落职奉祠者凡十三年。晚年居永嘉城外水心村，潜心著述，人称水心先生。有《水心文集》《水心别集》《习学记言序目》行于世。他的诗也和潘柽等人的诗作一样，兼有江西派与晚唐诗的特点，所以历来不为人所重。但四灵的出名，却与叶适有相当关系。据吴子良说，四灵曾入水心之门，与叶适有师生之谊。叶适曾亲选四灵诗为《四灵诗选》，又曾为徐玑作祭文、墓志、诗序；为徐照作墓志；为翁卷作诗序。叶适位高名显，因此他的这番作为起到了很好的宣

---

① （明）徐象梅撰：《两浙名贤录》卷四十六，明天启元年（1621）徐氏光碧堂刻本。

传作用,四灵诗便因水心先生啧啧叹赏之,于是天下莫不闻了。

虽然薛季宣、许及之、潘柽、叶适等人自身未能完全摆脱江西诗风的影响,但是他们带来了新的诗歌理念。他们有意识地学习晚唐诗的做法,给永嘉诗坛带来了勃勃生机。不久,永嘉地区便出现了专言唐诗并以姚贾为唐诗代表的永嘉四灵。

永嘉四灵,指南宋中叶生长于浙江永嘉的四位诗人徐照、徐玑、赵师秀和翁卷。徐照(?—1211)字道晖,一字灵晖,号山民,有《芳兰轩诗集》;徐玑(1162—1214)字文渊,一字致中,号灵渊,有《二薇亭诗集》;赵师秀(?—1220)字紫芝,一字灵芝,号灵秀,别号天乐,有《清苑斋诗集》;翁卷(生卒年不详)字续古,一字灵舒,有《苇碧轩诗集》。因为这四位永嘉诗人的名字都有一个"灵"字,彼此旨趣相投,创作主张一致,诗风相近,故称为"永嘉四灵"。

对于四灵的生平身世,后人知道得不多。徐照终身布衣,隐居田园,未尝出仕。他在四灵中间最早去世,因家境贫寒,死后靠友人裒钱埋葬。徐玑出身仕宦之家,父亲徐定曾任太平州通判、潮州太守。父亲致仕后,徐玑推恩得职,历任建安主簿、永州司理、龙溪丞等职。迁武当令,移长泰令,未至官而卒。徐玑为官清正,能够绥境抚民。赵师秀是宋朝宗室,光宗绍熙元年(1190)考中进士,尝任上元主簿、金陵幕从事、筠州推官等职。嘉定十三年卒于钱塘。翁卷一生落拓江湖,曾经在孝宗淳熙十年(1183)受乡荐,赴省试,但没有考中。后曾供职于江淮幕府,也曾教馆授徒。在四灵之中去世最晚,年六十余岁。四位诗人一直沉沦下僚,无法进入权力中心,在政治上很是失意。于是,他们便将精力投注于诗歌,试图靠诗来获得成就感,来弥补无法进入主流社会的缺憾。

在诗歌发展史上,永嘉四灵是在薛季宣、许及之、潘柽、叶适等人之后,将他们所学习的唐律定格为晚唐,并将晚唐进一步定格为姚贾。赵师秀编选贾岛、姚合诗为《二妙集》,等于向世人宣告他们的审美取向和艺术典范。他们在学习姚贾诗风的同时,也接受了姚贾作诗即生活的生命行为,而不再仅仅是生活的反映或生活的消遣和点缀。而像姚贾那样勤苦创作,也可以弥补艺术天赋的不足。礼仪方面,永嘉四灵又是以江西诗派的对立面出现在诗坛上的。江西派以杜甫为诗,四灵就摒弃杜甫,崇尚姚合、贾岛;江西派“资书以为诗”,讲究“无一字无来处”,四灵就“捐书以为诗”,尽量使用白描手法。在著名学者叶适的大力鼓吹下,四灵派风行一时。

四灵诗学姚贾,南宋以来已经成为人们的共识。他们的诗作无论是在题材择取还是技巧表现方面,都与姚合、贾岛及其后学诗人的作品极其类似。清幽瘦淡,是他们诗歌的主要特色,这也是姚合、贾岛以来的风格传统。为了营造清淡的气氛,他们喜欢使用冷色调的字词,喜欢描绘清新的意象,喜欢描写清幽的意境,喜欢抒发清淡的情绪和纤细的感受。叶适门生吴子良说:“水心之门,赵师秀紫芝、徐照道晖、徐玑致中、翁卷灵舒,工为唐律,专以贾岛、姚合、刘得仁为法。”①严羽《沧浪诗话·诗辩》:“近世赵紫芝、翁灵舒辈,独喜贾岛、姚合之诗,稍稍复就清苦之风。”②当时的人们多将四灵与贾岛姚合相比,认为他们的诗歌声望与姚贾齐平,思想感情与姚贾贴近,诗歌体式与姚贾类似。如葛天民《访紫芝回与子舒集》诗云:“君参唐句法,亲得浪仙衣。”叶适《徐师巵广行家集定价三百》诗云:“徐照名齐贾浪仙,未多诗卷少人看。”释永颐《悼赵宰紫芝甫》诗云:“钱郎旧体终难并,姚贾新裁近有声。”在四灵的诗作中,也多自比贾岛,或将贾岛作为艺术楷模加以标举。赵师秀《徐灵晖挽词》:“魂应湘水去,名与浪仙俱。”赵师秀《哀山民》:“君诗如贾岛,劲笔斡天巧。”徐照《哭翁诚之》二首之二:“谁怜穷贾岛,临老失栖依。”徐照《寄赠葛朴翁》:“古今称句法,岛贺是僧身。”宋代以后,人们对四灵承继姚贾这一文学现象,基本上达成了共识。元人方回评翁卷《道上人房老梅》说:“永嘉四灵学晚唐,宗贾岛、姚合,凡岛、合同时浸染者,皆阴挦取摘用,骤名于时。”③清人鲁

---

① (宋)吴子良撰:《荆溪林下偶谈》卷四,(明)陈继儒辑《宝颜堂秘笈》,第10册,上海文明书局,民国十一年(1922)石印本。

② (宋)严羽著,郭绍虞校释:《沧浪诗话校释》,人民文学出版社1961年版,第27页。

③ (元)方回选评,李庆甲集评校点:《瀛奎律髓汇评》,上海古籍出版社2005年版,第771页。

九皋在所著《诗学源流考》中，也认为永嘉四灵“专学姚、贾”，是姚贾的嫡传弟子。①

四灵喜好苦吟，终年不辍。贾岛可以“二句三年得，一吟双泪流”，四灵也可以“一月无新句，千岑役瘦形”（徐照《白下》），也可以“传来五字好，吟了半年余”（徐照《寄葛天民》）。他们的苦吟，同样倾注了生命中的悲苦衰残和创作中的酸苦艰辛。苦吟成为人生和诗歌共同的主旋律：“闲灯妨远梦，寒雨乱愁吟”（翁卷《寄赵灵秀》）、“醉酣花落月，吟苦竹摇风”（翁卷《赠孙季蕃》）、“所喜同舟者，清羸亦好吟”（徐玑《泊舟呈灵晖》）、“独吟侵夜半，枯坐杂禅中”（徐玑《宿寺》）、“冷落生愁思，衰怀得句稀”（徐玑《秋夕怀赵师秀》）、“贫喜苗新长，吟怜鬓已华”（徐照《和翁灵舒冬日书事三首》其一）、“秋色幽人爱，只为属吟情”（赵师秀《秋色》）、“欲住逢年尽，因吟过夜分”（赵师秀《雁荡宝冠寺》）。不过四灵的苦吟，并没有效法姚贾对幽僻生字与怪奇意象的执迷，而是继承了他们苦吟精神的另一面，即以此为手段达到平淡自然的诗意境界。他们以字句雕琢为工的苦吟审美情趣，在当时味同嚼蜡的理学诗与生涩粗劲的江西诗派之外开创了别样的道路，使人们又回到了较为纯粹的诗歌审美之中，在诗歌史上具有独特的意义。刘克庄“有时千载事，只在一联中”（《赠翁卷》）的赞叹，就是对他们苦吟功夫的肯定。

在体裁方面，四灵均不擅古体，而将功夫用在近体诗中，尤好五言律诗。四灵诗歌今存 702 首，其中古体仅 47 首，其余全为近体诗。葛天民说：“紫芝虽漫什，五字已专城”（《简赵紫芝》），赵师秀也曾说，一首诗幸而只有四十字，若增加一字，就不知如何是好了。他在诉说自己创作艰辛的同时，也有稍许自得之意。他们的诗作，不用典故，不发议论，纯用白描手法，诗风清淡幽寂。这些特点都是姚合贾岛及其后学诗人的一贯传统。我们先举四灵五言律诗各一首，来考察其整体风貌。

① （清）鲁九皋撰：《诗学源流考》，郭绍虞编选、富寿荪校点《清诗话续编》，上海古籍出版社 1983 年版，第 1357 页。

江城过一雨，秋气入宵浓。蛩响移砧石，萤光出瓦松。月迟将近晓，角尽即闻钟。又起行庭际，思君恨几重。

——徐照《宿翁灵舒幽居期赵紫芝不至》

斋居惟少睡，露坐得论文。凉夜清如水，明河白似云。宿禽翻树觉，幽磬渡溪闻。欲识他乡思，斯时共忆君。

——徐玑《夏夜同灵晖有作奉寄翁赵二友》

百事已无机，空林不掩扉。蜂沾朝露出，鹤带晚云归。石老苔为貌，松寒薜作衣。山翁与渔父，相过转依依。

——翁卷《书隐者所居》

嫌在城中住，全家入翠微。开松通月过，接竹引泉归。虑淡头无白，诗清貌不肥。必无车马至，犹掩向岩扉。

——赵师秀《刘隐君山居》

这些诗作，刻画精切，属对稳妥，风致闲雅自然。所选取的意象组合如“蛩”“萤”“砧”“瓦”“松”“露”“禽”“磬”“蜂”“鹤”“苔”“薜”等，都含有清幽冷寂的意味，是姚贾及其广大后学者的标志性意象。诗中描绘的都是平常情景，使用的都是平常语词，但因思致深刻、意脉奇僻，从而获得了平淡中见冷峭的艺术效果。

四灵精心刻意地琢磨字句，尤其重视中间两联。友人赵汝回说，永嘉四灵诗“冶择淬炼，字字玉响，杂之姚、贾中，人不能辨也”①。苏泂《书紫芝卷后》云：“为爱君诗清入骨，每常吟便学推敲”。四灵警句如“楼钟晴听响，池水夜观深”（赵师秀《冷泉夜坐》）、“地静微泉响，天寒落日红”（赵师秀《壕上》）、“流来桥下水，半是洞中云”（赵师秀《雁荡宝冠寺》）、“一阶春草碧，几片落花轻”（翁卷《春日和刘明远》）、“轻烟分近郭，积雪盖遥山”（翁卷《冬日登富览亭》）、“水风凉远树，河影动疏星”（徐玑《夏

---

① （宋）赵汝回：《瓜庐集序》，（宋）陈起编：《江湖小集》卷七十三，影印文渊阁四库全书本，1357册，台湾商务印书馆，1983年版。

夜怀赵灵秀》)、"不来相送处,愁有独归时"(徐照《送徐玑》)、"流来天际水,截断世间尘"(徐照《题江心寺》)等,运思新颖,风致自然,气格幽细宁静,有独到的功力,多被世人传诵。同时,正因为四灵对颈、颔两联的特别着力,显得首尾不甚经意,以致全诗不能相称浑成。这也是姚贾一脉的传统弊端所在。

关于四灵的具体师承,纪昀认为,四灵虽有"二妙""众妙"诸集,"其所宗实止姚合一家,所谓武功体者是也。其法以新切为宗,而写景细琐,边幅太狭,遂为宋末江湖之滥觞"①。又说"师秀之诗大抵沿溯武功一派,意境颇狭"②。持此说者还有方回:"予谓诗家有大判断,有小结果,姚之诗专在小结果,故'四灵'学之,五言八句,皆得其趣。"③清人潘德舆则认为四灵的诗法不源于姚合,"合诗体气精整,人以为宋末四灵之开山,恐不尽然"④。实际上四灵的诗作很有些姚合风致,内容多描写琐细平凡的日常生活,山水小景中的闲情野趣,注重抒发主观情感体验,诗风清瘦野逸,平和冲淡。如徐照《题翁卷山居》:"引泉移岸石,栽药就园蔬",徐玑《冬日抒怀》云:"蔬餐如野寺,茅舍近溪翁"。纪昀评论翁卷诗说:"有《晓对》诗云:'梅花分地落,井气隔帘生'。《瀑布》诗云:'千年流不尽,六月地长寒'。《春日》云:'一阶春草碧,几片落花轻'。《游寺》云:'分石同僧坐,看松见鹤来'。《吾庐》云:'移花连旧土,买石带新苔'。其所取者,大抵尖新刻画之词。"⑤所引翁卷诗风貌全类姚合《武功县中作三十首》,词句也有袭用之处。实际上姚合诗并不易学,学之不善,就会沦为

① (清)纪昀等撰,四库全书研究所整理:《钦定四库全书总目》,中华书局1997年版,第2185页。

② (清)纪昀等撰,四库全书研究所整理:《钦定四库全书总目》,中华书局1997年版,第2621页。

③ (元)方回选评,李庆甲集评校点:《瀛奎律髓汇评》,上海古籍出版社2005年版,第340页。

④ (清)潘德舆撰:《养一斋诗话》,郭绍虞编选、富寿荪校点:《清诗话续编》,上海古籍出版社1983年版,第2080页。

⑤ (清)纪昀等撰,四库全书研究所整理:《钦定四库全书总目》,中华书局1997年版,第2150页。

浅狭纤巧，如徐玑《泊马公岭》诗云："门前相对青峰小，屋后流来白水狭"，赵师秀《移居谢友人见过》诗云："笋从坏砌砖中出，山在邻家树上青"。诗中所描绘的山水景物，就像叠石为山、引水为池的人工庭园，与自然美感颇多异趣。

四灵中，最具有贾岛特色的是徐照。当时诗友总是将其与贾岛作比，如叶适诗云："徐照名齐贾浪仙，未多诗卷少人看"(《徐师屋广行家集定价三百》)，赵师秀《哀山民》："魂应湘水去，名与浪仙齐"。徐照在生活境遇和个性特征等方面都与贾岛产生共鸣，他甚至将自己与穷途困蹇的贾岛相比，慨叹自己无所依傍："谁怜穷贾岛，临老失栖依"(《哭翁诚之》)。徐照营生乏术，炼字觅句却近乎偏执，"拥衾多不寐，吟思被愁分"(《不寐》)、"不念为生拙，偏思得句清"(《归来》)。四灵因为姚贾的束缚，不能取法乎上，在最高的艺术境界上建立自己的审美情趣，因而限制了他们的最终成就。严羽说，学诗须"以汉魏晋盛唐为师，不作开元天宝以下人物。……近世赵紫芝翁灵舒辈，独喜贾岛姚合之诗，……不知只入声闻、辟支之果，岂盛唐诸公大乘正法眼者哉？"①范晞文说："然具眼犹以为未尽者，惜其立志未高而止于姚贾也。"②

四灵之诗，艺术缺陷十分明显。首先是内容狭窄，多为徜徉山水、吟咏田园、抒写羁旅情思、酬唱应和之作，表达对个人遭际愤懑不平之感与落寞超脱情怀。虽间有反映社会现实之作，而就总体言，与当时充满矛盾、苦难和斗争的社会现实相去较远。其次，诗歌意象不离风云月露，这也是姚贾一脉诗人的共通弊病。方回批评四灵说："所用料，不过花、竹、鹤、僧、琴、药、茶、酒，于此几物，一步不可离，而气象小矣。"③最后，遣词用语仍是在前人诗句上翻空出奇，如赵师秀"野水多于地，春山半是云"

---

① (宋)严羽著，郭绍虞校释：《沧浪诗话校释》，人民文学出版社 1961 年版，第 27 页。

② (宋)范晞文撰：《对床夜语》，丁福保辑：《历代诗话续编》，中华书局 2006 年版，第 416 页。

③ (元)方回选评，李庆甲集评校点：《瀛奎律髓汇评》，上海古籍出版社 2005 年版，第 340 页。

(《薛氏瓜庐》),翻姚合诗句"驿路多连水,州城半在云"(《送宋慎言》);"潇水添湘阔,唐碑入宋稀"(《送徐道晖游湘水》),翻贾岛诗句"吴山侵越众,隋柳入唐疏"(《送朱可久归越中》);翁卷"移花连旧土,买石带新苔"(翁卷《吾庐》诗残句)①,翻姚合诗句"移花连蝶至,买石得云饶"(《武功县中作三十首》之四);徐照"蛩响移砧石,萤光出瓦松"(徐照《宿翁灵舒幽居期赵紫芝不至》),翻贾岛诗句"萤从枯树出,蛩入破阶藏"(《寄胡遇》);等等,不一而足。由此可见,永嘉四灵是有意识地学习姚贾的。

因为才力和审美取向的关系,四灵诗歌给人的整体印象是散金碎玉,美则美矣,不能浑然一体。而整个诗集,风格一以贯之,少有变化。宋陈世崇《随隐漫录》卷五记曹豳的话说:"四灵诗如啖玉腴,虽爽不饱。"②刘克庄指出四灵诗"胶挛浅易,窘局才思,千篇一律"③。明末钱谦益《书四灵诗集》则云:"语尽意不远,骨癯髓亦枯。谁云贾岛佛,终是郗家奴。"④虽然四灵在诗歌领域里苦心经营,但终于不能登上最高的艺术殿堂。

四灵虽然效法晚唐,但仍是宋诗。胡应麟《诗薮》外编卷五说,四灵的诗歌"总之不离宋人面目","晚宋若赵师秀,虽学姚、许,然不无宋调杂之"⑤。四灵标举晚唐、宗奉姚贾,但因为所处时代的关系,不知不觉地会受到宋诗和宋代社会意识的影响,因此在创作心理上更接近于宋人,成为"贾岛、姚合之变化也"⑥。

---

① (宋)张端义撰:《贵耳集》卷上引翁卷《吾庐》诗残句,(明)陈继儒辑《宝颜堂秘笈》本,第20册,上海文明书局,民国十一年(1922)石印本。

② (宋)陈世崇撰:《随隐漫录》卷五,商务印书馆,民国九年(1920)铅印本。

③ (宋)刘克庄:《后村先生大全集》卷九十四《柳圻父诗集序》,四部丛刊初编本,第276册,上海书店1989年重印。

④ (清)钱谦益撰,(清)钱曾笺注,钱仲联标校:《牧斋初学集》卷十三,上海古籍出版社1985年版,第472页。

⑤ (明)胡应麟撰:《诗薮》外编卷五,上海古籍出版社1958年版,第215、220—221页。

⑥ 陈衍著,郑朝宗、石文英校点:《石遗室诗话》,人民文学出版社2004年版,第7页。

在江西与理学诗风泛滥之际，永嘉四灵展示了清新精练的姚贾面貌，符合了时代的审美需求，故而立即受到了欢迎，并迅速地进入了诗坛主流。在永嘉，更是出现了众多的追随者。叶氏的另一门生王绰在《瓜庐诗集跋》中说："永嘉之作唐诗者，首四灵。继灵之后，则有刘咏道、戴文子、张直翁、潘幼明、赵几道、刘成道、卢次夔、赵叔鲁、赵端行、陈叔方者作，而鼓舞倡率，从容指认，则又有瓜庐隐君薛师石者焉。继诸家之后，又有徐太古、陈居端、胡象德、高竹友之伦，风流相沿，用意亦笃，永嘉视惜之江西几似矣，岂不盛哉！"①除了王绰提到的诗人外，与刘咏道等同时的永嘉诗人周端朝、薛师董、戴仔、赵汝驭，以及稍后的史弥应、贾仲颖等人，也是四灵诗派的成员。他们的身份多为小官小吏，如戴文子、赵几道等人；也有布衣诗人，如潘幼明、薛师石等；做到高官的则有卢次夔、陈叔方。这些诗人在诗坛的名气都不大，大多数人默默无闻。他们的活动年代大多稍晚于四灵，因同乡之便，多与四灵特别是赵师秀有诗作唱和。四灵是他们的精神与诗技的双重领袖。不过他们没有什么像样的成体系的诗学理论，这或许与他们注重形象思维，轻视理性思辨的习气有关。

永嘉诗派是个庞大的诗人群体，所谓"旧只四人为律体，今通天下话头行"（刘克庄《题蔡炷主簿诗卷》）。范晞文更指责四灵诗的影响是"乃尖纤浅易，相煽成风，万喙一声，牢不可破"②。四灵及其为数众多的追摹者，他们诗歌的成就和缺陷，影响和制约了此后的宋诗走向。他们对姚贾的传承，在宋代以至整个文学史和文学接受史上都有着重要的意义。

第二节　姚贾对南宋"江湖诗人"的影响

江湖诗派是南宋时期一个重要的诗歌流派，它发轫于南宋前期，形成

---

① （宋）王绰：《瓜庐诗集跋》，（宋）薛师石撰《瓜庐诗》附录，清冰蘧阁抄本。

② （宋）范晞文撰：《对床夜语》，丁福保辑：《历代诗话续编》，中华书局2006年版，第416页。

发展在南宋中后期，由陈起所刻《江湖集》《江湖前、后、续集》的作家组成，因其有着某些共同的诗歌创作倾向，而被称为江湖派。江湖诗派有诗人一百三十八人，是有宋一代参与人数最多的诗歌流派，就连声威显赫的江西诗派也难望其项背。它的成员，大多是一些落第文士，由于功名上不得意，只得流转江湖，依人作客，靠献诗卖文为生。这些人流品很杂，大致可分为三类：一类是生活面较广，对当时的政治形势比较关心，喜欢放言高论、感伤时事的，如刘克庄、戴复古、刘过等人。一类是生活面较窄，对政治不甚关心，只希望在文艺上有所专精，以赢得时人的赏识的，如姜夔、葛天民、叶绍翁等人。再有一类是以诗文干谒公卿，奔走权门，以求利禄的，如高似孙之流便是此类。

永嘉四灵是江湖诗派的前驱人物，他们对于姚贾诗风的倡导和效仿，引发了一大批诗人竞相追随。严羽《沧浪诗话·诗辩》云："近世赵紫芝翁灵舒辈，独喜贾岛姚合之诗，稍稍复就清苦之风。江湖诗人多效其体，一时自谓之唐宗。"①清初全祖望《宋诗纪事序》云："乃永嘉徐、赵诸公，以清虚便利之调行之，见赏于水心，则'四灵派'也，而宋诗又一变。嘉定以后，江湖小集盛行，多'四灵'之徒也。"②梁昆《宋诗流派论》说："四灵素以唐诗为号召，实则纯遵守晚唐之路，而效者纷纷，一时有八俊之目，余响及于江湖。"③这些评者都承认江湖派与永嘉四灵间的承延关系，也就是与姚贾诗风的或直接或间接的关系。实际上江湖派诗人没有共同的明确的诗歌理论，文艺思想也不尽相同。他们当中，有师法永嘉四灵的，也有出自江西诗派的。可以说，江湖诗派是一个既受永嘉四灵、也受江西诗派影响的集合体。

关于江湖诗人与姚贾的传承关系，同时代的人已有明确认识。丁焴

---

① （宋）严羽著，郭绍虞校释：《沧浪诗话校释》，人民文学出版社 1961 年版，第 27 页。

② （清）全祖望：《宋诗纪事序》，（清）全祖望撰、朱铸禹汇校集注：《全祖望集汇校集注·鲒埼亭集外编卷二十六》，上海古籍出版社 2000 年版，第 1247 页。

③ 梁昆：《宋诗流派论》，台北东升出版事业有限公司 1980 年版，第 109 页。

《跋秋江烟草》说张弋"每以贾岛、姚合为法，所著仅成帙，清深闲雅，宛有唐人风致。至其得意警绝之句，杂之两人集内殆未易辨"①，认为张弋诗歌学习姚贾已到可以乱真的地步。陈必复《端隐吟稿序》说林尚仁"其为诗专以姚合贾岛为法，而精妥深润则过之"②，这又是在姚贾的基础上有所变化。刘克庄《跋姚镛县尉文稿》说姚镛"才力有定禀，文字无止法。君以盛年挟老气为之不已，诗自姚合、贾岛达之于李、杜……"③在这里，刘克庄认为姚镛从学习姚贾入手，学到了李白杜甫的境界。这些诗人不但学习姚贾的诗歌风格，还将他们视为精神世界的典范，以效法他们互相标榜。胡仲参《题雪舟云心二友吟卷》："君诗何所似，绝似晚唐诗。写出春云状，融成白雪词。百篇多态度，二妙一襟期。与我为三友，他年题品谁。"众多文士的向往和推崇，无数诗篇的追摹仿效，使姚贾的声望达到了前所未有的高度。

与所师承的对象一样，江湖诗人表现出一种刻苦的创作精神，苦吟形象经常出现在他们的诗中。如"戴公堤上古时月，几度凉宵照苦吟"（严粲《荐福寺》）、"吟苦过于颠，吟成亦自怜"（林尚仁《寒夜即事》）、"吟苦事俱废，拙深贫未除"（张弋《豫章别紫芝》）、"幽人拄杖移时立，句句诗中是苦吟"（薛嵎《冬日野步》）、"形役犹甘分，肠枯费苦吟"（胡仲弓《寄西涧叶侍郎》）、"赤脚知吟苦，时将山茗煎"（胡仲参《偶得》）姚贾苦吟的创作态度和生存方式，在江湖诗人那里得到了全方位的接受和继承，尽管很少有内容和形式上的改进。他们通过苦吟，推敲字句，以求精警工稳。张弋"思甚苦，未尝苟下一字，每有所作，必镕炼数日乃定"④。这种字斟

---

① （宋）丁焴：《跋秋江烟草》，（宋）陈起编：《江湖小集》卷六十八，影印文渊阁四库全书本，第1357册，台湾商务印书馆1983年版。

② （宋）陈必复：《端隐吟稿序》，（宋）陈起编：《江湖小集》卷三十三，影印文渊阁四库全书本，第1357册，台湾商务印书馆1983年版。

③ （宋）刘克庄：《跋姚镛县尉文稿》，（宋）刘克庄撰：《后村先生大全集》卷九十九，四部丛刊初编本，第276册，上海书店1989年重印。

④ （宋）丁焴：《跋秋江烟草》，（宋）陈起编：《江湖小集》卷六十八，影印文渊阁四库全书本，第1357册，台湾商务印书馆1983年版。

句酌的创作方法,对于才力不弘的文士很有补益。

从风格上讲,江湖诗中有一种细小纤巧之美,这正是受到姚贾诗风,尤其是武功体影响的结果。如“竹行穿细笋,风堕过墙花”(叶绍翁《和葛天民呈吴韬仲韵赋其庭馆所有》)、“林深喧鸟雀,露重滴松楸”(胡仲参《山中作》)、“剪草涂新壁,搴藤缚旧篱”(陈允平《野人家》)、“禽斗巢几覆,蛛闲网半成”(张至龙《登东山怀朱静佳》)等,诗人的眼光倾向于那些琐细微小的事物,展现出一种轻浅纤幽的审美格局,非常接近姚合《武功县中作三十首》的风貌。

在近体诗的艺术形式方面,江湖诗对仗工巧,多用流水对和复辞对仗,这也是姚贾一脉的风格。流水对如“题诗如昨日,倒指已三年”(严粲《重到地藏院》)、“本非求吉地,只欲近禅坊”(毛珝《过黄山法华寺》)、“为爱山间好,因成旬日留”(胡仲参《山中作》)、“偶来游石屋,却喜见香山”(徐集孙《石屋》)。复辞对仗如“片片疏还密,霏霏整复斜”(胡仲参《雪》)、“蛙跳蒲细细,燕没絮蒙蒙”(陈鉴之《春晚野步》)、“酒功书下下,诗料办劳劳”(陈必复《和客用韵》)等。

江湖诗中有一种平俗之气。用平淡的语言描写日常生活的平凡事件,是姚贾诗风的特色之一。不过,江湖诗人所处的时代和身份地位,与他们的前辈相比已经发生了很大变化。姚合诗的平淡是以吏为隐的自适情绪的体现,贾岛诗的平淡蕴含着寒士不遇的矫激峭拔之气,而江湖诗的平淡则带有宋代市民阶层的世俗味道。姚合写自己不爱理会县中的簿书(《武功县中作三十首》之四),儿童不认识钱币(《寄贾岛》);贾岛写孟融逸人不吃鱼(《孟融逸人》),这些生活琐事已经具有世俗烟火的气息了。不过姚贾终是唐人,尽管属于只有浪漫诗情余韵的中唐,他们诗句所描绘的世俗琐事,还是融进了清冷寒僻的诗意境界之中。江湖诗连篇累牍地描写村儿学字(宋伯仁《嘲不识字》,《雪岩吟草西塍集》,宋陈起编《江湖小集》卷七十二)、托人卖马(陈造《托人卖马二首》,宋陈造撰《江湖长翁集》卷十二)、乡人接客(危稹《接客篇》,《巽斋小集》,宋陈起编《江湖小集》卷六十)、塑偶求子(许棐《泥孩儿》,《梅屋稿》,宋陈起编《江湖小集》

卷七十七)、书籍版本(陈起《〈史记〉送后村刘秘监兼致欲见之悰》,《芸居乙稿》,宋陈起编《江湖小集》卷二十八)等,这些俗事闲谈,具有浓郁的市民文学的气息,诗人们用切近直露的方式加以表现,将姚贾诗风的平淡演化为平俗,在继承中又有发展变化。

江湖派中除了姚贾、四灵一脉,还有许多诗人出入姚贾、江西之间,这其中就包括江湖诗派的领袖式人物刘克庄和戴复古。

刘克庄在江湖诗人中年寿最长,官位最高,成就也最大。他早期作诗颇受贾岛、姚合到"四灵"一脉的影响,叶适甚至认为他是"四灵"的继承者。他作诗好雕琢,自认诗歌风格寒瘦。其《北山作》诗云:"骨法枯闲甚,惟堪作隐君。……字瘦偏题石,诗寒半说云。"也曾评论友人的诗作雕琢得不够精致:"(林子彬)律诗若造语尖新,然视晚唐四灵犹恨欠追琢。"①刘克庄早年的诗句如"观老巢高木,僧寒晒堕樵"(《黄蘖山》)、"坏壁虫伤画,残炉鼠印灰"(《吴大帝庙》)、"暝色初逢驿,溪声只隔邻"(《武步道中》)等,意象寒僻,风格孤峭,与贾岛诗并无二致;另如"山头云似雪,陌上树如人"(《早行》)、"秃笔回僧简,褒衣看古书"(《晚春》)、"古殿人开少,深窗日上迟"(《铁塔寺》)等,风格清幽闲净,淡然自适兼有姚合风范。

后来,他的论诗观点发生了改变,开始鄙薄姚贾、四灵。"永嘉诗人极力驰骤,才望见贾岛、姚合之藩而已,余诗亦然。十年前始自厌之,欲息唐律,专造古体。"②结果是既未专造古体,也没有全袭唐律,而是学习陆游诗歌,在题材取向上与"四灵"分道扬镳,写过不少伤时忧国的诗作,不过才力毕竟不及放翁。晚年喜欢杨万里的诚斋体,诗风活泼但有时失于浅露。

刘克庄在四灵之后,在总体上,与晚宋的时代气息相吻合,批判江西

---

① (宋)刘克庄:《林子彬诗跋》,(宋)刘克庄撰:《后村先生大全集》卷一百一十,四部丛刊初编本第277册,上海书店1989年重印。

② (宋)刘克庄:《瓜圃集序》,(宋)刘克庄撰:《后村先生大全集》卷九十四,四部丛刊初编本,第276册,上海书店1989年重印。

而看重晚唐，另一方面，他又学习江西诗派的作诗方式，带动江湖诗人从“四灵”寄情山水的空灵诗风中解脱出来，开拓新的创作领域，使得江湖诗风日趋社会化。

戴复古在江湖诗派中，是仅次于刘克庄的重要人物。他一生布衣，比之刘克庄的位至高官，是更为典型、更为标准的江湖诗人、江湖谒客。戴复古也有过与刘克庄相似的江西诗派式的训练经历。一般认为戴复古的诗歌风格主要有三个源泉：其一是学习杜甫，如他在《黄州竹楼呈谢国正》中所说：“发挥天地读周易，管领江山歌杜诗。”当时的许多人也将其视为晚宋老杜。如包恢《和戴石屏见寄韵二首》之一云：“句老律精何酷似？昔题蜀相孔明祠。”其二是源于中兴诗人杨、陆，戴复古称赞他们“入妙文章本平淡，等闲言语变瑰奇。”譬如他这样的诗作：“天台山与雁山邻，中间只隔一片云。一片云边不相识，三千里外却逢君。”（《湘中逢翁灵舒》）诗似诚斋，又不是诚斋所能局限的。其三是源于姚贾，这是我们要考察的方面。戴复古继承了姚贾的创作精神，对于诗句刻意锤炼，精雕细琢。赵汝腾《石屏诗钞序》引用戴复古的话说：“作诗不可计迟速，每一得句，或经年而成篇。”①这与贾岛“两句三年得”的自叹自负情绪是极为相似的。《四库全书总目》卷一百六十一《石屏集提要》引瞿佑《归田诗话》云：“复古尝见夕照映山，得句云：‘夕阳山外山。’自以为奇，欲以‘尘世梦中梦’对之，而不惬意。后行村中，春雨方霁，行潦纵横，得‘春水渡傍渡’句，以对上下，始称。其苦心搜索，即此可见一端。”②可知其作诗的刻意，也可见出他对于亲历身见的重视。戴复古的五言律诗，多用白描手法写生活琐事，风格平淡幽清，颇有些武功体的味道。如“酒渴倾花露，诗清泻涧泉”（《游天竺》）、“穷犹恋诗酒，懒不正衣巾”（《都中书怀二首》之二）、“花残蜂课蜜，林茂鸟安巢”（《春尽日》）、“试墨题新竹，携筇数落

① （清）吴之振编，吕留良、吴自牧选：《宋诗钞》卷九十五，《戴复古石屏诗钞》，中华书局1986年版，第2646页。

② （清）纪昀等撰，四库全书研究所整理：《钦定四库全书总目》，中华书局1997年版，第2148页。

花”(《黄道士出爻》)等。戴复古也曾经称友人姚仲固为“姚合”,赞其擅长吟诗:“能诗老姚合,朝夕共吟哦。”(《题萍乡何叔万云山》,题下自注:“诗人姚仲固乃胡仲方诗友”。)可见其对姚合的倾慕。

姚贾一脉发展到江湖派的时代,他们对于诗歌艺术的专注和体认,使中国诗坛产生了重要的变化。姚合贾岛虽然倾力为诗,但并未完全忘情于仕宦功名。贾岛的困顿科场,姚合的以吏为隐,他们是在无法仕进或无奈仕途的情况下,才用诗歌的方式消解生命的苦难。从晚唐姚贾后学到宋初晚唐体诗人以及永嘉四灵,基本上延续着这一传统。而江湖诸人则明确地将诗歌视为人生第一目标。丁焴《跋秋江烟草》说张弋,“湖海豪士,不喜为举子,学专意于诗”①。陈必复《端隐吟稿序》说林尚仁,“切切然惟忧其诗之不行于世,而贫贱困苦莫之忧也”②。李龏说毛珝“以文自晦,不求于时”③。这种变化的因素尽管一直在姚贾及其后学中传递,到了此时才真正成为一种时代的艺术风尚。传统的儒家诗教认为,诗的功能是“兴观群怨”,强调诗歌的社会功利性。当创作主体的社会地位逐渐沦落,当兼济天下的愿望逐渐成空,当姚贾将诗歌视为生命方式的行为被世人普遍接受和长期效仿,当众多的置身于官场之外的江湖诗人都以创作作为生存方式,终于,诗歌的关心群体变为关心个体,关心天下变为关心自身,关注政治变为关注个体生命,关注身外变为关注内心世界,诗歌创作朝着她本身的文学性的方向又前进了一步。

① (宋)丁焴:《跋秋江烟草》,(宋)陈起编:《江湖小集》卷六十八,影印文渊阁四库全书本,第1357册,台湾商务印书馆1983年版。

② (宋)陈必复:《端隐吟稿序》,(宋)陈起编:《江湖小集》卷三十三,影印文渊阁四库全书本,第1357册,台湾商务印书馆1983年版。

③ (宋)李龏:《毛珝吾竹小稿序》,(宋)陈起编:《江湖小集》卷十二,影印文渊阁四库全书本,第1357册,台湾商务印书馆1983年版。

第十章　姚贾对明清两代诗人的影响

明代的诗歌流派纷呈，非常活跃，但以前后七子为代表的诗坛主流，存在崇尚盛唐，贬抑宋人的习气。而在两宋风靡一时的姚贾诗风始终不能成为诗歌发展的主流，因此，姚贾对明代的影响，不仅不及以前的两宋，与之后的清代而言，也显得冷清，持续着金元以来的冷落萧条。

明清两代是中国古典诗歌理论发展的高潮阶段，其间对古代几乎所有文学现象均进行了重新的解读，对于姚贾来讲，也不例外。明代杨慎在《升庵诗话》、胡应麟在《诗薮》、许学夷在《诗源辩体》、胡震亨在《唐音癸签》等诗歌理论著作中对姚贾的诸多问题进行了深入的剖析。如杨慎继承晚唐张洎、宋末方回的观点，对“晚唐二派说”进行了重新总结与完善，《升庵诗话》卷十一“晚唐两诗派”条云：“晚唐之诗分为二派：一派学张籍，则朱庆馀陈标任蕃章孝标司空图项斯其人也；一派学贾岛，则李洞姚合方干喻凫周贺‘九僧’其人也。其间虽多，不越此二派。”[1]突出了以贾岛、姚合、张籍等诗人为代表的晚唐诗风的主流地位。胡应麟则充分肯定了贾岛诗歌的成就，指出“东野之古，浪仙之律，长吉乐府，玉川歌行，其才具工力，故皆过人。如危峰绝壑，深涧流泉，并自成趣，不相沿袭”[2]。《诗薮》外编卷四还评价了姚合《极玄集》的选诗情况：“姚武功《极玄》不

---

① （明）杨慎：《升菴诗话》，丁福保辑《历代诗话续编》，中华书局 2006 年版，第 851 页。

② （明）胡应麟撰：《诗薮》，上海古籍出版社 1979 年版，第 187 页。

取王维五言绝……当时月旦乃耳。”①对姚合《极玄集》的选评价值给予了肯定。许学夷在在《诗源辩体》中则揭示了贾岛五律对于唐诗向宋调转型的特殊意义，如“岛五言律气味清苦，声韵峭急，在唐体尚为小偏，而句多奇僻，在元和则为大变。”②“大历以后，五七言律流于委靡，元和诸公群起而力振之，贾岛、王建、乐天创作新奇，遂为大变。”③

与明代崇尚盛唐的风气相一致，明代的一些主要诗歌选本对姚合贾岛的作品也存在轻视的倾向。如明初最有影响的唐诗总集《唐诗品汇》，凡九十卷，拾遗十卷，选录唐代六百二十位诗人的诗作，共五千七百六十九首。全书大略以初唐为正始，盛唐为正宗、大家、名家、羽翼，中唐为接武，晚唐为正变、余响，其崇尚盛唐气象的主张十分明确。高棅在《总叙》中将贾岛诗划在晚唐，作为唐诗之变。全书选录贾岛各体诗 43 首，姚合 19 首，从数量上约略符合高棅为其划定的正变、接武或余响的身份。从诗歌风格上，注重姚贾诗中的盛唐遗韵，那些开辟晚唐以后僻涩、琐细一路特色的诗作则很少选录，这是高棅崇尚盛唐、贬抑晚唐的结果。又如继承了高棅推崇盛唐，贬抑中晚唐选诗标准的《唐诗解》，共五十卷，共录诗一千五百余首，作者一百九十四人，唐汝询仅录贾岛诗 3 首：《寻隐者不遇》《剑客》《别徐明府》；姚合诗 1 首：《春日早朝寄刘起居》。陆时雍《唐诗镜》五十四卷，仅收录贾岛诗 33 首，姚合诗 4 首，并认为“贾岛衲气终身不除，语虽佳，其气韵自枯寂耳。余尝谓读孟郊诗如嚼木瓜，齿缺舌敝，不知味之所在；贾岛诗如寒齑味，虽不和，时有余酸荐齿”④。

清代诗歌流派纷呈，出现了与明代“崇尚盛唐”不同的风尚。主要表现为在诗歌创作上宗唐与崇宋各有传承，而对于唐诗的学习，也出现了重

① （明）胡应麟撰：《诗薮》，上海古籍出版社 1979 年版，第 189 页。

② （明）许学夷著，杜维沫校点：《诗源辩体》，人民文学出版社 1987 年版，第 256 页。

③ （明）许学夷著，杜维沫校点：《诗源辩体》，人民文学出版社 1987 年版，第 245—246 页。

④ （明）陆时雍：《诗镜总论》，（明）陆时雍编：《古诗镜・唐诗镜》，影印文渊阁四库全书本，第 1411 册，台湾商务印书馆 1986 年版。

视晚唐的倾向。其间关于流派方面的认识，主要有清高密人李怀民的《重订中晚唐诗主客图》，李发展并修正了杨慎的中晚唐两诗派的诗史理论，提出“余读贞元以后近体诗，称量其体格，窃得两派焉。一派张水部，天然明丽，不事雕琢，而气味近道，学之可以除躁妄、祛矫饰，出入风雅；一派贾长江，力求险奥，不吝心思，而气骨凌霄，学之可以屏浮靡，却熟俗，振兴顽懦。二君之诗，各有广大奥逸宏拔美丽之妙，而自成一家”①。对于认识姚贾之传承，及细致辨析晚唐五律的风格有较大贡献。

清末陈衍更是提出“三元”之说，上元开元，中元元和，下元元祐，突出了宋诗的地位，理清了唐宋诗之流变的脉络与线索，《石遗室诗话》卷一云：“余言今人强分唐诗宋诗，宋人皆推唐人诗法，力破余地耳。庐陵、宛陵、东坡、临川、山谷、后山、放翁、诚斋，岑、高、李、杜、韩、孟、刘、白之变化也；简斋、止斋、沧浪、四灵，王、孟、韦、柳、贾岛、姚合之变化也，故开元、元和者，世所分唐宋之枢斡也。”其在《何心与诗序》又言道：“柳州、东野、长江、武功、宛陵以至于四灵，其诗世所谓寂，其境世所谓困也。”②陈衍指出了柳宗元、孟郊、贾岛、姚合乃至四灵诗静寂的特点，并且将这种诗风归因于生活的困顿。在此基础上，他提出了“诗者，荒寒之路”的著名论点。

清代姚贾诗风的继承者，主要集中在高密诗派和同光派。袁枚《随园诗话》记录了乾隆时期姚贾诗风的流衍情况。《随园诗话》卷十云：“李怀民与弟宪乔选唐人主客图，以张水部、贾长江两派为主，余人为客；遂号所咏为《二客吟》。……二人果有贾、张风味。”③李怀民兄弟是高密诗派的领袖人物，他们以张、贾相号召，其诗歌风格则沿承姚贾以来的传统。

同治、光绪时期的姚贾诗风流衍情况，记录最翔实的要推陈衍《陈石遗集》。他明确提出诗风效学姚合、贾岛的诗人有陈诗、林旭、王真等人。

---

① （清）李怀民：《重订中晚唐诗主客图》，嘉庆乙丑十年（1805）邱县刘大观刻本。

② 陈衍著，郑朝宗、石文英校点：《石遗室诗话》，人民文学出版社2004年版，第7页。

③ （清）袁枚著，顾学颉校点：《随园诗话》，人民文学出版社1982年版，第355—356页。

他说林旭诗“取路孟郊、贾岛、陈师道、杨万里，苦涩幽僻”①。又《石遗室诗话》卷四云：“庐江陈子言（诗）与确士（俞明震）为文字骨肉，摒绝世务，冥心孤往，一意苦吟，今之贾阆仙李才江是也。”②林旭、陈诗都是同光派的主要人物，他们继承了姚贾的创作作风和生活态度，是姚贾精神的真实再现者。《石遗室诗话》还记载了姚贾诗风在闺门女子中间的流传情况，如卷三一云：“王子仁余姻娅也，两少女娟秀嗜书史，行七者名真号耐轩，……耐轩根柢陶、韦、王、孟，下逮阆仙、四灵。”③王真的五言律诗平淡隽永，能得诗中静趣，句法体格、意脉流走等方面也能看出姚贾的印迹。

第一节　姚贾对明末“竟陵派”诗人的影响

明代万历中叶以后，社会激变给士人精神世界带来不安与忧虑。公安派狂健进取的热情在政治挫折下趋于消退，士人忧郁、迷惘、孤寂、苦涩的心绪日益浓重，以钟惺、谭元春为代表的竟陵派崛起文坛，标立“隐秀”的人生和文学旨归，诗以吐写历史变幻中的精神苦闷和幽寂情绪，诗风流行大江南北三十余年，文坛风移俗易。

钟惺（1574—1624），字伯敬，号退谷，万历三十八年（1610）进士，官至福建提学佥事。有《隐秀轩集》。谭元春（1586—1637），字友夏，少年聪慧而科场不利，天启七年（1634）始举于乡，崇祯十年死于赴进士考试的旅途中。有《谭友夏合集》。钟、谭二氏均为竟陵（今湖北天门）人，故其诗派称竟陵派。钟、谭曾编选《诗归》（单行称《古诗归》《唐诗归》），在序文和评点中宣扬他们的文学观，在晚明风行一时。

---

① 陈衍：《林旭传》，《陈石遗集》（上册），福建人民出版社 2001 年版，第 433 页。

② 陈衍著，郑朝宗、石文英校点：《石遗室诗话》，人民文学出版社 2004 年版，第 64 页。

③ 陈衍著，郑朝宗、石文英校点：《石遗室诗话》，人民文学出版社 2004 年版，第 503 页。

中国诗史上，竟陵派上承姚贾、四灵一脉，下启清代高密、同光派，以急怼激宕、幽深孤峭的诗歌风格，续写着姚贾诗歌风尚的独特篇章。陈衍《石遗室诗话》卷三云："前清诗学，道光以来一大关捩。略别两派，一派为清苍幽峭，自古诗十九首、苏、李、陶、谢、王、孟、韦、柳以下逮贾岛、姚合，宋之陈师道、陈与义、陈傅良、赵师秀、徐照、徐玑、翁卷、严羽，元之范椁、揭傒斯，明之钟惺、谭元春之伦，洗炼而熔铸之，体会渊微，出以精思健笔。"①当然，竟陵派浸淫出入于姚贾之间，也吸收继承了中国诗歌史上的其他风格传统。

竟陵派在理论上接受了公安派"独抒性灵"的口号，同时从各方面加以修正。他们提出"势有穷而必变，物有孤而为奇"②，即反对步趋人后，主张标异立新。这种求变求异的艺术追求、孤峭奇崛的审美旨趣，正体现了姚贾风格的深刻影响。他们以一种深幽孤峭的僻冷风格，来纠正当时诗坛上俚俗、浅露、轻率的公安派流弊，用姚贾遗绪来建构他们另类奇门的艺术殿堂，用心灵深处的幽独情绪来抒写真正的诗篇。钟惺《诗归序》有云："真诗者，精神所为也。察其幽情单绪，孤行静寄于喧杂之中，而乃以其虚怀定力，独往冥游于寥廓之外。"③他们对活跃的世俗生活没有什么兴趣，所关注的是虚渺出世的"精神"。他们标榜"孤怀""孤行""孤诣"，却又局促不安，无法达到期待中的宁静淡远。这是自我意识较强但个性无法向外自由舒展而转向内倾的结果，由此造成他们诗中的幽塞、寒酸的感觉状态。

我们从具体诗作中，可以体味那种幽闭孤独的内心世界。钟惺《朝》诗云："蓐食初戒途，新旸淡寒岫。光薄始着林，映带自先后。日盛宿烟避，远见山水候。我行久出峡，始得睹清昼。"这是一颗锁闭着的幽寂心灵，浸浴在细微清寒的初日薄光之中，眼中是深林峡壁中的宿烟寒岫，当出得峡谷，目睹清明白昼，心灵方才微微展露，全诗却就此而止。其中体

① 陈衍著，郑朝宗、石文英校点：《石遗室诗话》，人民文学出版社 2004 年版，第 41 页。

② （明）钟惺：《问山亭诗序》，（明）钟惺撰：《隐秀轩集》，明末刻本。

③ （明）钟惺：《诗归序》，（明）钟惺、谭元春编：《唐诗归》，明末刘敩刻本。

现出来的生命意绪绝不沾染丝毫的尘世俗氛，这就是他们所谓的真正诗章。在重视自我精神的表现上，竟陵派与公安派是一致的，但二者的审美趣味迥然不同，而在这背后，又有着人生态度的不同。公安派诗人虽然也有退缩的一面，但他们敢于怀疑和否定传统价值标准，敏锐地感受到社会压迫的痛苦，毕竟还是具有抗争意义的；他们喜欢用浅露而富于色彩和动感的语言来表述对各种生活享受、生活情趣的追求，呈现内心的喜怒哀乐，显示着开放的、个性张扬的心态；而竟陵派所追求的"深幽孤峭"的诗境，则表现着内敛的心态。

在艺术形式上，他们的诗歌以凄声寒魄为致，以噍音促节为能，刻意雕琢字句，语言生涩拗折，常破坏常规的语法、音节，形成艰涩隐晦的风格。如钟惺《昼泊》诗云："树无黄一叶，云有白孤村。"谭元春《太和庵前坐泉》诗云："鱼出声中立，花开影外吹。"又《寄怀王永启》诗云："诗从此地易，水见夜来真。"句法、对仗、意象都呈现出姚贾风范，但又有些不能成句的味道。这种不和谐的奇僻拗涩发展到极致，便让人有些费解了。如谭元春的《观裂帛湖》："荇藻蕴水天，湖以潭为质。龙雨眠一湫，畏人多自匿。百怪靡不为，喁喁如鱼湿。波眼各自吹，肯同众流急？注目不暂舍，神肤凝为一。森哉发元化，吾见真宰滴。"①这首诗确实不大好懂。大致是写湖水寒冽，环境幽僻，四周发出奇异的声响，好像潜藏着各种怪物。久久注视之下，恍然失去自身的存在，于是在森然的氛围中感受到造物者无形的运作。钟、谭佶屈僻涩的语言作风，将姚贾以来的诗歌传统推向了又一个极端。

关于竟陵派对姚贾诗风的继承，钱锺书《谈艺录》有十分精当的论述。其文云："竟陵派钟谭辈自作诗，多不能成语，才情词气，盖远在公安三袁之下。友夏《岳归堂稿》以前诗，与伯敬同格，佳者庶几清秀简隽，劣者不过酸寒贫薄。《岳归堂稿》乃欲自出手眼，别开门户，由险涩以求深

---

① （明）谭元春著、陈杏珍标校：《谭元春集》卷十一，上海古籍出版社 1998 年版，第 324 页。

厚,遂至于悠晦不通矣。……伯敬而有才,五律可为浪仙之寒;友夏而有才,五古或近东野之瘦。……然唐人律诗中最似竟陵者,非浪仙、武功,而为刘得仁、喻凫。"①钱先生所说的"清秀简隽""酸寒贫薄""险涩寒瘦"等的风格特点,正是钟、谭受到姚贾影响的地方。而唐人中与钟、谭诗风最接近的刘得仁、喻凫二人,恰是姚贾诗人群体中的主要成员,这也表明了竟陵诗人作为姚贾后学的身份。

竟陵派诗风在明末乃至清初十分流行,其影响远比公安派来得久远,这是晚明个性解放的思潮遭受打击以后,文人心理上的病态在美学上的反映。他们与姚贾风格的亲近,正反映了与正统文学的疏离。

第二节　姚贾对清代"高密派"诗人的影响

清代乾隆、嘉庆年间,在胶东半岛的高密一带,出现了姚贾诗风的又一次回响,这就是著名的高密诗派。其核心人物是"高密三李",即李怀民、李宪暠、李宪乔三兄弟。

李怀民(1738—1793),名宪噩,字怀民,号石桐,因所居之处有桐十株,故又自称十桐或十桐主人。乾隆间诸生,屡试不第,遂弃举业而专心为诗。著有《石桐先生诗钞》《中晚唐诗主客图》等。李宪暠(1739—1782),字叔白,号莲塘,十桐从弟。被称为有经世之才,诗其余事。著有《叔白诗钞》《莲塘遗文》《定性斋集》等。李宪乔(1747—1796),字子乔、义堂,号少鹤,十桐胞弟。乾隆四十一年(1776)举人,官至归顺知州。著有《少鹤内集》《鹤再南飞集》《龙城集》《宾山续集》等。

高密诗派又称李高密派,肇始于单绍伯、单楷、单烺诸人,由李怀民开创,李宪乔扩大影响,胶州王克绍、王克纯、王子夏、王万里、王宁誾"王氏五子"为其羽翼,另有高密单子受、单绍、单䅲、单襄棨、单鼎、王令闻、任

① 钱锺书:《谈艺录·竟陵诗派》(补订本),中华书局1984年版,第102页。

大文、任子昇、王宁烶、单憻、宋绳先、单可玉、单可墉、王宁焯，福山鹿林松、莱阳赵曾、邱县刘大观诸人先后响应，诸子大多有诗名于时。《高密县志》卷十四云："李怀民与弟宪暠、宪乔，以中晚唐律诒后进，海内宗之，称为李高密派。先生家城南待鸿村，临溪筑室，有定性斋、归云亭诸所，四方名士宴集几无虚日。"①由此可知当时后学云集的盛况。

高密诗派的影响亦不限于齐鲁间，临川李秉礼、桂林朱依真、长洲孙顾崖、赵廷鼎、刘正孚、江西胡森、归顺童毓灵、介葆元、唐昌龄、袁思名、马亮工、黄鹤立、曾敷敬、农日丰诸人，皆与三李颇有渊源，而其诗歌造诣亦颇高，于是汪辟疆先生认为广西、江西、东吴皆有高密之派。② 而据《高密县志》卷十四上《人物志·儒林》所载，"滇南刘寄庵、岭表袁子实诸人，万里寄诗稿"给高密后进李诒经，"乞为点定"③，可知此诗派影响之巨。

清代乾隆诗坛，呈现多元化格局，积历代而成的各种诗歌风格、诗学观念在此时均得到重现，以至于名家辈出，高潮迭见，影响较大的有以钱谦益为代表的虞山派，以王士禛为代表的神韵派，以袁枚为代表的性灵派以及以沈德潜为代表的格调派等。这些学说多有门人弟子为之推扬，但发展既久，流弊渐生。宗钱者陷于饾饤肤廓；宗王者流于婉弱空洞；宗袁者汩于轻薄绮靡；宗沈者趋于卑靡庸琐。高密诗派以挽救诗坛流弊为己任，精研中晚唐人格律，以远承姚贾的寒僻瘦真，向以上诸派的末流发起了冲击，其艺术成就深为时人所瞩目，并产生了积极的影响。单铭《李石桐诗集序》云："诗自明代以来，声气门户之说，纷然淆乱，其变极矣。先生当虞山、渔洋主盟之后，独能奋袂其间，刮磨湔洗，一举而空之。虽其说未能广行于天下，而十数年间，清才之士亦有闻而信之者。则先生廓清之功顾不伟欤?"④推扬或许过当，但对高密诗派力救时弊、独步诗坛的揭

---

① 王照青修:《高密县志》卷十四，青岛胶东书社1935年版。

② 汪辟疆:《论高密诗派》，《中华文史论丛》第二辑，中华书局1962年版，第138—139页。

③ 王照青修:《高密县志》卷十四上《人物志·儒林》，青岛胶东书社1935年版。

④ (清)单铭:《李石桐诗集序》，载王照青修:《高密县志》卷十五中《艺文志》，青岛胶东书社1935年版，第16页。

示，却符合当时的实际情况。

三李的诗学主张，主要见于《高密三李诗话》《重订中晚唐诗主客图》等著作。李怀民认为，“唐律法备于中、晚，所谓格律也。学律而不入格，唐音邈矣。”①于是他依照张为《诗人主客图》的样例，搜集元和以后诸家五言律诗，辨其体格，奉张籍为清真雅正主，贾岛为清真僻苦主，而以朱庆馀、李洞以下为客。他在《重订中晚唐诗主客图说》中阐释了以张贾为宗的缘由：“故明以来非盛唐不言诗，于是乎袭为浑沦宏阔之貌，饰为高华典册之词。”在李氏看来，“学诗者诚莫如中晚，中晚人得盛唐之精髓，无宋人之流弊，又恐晚唐风趋日下，而取晚之近于中者”，这便是张籍和贾岛二人。“吾定主客图，窃见张贾门下诸贤微论其才识高远，要之气骨棱棱，有不可一世、壁立万仞之概。”②李怀民认为，当时诗坛躁妄、矫饰、靡弱、熟俗的流弊，根本原因在于风雅气骨不存。而张籍诗歌的天然明丽、不事雕琢，可以戒除躁妄与矫饰；贾岛诗歌的力求险奥、不吝心思，可以摒除靡弱与熟俗，从而出入风雅之间，最终改变诗坛风气。

高密诗人崇尚“张贾”，并说他们“言虽称两派，其实一家耳”。在张籍一派中，又以姚合为其“升堂”的第四位。张籍在中唐享有盛名，但他的主要成就在乐府诗方面。如张戒《岁寒堂诗话》卷上云：“籍律诗虽有味而少文，远不逮李义山、刘梦得、杜牧之。然籍之乐府，诸人未必能也。”③又周紫芝《竹坡诗话》云：“唐人作乐府者甚多，当以张文昌为第一。”④姚合与张籍同时，成名的年代也相差不远，不过姚合却以五言律诗闻名于世。李怀民作《主客图》，正是专务五言律诗。所以从体裁、风格、声望诸方面考虑，我们可以认为，高密诗派所崇尚的张贾，在某种程度上

① （清）杨仲羲撰集，吴兴、柳承干参校：《雪桥诗话》初集卷六，北京古籍出版社 1989 年版，第 295 页。

② （清）李怀民：《重订中晚唐诗主客图》，嘉庆乙丑十年（1805）邱县刘大观刻本。

③ （宋）张戒：《岁寒堂诗话》，丁福保辑：《历代诗话续编》（上册），中华书局 2006 年版，第 460 页。

④ （宋）周紫芝撰：《竹坡诗话》，上海文宝公司民国间影印本。

就是姚贾的另外一种称谓。李怀民曾把当时从其问学的四个后辈李诒经、王宁焯、单鼎、王宁焥称为“后四灵”，与南宋诗坛上的“永嘉四灵”联系起来，可见其提倡姚贾诗风带有明确的主观追求。

高密诗派诸人继承了姚贾的苦吟作风，在诗歌创作上着专注刻苦的态度，他们专以炼句为工，而句法又以炼字为要，苦心琢磨以求诗句精警。如王宁闓《题少鹤都门近集》云：“春雪满长安，僻吟当昼寒。千门无剌入，五字有谁看。”李怀民在编选完成《重订中晚唐诗主客图》之后的《题后》二首，更是道出了苦吟诗人的个中滋味。

古来耽此道，清味本酸寒。思入如中病，吟成胜拜官。物生皆不隐，情动即教看。未识成何用，凭将鬓发残。

前生应有罪，天罚作诗人。但见无双士，常膺不次贫。青山穷道路，白首役精神。独为求知己，淹留万古身。

——李怀民《订中晚唐诗人主客图既成，怅然有感，题卷末二首》①

这种作诗即生活、作诗即生命的创作态度，无疑与姚贾深有渊源。正如《雪桥诗话》初集卷六所说：“大类长江之苦吟”②，李宪乔亦自称：“我诗槎枒多苦语”（李宪乔《寄酬简斋先生》）③、“酸吟苦句喻者少，独喜咀嚼甘比蜜”（李宪乔《再赠青侅太守》）④。姚贾对仕途有一定的热衷，曾经视作诗成就为求仕的一部分，在求仕的失败或薄宦的无奈过后，方将诗歌作为整个生命的意义所在。高密诗派的大多数诗人则基本上出于个人兴趣，从而以接近于纯文学的角度看待诗歌创作。他们获取诗歌境界的方法仍然是穷搜冥索，他们对待作品的态度仍然是字斟句酌，这种风气在

---

① （清）李怀民：《重订中晚唐诗主客图》，嘉庆乙丑十年（1805）邱县刘大观刻本。

② （清）杨仲义撰集，吴兴、柳承干参校：《雪桥诗话》初集卷六，北京古籍出版社 1989 年版，第 296 页。

③ （清）李怀民、李宪乔撰：《二客吟》，清同治六年（1867）刘履芬抄本。

④ （清）李怀民、李宪乔撰：《二客吟》，清同治六年（1867）刘履芬抄本。

高密诗人中间十分普遍。

李诒经《亡友遗诗序》就记载了高密诗派在李氏兄弟指导下进行创作的情形："吾乡自石桐、少鹤两先生以诗学倡后进，一时好古之士翕然响风，虽不能遽历堂奥，而气锐志专，随其造诣之浅深，各有不可磨灭者。予自弱冠服膺两先生之论说，日与诸君之晤，聚东斋，每当诵读余暇，分韵赋诗，莫不穷搜冥索，较离合得失于毫厘之间，一字未惬，恒通宵不眠，吟成，环立几榻，听先生点定，第其甲乙，摘录佳什，分观聚诵，或不得与，亦必邮筒远寄，以相传示，至于良辰佳节，担杯提壶，宴集归云亭，秩秩彬彬，情谐意畅，辄复即景联吟，出奇争胜，一时意气之合，可谓盛哉。"①这个群体各以自己的天分、个性争奇斗胜，虽然没有传世名作，但是却有苦心经营的真诗，这是他们学习姚贾的一种收获。

高密诗派的诗歌内容多为生活的悲寒穷苦，诗中所呈现的诗人形象亦多为清冷酸吟者。生活状况的类似是他们在艺术旨趣上亲近姚贾的一个主要因素。《高密县志》中记载了他们的贫寒境况，例如卷十四上《人物·卓行》云："李镄字子亮……家素贫，处之晏如。与王功后为契友。尝雪夜游长陵，苦吟至晓方还，好事者作为图绘。""单楷字书田……性孤介，不滥交，家贫至食木叶，不受人馈遗。"②单楷是高密"单氏三先生"之一，其生活的困顿和品格的高洁在后辈文人的作品中时有记述，如李怀民《子乔自县中来，言单书田先生贫至食木叶，邀叔白各赋一篇为赠》诗云："食尽门前树，先生空忍饥。只应到死日，始是不贫时。古性原无怨，高情独有诗。即今三日雪，坚卧又谁知?"③又如李怀民《赠单书田先生》云："时时金石句，纵横出饥肠。"④生活的压迫使他们的作品像贾岛一般带有一股寒士不平之气，如李宪乔《读贾长江诗》："险僻时皆诧，孤清帝

---

① （清）李诒经：《亡友遗诗序》，王照青修：《高密县志》卷十五中《艺文志》，青岛胶东书社 1935 年版。

② 王照青修：《高密县志》卷十四上《人物·卓行》，青岛胶东书社 1935 年版。

③ 王照青修：《高密县志》卷十五《艺文志》下，青岛胶东书社 1935 年版。

④ （清）李怀民、李宪乔撰：《二客吟》，清同治六年（1867）刘履芬抄本。

遗哦。全身生肉少，一卷说僧多。壁隙风潜入，衣棱冻可呵。每欣当此际，持用砭沉疴。"①作为盛世之音中的悲苦音符，高密诗派改变了诗史上末世诗人回归姚贾的惯例。

高密诗派亲近姚贾的另一个原因是姚合以吏为隐、清贫自适的思想情趣得到了他们的同情和共鸣。高密诗派产生于清朝的全盛时期，但其成员却大都并不追求建功立业，也不追求仕宦通达。他们或广结吟友，优游田园；或闭门扫迹，甘于贫穷，游离于盛世之外。例如高密单子己，"居城之北，偏舍后辟小斋，近城垣。性好菊，与童子朝夕灌培，时复登城眺瞩，或游城外冈阜。家有遗田，听儿子经理，不亲事，不善病，不与城中人酬酢。凡城中筵会皆不与，独好与其友李怀民及怀民之弟嵩、乔为诗"②。这种生存方式与姚贾习尚颇为类似，他们在吟味自己的感情波澜和艺术结晶的过程中，走完了自己的人生旅途。

从创作上来看，高密诗派的诗歌特色基本上是姚贾一脉的重现。如以下诸诗：李怀民《送邑宰张明府南归》："为官几载贫，因病忆江莼。在县常无事，还家只有身。随行一舟月，出送满城人。去后野棠树，年年花发春。"③李怀民《赠单绍伯先生》："一家背溪水，郭外有柴关。野近每独往，僧来相伴闲。病犹恋诗酒，老复爱云山。愿得捧琴杖，逐君泉石间。"④单荫葛《读李卓然先生诗稿》："一卷凝冰雪，先生古道存。年高吟益苦，性定语无温。鹤唳霜天迥，钟疏野寺昏。嗟余生已晚，未得待君门。"⑤单可惠《访李五星（诒经）》："客行深巷曲，犬吠竹篱根。住近城西郭，幽于岭背村。秋声来远树，草色闭闲门，余亦谢时事，言寻静者论。"⑥

---

① （清）李怀民、李宪乔撰：《二客吟》，清同治六年（1867）刘履芬抄本。

② （清）李怀民：《单子己诗原序》，王照青修：《高密县志》卷十五中《艺文志》，青岛胶东书社 1935 年版。

③ 王照青修：《高密县志》卷十五下《艺文志》，青岛胶东书社 1935 年版。

④ （清）李怀民、李宪乔撰：《二客吟》，清同治六年（1867）刘履芬抄本。

⑤ 王照青修：《高密县志》卷十五下《艺文补编》，青岛胶东书社 1935 年版，第 68 页。

⑥ 徐世昌编：《清诗汇》，《晚晴簃诗汇》卷九八，北京出版社 1996 年影印本，第 1510 页。

诸诗都写日常生活琐事，眼前景象，心中情事，意象清冷生新，韵味小巧纤细，不用典故，直抒胸臆，而力避熟俗，语言寒冷孤峭而工实平稳，可见其远蹑姚贾的艺术追求。单铭《李石桐诗集序》评述李怀民的创作成就说："先生天资高妙而措辞淡雅，不事藻缋，其萧然闲放之趣，有非他人才力所能仿佛者，至于其会心惬志，足感人于性情之中，与向之相率而为伪者不侔矣。"①作为高密诗派的学人，单铭比较精确地把握了作者的艺术旨趣和风格特点。

用我们今天的眼光来看，姚贾风格在高密诗人身上打下了深刻的烙印。但是，他们毕竟是以张贾相标榜的，甚至将这两家诗视作自己的安身立命之处，因此张籍对他们的影响不容忽略。他们力图融会张籍诗的雅正和贾岛诗的清苦，从而形成自己的艺术风格。

当时在高密诗派之外，还有其他的姚贾追随者，如袁枚《随园诗话》补遗卷二云："桐城李仙芝，自称抱犊山人，馆方氏一梅斋，夜半关门，宿鸟惊噪，因得'推窗惊鸟梦'五字，以为似贾浪仙。然终未成篇也。又隔五年，为山馆虫声枨触，方足成一律云；'宵深寒气重，山馆剧凄清。夜月猿僵卧，秋萤鬼拥行。推窗惊鸟梦，就枕听虫声。寂寂孤灯烬，匡床已二更。'又，《客金陵见新燕有感》云：'寻巢择室几经春，故国乌衣梦想频。上苑乔林迁不到，生成薄命是依人。'其寓意亦可悲矣！"②李仙芝困顿的生活道路、艰涩的诗歌才能、刻苦的创作态度、寒僻的艺术风格，以及对贾岛"推敲"本事刻骨入髓的崇拜，都体现出他作为姚贾传承者的应有面貌。

又如郑方坤《全闽诗话》卷九"国朝・郭雍"条云："郭雍，字仲穆，一字书禅，福清人，侨居会城，康熙癸巳举人。少即工诗，最后乃出一帙问世，而谓其友人曰：'吾前后作诗不下千篇，今存其略成章法者，得律诗绝

① （清）单铭：《李石桐诗集序》，王照青修：《高密县志》卷十五中《艺文志》，青岛胶东书社 1935 年版。

② （清）袁枚著，顾学颉校点：《随园诗话》，人民文学出版社 1998 年版，第 596 页。

句若干首，古风歌行仅留一二，乐府绝无所解。'……书禅谢绝流品，因心师古，纤毫尘垢不以溷其笔端，上焉者淡远精微，步趋王、孟；次亦刻露清新，不失贾长江、姚武功家法。"①郭雍对于诗歌体裁的选择、严谨的创作态度、刻露清新的诗歌风格，都是姚贾一脉诗人所具有的共同特点。不过他在追摹姚贾的同时，又远承王孟，这是他不同于一般姚贾继承者的地方。

又如《四库全书总目》卷一百八十五《石间诗提要》云："（陈）景元号石间，镶红旗汉军。……景元诗虽以汉为宗，而性既孤僻，思复刻峭，结习所近，乃在孟郊、贾岛之间。"②陈景元习尚汉诗，实际上却因为个性趣味，艺术境界局限于郊岛，其诗歌的新刻峭拔，不离姚贾风范。

魏裔介撰《兼济堂文集》卷六《乔文衣诗序》："自丧乱既平，乔子簿于郏历、四明，再历蓬莱，凡波涛汹涌、山林窅冥、人世骇奇之状尽收吟囊，而又有迂怪之士、恢谲之书扩其见闻所未及。……入长安以后，潦倒况瘁，亦绝无龃龉之态。每一篇出苍苍凉凉爽秀扑人眉宇……海内之习声律者莫不思一见乔子之为快，岂无所悟于道而能然与？故吾尝谓乔子之遇似岑参，而诗如贾岛。"③乔文衣，名钵，乾隆间内邱名士。他曾经困顿潦倒的生活，屡为主簿小吏的仕途，好奇尚怪的性格，峭拔清冷的律诗风格等，颇有一些姚贾当年的味道。

第三节　姚贾对晚清"同光体"诗人的影响

"同光体"，是同治、光绪年间的一个诗歌流派名称。在清代诗歌史

---

①　（清）郑方坤撰：《全闽诗话》卷九，郑氏诗话轩清乾隆间刻本。

②　（清）纪昀等撰，四库全书研究所整理：《钦定四库全书总目》，中华书局1997年版，第2595页。

③　（清）魏裔介撰：《兼济堂文集》卷六《乔文衣诗序》，影印文渊阁四库全书本，1312册，台湾商务印书馆1983年版。

上，这个诗派曾经产生过相当的影响，但却不是推动诗歌向前发展的流派。他们声称是“同、光以来诗人，不专宗盛唐者也”①，实际上他们主要学习宋人，被视为清代宋诗派的代表，其活动年代主要在光绪中期以后，影响一直延续到“五四”前后。

同光体分为以陈三立为代表的赣派、以陈衍为代表的闽派和以沈曾植为代表的浙派。这些诗人数量众多，鱼龙混杂，各家的论诗主张和创作实践差异很大。在这批诗人中间，追随姚贾清峻深峭风格的主要是闽派，有陈衍、郑孝胥、陈宝琛、林旭以及夏敬观、李宣龚、诸宗元、周美泉等诗人。

关于闽派诗人的诗歌渊源和风格特点，陈衍《石遗室诗话》卷三中论述道：“前清诗学，道光以来一大关捩。略别两派，一派为清苍幽峭，自古诗十九首、苏、李、陶、谢、王、孟、韦、柳以下逮贾岛、姚合，宋之陈师道、陈与义、陈傅良、赵师秀、徐照、徐玑、翁卷、严羽，元之范梈、揭傒斯，明之钟惺、谭元春之伦，洗炼而熔铸之，体会渊深，出以精思健笔，蕲水陈太初《简学斋诗存》四卷、《白石山馆手稿》一卷，字皆人人能识之字，句皆人人能造之句，及积字成句，积句成韵，积韵成章，遂无前人已言之意、已写之景，又皆后人欲言之意、欲写之景，当时嗣响，颇乏其人。魏默深（源）之《清夜斋稿》稍足羽翼，而才气所溢，时出入于他派。此一派近日以郑海藏为魁垒，其源合也。而五言佐以东野，七言佐以宛陵、荆公、遗山，斯其异矣。后来之秀，直效海藏，未必效海藏所自出也。”②这一派诗人学习效法的对象虽然人数众多，但我们却可以从中理出姚贾、四灵、钟谭这样一个脉络来，而“清苍幽峭”正可以代表他们的风格特点。陈衍认为，闽派诗人对待诗歌创作，好用平常言语写平常景象，不过经过深思精虑，锻炼熔铸，达到峭健清新的艺术境界，而这正是姚贾创作精神的体现。

---

① 陈衍著，郑朝宗、石文英校点：《石遗室诗话》，人民文学出版社 2004 年版，第 4 页。

② 陈衍著，郑朝宗、石文英校点：《石遗室诗话》，人民文学出版社 2004 年版，第 41—42 页。

同光体诗人继承了姚贾苦吟的创作态度。陈衍《石遗室诗话》卷四说“庐江陈子言(诗)与确士(俞明震)为文字骨肉,摒绝世务,冥心孤往,一意苦吟,今之贾阆仙李才江是也”①。他们崇尚贾岛琢磨字句的苦吟功夫,并身体力行地运用在自己的创作实践中。他们的诗歌中也屡屡出现苦吟者的形象,如“苦吟秋叶黄,浩歌春云暝”(徐仲眉《次韵和净名社》)、“苦语困肺腑,只赢白发多”(李宣龚《芝罘杂诗》)、“雨后秋堂足断鸿,水边吟思入寒空”(郑孝胥《吴氏草堂》),他们通过苦吟所要达到的诗歌境界是深思熔铸之后的平淡闲远。“确士(俞明震)多静者机,讷于语言,淡远处从苦吟而出,非渔洋、时帆之貌为淡远。”②这种淡远风格,正是韩愈评价贾岛诗所说的“奸穷怪变得,往往造平淡”(韩愈《送无本师归范阳》)的另外一种阐释。

效姚贾者,诗歌突出的特点是充斥着孤寒幽寂的气韵。如“涸河沿树见,残雪近村明”(林旭断句)、“对眠清榻冷,立语暮钟疏”(郑孝胥《雨中宿子朋斋临乌龙潭》)、“烛焰风高下,虫声秋系縻”(何振岱《病夜得诗以左手书之》)、“万恨千愁总为贫,休论坠溷与飘茵”(郑孝胥《过眼》二首之二)等。他们喜欢使用“悲”“愁”“幽”“寂”“孤”“寒”“残”“凄”等字眼,描摹景物,倾诉情感。诗中抒情主人公的形象或孤独幽寂,或落寞惆怅,或老病贫寒,或冷峭酸嘶,总甩不脱一种末世的黯淡情调。“夕阳”“残夜”“老衲”“古琴”“荒斋”“僵石”“暮雨”“秋风”,反复出现的这些幽暗意象,给读者留下萧索凄凉的主观感受,而这正是同光体诗人传递给世人的艺术精神。

同光诗人的诗歌,融会了贾岛和姚合两贾诗歌的风格特点。其凌轹遒炼处,有似贾岛,如“帆受颠风健,江燕沫雨腥”(周星诒《自吴归越雾中顺风渡钱塘江》)、“松去月盈尺,月高松影圆”(何振岱《鼓山灵源洞同荃

① 陈衍著,郑朝宗、石文英校点:《石遗室诗话》,人民文学出版社2004年版,第64页。

② 陈衍著,郑朝宗、石文英校点:《石遗室诗话》,人民文学出版社2004年版,第124页。

庵公望月》)、"庭鹤声谁警,潭龙气自嘘"(郑孝胥《雨中宿子朋斋临乌龙潭》),奇警寒僻之中见风骨幽峭。其清新幽寂处则似姚合,如"负手仰看树,无心错过桥"(周星诒《雨后野步》)、"转烛穷花态,缄茶养露香"(周星诒《春夜》)、"添衣携短褐,共饭洗芳蔬"(郑孝胥《雨中宿子朋斋临乌龙潭》)、"残阳一峰静,秋水半潭清"(郑孝胥《题子朋斋壁》)、"雨店蚊争饱,风蓑鹭并棲"(李宣龚《岁暮园居杂感》),平凡之中显示幽澹韵味。这些诗句在意象选择、句法模式、音节构造、意脉流走诸方面,都有受姚贾诗歌影响的印迹。

陈衍为同光体诗人的诗歌渊源和诗坛地位作了总结,他说:"近日号称能诗者,多半效钟、谭,有贾岛之苦僻,无孟郊之坚苍。上焉者为武功、永嘉、江湖,其甚者则南宋词家语,为之不已,诗道不穷,无复之成马一角之残山剩水乎。"①姚贾二人的影响延伸至清末,颇有些穷愁末路的味道。同光体诗人虽然效法姚贾,但贾岛寒士不平的矫激气格,姚合以吏为隐的自适情怀,却是身处动荡末世的他们所难以描摹的。于是"同光体"诗人们转益多师,继承了诗歌史上多种艺术传统,成为中国两千年封建社会中诗歌流派的最后一抹夕阳。

---

① 陈衍著,郑朝宗、石文英校点:《石遗室诗话》,人民文学出版社2004年版,第94页。

参考文献

一、总集选集别集类著作

1.(清)严可均校辑:《全上古三代秦汉三国六朝文》,中华书局 1958 年版。

2. 逯钦立辑校:《先秦汉魏晋南北朝诗》,中华书局 1983 年版。

3.(清)彭定求等编:《全唐诗》,中华书局 1960 年版。

4.(清)彭定求等编,中华书局编辑部点校:《全唐诗》(增订简体横排本),中华书局 1999 年版。

5. 王重民、孙望、童养年辑录:《全唐诗外编》,中华书局 1982 年版。

6. 陈尚君辑校:《全唐诗补编》,中华书局 1992 年版。

7.(清)董诰等编:《全唐文》,中华书局影印本 1983 年版。

8. 吴钢主编,陕西省古籍整理办公室编:《全唐文补遗》,三秦出版社 1994—2000 年版。

9. 陈尚君辑校:《全唐文补编》,中华书局 2005 年版。

10. 周绍良主编:《唐代墓志汇编》,上海古籍出版社 1992 年版。

11. 周绍良、赵超主编:《唐代墓志汇编续集》,上海古籍出版社 2001 年版。

12.(清)李调元编,何光清点校:《全五代诗》,巴蜀书社 1992 版。

13. 曾昭岷、曹济平、王兆鹏、刘尊明编撰:《全唐五代词》,中华书局

1999 年版。

14. 北京大学古文献研究所编:《全宋诗》,北京大学出版社 1998 年版。

15.(唐)元结、殷璠等选:《唐人选唐诗(十种)》,上海古籍出版社 1978 年版。

16. 傅璇琮编撰:《唐人选唐诗新编》,陕西人民教育出版社 1996 年版。

17. 傅璇琮、陈尚君、徐俊编:《唐人选唐诗新编》(增订本),中华书局 2014 年版。

18.(唐)白居易著,顾学颉校点:《白居易集》,中华书局 1979 年版。

19.(唐)张籍著:《上韩昌黎书》,《张司业集》,四库全书本。

20.(唐)李商隐著,(清)冯浩详注,钱振伦、钱振常笺注:《樊南文集》,上海古籍出版社 1988 年版。

21.(南唐)释静、释筠编撰,吴福祥、顾之川点校:《祖堂集》,岳麓书社 1996 年版。

22.(宋)杨亿等著,王仲荦注:《西昆酬唱集注》,上海书店出版社 2001 年版。

23.(宋)舒岳祥:《阆风集》,四库全书本。

24.(宋)苏轼著,傅成、穆俦标点:《苏轼全集》,上海古籍出版社 2000 年版。

25.(宋)姚勉撰:《雪坡舍人集》,南昌豫章丛书编刻局,民国间刻本。

26.(金)赵秉文著:《闲闲老人滏水文集》,四部丛刊初编本。

27.(元)杨士宏编,(明)顾璘批点:《批点唐诗正音》,湖北先正遗书本。

28.(元)方回著:《桐江集》,(清)阮元辑:《宛委别藏》,江苏古籍出版社 1988 年版影印本。

29.(元)苏天爵:《滋溪文稿》,四库全书本。

30.(元)方回选评,李庆甲集评校点:《瀛奎律髓汇评》,上海古籍出版社 2005 年版。

31.（明）钟惺、谭元春辑:《唐诗归》,《续修四库全书》本,上海古籍出版社 2002 年版。

32.（明）高棅编选:《唐诗品汇》,上海古籍出版社 1982 年影印本。

33.（明）邢昉辑:《唐风定》二十二卷,贵阳邢氏思适斋刻本。

34.（明）陈继儒辑《宝颜堂秘笈》,上海文明书局,1922 年石印本。

35.（明）谭元春著、陈杏珍标校:《谭元春集》,上海古籍出版社 1998 年版。

36.（明）陆时雍编:《古诗镜》,影印文渊阁四库全书本,台湾商务印书馆 1986 年版。

37.（明）周珽辑,陈继儒批点:《删补唐诗选脉笺释会通评林》,四库全书存目丛书补编本。

38.（明）顾璘撰:《批点唐音》,明嘉靖洛阳温氏刻本。

39.（清）纪昀撰:《删正二冯评阅〈才调集〉》,《丛书集成三编》,台北新文丰出版公司 1997 年版。

40.（清）张文荪辑:《唐贤清雅集》,清乾隆三十年抄本。

41.（清）林昌彝辑:《海天琴思录》,清同治三年刻本。

42.（清）張揔选,（清）朱彝尊评阅:《唐风采》,雨花草堂清嘉庆元年（1796）刻本。

43.（清）吴之振编,吕留良、吴自牧选:《宋诗钞》,中华书局 1986 年版。

44.（清）钱谦益撰、（清）钱曾笺注、钱仲联标校:《牧斋初学集》,上海古籍出版社 1985 年版。

45.（清）沈德潜选:《重订唐诗别裁集》二十卷,清乾隆二十八年（1763）刻本。

46.（清）方南堂:《方南堂先生辍锻录》,清道光十四年（1834）广陵聚好斋刻本。

47.（清）陆次云辑:《五朝诗善鸣集》,蓉江怀古阁康熙间刻本。

48.（清）查慎行:《初白庵诗评》，扫叶山房石印本。

49.（清）全祖望撰、朱铸禹汇校集注:《全祖望集汇校集注》，上海古籍出版社 2000 年版。

50.（清）魏裔介撰:《兼济堂文集》，影印文渊阁四库全书本，台湾商务印书馆 1983 年版。

51.（清）杜紫纶、杜诒:《中晚唐诗叩弹集》，中国书店影印本 1984 年版。

52.（唐）骆宾王著，（清）陈熙晋笺注:《骆临海集笺注》，中华书局 1961 年版。

53. 徐世昌辑:《清诗汇》，北京出版社 1996 年影印本。

54. 刘开扬著:《高适诗集编年笺注》，中华书局 1981 年版。

55.（唐）岑参著，廖立笺注:《岑嘉州诗笺注》，中华书局 2004 年版。

56.（唐）李白著，瞿蜕园、朱金城校注:《李白集校注》，上海古籍出版社 1980 年版。

57. 詹锳主编:《李白全集校注汇释集评》，百花文艺出版社 1994 年版。

58.（唐）杜甫著，（清）仇兆鳌注:《杜少陵集详注》，中华书局 1979 年版。

59.（唐）孟浩然著，陈铁民校注:《王维集校注》，中华书局 1997 年版。

60.（唐）孟浩然著，佟培基笺注:《孟浩然诗集笺注》，上海古籍出版社 2000 年版。

61.（唐）刘长卿著，储仲君笺注:《刘长卿诗编年笺注》，中华书局 1996 年版。

62.（唐）韦应物著，陶敏、王友胜校注:《韦应物集校注》，上海古籍出版社 1998 年版。

63.（唐）戴叔伦著，蒋寅校注:《戴叔伦诗集校注》，上海古籍出版社 1993 年版。

64. (唐)韩愈著,钱仲联集释:《韩昌黎诗系年集释》,上海古籍出版社 1984 年版。

65. 屈守元、常思春主编:《韩愈全集校注》,四川大学出版社 1996 年版。

66. 华忱之、喻学才校注:《孟东野诗集》,人民文学出版社 1995 年版。

67. 李建崑、邱燮友校注:《孟郊诗集校注》,台北新文丰出版公司 1997 年版。

68. (唐)柳宗元撰,吴文治校点:《柳宗元集》,中华书局 1979 年版。

69. (唐)刘禹锡著,瞿蜕园笺证:《刘禹锡集笺证》,上海古籍出版社 1989 年版。

70. 冀勤点校:《元稹集》,中华书局 1982 年版。

71. 杨军笺注:《元稹集编年笺注》(诗歌卷),三秦出版社 2002 年版。

72. 杨军笺注:《元稹集编年笺注》(散文卷),三秦出版社 2008 年版。

73. 朱金城笺校:《白居易集笺校》,上海古籍出版社 1989 年版。

74. 李建崑校注:《张籍诗集校注》,台北华泰文化事业公司 2001 年版。

75. 尹占华校注:《王建诗集校注》,巴蜀书社 2006 年版。

76. (唐)李贺著,(清)王琦等评注:《三家评注李长吉歌诗》,上海古籍出版社 1998 年版。

77. 刘学锴、余恕诚著:《李商隐诗歌集解》,中华书局 2004 年版。

78. 吴在庆撰:《杜牧集系年校注》,中华书局 2008 年版。

79. (唐)温庭筠著,(清)曾益等笺注:《温飞卿诗集笺注》,上海古籍出版社 1980 年版。

80. 刘学锴撰:《温庭筠全集校注》,中华书局 2007 年版。

81. 祖保泉、陶礼天笺校:《司空表圣文集笺校》,安徽大学出版社 2002 年版。

82. 陈延杰注:《贾岛诗注》,商务印书馆 1937 年版。

83.(唐)贾岛著,李嘉言新校:《长江集新校》,上海古籍出版社 1983 年版。

84.齐文榜校注:《贾岛集校注》,人民文学出版社 2001 年版。

85.李建崑校注:《贾岛诗集校注》,台北里仁书局 2002 年版。

86.黄鹏笺注:《贾岛诗集笺注》,巴蜀书社 2002 年版。

87.信应举、郭嘉祯校注:《姚少监诗集》,台北强华文化事业公司 1995 年版。

88.刘衍校考:《姚合诗集校考》,岳麓书社 1997 年版。

89.吴河清校注:《姚合诗集校注》,上海古籍出版社 2012 年版。

90.胡大浚笺注:《贯休诗歌系年笺注》,中华书局 2011 年版。

91.杨军、戈春源注:《马戴诗注》,上海古籍出版社 1987 年版。

92.周啸天、张效民注:《雍陶诗注》,上海古籍出版社 1988 年版。

93.(唐)方干著,胡才甫选注:《方干诗选》,浙江古籍出版社 1987 年版。

94.(宋)苏轼,孔凡礼点校:《苏轼文集》,中华书局 2008 年版。

95.(宋)曾巩撰,陈杏珍、晁继周点校:《曾巩集》,中华书局 1984 年版。

96.(宋)刘克庄撰,王蓉贵、向以鲜校点:《后村先生大全集》,四川大学出版社 2008 年版。

97.(宋)刘克庄撰:《后村先生大全集》,四部丛刊初编本,上海书店 1989 年重印。

98.(宋)徐照、徐玑等著,陈增杰校点:《永嘉四灵诗集》,浙江古籍出版社 1985 年版。

99.(清)纪昀著,孙致中等校点:《纪晓岚文集》,河北教育出版社 1991 年版。

100.(清)卢文弨著,王文锦点校:《抱经堂文集》,中华书局 1990 年版。

二、诗话类著作

1.（清）何文焕辑：《历代诗话》，中华书局 1981 年版。

2. 丁福保辑：《历代诗话续编》，中华书局 2006 年版。

3. 吴文治主编：《宋诗话全编》，江苏古籍出版社 1997 年版。

4. 吴文治主编：《明诗话全编》，江苏古籍出版社 1997 年版。

5. 陈广宏、侯荣川编校：《稀见明人诗话十六种》，上海古籍出版社 2014 年版。

6.（清）王夫之撰：《清诗话》，上海古籍出版社 1978 年版。

7. 郭绍虞编选，富寿荪校点：《清诗话续编》，上海古籍出版社 1983 年版。

8. 张寅彭选辑，吴忱、杨焘点校：《清诗话三编》，上海古籍出版社 2014 年版。

9. 王侃等著，王培军、庄际虹校辑：《校辑近代诗话九种》，上海古籍出版社 2013 年版。

10.（梁）刘勰著，詹锳义证：《文心雕龙义证》，上海古籍出版社 1989 年版。

11.（梁）锺嵘著，陈延杰注：《诗品注》，人民文学出版社 1961 年版。

12.（梁）锺嵘著，曹旭集注：《诗品集注》，上海古籍出版社 1994 年版。

13.（唐）皎然著，李壮鹰校注：《诗式校注》，人民文学出版社 2003 年版。

14.（日）弘法大师撰，王利器校注：《文镜秘府论校注》，中国社会科学出版社 1983 年版。

15.（日）遍照金刚撰，卢盛江校考：《文镜秘府论汇校汇考》，中华书局 2006 年版。

16.（唐）司空图撰，郭绍虞集解：《诗品集解》，人民文学出版社 1963

年版。

17.（宋）王直方:《王直方诗话》,郭绍虞辑:《宋诗话辑佚》(上册),中华书局 1980 年版。

18.（宋）史绳祖撰:《学斋佔畢》(外六种),上海古籍出版社 1992 年版。

19.（宋）刘克庄撰,王秀梅点校《后村诗话》,中华书局 1983 年版。

20.（宋）阮阅编,周本淳校点:《诗话总龟》,人民文学出版社 1987 年版。

21.（宋）葛立方撰:《韵语阳秋》,王云五主编:《丛书集成初编》本,商务印书馆 1939 年版。

22.（宋）何汶撰,常振国、绛云点校:《竹庄诗话》,中华书局 1984 年版。

23.（宋）释惠洪撰:《冷斋夜话》,影印文渊阁四库全书本,台湾商务印书馆 1983 年版。

24.（宋）严羽著,郭绍虞校释:《沧浪诗话校释》,人民文学出版社 1961 年版。

25.（宋）胡仔纂集,廖德明校点:《苕溪渔隐丛话》,人民文学出版社 1962 年版。

26.（宋）魏庆之编,王仲闻点校:《诗人玉屑》,上海古籍出版社 1978 年版。

27.（宋）尤袤撰:《全唐诗话》,(清)鲍廷搏辑《知不足斋丛书》本。

28.（宋）尤袤著:《全唐诗话》,中华书局 1985 年版。

29.（宋）王直方:《王直方诗话》,郭绍虞辑:《宋诗话辑佚》,中华书局 1980 年版。

30.（宋）周紫芝撰:《竹坡诗话》,上海文宝公司民国间影印本。

31.（宋）史绳祖撰,《学斋佔畢》(外六种),上海古籍出版社 1992 年版。

32.（宋）刘克庄撰,王秀梅点校《后村诗话》,中华书局 1983 年版。

33. (宋)阮阅编,周本淳校点:《诗话总龟》,人民文学出版社 1987 年版。

34. (宋)葛立方:《韵语阳秋》,王云五:《丛书集成初编》本,商务印书馆 1939 年版。

35. (宋)何汶撰,常振国、绛云点校:《竹庄诗话》,中华书局 1984 年版。

36. (宋)释惠洪撰:《冷斋夜话》,影印文渊阁四库全书本,台湾商务印书馆 1983 年版。

37. (明)胡震亨著:《唐音癸籤》,上海古籍出版社 1981 年版。

38. (明)胡应麟撰:《诗薮》,上海古籍出版社 1979 年版。

39. (明)谢榛著,宛平校点:《四溟诗话》,人民文学出版社 1961 年版。

40. (明)许学夷著,杜维沫校点:《诗源辩体》,人民文学出版社 1987 年版。

41. (清)王士禛原编,郑方坤删补,戴洪森校点:《五代诗话》,人民文学出版社 1989 年版。

42. (明)王鏊撰:《震泽长语》,王云五:《丛书集成初编》本,商务印书馆 1937 年版。

43. (清)王夫之著,戴鸿森笺注:《薑斋诗话笺注》,人民文学出版社 1981 年版。

44. (清)王夫之评选,王学太校点:《唐诗评选》,文化艺术出版社 1997 年版。

45. (清)袁枚著,顾学颉校点:《随园诗话》,人民文学出版社 1982 年版。

46. (清)王士禛著,张宗柟纂集,夏闳校点:《带经堂诗话》,人民文学出版社 1963 年版。

47. (清)赵翼著:《瓯北诗话》,人民文学出版社 1963 年版。

48. (清)吴景旭著,陈卫平、徐杰点校:《历代诗话》,京华出版社

1998 年版。

49.（清）刘熙载撰，袁津琥校注：《艺概注稿》，中华书局 2009 年版。

50.（清）李怀民撰：《重订中晚唐诗主客图》，嘉庆乙丑十年（1805）邱县刘大观刻本。

51.（清）李怀民撰：《重订中晚唐诗主客图》，嘉庆壬申十七年（1812）临川李秉礼刻本。

52.（清）李怀民撰：《重订中晚唐诗主客图》，嘉庆甲戌十八年（1813）莱阳赵擢彤刻本。

53.（清）李怀民撰：《重订中晚唐诗主客图》，咸丰甲寅四年（1854）赵子绳补刊李氏重修刻本。

54.（清）李怀民撰：《紫荆书屋诗话不分卷》，山东省博物馆藏稿本，《山东文献集成》第三辑第 47 册。

55.（清）李怀民撰：《单子已诗原序》，王照青修：《高密县志》，青岛胶东书社 1935 年版。

56.（清）李怀民、李宪乔撰：《二客吟》，清同治六年（1867）刘履芬抄本。

57.（清）李宪暠撰：《定性斋诗话一卷》，山东省博物馆藏稿本，《山东文献集成》第三辑第 47 册。

58.（清）李宪乔撰：《凝寒阁诗话一卷》，山东省博物馆藏稿本，《山东文献集成》第三辑第 47 册。

59.（清）单铭撰：《李石桐诗集序》，王照青修：《高密县志》，青岛胶东书社 1935 年版。

60.（清）李诒经撰：《亡友遗诗序》，王照青修：《高密县志》，青岛胶东书社 1935 年版。

61.（清）乔亿选编，雷恩海笺注：《大历诗略笺释辑评》，天津古籍出版社 2008 年版。

62.（清）李调元著，吴熙贵评注：《李调元诗话评注》，重庆出版社 1989 年版。

63.（清）林昌彝著，王镇远、林虞生标点：《射鹰楼诗话》，上海古籍出版社1988年版。

64.（清）许印芳辑：《诗法萃编十五卷》，《丛书集成续编》（第202册），台北新文丰出版公司1989年版。

65.（清）李重华撰：《贞一斋诗说》，《丛书集成续编》（第201册），台北新文丰出版公司1989年版。

66.（清）叶燮等著，霍松林等校注：《原诗、一瓢诗话、说诗晬语》，人民文学出版社1979年版。

67.（清）郑方坤撰：《全闽诗话》，郑氏诗话轩清乾隆间刻本。

68.（清）杨仲羲撰集，吴兴、柳承干参校：《雪桥诗话》初集卷六，北京古籍出版社1989年版。

69.（清）宋育仁：《三唐诗品》，民国《古今文艺丛书》影印本。

70.（清）金圣叹著，曹方人、周锡山标点：《贯华堂选批唐才子诗等六种》，《金圣叹全集》，江苏古籍出版社1985年版。

71. 陈衍著，郑朝宗、石文英校点：《石遗室诗话》，人民文学出版社2004年版。

72. 丁仪撰：《诗学渊源》，张寅彭主编：《民国诗话丛编》（第三册），上海书店出版社2002年版。

73. 梁启超著：《饮冰室诗话》，人民文学出版社1959年版。

74. 王国维撰：《人间词话》，上海古籍出版社1998年版。

三、文学史料及史实考辨类著作

1.（北魏）郦道元著，陈桥驿校证：《水经注校证》，中华书局2007年版。

2.（唐）刘知几著，张振珮笺注：《史通笺注》，贵州人民出版社1985年版。

3.（唐）杜佑撰：《通典》，中华书局1984年影印本。

4.（唐）李泰等著，贺次君辑校：《括地志辑校》，中华书局1980年版。

5.（唐）李吉甫撰：《元和郡县图志》，中华书局1983年版。

6.（后晋）刘昫等撰：《旧唐书》，中华书局1975年版。

7.（唐）郑处诲、裴庭裕撰，田廷柱校：《明皇杂录、东观奏记》，中华书局1994年版。

8.（唐）李肇等撰：《唐国史补、因话录》，上海古籍出版社1979年版。

9.（唐）康骈撰：《劇谈录》，古典文学出版社1958年版。

10.（后唐）冯贽编，张力伟点校：《云仙散录》，《古小说丛刊》，中华书局1998年版。

11.（唐）高彦休：《唐阙史》，知不足斋丛书本。

12.（五代）王定保撰，姜汉椿校注：《唐摭言校注》，上海社会科学出版社2003年版。

13.（五代）何光远：《鉴诫录》，中华书局1985年版。

14.（宋）孙光宪：《北梦琐言》，上海古籍出版社1981年版。

15.（宋）欧阳修、宋祁撰：《新唐书》，中华书局1975年版。

16.（宋）薛居正等撰：《旧五代史》，中华书局1976年版。

17.（宋）欧阳修撰，（宋）徐无党注：《新五代史》，中华书局1974年版。

18.（宋）司马光编纂，（元）胡三省音注：《资治通鉴》，中华书局2012年版。

19.（宋）陶岳撰：《五代史补》，影印文渊阁《四库全书》本，台湾商务印书馆1983年版。

20.（宋）马令撰：《南唐书》，《四部丛刊》续编本，上海书店1984年版。

21.（宋）王溥撰：《唐会要》，上海古籍出版社1991年版。

22.（宋）王钦若等编纂，周勋初校订：《册府元龟》（校订本），凤凰出版社2006年版。

23.（宋）乐史撰：《太平寰宇记》，中华书局影印南宋刻本，2000

年版。

24.(宋)王象之撰:《舆地纪胜》,中华书局影印本,1992年版。

25.(元)马端临撰:《文献通考》,中华书局1986年版。

26.(宋)郑樵撰:《通志略》,上海古籍出版社1990年版。

27.(宋)王谠撰,周勋初校证:《唐语林校证》,中华书局2008年版。

28.(宋)计有功撰,王仲镛校笺:《唐诗纪事校笺》,中华书局2007年版。

29.(宋)洪迈著:《容斋随笔》,上海古籍出版社1978年。

30.(宋)费衮撰,金圆校点:《梁溪漫志》,上海古籍出版社1985年版。

31.(北宋)钱易撰,黄寿成点校:《南部新书》,中华书局2002年版。

32.(宋)苏轼撰:《东坡题跋》,王云五:《丛书集成初编》本,商务印书馆1936年版。

33.(宋)龙明子撰:《葆光录》,王云五:《丛书集成初编》本,商务印书馆1940年版。

34.(宋)龙衮撰:《江南野史》,影印文渊阁《四库全书》本,台湾商务印书馆1983年版。

35.(宋)周密撰:《齐东野语》,中华书局1983年版。

36.(宋)王楙:《野客丛书》,《笔记小说大观》(第九册),江苏广陵古籍刻印社1983年版。

37.(宋)方岳:《深雪偶谈》,王云五:《丛书集成初编》本,商务印书馆民国25年版。

38.(宋)陈世崇撰:《随隐漫录》,商务印书馆1920年铅印本。

39.(宋)释文莹撰:《湘山野录》,影印文渊阁四库全书本,台湾商务印书馆1983年版。

40.(元)辛文房撰,傅璇琮主编:《唐才子传校笺》,中华书局1990年版。

41.(元)脱脱等撰:《宋史》,中华书局1977年版。

42.（明）徐象梅撰：《两浙名贤录》，明天启元年（1621）徐氏光碧堂刻本。

43.（清）吴任臣撰，徐敏霞、周莹点校：《十国春秋》，中华书局1983年版。

44.（清）厉鹗：《宋诗纪事》，上海古籍出版社1983年版。

45.（清）赵钺、劳格撰，张忱石点校：《唐御史台精舍题名考》，中华书局1997年版。

46.（清）劳格、赵钺：《唐尚书省郎官石柱题名考》，中华书局1992年版。

47.（清）徐松撰，孟二冬补正：《登科记考补正》，燕山出版社2003年版。

48. 上海古籍出版社编：《唐五代笔记小说大观》，上海古籍出版社2000年版。

49. 周勋初等编：《唐人轶事汇编》，上海古籍出版社1995年版。

50. 李时人编校：《全唐五代小说》，陕西人民出版社1998年版。

51. 岑仲勉著：《隋唐史》，河北教育出版社2000年版。

52.（英）崔瑞德编，中国社会科学院西方汉学研究课题组译：《剑桥中国隋唐史》，中国社会科学出版社1990年版。

53.（加）卜正民主编，王兴亮等译：《哈佛中国史》，中信出版集团2016年版。

54. 陶懋炳著：《五代史略》，人民出版社1985年版。

55. 张国刚主编：《隋唐五代史研究概述》，天津教育出版社1996年版。

56. 谭其骧主编：《中国历史地图集》，中国地图出版社1988年版。

57. 岑仲勉著：《唐人行第录（外三种）》，上海古籍出版社1978年版。

58. 谭优学著：《唐诗人行年考》，四川人民出版社1981年版。

59. 谭优学著：《唐诗人行年考续编》，巴蜀书社1987年版。

60. 陈尚君著：《唐代文学丛考》，中国社会科学出版社1997年版。

61. 傅璇琮著:《唐代诗人丛考》,中华书局 1980 年版。

62. 杨建国编著:《全唐诗“一作”校正集稿》,山东教育出版社 1997 年版。

63. 佟培基编撰:《全唐诗重除误收考》,陕西人民教育出版社 1996 年版。

64. 张伯伟撰:《全唐五代诗格汇考》,凤凰出版社 2002 年版。

65. 陶敏编撰:《全唐诗人名考证》,陕西人民教育出版社 1996 年版。

66. 吴汝煜、胡可先著:《全唐诗人名考》,江苏教育出版社 1990 年版。

67. 岑仲勉考订:《郎官石柱题名新考订(外三种)》,上海古籍出版社 1984 年版。

68. 赵超编著:《新唐书宰相世系表集校》,中华书局 1998 年版。

69. 郁贤皓著:《唐刺史考全编》,安徽大学出版社 2000 年版。

70. 吴廷燮撰:《唐方镇年表》,中华书局 1980 年版。

71. 戴伟华著:《唐方镇文职僚佐考》,天津古籍出版社 1994 年版。

72. 朱玉龙编著:《五代十国方镇年表》,中华书局 1997 年版。

73. 陈国灿、刘健明主编:《全唐文职官丛考》,武汉大学出版社 1997 年版。

74. 严耕望撰:《唐仆尚丞郎表》,中华书局 1986 年版。

四、工具类、索引类、目录类著作

1. 程千帆主编:《中华大典 · 文学典 · 隋唐五代典》,江苏古籍出版社 2000 年版。

2. 陈伯海主编:《唐诗汇评》,浙江教育出版社 1995 年版。

3. 陈伯海、朱易安编撰:《唐诗书目总录》,上海古籍出版社 2015 年版。

4. 孙映逵主编:《全唐诗流派品汇》,北岳文艺出版社 1998 年版。

5. 陈伯海主编:《历代唐诗论评选》,河北大学出版社 2003 年版。

6. 周勋初主编:《唐诗大辞典》,江苏古籍出版社 1990 年版。

7. 周祖譔主编:《中国文学家大辞典·唐五代卷》,中华书局 1992 年版。

8. 方积六、吴冬秀编撰:《唐五代五十二种笔记小说人名索引》,中华书局 1992 年版。

9. 吴汝煜等编著:《唐五代人交往诗索引》,上海古籍出版社 1993 年版。

10. 傅璇琮等编撰:《唐五代传记资料综合索引》,中华书局 1983 年版。

11. 栾贵明等编著:《全唐诗索引·贾岛卷》,现代出版社 1994 年版。

12.(宋)晁公武撰,孙猛校证:《郡斋读书志校证》,上海古籍出版社 1990 年版。

13.(宋)陈振孙著,徐小蛮、顾美华点校:《直斋书录解题》,上海古籍出版社 1987 年版。

14.(清)纪昀等撰,四库全书研究所整理:《钦定四库全书总目》(整理本)中华书局 1997 年版。

15.(清)永瑢、纪昀著:《四库全书简明目录》,中华书局 1964 年版。

16. 续修四库全书总目提要编纂委员会编:《续修四库全书总目提要》(集部),上海古籍出版社 2014 年版。

17. 江庆柏等整理:《四库全书荟要总目提要》,人民文学出版社 2009 年版。

18. 王重民撰:《中国善本书提要》,上海古籍出版社 1983 年版。

19. 王重民撰:《中国善本书提要补编》,书目文献出版社 1991 年版。

20. 万曼著:《唐集叙录》,中华书局 1980 年版。

21. 赵荣蔚著:《唐五代别集叙录》,中国实言出版社 2009 年版。

22. 孙琴安著:《唐诗选本提要》,上海书店出版社 2005 年版。

23. 李剑国著:《唐五代志怪传奇叙录》,南开大学出版社 1993 年版。

五、文学史、学术史及近现代学者研究专著

1. 郑振铎著:《插图本中国文学史》,人民文学出版社 1957 年版。

2. 谢无量编:《中国大文学史》,中州古籍出版社 1992 年版。

3. 孙康宜、宇文所安主编:《剑桥中国文学史》,三联书店 2013 年版。

4. (美)梅维恒主编,马小恬等译:《哥伦比亚中国文学史》,新星出版社 2016 年版。

5. 傅璇琮主编:《唐代文学编年史》,辽海出版社 1998 年版。

6. 曾枣庄、吴洪泽著:《宋代文学编年史》,凤凰出版社 2010 年版。

7. 查清华等编撰:《唐诗学文献集萃》,上海古籍出版社 2016 年版。

8. 罗宗强著:《隋唐五代文学思想史》,中华书局 1999 年版。

9. 张少康等著:《中国文学理论批评发展史》,北京大学出版社 1995 年版。

10. 王先霈、王又平主编:《文学理论批评术语汇释》,高等教育出版社 2006 年版。

11. 王运熙、杨明著:《隋唐五代文学批判史》,上海古籍出版社 1994 年版。

12. 郭英德等著:《中国古典文学研究史》,中华书局 1995 年版。

13. 杜晓勤撰著:《隋唐五代文学研究》,北京出版社 2001 年版。

14. 张宗纲等著:《中国新时期唐诗研究述评》,安徽大学出版社 2000 年版。

15. 闻一多撰:《唐诗杂论》,上海古籍出版社 1998 年版。

16. 梁昆著:《宋诗诗派别论》,台北东升出版事业有限公司 1980 年版。

17. 陶文鹏著:《唐宋诗美学与艺术论》,南开大学出版社 2003 年版。

18. 陶文鹏、韦凤娟著:《灵境诗心——中国古代山水诗史》,凤凰出版社 2004 年版。

19. 陶文鹏著:《陶文鹏说宋诗》,中华书局 2016 年版。

20. 蒋寅著:《大历诗风》,凤凰出版社 2009 年版。

21. 蒋寅著:《大历诗人研究》,中华书局 1995 年版。

22. 蒋寅著:《古典诗学的现代诠释》(增订本),中华书局 2009 年版。

23. 蒋寅主编:《中国古代文学通论》(隋唐五代卷),辽宁人民出版社 2016 年版。

24. 赵敏利著:《古典文学的现代阐释及其方法》,商务印书馆 2013 年版。

25. 詹福瑞著:《中古文学理论范畴》,河北大学出版社 1997 年版。

26. 刘崇德著:《敝帚集》,河北大学出版社 2001 年版。

27. 肖占鹏著:《韩孟诗派研究》,台北文津出版社 1994 年版。

28. 毕宝魁著:《韩孟诗派研究》,辽宁大学出版社 2000 年版。

29. 姜剑云著:《审美的游离——论唐代怪奇诗派》,东方出版中心 2002 年版。

30. 葛晓音著:《山水田园诗派研究》,辽宁大学出版社 1993 年版。

31. 葛晓音著:《汉唐文学的嬗变》,北京大学出版社 1990 年版。

32. 钟忧民著:《新乐府诗派研究》,辽宁大学出版社 1997 年版。

33. 刘维治著:《元白研究》,人民教育出版社 1999 年版。

34. 陈才智著:《元白诗派研究》,社会科学文献出版社 2007 年版。

35. 莫砺锋著:《江西诗派研究》,齐鲁书社 1986 年版。

36. 张宏生著:《江湖诗派研究》,中华书局 1995 年版。

37. 张瑞君著:《南宋江湖派研究》,中国文联出版社 1999 年版。

38. 邬国平著:《竟陵派与明代文学批评》,上海古籍出版社 2004 年版。

39. 钱锺书著:《谈艺录》(补订本),中华书局 1984 年版。

40. 施蛰存著:《唐诗百话》,华东师范大学出版社 2001 年版。

41. 齐治平著:《唐宋诗之争概述》,岳麓书社 1984 年版。

42. 陈伯海著:《唐诗学引论》,东方出版中心 1996 年版。

43. 陈伯海主编:《唐诗学史稿》,河北人民出版社 2004 年版。

44. 蒋绍愚著:《唐诗语言研究》,中州古籍出版社 1990 年版。

45. 戴伟华著:《唐代使府与文学研究》(修订本),广西师范大学出版社 2007 年版。

46. 贾晋华著:《唐代集会总集与诗人群研究》,北京大学出版社 2001 年版。

47. 郭英德著:《中国古代文人集团与文学风貌》,北京师范大学出版社 1998 年版。

48. 王明居著:《唐诗风格论》,安徽大学出版社 2001 年版。

49. [美]史蒂芬·欧文著,贾晋华译:《盛唐诗》,黑龙江人民出版社 1992 年版。

50. 曾广开著:《元和诗论》,辽海出版社 1997 年版。

51. 孟二冬著:《中唐诗歌之开拓与新变》,北京大学出版社 1998 年版。

52. 胡可先著:《中唐政治与文学——以永贞革新为研究中心》,安徽大学出版社 2000 年版。

53. 吴相洲著:《唐诗创作与歌诗传唱关系研究》,北京大学出版社 2004 年版。

54. 查屏球著:《唐学与唐诗——中晚唐诗的一种文化考察》,商务印书馆 2000 年版。

55. 张兴武著:《五代作家的人格与诗格》,人民文学出版社 2000 年版。

56. 刘宁著:《唐宋之际诗歌演变研究》,北京师范大学出版社 2002 年版。

57. 胡遂著:《佛教与晚唐诗》,东方出版社 2005 年版。

58. 吴怀东著:《唐诗流派通论》,新华出版社 2004 年版。

59. 房日晰著:《唐诗比较论》(增订本),三秦出版社 1998 年版。

60. 章泰笙编著:《贾岛研究》,正中书局 1947 年版。

61. 张震英著:《寒士的低吟——贾岛诗歌艺术新探》,中国社会科学出版社 2006 年版。

62. 张震英著:《诗意的凝聚——姚贾诗派研究》,中国社会科学出版社 2012 年版。

63. 齐文榜著:《贾岛研究》,人民文学出版社 2007 年版。

64. 曹方林著:《姚合考论》,巴蜀书社 2001 年版。

65. 孙琴安著:《唐诗与政治》,上海人民出版社 2003 年版。

66. 郭前礼著:《中国近代唐宋诗之争研究》,齐鲁书社 2010 年版。

67. 陶敏著:《唐代文学与文献论集》,中华书局 2010 年版。

68. 吴奔星著:《文学风格流派论》,北岳文艺出版社 1987 年版。

69. 许总著:《唐宋诗体派论》,江西人民出版社 2008 年版。

70. 许总著:《唐诗体派论》,台北文津出版社 1994 年版。

71. 戴文和著:《唐诗宋诗之争研究》,台北文史哲出版社 1997 年版。

72. 黄奕珍著:《宋代诗学中的晚唐观》,台北文津出版社 1988 年版。

73. 余恕诚著:《唐诗风貌及其文化底蕴》,台北文津出版社 1999 年版。

六、其他社科类著作

1. 李学勤主编:《十三经注疏》(标点本),北京大学出版社 1999 年版。

2. (宋)朱熹集注:《四书集注》,岳麓书社 1987 年版。

3. 朱谦之撰:《老子校释》,中华书局 1963 年版。

4. 郭庆藩辑,王孝鱼整理:《庄子集释》,中华书局 1961 年版。

5. [英]罗素著,马元德译:《西方哲学史》,商务印书馆 1982 年版。

6. 朱光潜著:《西方美学史》,人民文学出版社 1979 年版。

7. 胡适著:《中国哲学史大纲》,上海古籍出版社 1997 年版。

8. 冯友兰著:《中国哲学史》,三联书店 2009 年版。

9. 梁启超著:《中国近三百年学术史》,商务印书馆 2011 年版。

10. [德]黑格尔著,朱光潜译:《美学》,商务印书馆 1982 年版。

11. [法]丹纳著,傅雷译:《艺术哲学》人民文学出版社 1963 年版。

12. 朱光潜著:《诗论》,三联书店 1998 年版。

13. 宗白华著:《艺境》,北京大学出版社 1997 年版。

14. 李泽厚著:《美学三书》,安徽文艺出版社 1999 年版。

15. 霍然著:《唐代美学思潮》,长春出版社 1997 年版。

16. 吴功正著:《唐代美学史》,陕西师范大学出版社 1999 年版。

17. 程平方著:《隋唐五代的儒学》,云南教育出版社 1991 年版。

18. 范子烨主编:《道学十三经》,北方文艺出版社 1997 年版。

19. (宋)张君房辑:《云笈七签》,齐鲁书社 1988 年版。

20. 任继愈主编:《中国道教史》(增订本),中国社会科学出版社 2001 年版。

21. 孙昌武著:《道教与唐代文学》,人民文学出版社 2001 年版。

22. (明)朱棣集注:《金刚经集注》,上海古籍出版社 1984 年版。

23. (唐)慧能撰,郭朋校释:《坛经校释》,中华书局 1983 年版。

24. (宋)赞宁撰,范祥雍点校:《宋高僧传》,中华书局 1987 年版。

25. (宋)普济著,苏渊点校:《五灯会元》,中华书局 1987 年版。

26. [日]忽滑谷快天著,朱谦之译:《中国禅学思想史》,上海古籍出版社 1994 年版。

27. 葛兆光著:《中国禅思想史——从 6 世纪到 9 世纪》,北京大学出版社 1995 年版。

28. 上海古籍出版社编:《禅宗语录辑要》,上海古籍出版社 1992 年版。

29. 汤用彤著:《隋唐佛教史稿》,中华书局 1982 年版。

30. 陈允吉著:《唐音佛教辨思录》,上海古籍出版社 1988 年版。

31. 杨曾文编校:《神会和尚禅话录》,中华书局 1996 年版。

32. 洪修平著:《禅宗思想的形成与发展》,江苏古籍出版社 1992

年版。

33. 杨曾文著:《唐五代禅宗史》,中国社会科学出版社 1999 年版。

34. 颜尚文著:《隋唐佛教宗派研究》,台北新文丰出版公司 1998 年版。

35. 吴言生著:《禅宗诗歌境界》,中华书局 2001 年版。

36. 陈引驰著:《隋唐佛学与中国文学》,百花洲文艺出版社 2002 年版。

37. 俞鹿年著:《中国政治制度通史》(隋唐五代卷),人民文学出版社 1993 年版。

38. 陈寅恪著:《唐代政治制度史稿》,上海古籍出版社 1982 年版。

39. 陈茂同著:《历代职官沿革史》,华东师范大学出版社 1998 年版。

40. 钱穆著:《中国历代政治得失》,三联书店 2001 年版。

41. 胡沧泽著:《唐代御史制度》,台北文津出版社 1993 年版。

42. 朱子彦、陈生民著:《朋党政治研究》,华东师范大学出版社 1992 年版。

43. 丁鼎著:《牛李党争研究》,辽海出版社 1998 年版。

44. 程千帆著:《唐代进士行卷与文学》,上海古籍出版社 1980 年版。

45. 傅璇琮著:《唐代科举与文学》,陕西人民出版社 1986 年版。

46. 王勋成著:《唐代铨选与文学》,中华书局 2001 年版。

47. 黄云鹤著:《唐宋下层士人研究》,河北人民出版社 2006 年版。

48. 刘琴丽著:《唐代举子科考生活研究》,社会科学文献出版社 2010 年版。

匆匆十年

——《唐韵的阐扬》后记

光阴实在是人世间最不可破解的魔咒，虽然时常热血奔流的自己感觉总像二十岁的年轻人一样思考与行动，但泰姆河上忽明忽暗的烟火却不停地提醒着我光阴的流逝。在众人的欢呼雀跃声中，大本钟在午夜响起，一声声撞击着柔弱的心灵，人生的半场已悄然接近尾声。无论帝胄平民，也无论鸿儒白丁，如同这个喧嚣尘世中的草木虫鱼一般，都必须接受时光最无情的剥夺，直到伶仃憔悴，最终赤条条地离去，直至化为乌有。

独在异乡为异客，每逢佳节，更显孤零。冬日的伦敦，时常阴雨，冷风如刀，即便是白天，也总是浓云密布，心情也灰蒙蒙的，出门绝不会是一个好的选择，雨伞和围巾成为墙角无助的饰物。一个人在雷顿小镇阴晦冷暗的阁楼里呆坐，在钟表发出的缓慢的滴答声中，静静等候冬日里的那一束阳光。时间也飞跃表盘里的刻度，往日的光景挥之不去不招即来，如精灵般一幕幕浮现在眼前。向来转瞬即逝的时光感觉被凝滞似的，十年、百年、千年，在此刻都不过是回眸间的一瞬。天色依然阴霾，不如沏一盏格雷伯爵，燃一缕迷迭清香，在保罗·麦卡特尼 *Yesterday* 沧桑而婉转的乐曲中，在亦真亦幻的空间里，任思绪飞扬，跨越关山，去追忆那亦近亦远如梦如幻的从前。

都说“人生天地之间，若白驹之过郤，忽然而已”，那么这个细缝里的十年又意味着什么呢？是成长，是衰老？是失意，还是无奈？是喜悦，抑或是心酸？从 2007 年到 2016 年，十年在指尖匆匆滑过。而这本书从立项到面世,居然也不可思议地经历了十年光景。十年间,一个满怀理想与抱负的年轻人,已跨越不惑步入沧桑沉重的中年。其间多少感慨,纷繁难与君说。中年以后,不知道还能有多少个这样的十年可供你我挥霍或消磨呢?故而这本见证了我十年不知道是平淡无奇还是荆棘丛生的人生历程的小书,也因此变得意义非凡。

"常记溪亭日暮,沉醉不知归路。"人生往往是痛并快乐着,过去如此,现在如此,未来也必定如此。2006 年 8 月,经历两年的青灯孤影,我终于完成了在中国社会科学院文学所从事的博士后研究,并身先同级的十二位在高校供职的博士后第一个出站。其间虽然备尝著述的艰辛,但在内心深处却感受到从未有过的充实与轻松。9 月,在学界前辈和朋友的帮助下,出版了第一部学术专著《寒士的低吟——贾岛诗歌艺术新探》,虽然是薄薄的一本小册子,但毕竟是在学术上迈出的第一步,此书又因得到詹福瑞、刘崇德两位导师的褒奖而倍感鼓舞。此时很多师友都劝我直接到高校供职,并乐为引荐,我却因难以割舍心中的夙愿,婉言谢绝,而这个决定直接导致了其后十年人生的坎坷曲折。

2007 年,对我而言可以说是人生中悲喜交加的一年。因不甘心留在大机关的文字堆里消磨青春年华,也为了实践自己埋藏已久的济世理想,就在博士后出站的当年主动请缨到基层工作。美好的理想立即遭遇到最骨感的现实,9 月直接被发配到钦州沿海的小渔村。出于对"组织关怀"和"领导栽培"的信任与感激,没有多想就离别了在首府的妻子和刚满周岁的女儿,只身来到犀牛角镇的小渔村就职。想到能够在基层一试身手,虽然环境艰险,但依然信心满满,对未来充满了期许。但"林花谢了春红,太匆匆,常恨朝来寒雨晚来风",命运似乎总是喜欢开玩笑,不到一年,残酷的现实便将热血和激情击得粉碎。一小撮形貌寝陋、胸无点墨、心术不正而又手持权柄的地方乡绅连同奸商一道,为固其利,上下其手,排挤算计,致使十年之力,毁于一旦。此番再次承蒙上级领导的"格外关照",以"问不出所以然"和"莫须有"的原因又一次像安置难民一样将我关照到升本不久正在筹建中的地方学院,真是令人哭笑不得。刚结束中国社科院博士后流动站的学习，主动请缨从区党委下来就落得个如此结局，说起来都不可思议，这就是摆在我面前不得不面对的残酷现实。事后终于明白，当年博士毕业之后的轻率抉择，造成了人生最大的一次失误，而且无法逆转与纠正，种种努力已然成为各种陷阱，将自己一点点埋葬。当然，也怪自己既非大汉皇叔又无常山赵子龙之勇，却一头扎进曹阿瞒的百万重围，完全低估了地方势力的险恶与残酷。在各级机关工作数年后，已然对这种糟蹋作践人的官场生态心生厌倦，并彻底感到悲观失望。子曰："道不行，乘桴浮于海。"此时离去，便成为最好的选择。胡适先生当年的一句"干不了，谢谢"，也道尽了心声，于是谢绝了某领导的诸如要"听话""相信""顺从""接受""忍让"的又一番"好意"或曰鬼话，递交辞呈。

俗语有云："有心栽花花不开，无心插柳柳成荫"。2007 年夏季的一天，接到自治区社科规划办工作人员的电话，说申报的国家社科基金项目已经批准立项，让我去参加会议并领取立项通知书。这使得当时早已无意做学问的我倍感吃惊，确认了几遍这是否是真的。由此看来，连上帝也认为我自己的选择不正确，让我改弦更张。从那天开始，上帝他老人家为我关上从政济世之门，却打开一扇为学独善之窗。想必是不想让我再置身纷繁是非与人事纠葛之中，回归本性，潜心修为。拿到立项通知之时，发现自己已处于人生的低谷。事既不成，回家团聚变成了最后的愿望，但却发现这个简单的愿望此时竟变成了无法实现的奢望。虽然往日微笑关怀的领导众多，此时大多避而不见。自己貌似相识的狐朋狗友也不少，但落魄之际却罕有援手相助。上下告求，几番灰脸，既拿不出买路钱，也没有人把你当回事，想调回南宁与妻儿团聚的愿望终成无法实现的梦幻泡影。此时反省自己，也不免暗自生疑，时耶运耶命耶？人之过，己之过？抑或时代、社会或体制之过？百思而更觉迷茫。感慨正值盛年的自己虽然学过四个专业，上过六所大学，工作过八个岗位，在此时感觉到的却满是扭曲变态的人性与虚幻不实的社会，在经历一次次磨难与屈辱后，深深体会到人生冷暖与世态炎凉。心灰意冷之余，痛定思痛之后，这颗心才真正变得强大起来。

孔子曾言："邦有道则智，邦无道则愚。其智可及也，其愚不可及也。"古之圣贤君子在进退出处问题上从来不以个人得失为意。既然门窗紧闭，回家无望，老天也让去做学问，那就学着人家做做吧，好在迁延未算太久。2007年底评定正高职称后，我开始寻找一个适合做学问的平台。在应聘过程中发现，在当今中国为学之道比从政之道宽阔很多，也公正很多。为学之道尚可以凭借自己的学养与实力打拼出一片天地，而为政之道则多歧路与不公，命运难以自主，往往劳心而无所获。如果不幸遇到贪官与俗吏，则前途更加崎岖坎坷。即便在职位级别上有些许收获的，也多尸餐禄位患得患失，难以做到不忘初心在为生民谋利方面有所作为，最终多沦为碌碌无为追名逐利的庸俗利己之徒。唐诗人韦应物曾言："人生各有因，契阔不获俱。一来田野中，日与人事疏。"释下包袱，淡忘得失，远离是非，再览诗词曲赋，重读四书五经，投身学术，乐在育人，心情也开始灿烂，思想再次蓬勃，眼界也变得开阔起来。此时情境恰如放翁词中所写："家住苍烟落照间，丝毫尘事不相关。斟残玉瀣行穿竹，卷罢《黄庭》卧看山。贪啸傲，任衰残，不妨随处一开颜。元知造物心肠别，老却英雄似等闲！"在收获轻松与宁静之余，多年血液指标中的三高两低也一扫而光，塞翁失马焉知非福，古之人不予欺也！

德国诗人荷尔德林说："人生充满劳绩，然而人，还是要诗意地栖息在这片大地上。"经一年多的选择，2008年秋决定调入湖北大学，正式拿起教鞭，开始从教生涯。湖北大学地处历史文化名城武汉，为校史悠久的以文科见长的综合性高校，其中文专业向来与武汉大学、华中师范大学三足鼎立，在学界享有崇高的声誉。特别是古代文学专业，武汉大学和华中师范大学的很多学术大佬是从湖北大学调入的，三校教师之间的学缘关系也多你中有我。湖北大学学风自由宽容，教学科研压力不大，适合潜心钻研学术，故从该校走出的众多学者都成为蜚声海内的学术大家。在湖北大学五年，得以以轻松洒脱的心态面对学术，可以阅读很多不涉及论文、课题、绩效的书籍，思考自己感兴趣的问题，而不像国内大多高校那样严于考核与急功近利，故而在此期间无论学术水平和思想境界都精进得很快。就个人来讲，此后五年的学术心得体会也多为在湖北大学期间就已构思、拟定及初创。来到江城武汉后，2009 年 5 月受聘古代文学专业唐宋文学方向博士生导师，在湖北大学工作期间共培养了三名博士研究生和十多名硕士研究生。2011 年秋又前往北京大学中文系访学一年，感受北大“独立之精神，自由之思想”以及宽容博大的学术氛围，自觉受益匪浅。2012 年出版了个人的第二本专著《诗意的凝聚——姚贾诗派研究》，同年在原中国古代文学二级学科博士点的基础上，与文学院同人们一起成功获取中国语言文学专业一级学科博士点授予权，2013 年获批设立了中国语言文学专业博士后流动站。2013 年 2 月，不经常发表论文和做科研项目的我有幸获得了国务院颁发政府特殊津贴的奖励，可以说是个意外之喜。从此也坚定了在学术上耐得住寂寞，不随波逐流与追名逐利的信心。从教的生涯自在而快乐，简单而充实，在这个被称为“九省通衢”拥有最多高校的城市，学习大师风范，静思学术源流，融会八方信息，提升见识才华。转眼就是五年光景，自己也迈入了无可无不可的不惑之年。英国诗人勃朗宁说得好：“四十岁是青春的暮年，五十岁是暮年的青春。被青春看做水晶的东西，在老年看来只是露珠。”对于当初的选择，现在感觉也没有什么可惜的，做学术研究，做真实的自己，过一段云淡风轻的岁月其实真的挺好。唯一遗憾的是，当年领导的格外关怀造成了多年的两地分居，始终成为挥之不去的心病。

2013 年秋季，出于对家人的眷恋，承蒙广西民族大学不弃，我这个漂泊已久的外乡人终于可以回家团聚。此时的民大正处于积极有为快速发展的时期，一切充满生机与活力。学校民族性、区域性、国际性的办学特点，给学校的教师以宽广的研究空间，不仅要求学术要立足本土、突出个性，也要面向世界、融通中西，这使得每一位意欲有所作为的教师都不敢轻言懈怠。来民大三年，为了提升自己的学术水平，在继续原有领域研究的同时，也积极在广西传统与地方文化方面进行探索。为了更好地适应民族院校的学术特点，已逾不惑之年的我又于 2014 年秋专门去广东外语外贸大学补习英语，于2015年远赴英伦进修域外汉学。希望今后能在广西传统与区域文化和东南亚汉籍、汉学研究领域有所收获。当然，凡事尽心焉而已矣，能否实施，还需借助天时、地利与人和。

英国作家狄更斯在《双城记》的开篇写道："这是最好的时代，这是最坏的时代；这是智慧的时代，这是愚蠢的时代；这是信仰的时期，这是怀疑的时期；这是光明的季节，这是黑暗的季节；这是希望之春，这是失望之冬；人们面前有着各样事物，人们面前一无所有；人们正在直登天堂，人们正在直下地狱。"年少时每不解其意，而十年风霜后，对此感悟颇深。老子《道德经》云："有无相生，难易相成，长短相形，高下相倾，音声相和，前后相随，恒也。"人生本来如此，过去、现在、未来的十年，也将继续如此，所以对于过去或未来，今后只要坦然接受与从容应对，无论如何都无须再作感慨。正如梁实秋先生所说："中年的妙趣，在于相当的认识人生，认识自己，从而做自己所能做的事，享受自己所能享受的生活。"

十年过去了，对于学术也有了更多的思考。学术源于人生，起于实用，但又超越实用。历史经验告诉我们，凡是实用主义盛行的国度，都是短视的国度，不可能跻身于真正的大国强国之列。十年的经历让我逐渐认识到，文学不仅仅是语言文字之学，因其所使用的范围和记录的对象而包罗万象，最起码是人文与社会学的综合。文学的研究对象绝不仅仅是记录社会与人生的语言文字，更包括语言文字背后的广阔的社会和复杂的人生。究其层次与境界而言，听说读写，吹拉弹唱，俯仰屈伸，都是小道，不足挂齿，言功用则有余。风花雪月，琴棋书画，诗词曲赋，稍窥门径，得风雅之一隅，仅使人不觉其甚俗耳。情趣而兼品味，精微而兼达观，由此而能知彼，推己而能及人，渐升堂入室矣，始可与言传身教。此后才胆识力日增，发言机警，析理如刀，融通人文，洞察世情，令俗夫敬畏，能者嫉妒，才可谓悟得文学之三昧。而后指点江山，激扬文字，粪土王侯贵种，破神魔而自尊大，方修得一丝儒雅豪侠气。其后出则翻江倒海，鼎新而革故，入则悟道修身，超凡而圆融，言传以化行天下，立说以垂范后世，已无可无不可，无为无不为，因时而动，事事可为，亦可不为，早已与俗人之功过是非无干,更不用谈其世俗之功用了。

谈及学术,亦离不开正确地读书。读书亦非在多,也非在泛,关键在于识得根器,掌握门径,明了大义,通晓世用。对内要与修行结合,对外要与世用关联。若能做到活学活用,服务于内外兼修,则臻于上乘。荀子《劝学》篇所言“吾尝终日而思矣,不如须臾之所学也。”是对初学者适用的法则,入门以后,既不可奉为圭臬,反其道而行之或许更合要义。孔夫子曾言“学而不思则罔,思而不学则殆”,倡导在学与思的关系上的平衡,则属于对入门后正在钻研的后学门人所言,为治学之中庸之道。凡皓首穷经、嗜书如命,不问世事、闭门造车、为学问而学问等均是腐儒之所为。过贪读书与过于贪财恋权好色相若,均为心智不健全乃至境界庸俗的反映,尤其是一大把年纪还乐此不疲者。老子云:“为学日益,为道日损。损之又损,以至于无为,无为而无不为。”正道出治学由繁而简,由外而内,由形而神,由单纯到融通,由为人而为己的阶次。“近来始觉古人书,信着全无是处。”辛稼轩词句所言,正是臻于此种境界的写照。

当然,学术是经邦济世之学,也是自性修为之学,如何治学,关键在于身处何地。孟夫子“贫则独善其身,达则兼济天下”,正言此也。孔子亦云:“不在其位,不谋其政”。如今兼济天下已如南柯一梦,所以自可不必坐而论道,妄议天下,聒噪苍生。此时经得起诱惑,耐得住寂寞,做学问出自情趣品味而非功利浮名,物我为一,归根曰静,回归自我,养性修身,或许才是正确的选择。“看似寻常最奇崛,成如容易却艰辛”,十年过去了,陶渊明“不戚戚于贫贱,不汲汲于富贵”之人生境界,今日或可得之。

一晃十年,一本书的命运也可视为这十年坎坷人生的缩影。该著作为国家社科基金项目“中国文学史背景下对姚贾现象的审视与思考”的最终成果,批准立项于 2007 年 6 月 15 日,为广西壮族自治区第 7 项古代文学研究领域获得国家社科基金支持的项目。原定 2009 年 12 月 31 日完成,其间因工作变动、课题组成员增补、课题组成员外出学习等原因,最终延期至 2012 年 4 月 6 日才得以鉴定结项。课题组成员历经五年的努力,最终完成了近 30 万字的专著。经全国哲学社会科学规划办公室组织专家鉴定,结项等级获得“优秀”,成为迄今为止广西壮族自治区中国文学学科唯一获得鉴定等级优秀的国家社科基金成果,也算是对五年辛勤的一个肯定。2015 年 3 月在广西民族大学文学院领导的支持下,与人民出版社签订出版协议,该书终于有望得见天日。但随后又因个人外派英国伦敦大学访学,出版事宜再次耽搁。俗话说“好事多磨”,好在在伦敦的岁月多有闲暇,在完成引文校对和勘误后,该书终于画上句号,虽然不尽完美,但也算了却了一桩夙愿。

本著作以“姚贾现象”作为研究对象,围绕姚贾并称的理论内涵与传承影响两大问题,初步建立了关于姚贾研究的较为完整的体系,基本达到了将姚合、贾岛研究由晚唐五代推向宋元明清各代,由以往的诗人个案分析层面推向诗人并称与群体研究层面,由诗文诗史的阐释层面推向了理论批评层面的预期目的。该著作由课题组成员合作完成,其中张震英撰写绪论,第一、二、三、四、五章,第六章第三节,第七章引文、第一节。白爱平撰写第七章第二节、第三节、第四节;第八、九、十章。刘宁撰写第六章第一、二节。最后由张震英负责统稿与审定。

在著作即将交付出版之际,特别感谢导师詹福瑞、刘崇德两位先生在我人生失意时,在学术上的大力提携以及在事业上的勉励扶持。感谢导师蒋寅先生近年来不断地关怀与在学术上的指导。感谢导师胡大浚、尹占华先生一如既往的爱护与牵挂。书稿在完成过程中,得到党圣元研究员、吴相洲教授、张晶教授、杜晓勤教授、左东岭教授、张毅教授、王长华教授、葛景春教授、陈飞教授、尚永亮教授、王兆鹏教授、何新文教授、张明非教授、胡大雷教授、李寅生教授、李建平研究员、丁放教授、查洪德教授不同方式的热情指导,一并致以最诚挚的感谢。该项目的阶段性成果大多发表于广西社会科学院院刊《学术论坛》杂志上,感谢老朋友戴庆瑄主编的信任与支持。感谢为完成这一课题付出诸多艰辛的刘宁研究员、张文利教授和白爱平副教授。书稿因个人原因拖延许久,感谢人民出版社王怡石编辑的耐心与细致,让书稿增色不少。

感谢广西民族大学谢尚果校长的关怀,感谢袁鼎生副校长和韦树关院长的支持,使我可以结束漂泊,实现与家人团聚的愿望。中国社会科学院文学研究所陶文鹏先生不顾体衰事繁,应邀为著作撰写序言,给予褒奖,也令我等后辈不胜荣幸。

最后,因时间与精力所限,该书仍留有不少不尽如人意之处,有待进一步完善,也诚请学界师友不吝批评指正。

张震英

2016 年 2 月草拟于伦敦雷顿小镇

2017 年 2 月修改于广西民大相思湖

责任编辑:王怡石
封面设计:周方亚
责任校对:吕　飞

图书在版编目(CIP)数据

唐韵的阐扬:姚贾的理论内涵及传承影响研究/张震英 白爱平 著.— 北京:人民出版社,2017.12
ISBN 978-7-01-017847-9

Ⅰ.①唐… Ⅱ.①张… ②白… Ⅲ.①姚合-唐诗-文学研究 ②贾岛-唐诗-文学研究 Ⅳ.①I207.22

中国版本图书馆 CIP 数据核字(2017)第 145095 号

唐韵的阐扬

TANGYUN DE CHANYANG

——姚贾的理论内涵及传承影响研究

张震英　白爱平　著

人民出版社 出版发行
(100706　北京市东城区隆福寺街 99 号)

北京中科印刷有限公司印刷　新华书店经销

2017 年 12 月第 1 版　2017 年 12 月北京第 1 次印刷
开本:710 毫米×1000 毫米 1/16　印张:20.25
字数:300 千字

ISBN 978-7-01-017847-9　定价:59.00 元

邮购地址 100706　北京市东城区隆福寺街 99 号
人民东方图书销售中心　电话 (010)65250042　65289539